DU MÊME AUTEUR

Aux Éditions Denoël

UNE AMITIÉ STELLAIRE, *roman*, 1989.

LE GRAND CHARIOT

MATTHIEU DE BOISSÉSON

LE GRAND CHARIOT

roman

nrf

GALLIMARD

Il a été tiré de l'édition originale de cet ouvrage dix exemplaires, réservés à l'auteur, sur vélin pur fil des papeteries Malmenayde numérotés de 1 *à* 10.

1

Tout léger qu'il était, le sommeil faisait un tri entre les cavalcades des loirs, le craquement d'une lame de plancher ou un autre bruit. Souvent c'était un soupir, un drap froissé derrière la cloison qui me réveillait. Dans la chambre contiguë à la mienne, ma sœur avait beau faire silence, je sortais alors du sommeil en même temps qu'elle. Ce matin-là, le 27 juin 1967 (je reviendrai sur mon obsession des dates), je sursautai à un frémissement que je ne parvins pas à identifier. J'imaginai que c'était le son vaporeux des cils de Louise battant dans le noir (cette image ne lui déplaisait pas). Avec une lampe de poche, je consultai ma montre, il était cinq heures et quart, et nous avions évité les écueils de la nuit. Les nuits de Louise étaient friables : des lignes de fracture les parcouraient. À deux heures, Louise reprenait souffle : bientôt elle dormait à nouveau. Quatre heures ouvraient une aire qu'il fallait franchir vite : si Louise ne se rendormait pas, elle restait en sueur, souvent en larmes, jusqu'au matin. Elle et moi, les mêmes sons nous endormaient, comme ces notes de rainettes qu'aujourd'hui j'épie en vain. Nous découvrions aussi que les récits de nos rêves n'étaient pas si dissemblables, qu'ils tintaient à la passée de troupeaux dont nous trouvions au matin des brins de laine laissés sur la margelle des abreuvoirs. Ce matin-là j'écoutai ce qui peut-être avait réveillé Louise, un volet qui claque, une abeille. Je toussai pour lui signifier que j'étais éveillé et que, si elle voulait, nous pouvions marcher dans les rues désertes. Elle pénétra dans ma chambre sur la pointe des pieds, déjà habillée d'une blouse et d'une mini-jupe fantomatique, tenant d'une main les godillots auxquels elle vouait un culte. Une nuit pâle filtrant à travers les rideaux éclaira un instant son visage, l'arc de son nez, des pommettes saillantes. Elle chuchota un mot inaudible, puis, précédée par le papillon de ses souliers, elle s'avança vers l'escalier de bois qui menait à la cuisine et à notre premier café.

Dehors, nous longeâmes des fermes semblables à la nôtre, qui se rencognaient dans des enclos de galets, avec leurs étables que des tranchées ombreuses reliaient à la rue. Comme toujours, la nuit était le contraire des ténèbres. Dans son amplitude, elle nous faisait déchiffrer l'écriture des encorbellements au-dessus de nos têtes, les fenêtres à meneaux, le marbre noir des maisons qui s'étaient adossées aux fermes jadis, quand le bourg d'Oursière s'était ouvert au commerce de la laine. La ruelle était si étroite qu'on pouvait s'y parler de fenêtre à fenêtre. Autrefois, les bergers entendaient le tissage des sandaliers. Les perruquiers, les marchands de bas suivaient de leur seuil la rentrée des troupeaux. La ruelle serpentait au-delà, dans le quartier des tanneurs, des papetiers et des fondeurs, leurs maisons agrippées aux falaises surplombaient la rivière encaissée au fond de la ville. Sur la place du fronton, un lait bleu tombait du ciel et allongeait nos ombres sur les dalles. Je m'étonnai une fois de plus que la seule auberge du village avec ses platanes trapus, le cimetière et les jeux fussent presque confondus. Plus frêle que jamais, assez morose, Louise trottinait par intervalles pour rattraper les foulées que je ne savais pas raccourcir, bien qu'il fût convenu tacitement que c'était elle, et non moi, qui conduisait la marche. Nos pas résonnèrent sur la place bordée par deux maisons, avec leurs jardins de hêtres pourpres et de cytises. Un chemin descendait vers la rivière et la rejoignait, en un lieu nommé la Mâture, un gué sablonneux qui avait servi de mouillage aux radeaux construits dans la montagne pour le transport du bois. Louise s'arrêta, alluma une cigarette et en souffla la fumée en direction d'une lune sauvage voguant là-haut, entre des nuages cernés de métal en fusion. Deux brassées d'étoiles dérivèrent au fil du courant. L'une s'étiola dans les remous du gué, l'autre dévala une rampe à saumons et migra dans un bassin, près de l'écluse. « Bon, alors, tout ça, c'est fini, dit Louise sombrement. Finie Oursière. Finie la jeunesse. Et en plus, je suis toujours aussi laide.

— Tu n'es pas laide, tu es singulière. »

L'aube était à nous, mais il fallait conjurer la nuit de Louise, elle se rétractait autour de son noyau noir, libérant une sorte d'anxiété lyrique à laquelle il me revenait de prêter attention. Que je fusse plus familier des choses ou des animaux que des êtres humains, Louise le savait. Elle n'attendait sans doute pas que j'apaise son angoisse ; plutôt que je l'éveille à l'odeur de vasière flottant sur le sable, que je lui désigne le sillage d'une musaraigne à la surface d'un trou d'eau, ou un martin-pêcheur figé dans son affût. J'avais dix-sept ans. J'étais épris de grand air et peu porté à la mélancolie. D'ailleurs, à l'heure où j'écris, plus de vingt ans après cette promenade, je demeure tel que j'étais, mal dégrossi, vite agacé par les sentiments, en dehors de la forme robuste mais sommaire de la joie et de la tristesse. (*Première inexactitude, Thomas. Reconnais que tu partages avec notre père l'horreur de la tristesse.*)

Je retroussai mes pantalons, et entrepris de traverser le gué en sautant d'une pierre plate à une autre. Louise me suivit, maladroitement, et je surveillai ses sauts saccadés. Elle fendit des flaques de buée dense en suspens sur la rivière. Quand elle me rejoignit, je sentis sur sa blouse une odeur de cheveux mouillés. Sur l'autre rive, un moulin à farine et à foulon, à demi effondré, s'élevait sur des champs en friche et des talus bordés d'aulnes. C'était une de ces enclaves où la ville respirait, s'essorait à l'air libre comme une chevelure, déclose du lacis de ses ruelles et du réseau des maisons marchandes. Les libellules de l'aube envahissaient les champs. Des nappes d'air froid montaient des remblais d'argile, en contrebas, aux points d'échouage. Un semis de fermes s'allongea devant nous et, quand la lice de la première cour nous entoura, la nuit fut tirée : une lumière de craie coulissa le long de l'échelle du fenil, baigna les murs de torchis, le parc à oies. Les brancards des charrettes, le fortin sinistre du pressoir avec ses futailles, tout un arroi glissa dans l'aube en accrochant à ses angles un peu de la nuit déchirée, et j'espérais qu'il emporterait aussi la maussaderie de Louise. De quoi se plaignait-elle ? Faudrait-il qu'elle et moi fussions porteurs de deux nuits contraires ? Une nuit, la mienne, tendue vers son achèvement, une autre, la sienne, qui aurait bu le champ d'étoiles comme des larmes, et deviendrait plus obscure ? Mais la nuit était maintenant, ou du moins le semblait-elle, antérieure à toutes les autres, une nuit unie au jour qui se libérait sous nos yeux, et sans rapport avec ce que Louise et moi pouvions ressentir au cours de nos escapades matinales, quand Louise chantonnait naïvement : « Il y a deux filles en moi, l'une chante sa joie, l'autre pleure tout bas. »

Ce jour-là, elle aurait dû être contente. La veille de ce 27 juin, nous avions été reçus au baccalauréat, moi médiocrement, elle en pulvérisant les records de la région (je suis son aîné, mais elle avait deux ans d'avance). À l'oral, je passai juste derrière elle, occupé à la surveiller plutôt qu'à préparer mon sujet. Tandis qu'elle méditait le sien, elle reniflait avec bruit, se tordait les mains en émettant une sorte de sifflement d'asthmatique. Puis, à l'appel de son nom, elle s'approcha de l'examinateur, d'un pas alangui, et se lança dans un récitatif dont le phrasé sensuel, la science du détail laissèrent la salle muette. Aucun sujet, même la betterave en Ukraine, n'échappa à son exubérance de conteur. Quant à moi, je bénéficiai du philtre que ces exposés inoculèrent dans l'esprit du jury : le frère de cette petite personne dressée sur ses ergots, vaguement oraculaire, ne pouvait rater son baccalauréat. Mais revenons à cette nuit passante, Louise, et au mur de pierres sèches sur lequel nous étions assis. Oui, nous avons de la chance d'être entourés de toutes ces choses, disais-tu, en désignant à nos pieds le sol damé pour le battage du grain, mais j'étais incurablement insouciant. Est-ce que je me rendais compte que les carottes étaient cuites ? Que nos parents étaient parmi les derniers paysans de cette région ? Que nous étions d'ores et déjà déclassés, déjà errants ? Que le sociologue le moins moliéresque nous confirmerait que nous aurions bien du mal à trouver un lieu quelconque... — « De quel lieu parles-tu, Louise ? Ne sois pas mélodramatique. Et n'exagère pas. Ce sera amusant de vivre à Paris, on verra bien. » Mais Louise craignait de partir et doutait que les crèmes les plus fines suffisent à atténuer les cernes précoces de ses yeux, le teint livide dont elle se désolait. « Quelle idiote ! lui dis-je. Tu séduiras les garçons, si c'est ça que tu veux. » Louise secoua la tête, dubitative. Avec ses cheveux d'un noir de jais, ses lourdes paupières, son corps frêle, comme elle était différente des filles drues de notre lycée, celles qui filaient à vélo en lâchant leur guidon, et en poussant de grands cris hystériques ! Chez elles, j'aimais à la folie le rouge aux joues, la vulgarité resplendissante que Louise aussi admirait de loin, tout en remarquant que l'énergie délurée de ces coureuses relevait moins de la beauté que d'une santé à demi rêvée. J'aurais dû sans doute avouer à ma sœur combien j'étais ému aussi par l'éclairage instable de son visage, lequel m'indiquait que le corps des filles n'est pas seulement un texte susceptible d'interprétations divergentes, mais qu'il est lui-même changeant, empreint de cette vitesse qui saisissait Louise quand elle annonçait à toute la famille : « J'ai mes règles. » (*Vitesse, lenteur, notre vrai propos ?*)

Le jour commença de poindre. Les bandeaux de nuit qui

treillissaient encore les toits, l'aube les desserra, ardoise après ardoise. Rectangulaires ou en écailles de poisson, ces ardoises semblaient fixer la montée du schiste à l'assaut de la rangée faîtière ; la lumière qui les effleurait maintenant était aussi douce que la main du couvreur. Nous nous remîmes à marcher, le nez en l'air, le long des murs percés de trous de chat. Louise était devant, avec l'allure d'une Indienne dégingandée, cheminant en silence dans ses brodequins de buffle. Pans vernissés, galets couchés en feuilles de fougère, terre en pisé : dans ce décor, Louise se détendait, je le savais. Elle s'arrachait à ses cauchemars, peuplés de corps suturés ou pourris. Sur le haut plateau de la colline, là où l'on avait construit le nouveau lycée et un terrain de sport, nous vîmes dans le ciel un busard. Ici le ciel se dilatait sans mesure jusqu'à la chaîne des Pyrénées et, bien des fois, sur les mêlées des joueurs de rugby tournoyait un milan. La nuit se réfugia sous les chênes près desquels nous nous étions postés, elle rôda encore à la base des poteaux du stade, colla aux contours des flaques de brume qui viraient sur elles-mêmes et s'étiraient près du sol en pellicule transparente, vite dissoute, mais qui donnait au gazon et à la piste cendrée la douceur élastique d'une mare. Les étoiles disparurent dans les bandes de ciel rosies, le cri d'un coq fusa d'une métairie. L'aube tirait de leurs replis les pâtis ouverts et les forêts de hêtres sur les collines : les haies et les cerisiers, la boule d'un mulot hésitant, l'écorce de la montagne, tout un paysage glissa vers nous comme une carte défroissée, avec ses repères et ses cotes. Louise me dit que c'était le solstice d'été.

C'était un jour spécial. Est-ce que je me souvenais qu'autrefois (nos parents avaient abandonné ce rite) le troupeau de vaches était sorti à quatre heures et mené dans les collines ? Jean, notre père, avait des yeux rougis d'enfant mal éveillé et tenait cette promenade nocturne pour superflue. Nous cheminions le long d'un torrent bordé de cardamines et de saponaires et d'autres fleurs de montagne que nommait les unes après les autres notre mère Marie, tandis que Jean trottinait aux alentours. Sa nonchalance, nous ne l'avions comprise que plus tard. Il laissait Marie officier. Elle détachait des branches d'arbousiers ou de saules, y liait des fleurs humides et nous les remettait. Les pattes déjà trempées, les vaches se laissaient caresser par les feuilles et les pétales couverts de rosée. Leur peau devenait luisante de perles qui n'étaient pas la sueur des transhumances mais le bain du solstice. C'était la *prise de la rosée*. Une odeur de terre et de pollen montait du troupeau, imprégnait nos cheveux. Il ne nous restait plus qu'à récolter des fougères mouillées pour les bêtes malades et à plonger nous-mêmes dans un torrent, que le solstice, paraît-il, avait béni dans une sorte de mansuétude indistincte. Dans certains villages, on obturait les fontaines ou les canaux d'évacuation pour provoquer le débordement des eaux qui déferlaient dans les rues et baignaient les maisons. Guidés par Marie, nous parvenions à quelque rivière, ou torrent, et celui-ci rappelait à mon père l'Aragon, où il était né, et ses *ríos*. Est-ce que je revoyais aussi nettement qu'elle, me dit Louise, son index pointé vers les griffes que le ruissellement avait dessinées sur la paroi ? Les nummulites tourmentées ? Ou le dos de ma mère, qui descendait à pas comptés les vasques de granite en paliers, puis marchait, avec une lenteur magique, dans l'eau à l'étiage, couleur de ciel ?

Tandis que l'aube chassait la nuit sous notre chêne, je me disais qu'il était assez rare que Louise se souvînt à voix haute de son enfance. Ses soucis, à l'inverse des miens, se concentraient plutôt sur l'avenir. En revenant vers la maison, ce fut comme si nous retrouvions la nuit : elle s'était dissipée dans les lisières du bourg, mais s'accrochait encore sous les gouttières, ou dans l'enclos du tonnelier, au sein d'un figuier qui la retenait entre des feuilles poisseuses. Dans les ruelles, derrière les volets, on entendait des murmures et le soliloque du marchand de fruits. Un théâtre intime de coulisses et de soupirs s'animait autour de nous, et sur la place Louise me dépassa en sautant sur un pied de dalle en dalle. « Mieux vaut oublier, lui dis-je en lui tapant l'épaule. Rentrons. »

2

De cette place, on apercevait les limites d'Oursière mais cette fois-ci de l'intérieur. Au loin, un chemin longeait des pâtures semées de remises à foin, et montait vers la ferme des Orion. « Ils reviennent demain d'Amérique, dit Louise. Il paraît qu'ils ont une fille très jolie, qui s'appelle Zoé. Je te conseille d'ores et déjà de la séduire. » Une des préoccupations de ma sœur était que je sois l'amant d'une fille qu'elle aurait choisie pour moi. Banal, disait-elle.

La maison des Orion était une bastide composée d'un logis à un étage, et de dépendances en équerre percées de portes cochères. Pour franchir le mur qui clôturait une cour de terre battue, on passait par un portail à piliers surmontés d'urnes. Au centre de la façade, sur son claveau engrené, le linteau de la porte d'entrée formait la base d'un parement de pierre qui montait jusqu'au toit et se terminait par une lucarne, en surplomb d'un cartouche de calcaire blanc, dont le motif était un pêcheur armé d'un couteau plus grand que lui, qui découpait des truites. Dans le soleil cru du petit matin, les toits pentus se coloraient de rose et d'anthracite, parce que les tuiles plates y coexistaient avec l'ardoise. La maison était située à l'ouest de la ville, au flanc d'une colline dont l'un des versants descendait vers des terrasses bordant la rivière. Du haut du pignon et de sa lucarne, on devait avoir une vue plongeante sur le cours d'eau, et en bordure, sur les saligues, des terres inondables encombrées de souches et d'aulnes qui pour Louise et moi avaient le charme d'une plaine déjà maritime.

Le village ne parlait plus que du retour des Orion. Au début du siècle, cette famille avait émigré en Amérique, où on avait perdu un peu sa trace. Les descendants de ces émigrants avaient soudain refait surface en achetant, dix ans auparavant, cette maison, sans jamais l'habiter. Un architecte fut surpris, un matin, à déambuler le nez en l'air sous les portes cochères. Il revint chargé de plans, en compagnie de métreurs et de maçons que l'on vit palabrer dans le beau rectangle de soleil que dessinait l'ombre d'un auvent sur la terre battue. Ils inspectèrent le chai, un fil à plomb à la main, hochèrent la tête devant les murs de guingois. Ils s'engouffrèrent dans la maison, et leurs têtes pointèrent l'une après l'autre à chacune des fenêtres, comme les marionnettes d'un guignol ambulant. Redescendus, ils creusèrent des trous pour vérifier les fondations. « Le lit du mortier est parfait », déclara l'architecte. Quelques jours plus tard, une troupe d'ouvriers s'installa à demeure, et passa trois mois sur des échafaudages délicats à réparer les vantaux de chêne du portail d'entrée (et ce commencement témoignait d'une sorte de charmante logique enfantine), puis la claire-voie des balustres. Ils s'attaquèrent aux éboulis des murs, aux souches des cheminées, aux charpentes. Les habitants d'Oursière s'accoutumèrent à leur campement aérien. Les sautes de vent faisaient parvenir des éclats de voix dans les rues et, à midi, perchés sur les plus hautes planches, jambes ballantes, les travailleurs déployaient des serviettes et se distribuaient les uns aux autres des tranches de lard et des bouteilles de vin, que l'un d'entre eux hissait avec précaution à l'aide d'une poulie. Fumant leurs cigarettes, songeurs, ils avaient parfois des pauses mélancoliques comme des pêcheurs scrutant l'eau vide. En une nuit, les échafaudages furent démontés, et les ouvriers firent place à des peintres siffleurs qui couvrirent la maison de bâches en plastique. (*Tout cela me rappelle quelque chose, mais quoi ? L.*)

Le village s'aperçut qu'on devait tenter de se souvenir des Orion. Non qu'on les eût oubliés, mais ils faisaient partie de cette communauté des absents auxquels on faisait allusion en leur conférant un don d'ubiquité : tout en étant là-bas, *tras los montes*, c'est-à-dire dans une villégiature provisoire quoique prolongée (en fait, on ne les avait pas vus depuis un siècle), ils n'en demeuraient pas moins d'ici et même ici, comme l'attestaient leurs noms sur des stèles et les nouvelles qu'on recevait d'eux de loin en loin. Une sorte de lumière matinale s'ébrouait dans cette mémoire tissée d'oubli. Moins on parlait de ceux qui avaient émigré, plus ils étaient présents dans le silence du village prêt à accueillir ceux qui ne l'avaient jamais quitté, et Louise, avec ses généralisations philosophiques, remarquait que la mémoire est le contraire du souvenir, lequel se borne à mettre à distance l'événement passé pour mieux le faire revivre et donc attester sa mort. Les Orion, même ceux d'entre eux qui n'étaient plus de ce monde, perdirent un peu de leur présence quand on sut qu'ils allaient revenir. Ils faisaient partie d'une troupe hétéroclite, dont les départs s'étaient échelonnés dans le temps, depuis la fin du siècle dernier, vers l'Amérique du Nord ou du Sud. Les migrations et les retours étaient ressentis à Oursière comme le souffle d'un vent permanent, qu'on nomme le vent du soleil, celui qui se lève à l'aube et tombe au crépuscule. On savait vaguement ce qu'ils faisaient dans cet Ouest lointain : éleveurs emmitouflés, cheminant entre les carcasses d'animaux auprès des glaciers craquants ; poseurs de parafoudre sur les pylônes d'électricité à haute tension ; mandataires, stipulateurs ; lamaneurs dans leurs esquifs à l'assaut des grands cargos nocturnes ; renifleurs d'essences, membres de syndicats de joueurs de base-ball ; spécialistes d'enluminures ; épurateurs des eaux, techniciens de l'emballage en carton puis en fer-blanc, compagnons chuchotant autour de leur accélérateur de particules, arbitragistes penchés sur leur écran de télévision à l'heure de l'ouverture des Bourses, dans l'aube blême, quand la fille du motel marche déjà sur le chemin caillouteux ; ceux qui sont réveillés la nuit par leur carré de lupins bleus ; ceux qui songent à apprivoiser la force d'une tumeur noire ; ceux qui mesurent la vitesse de croissance du yucca ; ceux qui veillent sur le souvenir des aurochs, mais arrêtons-nous là.

Vers 1890, vivait à Oursière une famille de métayers misérables, qui portait le nom d'Orion, lequel est aussi le nom d'une forêt (fréquentée aujourd'hui par les chasseurs de palombes et un ou deux ours porteurs de bracelets électroniques). Les trois frères Orion savaient qu'ils ne pourraient survivre sans émigrer. Deux d'entre eux s'enfoncèrent dans le sud, et s'établirent comme mineurs de fond, dans les mines de pyrite de Río Tinto (près de Huelva en Andalousie). Ils vécurent désormais dans la ville souterraine creusée par les soins d'un groupe anglais, dont le conseil d'administration était composé de pairs rubiconds, qui ne dédaignaient pas de venir en Espagne tirer des perdrix. Sur le chantier de Río Tinto, ils avaient délégué leur pouvoir à un ancien colonel au nom prédestiné de Browning. Vers 1899, les mineurs réclamèrent une augmentation infime. Browning refusa d'une voix de fausset, brandissant le refus de lord Dickinson (*« qui n'avait rien à voir, précise-le, avec la charmante Emily »*. Note de Louise). Cette lettre énonçait dans un anglais exquis et sur un papier à lettres bleu outremer que le conseil ne considérait pas, malgré son regret, que la requête des mineurs pût être accueillie avec faveur. Préoccupé par les aphtes de sa jument préférée, Dickinson avait misé sur la brièveté de la grève, qui ne pourrait, selon lui, se poursuivre plus de huit jours, parce que les grévistes étaient sans ressources et que les syndicats n'existaient pas encore. La grève dura deux ans, les mineurs et leurs enfants se nourrirent de terre et de racines, les frères Orion moururent de faim, et Browning fut enterré vivant avec ses deux carlins. Les mineurs eurent satisfaction, et Río Tinto poursuivit une expansion mondiale qui s'accéléra en 1962, après sa fusion avec Zinc Corporation. Il devint le premier groupe minier mondial, dont j'écris (non sans trembler) le sigle : RTZ (bien sûr, Louise, nous n'avions pas, ce matin du 27 juin 1967, toutes ces informations, mais seulement des bribes. Nous n'avions que dix-sept et quinze ans, nous pensions à bien d'autres choses. J'ai pu compléter ce paragraphe grâce à la lecture de Charles E. Harvey, *The Río Tinto Company, An Economic History of a leading international mining concern, 1873-1954*, Alison Hodge, 1981, et aussi pour une approche plus enthousiaste : David Avery : *Not on Queen Victoria's Birthday : the Story of the Río Tinto Mines*, London, 1974).

Le troisième frère Orion, celui qui était resté, sut qu'il lui fallait aussi partir. Il y avait à Itxassou, d'après Louise, un homme célèbre pour la tache de vin qui couvrait une partie de son visage. Il exerçait le double métier de rebouteux et d'agent d'émigration, et il avait un beau jardin. Notre candidat au voyage eut-il un regard pour les cerisiers en fleur ? Respira-t-il l'odeur des lilas ? Qui entrait dans cet enclos, me dit Louise, savait que notre pays lui disait doucement adieu et qu'un fil invisible reliait les gestes d'augure du rebouteux à l'aube où le voyageur descendrait les rues silencieuses, à l'écoute d'un chant suspendu entre les toits, et des bêtes soufflantes. Les témoignages sur le sort d'Orion en Amérique étaient discordants, avec ces blancs qui affectent le discours du « crooner » évoquant, la larme à l'œil, ses débuts difficiles, sans expliquer vraiment par quels intermèdes, quels sauts qualitatifs il a pu devenir une vedette de Broadway, et se retrouver, malgré son mufle hideux, au bord d'une piscine azurée. Certains, me disait Louise, prétendaient qu'il avait débuté comme berger à Tranquility. D'autres comme cuisinier à Bel Air où il aurait excellé à préparer pour des scénaristes en vogue l'agneau à la chilindrón et les calamars cuits dans leur encre. D'autres encore soutenaient qu'il fit commerce de guano, de fourrage et d'engrais, et qu'il rencontra l'entreprenant Ted Ixalt, qui partageait avec lui un souci obsessionnel : se venger de Río

Tinto (en fait, on confondait les générations, car Ixalt avait l'âge de nos parents). D'autres enfin démentaient que son histoire fût une « success story » à l'américaine, et concluaient qu'en réalité Orion se fondit peu à peu dans la masse de la classe moyenne américaine, en compagnie de son labri.

Louise et moi regagnâmes la maison en parlant des caisses de livres et de meubles que les Orion avaient envoyées dès la fin des travaux. Les caisses furent ouvertes et de certains livres il ne restait rien, car ils étaient rongés d'humidité. Puis vinrent des meubles qu'une partie du village alla contempler, y compris Marie : vaisselier de merisier, coffres aux chantournements dentelés, armoires dont les corniches et les vantaux étaient ornés de frises à coups d'ongles, et de virgules qui figurent le soleil et l'interrogation des Navarrais au sein de leur demeure. Comment s'étaient-ils procuré tout cela ? Je me souviens, Louise, du soin avec lequel Marie avait effleuré des mains un banc, et je m'arrête un instant à ce geste, le temps d'hésiter au seuil de ce récit, d'hésiter sur notre propre parole, puisque la venue des Orion fut un événement décisif dans notre vie. Nous ferons tous nos efforts, bien sûr, pour éviter la fausse continuité du récit d'initiation ou d'autres choses sans issue : dérisoires dérisions ; lugubres cascades de gérondifs ; congélation d'écriture déjà blême ; travaux compilatoires et combinatoires ; jeux dépressifs de l'art minimal ; cantilène biblique avec lande battue par les vents, coton dévasté, aïeul maudissant Dieu. (Tout ce que tu détestes, mais la liste n'est pas exhaustive.) Que ce récit s'attache aux simples événements qui vont nous guider. Qu'ils s'astreignent à épeler les détails joyeux qui coïncident, pour des raisons restant à élucider, avec la manière dont notre vie s'est énoncée à elle-même. Comme cet instant, par exemple, où les doigts de Marie quittèrent le banc rugueux et glissèrent sur l'horloge qu'on venait de tirer à grand-peine de sa caisse, et qui allait sonner les heures dans la cuisine des Orion.

3

Qui étions-nous ? Il est temps d'en dire un mot. Je ne m'appelle ni A, ni B, ni C (encore moins K), ni même Thomas, parce que je n'ai pas seulement un prénom (à bas les années soixante !) mais un nom. Je m'appelle Thomas Philidor. À son mariage, en 1949, ma mère possédait vingt hectares de terres sur les bords de l'Ur, quelques veaux, vaches, cochons, poulets, un bois de chênes, une petite scierie et un nom, celui d'une maison paysanne d'Oursière assez ancienne. Mon père n'avait rien. Il était fils de journaliers d'Aragon parfaitement misérables. Ma mère l'avait rencontré dans une foire, alors que tous deux s'étaient arrêtés pour jeter un coup d'œil sur un avaleur de sabres, qui se mit aussi à engloutir un énorme salami avec son papier et sa ficelle. Mes grands-parents maternels firent grise mine à mon père, non à cause de son dénuement, mais parce qu'ils le trouvaient léger. Il l'était. Habile de ses mains, ses activités étaient aussi instables qu'insouciante son humeur : il fut inciseur de pins, chaufournier, aide-garagiste, tâteur de taureaux, maître nageur saisonnier, roulier, raccommodeur de brocs. Certains de ces métiers sont relégués au-delà d'un passé infranchissable, à une époque antédiluvienne et pourtant assez précisément datée (disons autour de 1957), sans doute parce qu'ils se rattachent à l'Oursière de jadis, lorsque l'agriculture amorçait son développement industriel et sa ruine (ce fut quasiment la même chose). (*J'ai déjà parlé de ma hantise des dates, ou plutôt du fait selon lequel le passé m'apparaît fixé sous forme de paragraphes, d'alinéas, de dates, de signatures ; si vous me dites « avril 1967 », je vous le sors de mon greffe mental, ce mois d'avril, intégralement constitué de ses événements insignifiants ; en revanche, le décousu délicieux de la mémoire involontaire a beaucoup de mal à faire résonner son chant. Passons.)*

Très grande sous le casque de ses cheveux, notre mère dirigeait seule son petit domaine avec l'aide du vieux Susbielle, un fermier claudicant dont le seul voyage avait été l'expédition des Dardanelles, et il nous expliqua qu'elle fut une erreur stratégique. Laissant mon père à ses activités dispersées, c'est elle qui s'occupait de l'achat des graines et de la vente des grains. De la taille des vignes (elle avait une préférence pour la technique dite Guyot). Elle promenait dans les marchés sa haute silhouette, sa chevelure souvent en désordre, plus changeante dans son éclat que la blondeur cendrée, presque rousse, qui est attribuée aux filles de Venise, *dixit* Louise, qui, elle-même noiraude et frêle, se désespérait d'avoir pour mère cette personne à la déambulation d'actrice, dont l'affairement dès l'aurore n'effaçait pas l'impression qu'elle venait de sortir du lit, ou qu'elle y retournait. Au marché, Marie n'avait pas son pareil pour jauger une brebis, rien qu'à la voir trottiner. Ou pour se planter devant un petit tracteur Massey Ferguson. Accabler le concessionnaire de questions sur le vilebrequin ou les liquides de refroidissement. Négociant avec âpreté, et une sourde tension, sous la nonchalance apparente. Vers qui allaient ses efforts ? Pour qui la digue de bois qu'elle avait fait reconstruire, et le réseau d'irrigation ? Et les blondes d'Aquitaine dont elle détectait les fièvres avant quiconque ? Elle nous expliquait « par A plus B », comme elle disait, qu'il valait mieux que nous songions à d'autres perspectives de travail que celle de s'occuper de l'exploitation agricole, trop exiguë sans doute pour survivre. Elle espérait que Louise, avec son talent spéculatif, enseignerait la philosophie. Quant à moi, je pourrais faire commerce de grains, devenir le nabab de la famille, et subventionner en cas de besoin la publication de la thèse d'État de ma sœur, sa thèse complémentaire et ses multiples œuvres.

Ô Mère ! Mère ! Comment parler de toi ? Elle était altière, ce qui, Louise et moi, nous plongeait souvent dans la confusion, puisque nous étions soucieux avant tout que nos parents fussent le plus ternes possible. Enfants, elle nous laissait faire ce que nous voulions, mais cette licence était souvent plus lourde à nos épaules que l'interdit ou la réprimande : nous ne voulions pas la décevoir, et nous sentions aussi, non sans un étrange ressentiment, que nous attisions sa peur (une sorte de peur joyeuse donnait à l'humeur de Marie sa coloration irisée comme la pluie d'avril. Elle déniait d'avance à notre vie la puissance suffisante à nous satisfaire, ou tout simplement à nous maintenir longtemps dans son champ. Elle craignait notre mort). Énergique et sans apprêt, elle faisait irruption dans la salle de classe, au retour du marché, avec son panier empli de légumes, pour s'enquérir auprès de la maîtresse d'école de nos progrès, remuant autour d'elle ce vent panique que j'ai toujours senti gronder sur sa tête. Quand je me souviens d'elle aujourd'hui, quand je la revois cheminant dans les rues en foulées élastiques, je crois qu'elle eût aimé arpenter la terre et découvrir des pays lointains, bien qu'elle fût attachée à son enclos suspendu sur la rivière, et qu'elle dialoguât chaque matin avec ses rhododendrons.

Marie faisait parfois allusion à un coin ensoleillé où Louise et moi puissions finir nos jours (et cela alors que nous avions à peine commencé de vivre), car elle concluait que nous ne reviendrions pas vivre à Oursière. Elle formait donc à notre intention un rêve naïf, qui n'était pas vraiment localisé. Je finis plus tard, en y réfléchissant, par lui donner une représentation approximative. Quand je découvris, par exemple, la Floride, et surtout Palm Beach, je ne me sentis pas du tout mal à l'aise dans ce que d'autres ont qualifié de cauchemar climatisé : les gazons ratissés, les barrières blanches, les dalles de béton sous les palmiers, à proximité des embarcadères et des pontons, n'étaient sans doute pas loin de ce que ma mère avait espéré de mieux pour nous, à travers une rêverie de luxe administré mais de soleil sauvage. Elle n'était pas idiote, elle savait que le chemin serait long avant qu'elle pût être assurée que quelque part nous trouverions un lieu hospitalier, et de ce chemin, elle mesurait confusément l'inanité. (En me promenant à Palm Beach près des terrains de polo, solitaire, je me suis dit aussi que dans l'espoir jamais vraiment formulé de Marie transparaissait la redoutable tentation qu'elle nous a léguée : disparaître.)

Jamais elle ne se plaignait de notre père, qui, entre deux travaux, vivait allongé sur un canapé comme un gros chat, et scandalisait un peu le village à cause de sa paresse. (*Paresse : c'est ce qu'il nous a donné de plus beau. Paresse — luxure, magnifique, la luxure ! — mensonge. Louise.*) Il était entendu, une fois pour toutes, qu'il était occupé à consolider une table bancale ou à nous lancer dans la culture des haricots verts, et qu'il ne fallait pas le déranger, car ces pauses de méditation ouvraient sur le futur et touchaient à des orientations qui dépassaient en profondeur les tâches auxquelles ma mère et nous-mêmes demeurions assignés. Il était le maître des lieux. Cette règle était plutôt un mouvement du cœur que Marie faisait connaître par des commentaires pleins d'estime sur les entreprises de mon père, comme pour mieux avertir ses interlocuteurs qu'elle ne tolérerait aucune réserve, et que de toute façon les canons de notre groupe n'avaient rien à voir avec ceux des autres, quels qu'ils fussent. « C'est très intéressant ce qu'il fait en ce moment », disait-elle au maire d'Oursière, Victor Gonfaron, faisant allusion à un nouveau type de moulinet que Jean étudiait pour pêcher la truite, alors qu'il aurait mieux fait d'aider ma mère à vendre ses génisses. Ce genre de remarque, qui forçait Gonfaron à ravaler ses doutes, explique à quel point ma mère était respectée mais peu aimée. On aurait compris qu'elle fût indulgente envers son mari ; on acceptait mal qu'elle fût follement fière et, sans doute, amoureuse.

(*Je m'aperçois, Thomas, qu'un poème italien — d'un*

auteur longtemps considéré comme marginal — résumerait assez bien les rapports de nos parents. J'en donne la traduction. L.)

Il alla toujours errant de par le monde ;
plus d'une femme l'a aimé et repu ;
Il était gai et léger ; ma mère
de la vie sentait tout le poids ;

De sa main il s'est enfui comme un ballon.
« Ne ressemble pas — grondait-elle — à ton père. »
Et moi plus tard en moi-même je le compris :
C'était de deux races la joute ancestrale.

Les gens d'Oursière avaient un autre sujet de perplexité à propos de ma mère, qu'ils résumaient d'une interrogation pincée : « Qu'est-ce qu'il lui prend ? » Leur incompréhension tenait à ce que Louise nommait — dans un langage involontairement historique — la « question religieuse ». Notre pays (comme d'autres) était pénétré de rites païens et de foi chrétienne. Si ma mère était consultée sur la date du pêle-porc ou l'ordonnance de quelque rite, elle avait la réputation d'être anticléricale. Or, on se trompait. Plutôt qu'avec l'Église, Marie avait des problèmes avec la foi. Louise et moi, elle nous laissait suivre les célébrations et l'enseignement chrétien, mais nous sentions de sa part une réticence sur ce que Louise nommait le « fond du problème ». Quel était le fond du problème ? Mes parents avaient de nombreux cousinages de l'autre côté de la frontière, dans les banlieues ouvrières (issues de multiples exodes) de T. et de S. Cette parenté-là était le plus souvent communiste, et ma mère l'était sans doute aussi à sa manière, tout en étant une paysanne conservatrice. L'essentiel n'était pas là. Une religiosité amorale l'animait. Comment m'expliquer mieux ? Cette explication, je la tire de la vue de Marie dans son jardin, examinant les sépales glabres, les cloches violettes de ses clématites. Ou levant le doigt à l'écoute de l'orage, lorsque s'épuise un roucoulement, au sein du sureau. Cet émerveillement la faisait se lever de plus en plus tôt, à la recherche d'une aube de l'aube. Il révélait à quel point elle rejetait tout drame. Quand elle nous disait « tu fais un drame » (alors qu'elle n'avait jamais été au théâtre), son visage s'assombrissait, nous savions qu'elle prononçait la sentence la plus grave. Bien qu'elle ne fût guère instruite, elle sentait peut-être qu'avec sa séquence création-chute-incarnation-résurrection-rédemption, l'histoire chrétienne reposait sur des nœuds dramatiques, dont le fil était cette liberté qui était si loin de ses pensées. Pour elle, tout dépendait du temps, des circonstances, d'une météorologie des humeurs, et même sa volonté de fer n'était que le fruit d'une prédisposition qu'elle résumait d'une formule : « Je suis comme ça. » Peut-être était-elle trop attentive au chant du loriot, à la première brume d'automne, qui accumulait un matin ses nappes dans l'échancrure d'une colline (qu'elle appelait la chaussette). Au baromètre qu'elle frappait légèrement d'un coup d'ongle. Quand elle disait que nous étions de merveilleux enfants, ce n'était pas pour nous en féliciter, ni s'en arroger le mérite, mais pour dresser un constat fragile. Elle nous aimait, bien sûr, mais pour elle nous n'étions personne. Nous étions singuliers, mais impersonnels comme ses fleurs.

Parlons un peu de Louise. Jusqu'à dix ans, elle n'était qu'un être tendre, taciturne. Sous la houlette de l'institutrice Lacépède, elle apprit à lire en déchiffrant à voix haute, d'un doigt potelé et d'une voix déjà péremptoire, des extraits de *Pêcheur d'Islande,* un ouvrage aimé par ladite institutrice. (*Me voilà bien mal lotie.*) Elle se signala aussi par des accès de rumination morose, l'idée fixe de travailler comme une brute, les ricanements sardoniques qu'essuyait de sa part la pauvre Lacépède et son livre de lecture *Nos yeux s'ouvrent.* Louise disait souvent d'elle-même : « Je suis une gamine formidable », et force était pour nous d'en convenir, car elle ne cessait de nous surprendre. Un jour, l'institutrice fit irruption chez nous avec un visage défait. — « Qu'y a-t-il ? » fit Marie en tournant sa confiture. L'institutrice avait eu l'imprudence de proposer une narration sur un sujet libre. Louise avait livré un mémoire de soixante-quatorze pages évoquant la vie passionnée de Gaston Phébus, comte de Foix, qui avait fait au XIVe siècle l'unité des pays de la région. L'intérêt de Louise pour Phébus était né d'une visite que nous avions faite au sombre château fort de Mauvezin, où elle nous avait cassé les pieds, dans son impatience de visiter le cul-de-basse-fosse et la salle des tortures. À travers cette narration, elle avait imaginé d'établir un document de défense de la vie de Phébus, convoqué devant les autorités célestes. Il s'agissait de convaincre Dieu en personne d'absoudre Phébus de ses fautes : volonté de puissance, rages et vertiges qui l'avaient conduit à enfermer son fils et à l'étrangler, chasses démentes qui l'entraînaient à traquer les cerfs jusqu'en Suède. L'institutrice s'était attelée à ce mémoire compact, que des digressions diapraient comme les anneaux d'un serpent languide, et qui révélaient les contradictions de Phébus : chasseur, thésauriseur, administrateur, diplomate, pèlerin, connaisseur de chiens et de vénerie, mystique, maître en sensualité, criminel. La maîtresse d'école avait relevé ici ou là, outre des solécismes heureusement peu nombreux, quelques morceaux délicats, par exemple le moment où Phébus s'arrête avec ses cavaliers dans un bois, pour écouter les chants d'oiseaux, juste avant d'être frappé d'une attaque cérébrale ; mais le reste l'horrifiait. Où Louise avait-elle été pêcher tout cela ? En fait, l'ensemble de ce morceau de bravoure (tel que je puis le reconstituer) était une sorte de monologue : Phébus se mettait à la place de Dieu devant qui il allait comparaître, il évaluait le pour et le contre de son salut, et concluait avec une fermeté où je reconnaissais bien ma sœur que décidément le Ciel lui était acquis.

Mon père fit beaucoup d'efforts pour apprivoiser Louise. Longtemps, c'est moi qu'il entraîna sur les rives de l'Ur pour capter des tanches, ou dans des virées sur l'océan, à la pêche au saumon, sur le petit bateau de son ami Pierrot Lalouze. Dès qu'elle eut douze ans, il emmena aussi Louise à la pêche ou à la chasse, comme si d'instinct il avait senti qu'il fallait offrir sa fille aux espaces salés et au duvet des palombes, même celles qui lui servaient d'appeaux, et qu'il aveuglait d'un baiser sur les yeux, en mangeant leurs prunelles. Louise ne sut jamais s'y prendre avec ce père embarrassé. Elle n'aimait guère la pêche. Je tentais de lui communiquer l'excitation de se lever à l'aube, de préparer les lignes. Qu'elles étaient belles, les couleurs des mouches que Jean choisissait dans des boîtes de fer-blanc, avec des « voilà ! » déterminés. En plumes de faisans, ou de tourterelles, ou faites de peaux grattées, chaque mouche devait s'ajuster aux teintes de l'estuaire, et chacune avait son nom. Ces noms finissaient par former un second réseau de vocables pour désigner les couleurs de l'eau, ce qui ne laissait pas Louise indifférente. Mais, quand nous prenions la mer, elle bâillait. Elle s'allongeait vite au fond de la cabine, et tombait à pic dans un sommeil pâteux, au milieu des grappins et des cirés de caoutchouc. Les thons, les bonites qu'il arrivait à mon père de pêcher, elle ne les découvrait souvent qu'après le partage du poisson, découpés en tranches sanguinolentes. Je dois reconnaître pourtant qu'elle ne cessa pas d'essayer de s'intéresser à ce sport, tandis que mon père, ivre de joie avec son moulinet, et en plein combat contre un thon dont on ne voyait au loin qu'une queue d'écume, pestait contre sa fille endormie mais ne la réveillait pas. Il était soucieux de la santé de Louise, indifférent à sa science bas-bleu. Il admirait ses foucades. — « Elle est très énervée », disait-il souvent en hochant la tête. Ce mot résumait ce qu'il y avait pour lui de mieux en Louise, un peu comme s'il jaugeait l'animalité convulsive d'un cheval. Il parla d'ailleurs pendant plusieurs années à ses amis de la fois où Louise se mit en tête de gagner devant nous, au lycée de B., un relais quatre fois cent mètres où nous la vîmes déployer ses maigres jambes, sourcils froncés, et porter vers la victoire le bâtonnet rouge qu'elle ne manqua de comparer plus tard à un phallus virevoltant. (Jamais elle ne renouvela cet exploit, sauf peut-être lors d'une nuit, une nuit fatale…)

Aujourd'hui encore, je me réjouis d'avoir gardé mes distances vis-à-vis de ma sœur, bien que nous fussions inséparables. Je n'en étais pas moins fasciné comme Jean par son exaltation, sa vraie méchanceté, son don d'imiter l'institutrice remontant son corsage ou un chanteur yé-yé dans ses élégies. Il restait que je voyais peser sur sa tête une malédiction corrosive, venue du détachement avec lequel elle regardait les choses et les êtres, et qui entrait d'ailleurs en contradiction avec ses accès d'admiration ivre. À l'école, elle était entourée d'une cour d'admirateurs et d'admiratrices, sans jalousie, car chacun et chacune avait son tour dans l'affection de Louise, sans que celle-ci fît bien la différence entre les garçons et les filles qu'elle trouvait également charmants. Elle était perplexe sur sa propre perplexité, et elle m'interrogea souvent sur la difficulté d'établir une distinction entre une ravissante petite brune aux yeux bleus qui séchait d'amour pour elle et un basketteur trapu en voie d'obésité (son problème n'était pas la présence de la passion, elle en avait à revendre, mais une sorte de maladie dont je suis moi-même atteint en un sens : l'abstraction).

Le cœur innombrable de Louise n'empêchait pas qu'à onze ou douze ans elle fût prude, qu'elle bannît de sa troupe les baisers volés (ce qui entraînait des défections). Cette année-là, elle déclara qu'elle se vouerait à la chasteté, car l'énergie intellectuelle qu'elle souhaitait déployer en tant que chef d'orchestre ou professeur d'histoire du Moyen Âge ne semblait pas compatible avec une vie sexuelle. Cet ukase ne dura pas plus de six mois, et ne s'étendit pas à la masturbation qu'elle affirmait ne pas pratiquer, mais dont elle pensait le plus grand bien, en vertu d'une théorie qu'elle expliqua à nos parents surpris et qui consistait à soutenir que celle-ci permettait d'ouvrir un champ de représentations plus vaste que celui qu'offre la fille ou le garçon qui se trouve être tout bêtement dans vos bras (« un lien, non pas avec les êtres, mais avec le monde, dit-elle, un lien avec les choses, les simples choses que voilà »).

Elle eut tôt fait d'abandonner son vœu. Quelques mois plus tard, elle s'amouracha de l'ailier gauche de notre équipe junior de rugby. C'était un benêt musculeux qui ne s'intéressait pas à l'ovale étrange du visage de Louise, mais seulement à celui de son ballon. Elle se rabattit sur d'autres intrigues au sein de notre classe, et en particulier sur celle qui consistait à me « faire découvrir le sexe » avec une de ses amies. Qu'est-ce qu'une classe ? Voilà une énigme à laquelle Louise répondait par une de ces images qui fatiguaient mon père : « Une classe n'est pas une île, c'est plutôt un archipel. Et qu'est-ce qu'un archipel, papa ? C'est là où la mer est première. » Elle m'avait rattrapé au lycée de B. et je n'avais discerné jusque-là dans notre classe que de grosses filles rougeaudes et appesanties, qui émergeaient lentement de leur enfance indolente. Or, certaines étaient plus éveillées que je ne l'imaginais. Elle choisit une de ses amies — une grande fille un peu étique, dont elle m'assura que la maigreur était le signe d'un érotisme raffiné —, la chapitra et la somma de se donner sans délai à son frère, ne serait-ce que pour quelques caresses instructives. Ce programme ne put recevoir un commencement d'exécution, car la fille se blessa le genou au tranchant d'un miroir, alors qu'elle s'était mise nue avec des camarades pour échanger des commentaires sur leurs seins. En réalité, bien que je fusse parfois tenté de suivre les directives de ma sœur, engourdi que j'étais par cette fièvre sans trêve, je n'eus pas besoin d'elle pour approcher enfin une femme. Je croisais à cet égard des routes diverses, et parfois peu riantes. Il y eut entre B. et Bordeaux, alors que le train s'était arrêté en pleine forêt, la main longuement effleurée, la main affamée d'une jeune Espagnole au visage impassible. Il y eut l'idée, remise à plus tard, de me joindre à quelques élèves de treize ans qui culbutaient la fille d'un marchand de bois avec des cris perçants, dans une remise garnie de cartons poussiéreux. Il y eut le viol de Juliette que me proposa le fils du cantonnier, qui avait échafaudé un plan minuté, dont le but était de faire accuser le fils du deuxième cantonnier. Il y eut le marché, qui faillit se conclure, que m'offrit au cours d'une composition la plus belle fille de la classe, Esther, d'habitude somnolente ou occupée à couper avec de petits ciseaux les fourches de ses cheveux : une nuit avec elle contre la copie de ma sœur (encore elle !). Il y eut l'amour désespéré que m'inspira, pour quelques heures, le regard d'une jeune Anglaise dans les rues de B., sous les invectives de l'otarie endimanchée qui lui servait de mère. Il y eut..., mais tout arriva par un matin d'hiver, comme une avalanche assourdie.

Presque toutes les semaines, Marie nous emmenait en voiture vers une station de ski. Le ski était encore une sorte d'art élémentaire dédié au bois, au fer, à la laine. On avait toutes les peines à nouer les lacets, les fixations sautaient, les chaussures sentaient bon et nous gelaient les pieds. (Cet art ou son rêve, la fibre de verre, le plastique articulé l'ont pour moi détruit.) Parvenus dans les hauteurs, nous prenions un chocolat chez Émilien Lissarague, réparateur de skis, chargé aussi du fartage. À l'aide d'une sorte de truelle, il appliquait sur les spatules et la surface intérieure du ski une pâte élastique, qu'il retirait d'un chaudron. Coiffés de passe-montagnes que le gel durcissait, nous partîmes ce matin-là vers les remonte-pentes, en compagnie d'une troupe de lycéens. C'étaient les premiers jours de mars. Hélène, une fille blonde, fila dans la neige poudreuse, et je la suivis au pompon rouge de son bonnet. Sous les ramures, le son de nos virages tombait dans un silence d'ouate. Hélène accéléra la godille, on alla vite, les arbres semblaient ployer sur nous et leurs branches nous giflaient au passage. Déjà le soleil avait fait fondre la neige par endroits, mais Hélène savait éviter les roches, les flaques de boue, ou les bouquets de narcisses. Elle dansa dans un rythme solitaire, et ses glissades se déroulaient en volutes, quand soudain le pompon rebondit comme une balle, et s'enfonça dans la palme d'un sapin. Hélène s'envola de l'arbre, plana en douceur et déchira la soie d'un monticule de neige. Son visage émergea vite. Les skis s'étaient détachés, l'un avait disparu et l'autre était planté à la verticale dix mètres plus loin. Avait-elle mal ? Pouvait-elle remuer les orteils ? Pouvais-je arrêter mes questions idiotes ? Je saisis une moufle qui se détacha de sa main, et agrippai son cou. Des cristaux fondirent sur ma langue, des brins de neige dégringolèrent de ses cils. L'air glacé empourpra les joues d'Hélène, fit monter un trouble fébrile dans ses yeux, et elle se débarrassa de sa seconde moufle, et nous nous laissâmes glisser dans le trou qu'elle avait creusé au sein de la congère. « Ce n'est pas vrai, me dit Louise plus tard, il faisait bien trop froid, qu'est-ce que tu racontes ? » Ah ! Qu'importe le froid, Louise, car les mains d'Hélène étaient sagaces dans cet igloo, et ses gestes empreints de la vitesse sensuelle avec laquelle elle avait dévalé la pente, et que dire encore ? Que j'étais gauche et engourdi, qu'elle était adroite et dégourdie, qu'elle défit elle-même son fuseau et se fraya un chemin avec son front aux boucles collées à l'intérieur de mon anorak encombrant (et si je te parle de ses tempes, c'est parce que j'en ressens encore la caresse comme celle d'un chevreau têtu).

Non ! Je ne perds pas de vue que, pour Louise comme pour moi, rencontrer les Orion, rencontrer leur fille Zoé, fut le début d'une histoire dont il ne nous a pas échappé que j'étais en train de vous la raconter, toute pleine de délices (et de quelques supplices). Simplement, je dois dire qu'Hélène, la première, me fit vaguement entendre (en quelques slaloms et un tête-à-tête enneigé) le chant d'angoisse et de joie désaxée qui retentit par la suite, avec Zoé, comme au signal d'un gong majestueux, et je ne saurais le qualifier autrement que par cette violence d'une descente hivernale (skieuses, patineuses, anges ?). Quelques mois plus tard, Louise prit involontairement sa revanche (Hélène, dans son élan, s'était entre-temps entichée d'un sauteur de concours).

C'était déjà l'été, et mon père nous avait confectionné un cerf-volant, car il y avait grand vent, un vent du nord-ouest chargé de pluies. Jean, presque toujours, s'en extasiait. Derrière cette proche montagne qui barrait le passage de pluies pour lui toujours bienfaisantes, se trouvait, si près, l'Aragon où il était né. Enfant, il n'avait pas connu les hêtraies poisseuses d'une dernière averse, mais seulement le gris du matorral, la garrigue. Nous étions surpris de l'entendre évoquer l'eucalyptus globuleux, les lentisques, le romarin que nous n'avions jamais vus. Tout cela si près et si loin ! Bref, un après-midi, Louise se démenait sur la plage les bras tendus, actionnant les poignées et les deux fils d'un cerf-volant qui perdait de l'altitude. Elle se mit à courir à la poursuite du coléoptère de toile qui prit le parti de se poser sur une vague, et elle disparut derrière une avancée de pins. Contournant moi-même le bosquet (et franchissant la flaque d'ombre jetée par un pin maritime), je ne vis plus sur la mer que deux couettes agitées : Louise nageait pour récupérer le cerf-volant. Je l'aidai à sortir de l'eau, et nous nous trouvâmes nez à nez avec une fille et un garçon près d'une tente, à côté de laquelle étaient fichées dans le sable des planches de surf.

C'étaient deux jeunes Américains en voyage, amateurs de surf et hippies modérés. Ils avaient entendu parler des côtes de notre région et avaient fait une excursion, avec d'autres compagnons déjà repartis, pour repérer les meilleurs endroits. Sans le savoir, à travers leur brève visite, ils furent des précurseurs chez nous. Ils campaient près de cette plage, on les invita à la maison. Marie, occupée dans la cuisine, leva les yeux sur eux, et leur dit chaleureusement qu'elle allait préparer pour nous un poulet et des pâtes.

« Tu les as vus ? me dit-elle à voix basse.

— Quoi donc ?

— Ils ont faim. Et ça va mal. Ils se détestent. Il faut d'abord qu'ils mangent. »

Elle avait raison. La fille surtout était au bout du rouleau, sans jeu de mots. Elle s'appelait Olga, ses grands-parents étaient russes, émigrés dans la région de San Diego. Je ne savais pas bien ce qu'était une fille, mais je sus tout de suite qu'elle était l'une de celles dont la seule allure — on n'en a pas fini sur ce point — me fait battre le cœur. Mince et dégingandée, incertaine, sans doute, sur toute chose, mais hardie dans son élan à affronter les vagues. Elle m'apprit à m'agenouiller, puis à tenir debout sur la planche. Quelques jours après, voyant qu'il y avait du courant, elle me dit de m'agripper à la planche, et on se laissa dériver sur deux ou trois kilomètres, avant d'échouer sur la plage vide. Elle abandonna la planche sur les galets, s'avança vers la forêt en me faisant signe de la suivre, se retourna et en souriant, me demanda quel âge j'avais. « Quatorze ans.

— Et moi dix-sept. Tu veux enlever mon maillot ? Oui. Fais-le. Viens doucement. Très doucement. »

Louise s'évertua à distraire son ami Peter, en vain, car il était d'une féroce apathie, et ne comprenait pas grand-chose au charme de la frêle Olga, qui en quelques dérives, avec une hâte tendre, m'apprit la lenteur des caresses. Ses yeux bleu délavé. Sa désinvolture, contrecarrée par une expression embuée, si triste, mais qui s'envolait vite. Ma mère l'aima d'une affection directe, l'aida, car elle était épuisée et misérable. On me consola comme on put lorsqu'elle partit. Pourquoi raconter ça ? Pour tenter de répondre à la question initiale. Qui étions-nous ? De quoi parlons-nous ? De quoi exactement allons-nous nous entretenir ? Ce que nous sommes ? Peut-être surtout des frontaliers. Frontière géographique. Frontière entre plusieurs époques. Indétermination. Mais unité paradoxale, grâce à ce lien tissé par Jean et Marie entre nous.

4

Pendant quelques jours, le bourg commenta l'arrivée des Orion, Marie revenait de ses courses, chaque jour, avec de nouvelles informations. Ils avaient un chien, dont on ne connaissait pas la race, qui se mit à chasser dans les champs et qu'on retrouva gémissant, les moustaches terreuses, empêtré dans un trou. On sut qu'ils étaient quatre : Jane Orion, une femme blonde que le boucher trouva excentrique, son mari Manuel Orion, qui n'était pas encore arrivé, et un ami de la famille, un « professeur ou je ne sais quoi », dit Marie, sans oublier Zoé, « qui a ton âge ». Je ne sais plus comment Marie rencontra Jane ni comment elles se lièrent, comment il fut conclu que notre mère rendrait quelques services aux nouveaux arrivants. Louise et moi avions tendance à pousser des cris et à nous cacher dès que des étrangers venaient chez nous. Un jour, Marie, occupée ailleurs, demanda à Louise d'aller porter chez les Orion un panier rempli de légumes frais. Louise protesta, mais dut s'exécuter.

Oursière, dans la pleine chaleur. Le soleil cru de trois heures frappait les places silencieuses, torréfiant la poussière des dallages. Malgré les volets clos, on pouvait saisir quelques détails à travers les persiennes : l'arc d'un voussoir en plein cintre ; des murs blancs que la nuit allait s'approprier en coulées bleutées ; l'avaloir conique d'un âtre. Derrière sa maison, le cantonnier coiffé d'un chapeau plat comme celui d'un ramasseur de riz trébucha un peu sur le tapis roulant des épis de maïs, en guidant, à la longe, deux mulets qui tractaient une machine à dépiquage. D'une aire à blé — il en restait quelques-unes à Oursière — s'élevait une poudre qui blondissait les tuiles, et s'infiltrait sous les portes avec des lueurs de neige. Elle précipita Louise, ce jour-là, dans une crise d'éternuements dont elle était coutumière (radicalement *allergique*, voilà ce qu'elle était). Un léger vertige montait des rues, où on rencontra seulement un chat trottinant dans la torpeur, et une chaise qu'une main invisible retira du trottoir. Sur la place, la mairie et la caisse d'Épargne, toutes portes closes, se faisaient face, comme des mausolées trapus affichant leur architecture 1880 dans une sorte de fierté sommeilleuse, qui rappelait que, jadis, le bourg avait été saisi par la tentation du commerce. Derrière ces bâtiments s'étendaient des prairies bordées de murs surchauffés où persistaient les saxifrages. Quelques vaches nageaient avec langueur dans l'ombre noire des pommiers et des touffes de giroflées. Louise se mit à transpirer, et je lui pris des mains son panier. « J'avais tort, sourit-elle. Il faut déguerpir d'ici, on ne va pas rester cent sept ans, c'est quand même très rasoir. » Elle se remit à chantonner le refrain dont je la suppliais en vain de se débarrasser : « J'ai jeté mon cœur / Un peu à tout vent / Plaisir et bonheur / Se confondent souvent. » Comment, d'ailleurs, ne se seraient-ils pas confondus ? Un chemin de terre coupait à travers d'autres herbages, sans cris d'oiseaux. Loin du lycée et de son stade sur la droite, il plongeait vers la rivière, à travers l'espalier de terrasses alluviales, coupées de clos de vignes. De là, à flanc de coteau, on tournait le dos au bourg assoupi sur ses collines. N'y avait-il plus que nous pour courir en plein soleil ? Et ces trois églises, étaient-elles des forteresses édifiées contre les légendes païennes qui flottaient sur le pays comme des chansons de nourrice ? Une mélopée grésilla derrière nous, c'étaient les premiers essais de musique sirupeuse qui allait accompagner dans deux jours la « quinzaine commerciale » et qui s'allierait à la chaleur de juillet pour enfoncer le bourg dans sa tristesse d'été. Au loin, un pêcheur alourdi de cuissardes brandit sa canne à la manière d'un fleuret d'escrime. L'hameçon virevolta par-dessus un saule, la pointe de la canne tournoya sur elle-même, dessinant une sorte de zéro, signe de l'heure vide où rôdait terriblement pour moi, et pour Louise aussi je pense, l'ennui, le sexe entêtant. Un air brûlant, roulé sur le coteau, refoulait vers les rives une fraîcheur que le sous-bois ne nous redonna pas. Des brindilles cassèrent sous nos pas ainsi que du verre. La serre des branches unies se referma sur nos têtes. Suffoquant, nous franchîmes la ligne de crête, sans trop nous en rendre compte. La maison des Orion surgit en contrebas d'une prairie. Le muret de silex et de meulière qui protégeait le verger fut vite enjambé. Entre les pruniers, l'allée brûlait sous nos sandales tel du sable.

Tout était silencieux dans la cuisine, hormis le tic-tac de l'horloge et le ballet des mouches autour d'un serpentin gluant. « Qu'est-ce qu'on fait ? dit Louise. On pose le panier et on se tire ? » Le panier déposé, la curiosité nous poussa dans le couloir qui menait à un vestibule. Des boiseries de frêne luisaient dans la pénombre. Sur le canapé, je vis des cendres recroquevillées que quelqu'un avait laissées tomber et des journaux américains que je désignai à Louise avec excitation. La maison semblait déserte, à moins que toute la famille ne fût plongée dans une sieste. La grande pièce était haute de plafond, et devait tenir lieu de salon et de cabinet de travail. Tout le mur de gauche était occupé par une bibliothèque. De hautes fenêtres à croisillons avaient remplacé les meurtrières assez communes dans le pays et captaient la lumière qui se frayait, difficilement, un chemin à travers la hêtraie touffue. Il n'y avait pas d'entrée, juste une porte à deux battants sous son linteau en arc de cercle, qui donnait sur la cour et, au-delà, sur la plaine, sur Oursière en plein soleil et le filament d'argent de la rivière. Un charme casanier flottait ici. Était-il dû aux fragments de bois doré fixés sur un pan de mur ? À une couverture froissée sur un siège ? Louise et moi avançâmes avec précaution le long des allées de carreaux rouges, et sur un tapis de haute laine près du pare-feu dont une boule de cuivre se mit à flamboyer comme une lanterne s'allume, frappée sous un rayon où bougeait un peu de poussière en suspens. Le silence aurait dû nous faire fuir. Pourtant une main inconnue avait disposé dans la pièce des objets qui semblaient nous inviter à rester. Des bûches s'entassaient près de la cheminée. Allait-on allumer un feu, malgré la canicule ? Des bougies dans leur calice de cristal, un secrétaire, chargé de livres et de papiers, appelaient à une vie calfeutrée. Au moment où nous regardions les livres de la bibliothèque, du bruit se fit entendre au premier étage : « Y a-t-il quelqu'un ? » dis-je. Personne ne répondit. Louise gravit l'escalier.

Au premier étage, une lumière crue tombait d'une verrière sur des plantes vertes, formant une sorte de jardin d'hiver dont la chaleur se répandait dans le couloir. Les portes des chambres étaient ouvertes, et nous jetâmes un coup d'œil prudent sur leurs rideaux de chintz. La première chambre était dans un désordre semblable à celle de Louise : vêtements entassés, livres jetés sur le sol, photographies de paysages marins collés sur le mur. « C'est sans doute la chambre de Zoé, ta future copine, chuchota Louise.

— Partons, ils vont revenir.

— Mais non, il n'y a personne, ce que tu es rabat-joie », dit ma sœur en poussant la porte de la deuxième chambre : un petit lit à baldaquin, une table de bois carrée, des paquets ficelés, que bardaient des étiquettes et les tampons des postes américaines.

Louise prit d'emblée le rôle du détective sagace, et observa que les colis provenaient de lieux différents : Boulder (Co), Laguna Niguel (Ca), Livermore (Ca), Potomac (Maryland), et j'en oublie. Louise nota des traces de suie, ou de phalanges appartenant à d'énormes douaniers, le mot JADE qui barrait les côtés des caisses. Était-ce l'anagramme de « déjà » ?

Entrons dans la troisième chambre, plongée dans une semi-pénombre. Notre regard glissa des persiennes entrebâillées, dont les battants s'irisaient d'une lumière onctueuse, vers une malle, au centre de la pièce, d'où s'échappaient des pull-overs et des vestes accrochées à leur cintre. Sur la droite, il y avait un lit couvert de draps tout emmêlés dont un pan était en boule, et nous restâmes là un instant, à l'écoute d'un bourdon qui se cognait à la vitre. « Rien à signaler, dis-je fermement, je te dis qu'il faut partir d'ici. Hop et hop et hop. » C'est (bien entendu) au moment où nous allions prendre congé que quelque chose bougea sur le lit, que Louise poussa un cri et me donna dans les côtes un coup de coude véhément. Le drap défait s'anima sous nos yeux, se gonfla à la verticale sous l'action d'une poulie invisible. Louise se mit à dire en bégayant que nous nous excusions, que nous passions par là, que nous ne voulions pas, mais le drap s'agita comme s'il voulait clouer le bec de ma sœur, poursuivit sa vigoureuse érection et retomba d'un seul coup avec le mouvement ample que j'avais vu à Oursière quand fut dévoilée, en présence des autorités municipales, la statue d'Ernest Percepied (1882-1965), naturaliste local, reconstitué en granite rose, tenant au creux de la main la grenouille qui lui avait ouvert les portes de l'Institut. Ce n'était pas Ernest, mais un homme hirsute et maigre, entièrement nu, perché sur de longues jambes. Il nous regarda d'un air hagard, et chassa de la main une mouche. « Oh ! la la ! mes enfants, fit-il d'une voix rauque, l'Iménoctal, quel coup de canon ! Je m'appelle Saroyan. Avez-vous vu mes pantalons ? »

Il se laissa retomber sur le lit, s'étira mollement et poussa un soupir : « Ouvrez-moi les volets, que la lumière entre et que la mouche s'en aille, mais pas trop, s'il vous plaît, j'ai mal aux yeux. » S'ensuivit un dialogue que j'ai quelque peine à reconstituer, distrait que j'étais par ma sœur dans tous ses états, lorgnant le sexe imposant de notre hôte, qui reposait sous un pubis ébouriffé. Toute fébrile, Louise réussit à saisir dans la pénombre un caleçon rayé et un pantalon de toile qu'elle tendit du bout des doigts à Saroyan en lui disant que ses sandales étaient sous le lit et elle fila ouvrir les persiennes. Elle se retourna, le rouge aux joues : « L'Iménoctal est un barbiturique, c'est le facteur qui en prend parce qu'il a des insomnies, mais Lucette la pharmacienne m'a dit que c'est dangereux » (c'était vraiment Mademoiselle je-sais-tout). « Le facteur a le tournis de ses tournées, le pauvre », dit Saroyan en ajustant les boucles de ses sandales. Je me mis à rire de bon cœur, et Louise aussi. « Passez-moi une chemise, n'importe laquelle, là dans le tiroir, et prenez un berlingot dans la boîte ronde sur la table. » Louise lui apporta une chemise, la déplia et dit qu'elle aimait ce bleu sombre et ces rayures carmin. « Oui, elle n'est pas mal », admit le dormeur encore hébété (mais qui jetait des coups d'œil autour de lui). Ce compliment lui faisait plaisir, la chemise venait d'un chemisier raffiné, c'était son seul luxe, Zoé aussi l'aimait bien, mais au fait, connaissions-nous Zoé ? Non ? Bon sang, il faut faire sa connaissance au plus vite, car elle se sent un peu seule dans ce pays qui est pourtant celui de ses ancêtres. Pour l'instant elle est partie à B. avec sa mère, consulter un dentiste au nom cocasse de Castagnette, espérons qu'il y connaisse quelque chose. Et nous, comment nous appelons-nous ? Louise et Thomas, bravo, deux jolis prénoms. Pour en revenir à la chemise (dont il avait du mal à enfiler la manche gauche), il croyait de plus en plus que les vêtements sont, comment dire ? quelque chose de très important. À ce propos, lorsqu'il avait vingt ans, il vivait avec sa mère, aujourd'hui il avait quarante ans, le temps passe vite, mais est-ce que nous avions soif ? Peut-être étions-nous pressés ? Pas du tout, nous avons tout le temps, oui, reprenons un berlingot, oui, d'accord, asseyons-nous sur les fraîches tommettes rouges, le dos appuyé au mur blanc, légèrement, merveilleusement bosselé…

C'est ainsi que nous fîmes connaissance de Patrick Saroyan, qui nous parla tout de suite de sa mère et nous gava de berlingots puis de fruits confits. Donc, il vivait avec sa mère dans les années cinquante. Ils habitaient rue Lepange, une petite rue qui donnait dans la rue des Batignolles, nous voyons où ? « Pas tellement, dit Louise, nous ne sommes jamais allés à Paris, mais nos parents ont décidé de nous envoyer là-bas en septembre. » Cette mère était italienne, elle était née à Carpi, dans le Nord. C'était une femme merveilleuse, sévère et amorale, eh bien non, ce n'est pas contradictoire. Ils habitaient trois pièces en sous-sol, fort humides, elle le forçait à travailler, mais en même temps elle le laissait inviter des filles dans sa chambre et allait se promener à Montmartre ou à Clichy pendant qu'ils faisaient l'amour. Quand elle revenait, la fille était un peu effrayée par cette femme en noir, qui l'apostrophait : « Ah ! la la ! est-ce que vous allez passer l'agrégation à sa place ? » (*A-t-il parlé de sa mère tout de suite ? L. Soit. Il est possible que cet épisode soit le condensé de plusieurs bribes de souvenirs égrenés au cours de ce délicieux été.*) On accédait à ce sous-sol miséreux par une échelle, à l'échelle par un soupirail, au soupirail en passant devant l'échoppe d'un cordonnier amoureux, qui donnait des chaussures à la mère de Saroyan pour lui témoigner sa flamme. Le cordonnier avait un ami tailleur qui jouait les émissaires (et qui devint à son tour amoureux, peut-être par mimétisme, ce n'était pas étonnant pour un tailleur). C'est ainsi que Saroyan apprit à reconnaître l'arme à peine visible des vêtements et des chaussures de qualité (une arme sensuelle liée à la jalousie et à toute la vie excitante des passions) et l'art de raccommoder les triples coutures, non pas avec du fil synthétique, mais avec un ligneul tressé de chanvre, de lin et de poix. Chaque étoffe pesée en once, identifiée du bout des doigts en fermant les yeux, chacun des cuirs et son parfum donnaient à Saroyan, quand il était enfant, le grain subtil des émotions que sa mère inspirait aux artisans. Louise l'interrompit pour lui dire que Gustave, le cordonnier d'Oursière, était un adversaire déclaré du ligneul (un adversaire déclaré… la grandiloquence de ma sœur me stupéfiait). « Il dit qu'il faut évoluer, fit Louise avec un geste entraînant, que le ligneul est une technique dépassée et que de toute façon un cordonnier doit rester modeste. Or, sous prétexte de travail luxueux, réparer une chaussure avec du ligneul l'oblige à s'enfermer plusieurs jours dans son magasin et à négliger les autres clients. C'est amusant, non ?

— Ce Gustave me paraît très sensé, en effet », dit Saroyan, en regardant Louise d'un air pensif.

Il consulta sa montre, déclara que c'était l'heure du thé, tira d'on ne sait où trois tasses et brancha une bouilloire électrique qui se mit à siffler. Depuis que nous avions pénétré dans sa chambre, il n'avait cessé de tenter de nous séduire, mais à tâtons et comme par mégarde. En buvant son thé, doré comme la lumière que le ciel déversait sur la maison (*eritis sicut dei*) et en mangeant ses fruits confits, j'eus l'impression que ce goûter ne procédait pas d'un mouvement d'hospitalité, mais de l'ouverture d'un enclos où Louise et moi avions licence de nous ébattre, et où s'exprimait pour lui la hâte de ne pas être seul. Cette hâte nous émut, car d'une certaine manière nous avions eu, enfants, partie liée avec les formes diverses de la réclusion (et ce récit n'est que la formulation, la plus ensoleillée possible, d'une seule question : pourquoi, Louise, sommes-nous seuls ?). La porte de la chambre donnait sur le couloir obscur. La fenêtre s'ouvrait sur la lumière de l'après-midi en déclin, la pièce prenait l'allure d'un bivouac en clair-obscur, dont témoignaient l'attirail du voyageur, la malle, les livres en vrac. Une mouche bleue trouva le passage des persiennes et s'enfuit. Saroyan se leva, alla vers le balcon, scruta la forêt tremblante d'évaporation. L'odeur du lierre vint vers nous, saturée par les effluves d'un gardénia fiévreux. Avions-nous remarqué combien le bois est noir, et le morceau de prairie jauni, asséché ? Ici, le paysage est souvent formé de variations abstraites par pans rectangulaires, comme des étagements sans communication réciproque. Et notre lycée, comment était-il ? Des amours étaient-elles nées dans notre classe ? Est-ce que nous aimions la botanique ? Je laissai Louise ferrailler bravement dans ces passes d'armes bizarres, sa tasse de thé à la main, et vis s'élargir entre Saroyan et elle la surface des sujets décousus qu'ils se promettaient, sans le dire, d'explorer. Plus tard, bien plus tard (à vrai dire plus de vingt ans après, dans la petite chambre de Louise à L., Massachusetts, empourprée derrière sa vitre, qu'effleurait une branche de tremble enflammée par l'été indien), Louise et moi cherchâmes à reconstituer les méandres de cette première conversation. « Il me semble, dit Louise, que Saroyan nous expliqua pourquoi il tenait à la botanique comme d'ailleurs aux langages techniques et que…

— Il me semble surtout, l'interrompis-je, que, cet après-midi-là, nous n'eûmes pas plus tôt ouvert le premier herbier qu'une planche s'ouvrit non sur la feuille de ginkgo qu'il nous avait annoncée, mais sur trois photographies d'adolescentes nues dont l'une était emmêlée à l'autre et d'ailleurs…

— Mais non, fit Louise en haussant les épaules, ce n'était pas ce jour-là. Ce que tu peux être injuste ! N'enlève pas à cet après-midi son charme. Il se déroule dans la torpeur d'une sieste d'été et (pour lui) l'ivresse des barbituriques. Rappelle-toi : il nous dit tout à trac qu'il ne fallait pas craindre les vocables précis, comme ceux qu'offre la botanique, parce qu'ils nous permettent de nommer les choses par leur nom propre et non leur nom commun, c'est-à-dire je ne sais quel concept de plus en plus vague.

— Je me demande si, cette fois-là ou plus tard, devant ces filles que tu feins d'oublier, il ne voulait pas dire que le mot précis est comme le nom proféré par l'amoureux à sa fiancée aux formes splendides. À moins que… »

5

Aboiements ou cris de geai dans la forêt touffue ? Aboiements plutôt, suivis de claquements de portières, d'une course menue dans l'escalier et le couloir sonore. Un petit chien sauta sur Saroyan, lui lécha le nez d'un unique coup de langue, bondit sur nos genoux et reprit sa course dans la maison. « Aide-moi, Zoé, voyons, fit une voix soudaine, ne reste pas plantée. » Réponse inaudible. « Voilà Zoé, descendons », dit Saroyan. Il descendit. Tu descendis. Nous descendîmes et, au pied de l'escalier, on trouva un matelas pneumatique en train de se dégonfler en chuintant, une paire de lunettes effilées, un grotesque bonnet de bain à fleurs artificielles accroché au bouton d'une porte. La même voix haut perchée nous parvint de la cuisine avec des bruits de papier froissé. « Patrick, vous êtes là ? Ce Castagnette est loin d'être un idiot, Zoé n'avait qu'une carie minuscule après la première molaire de gauche. Elle se porte comme le Pont-Neuf.

— Ne hurle pas, maman », fit une voix sourde. La mère et la fille sortirent en même temps des ténèbres du couloir. Elles ne se ressemblaient pas. La première était une femme assez petite, au visage émacié, qui darda vers nous une longue cigarette, et qui s'avança pour nous embrasser sans sourire, en nous annonçant sur un ton impérieux que notre mère était charmante. Tous ses gestes étaient agités, elle nous dévisagea et se retourna vivement. De Zoé, je ne vis d'abord qu'une chevelure blonde flamber au centre de la colonne d'ombre que dessinait l'encadrement de la porte. Elle en sortit en souriant, c'était une fille svelte et d'allure sportive, de haute taille, qui me tendit sans façon ses joues : j'eus le temps (du moins, je le crois aujourd'hui) d'enregistrer de ce salut naïf quelques détails que, bien plus tard — c'est-à-dire quelques semaines —, j'aimai passionnément : des épaules un peu fortes, un short de toile rouge, des façons gauches, quelque chose de lourd et de dégingandé dans son allure (*Tu te trompes. Elle n'avait pas de short rouge ce jour-là, mais une robe turquoise très courte et assez vilaine. Louise. C'est toi qui te trompes. Elle portait un short et un polo de plage très flottant. Thomas. Ton obsession des plages — et parfois des images stéréotypées — t'égare. Elle revenait de chez le dentiste et elle n'était pas en short.*) Jane s'appliqua à presser le matelas pneumatique, aidée par Saroyan dans sa recherche du bouchon qui avait roulé sur le sol. Elle suggéra à Zoé d'aller jouer dehors ou plutôt de nous faire visiter la maison.

Zoé conduisit ses timides invités au grenier et les subtils faîtages développèrent sur nos têtes leurs arborescences poussiéreuses. Par la lucarne, on vit le ruisseau d'argent de la lumière qui serpentait comme un trait de grésil. Une araignée se laissa glisser sur son fil et se balança à hauteur de nos yeux. Zoé nous fit descendre à la bibliothèque, une salle au plafond bas, et Louise assura qu'elle n'avait jamais vu autant de livres. Tigron suivait Zoé de pièce en pièce. Il avait chaud, et s'affalait à chaque station, cherchant la fraîcheur d'un carrelage. On le fit boire dans un cabinet de toilette. Il n'avait que deux ans, nous dit Zoé, et Saroyan (je notai qu'elle ne le nommait pas par son prénom) se désespérait que Tigron eût le penchant lamentable de faire fête au premier venu. Au bout d'une demi-heure d'errance dans la maison, tout le monde s'ennuyait ferme. Zoé avait une moue polie et un front soucieux, puis elle sourit en disant qu'elle avait une idée. Pourquoi ne pas aller à Oursière acheter des sandales ? Bonne idée, dit Louise, elle rêvait d'avoir pour l'été une paire d'espadrilles.

Notre trio reprit le chemin torride d'Oursière. Avant de parvenir à l'échoppe des sœurs Lopez, on passa devant la cour d'un tonnelier d'où s'échappait une odeur de tanin, mêlée à celle de petites poires âcres. Le tonnelier, un homme trapu et jovial, roula un tonneau à toute vitesse, y versa de l'eau bouillante et tapa sur la bonde avec un maillet. Zoé n'avait jamais vu ça, et Louise lui dit qu'il fallait vérifier que le tonneau était bien étanche. Le tonnelier nous fit un signe amical mais préoccupé. Il se pencha sur le tambour qui semblait le corrélat amplifié de son ventre. Avec des onomatopées, il nous prit à témoin qu'il y avait une fuite : la vapeur faisait fuser entre les douelles ajointées un peu d'eau sifflante. Louise dit : « Oh ! la la ! ça fuit.» L'autre hocha la tête, reprit son maillet et cogna de toutes ses forces sur les cercles, tâta les douves avec des paumes inquisitrices, puis, prenant le tonneau à pleins bras, il le déposa sur des cales, et le tapota avec douceur.

Quelques pas encore, et le parfum du magasin des sandalières dissipa l'odeur du tanin. La boutique sentait la corde, la toile fraîche, la sciure. Marguerite et Valentine étaient des dames joufflues, dont les cheveux gris étaient roulés dans un filet. Perchées sur des chaises hautes, qui étaient équipées d'une tablette comme des fauteuils de bébé, les sœurs bavardaient, cousaient la toile sur les semelles de corde, tout en décochant des ordres à leur commis. Qui était cette belle fille ? lança Marguerite. Ah ! si, elle savait, c'était la jeune Américaine qui venait sans doute chercher ici chaussure à son pied. Valentine, noiraude et moins exubérante que sa sœur, pouffa de rire. Que voulait dire Marguerite ? demanda Zoé à voix basse. « C'est un jeu de mots sur "chaussure", répondit Louise prudemment, mais regardons plutôt le panier à tissus. » (Pour la première fois, je remarquai que Zoé ne saisissait pas toutes les nuances du français, qu'elle parlait pourtant presque à la perfection, et sans accent.)

Derrière le comptoir, on pouvait plonger les bras dans un baquet où s'entremêlaient ces tissus multicolores que les sœurs Lopez nommaient fantaisies. Zoé s'extasia devant une toile turquoise, de belle couleur mais assortie de fleurs assez mièvres. Bien qu'elle fût aux prises avec des clientes espagnoles, toutes perles et rouge à lèvres, Marguerite jeta sur Zoé un coup d'œil aigu. Non, elle ne lui conseillait pas ça pour ses premières espadrilles. Qu'elle prenne plutôt un rouge uni, c'est plus élégant. Embarrassée, Louise indiqua à Zoé que chez les sandalières on se bornait à faire semblant de choisir, qu'il fallait suivre leur goût et que leur goût les portait à l'austérité de la couleur pure. Ce n'était pas sans dédain qu'elles offraient à leurs clients de passage des fibres à motifs, car elles considéraient ces tissus comme contraires à l'essence de l'espadrille. Elles mettaient d'ailleurs dans le même sac, si l'on peut dire, la double semelle et le caoutchouc renforcé. En revanche, elles préconisaient les lacets, de longues bandes de coton qui s'enroulaient autour des chevilles et dont le nœud, fixé à mi-mollet, était d'une précision marine. Seule la semelle de chanvre était digne d'elles.

Les Espagnoles exigèrent la livraison en trois jours de huit paires. C'est impossible, répliqua Marguerite, la saison était lancée (elle ponctua ce mot en agitant un index potelé), elle ne dormait plus que trois heures par nuit, ce n'était pas sa faute, mais celle de la journaliste qui était venue il y a deux ans, une blonde excitée qui avait fait un article sur la boutique dans un magazine féminin. Marguerite adressa ces clientes à Valentine comme à une concurrente lointaine, avec un sourire cerné de deux rides, signes d'un mépris têtu, et elle descendit lourdement de sa chaise pour prendre le tissu rouge des mains de Zoé. « Que vous allez être belle, ma petite, s'exclama-t-elle, montrez-moi votre cheville. Voulez-vous des lacets bleus ? » Zoé s'empressa de dire oui. Marguerite mesura son pied, et découpa avec ses ciseaux le tissu nécessaire à la confection des sandales. Dressant devant nous la toile rouge, manipulant le mètre et les ciseaux, elle fit fuser de sa bouche les questions que Louise et moi n'osions pas poser. Le retour des Orion était-il définitif ? Quelle marque de frigidaire avaient-ils choisie ? À quelle date leur charmant papa allait-il se manifester ? Ressemblait-il à leur ami professeur ? Est-ce qu'en Amérique on croyait à l'Immaculée Conception ? Zoé savait-elle que le grand-père Lopez — c'est ainsi que Marguerite nommait son propre aïeul — avait travaillé lui aussi à Huelva avec les frères Orion ? Toute souriante et gauche, Zoé se balançait sur ses longues jambes. Elle répondit du mieux qu'elle pouvait à Marguerite. Des bandes et des filaments de cheveux tremblaient sur la tête de Zoé quand elle se retournait pour nous lancer des œillades amusées. Elle annonça à Marguerite qu'elle avait déjà chaussé des espadrilles une fois dans le Colorado. « Le Colorado ? s'exclama Marguerite. Crois-tu, ma petite, que je pourrais y envoyer Valentine pour y ouvrir une boutique ? » Valentine se trémoussa sur son perchoir, et tendit à Marguerite les lacets bleus que Zoé avait choisis. Nous sommes d'accord, Louise : ni Zoé ni moi n'avons un souvenir très précis de ce que Zoé raconta vraiment aux sandalières (et pourtant, combien j'aurais dû prêter attention à son allusion au Colorado...). Non, elle n'avait jamais entendu parler de Huelva. Oui, elle avait envie d'une seconde paire, non pas couleur citron, mais plutôt de cet autre jaune, si lumineux, qui tirait sur le bouton-d'or.

6

Le lendemain matin, Louise et moi mettions le cap sur B., à bicyclette. « Elle n'est pas mal, Zoé ? lança Louise derrière moi. Avoue qu'elle te plaît. » Elle se demandait seulement si Saroyan était l'amant de la fille ou de la mère. Voilà le hic. Elle se porta à ma hauteur pour juger de l'effet de sa fine observation. Mais non, fit-elle en haussant les épaules, elle disait ça pour rigoler. Mais qui était Saroyan ? Un pique-assiette ? Un philosophe ? Un poète peut-être, comme le prétendait Zoé ? Nous avions bien interrogé au passage Mlle Georges, professeur de français au lycée d'Oursière, que nous avions surprise en train d'ouvrir ses volets, drapée dans une robe de chambre en nylon rose. Sous le casque mycénien de ses bigoudis, elle jura qu'elle n'avait jamais entendu parler de Patrick Saroyan. Il nous restait donc la bibliothèque municipale de B., dont les fichiers nous renseigneraient peut-être sur Saroyan, sa vie et son œuvre, avec l'aide de Janine, la bibliothécaire anguleuse qui avait pris Louise en affection (pour ne pas dire plus) et lui laissait compulser les livres de la section Curiosa.

B. n'était distante d'Oursière que de douze kilomètres. La route serpentait d'abord au fond d'un bois, lui-même encaissé entre les coteaux d'altitude, au flanc desquels les meules chancelaient dans la lumière rasante, telles de grosses quilles. Je respirai le souffle humide qui montait des aulnes, et secouai les mains aux picotements du guidon et des poignées de caoutchouc. Zoé me plaisait-elle, comme Louise l'affirmait sans me demander mon avis ? Certes, les coups de tête joyeux qu'elle donnait pour rejeter ses cheveux en arrière, ses lèvres entrouvertes, et comme collées encore à l'enfance, me touchaient. Mais que penser de sa beauté un peu froide ? De l'éloignement brumeux qui parfois semblait ternir son regard ? Devais-je donc toujours être à la traîne, ne me glisser que peu à peu dans l'exaltation de ma sœur, si prompte à s'enticher ou à condamner ? Passé le bois, je rappelai à Louise qu'il fallait pédaler plus vite, car la route montait en lacet dans les collines, et nous fîmes racler joyeusement nos débrayeurs. On fit halte au bord d'une prairie en pente, toute fraîche — alors que ses voisines étaient souvent pelées —, en raison d'une source et de son ruisseau. Cette source, on la voyait changer selon les saisons. Au printemps, les crocus, les narcisses perçaient l'herbe embrouillée, si belle avec la teinte de paille que lui avait donnée la neige. Le filet d'eau ressemblait alors à une passée de bête coupée d'échancrures boueuses, comme des souilles, mais maintenant le ruissellement était enfoui dans l'herbe, et on ne le devinait qu'à sa musique intermittente, à des bouquets de renoncules qui en suivaient le cours, comme de tendres balises. Louise plongea la main dans l'herbe, les boutons-d'or, découvrant un bassin que la source avait formé, sous une minuscule cascade, tout enténébrée.

Accroupi dans l'herbe, je relevai la tête et vis par-dessus l'épaule de ma sœur, à l'autre bout du champ, un merisier et ses branches rouges. Un merisier, ce rouge et ce rose, était-ce ce que je verrais de plus beau ? Pourquoi ? « Crois-tu que Saroyan s'intéresse à Alexis ? » dit Louise.

Un mot d'Alexis. Louise, je l'ai dit, s'identifiait depuis qu'elle était enfant à des femmes et des hommes illustres, qui formaient une troupe changeante, hétéroclite, dont les élus finissaient par vivre avec nous dans une accointance familière, comme le chien et le chat. Ils appartenaient, dans l'esprit fertile de ma sœur, à des mondes différents, des ordres hiérarchisés. Il y avait la Gloire et la Puissance, que Louise mettait directement en scène lorsque nous mimions, avec quelques camarades, le début de la Seconde Guerre mondiale. Louise s'arrogeait toujours le rôle de Churchill et prononçait des discours véhéments, qui promettaient du sang, de la sueur et des larmes. Il y avait le Luxe et la Luxure, incarnés par des actrices de Hollywood — car les stéréotypes ne l'effrayaient pas —, par Mick Jagger qu'elle idolâtrait, par quelques starlettes d'un jour ou des play-boys en voie de disparition. (Ainsi, ma sœur avait quelque indulgence pour le charme vulgaire du séducteur Porfirio Rubirosa qu'elle appelait Rubi. Nous avions des photographies de Rubi, à cheval à Deauville, à la pêche à Key West, ou, l'air perplexe, à bord du bombardier, dit forteresse volante, qu'une de ses épouses fortunées lui avait laissé en cadeau de divorce.) Elle aimait aussi le genre « loser », bellâtre idiot, rocker fugace, figurant avec hallebarde. Mais n'oublions pas que Louise voulait avant tout se hisser vers l'ordre de la Beauté et de l'Énigme : savants, philosophes et saints peuplaient ses nuits et la hantaient. La liste de ces modèles serait trop longue à établir, d'autant plus qu'elle procédait à des révisions régulières. Parmi eux, figurait le poète Saint-John Perse. Louise savait par cœur sa haute cantilène, depuis « Images à Crusoé » jusqu'au poème tardif « Neiges ». Très tôt, elle avait perçu et admiré le don qu'avait cet auteur pour le dédoublement théâtral, les métamorphoses. Celles-ci, disait Louise, portaient sur son nom (Leger ? Saint-

Leger ? Saint-Leger Leger ? Et que dire de son pseudonyme, lui-même double ou triple ?), mais aussi sur la multiplicité des intérêts d'Alexis et des rôles qui semblaient en être l'expression : botaniste, diplomate, marin, juriste, géologue, conseiller de la cour chinoise, nageur, amant. Cet intérêt passionné de Louise pour Alexis Leger, je crois qu'il venait de son goût réel pour le lyrisme — avec, reconnaissons-le, ses équivoques et ses facilités — mais aussi pour les actions d'envergure dont elle rêvait. Mes parents et moi, elle nous rebattait sans cesse les oreilles avec Alexis, et je me réjouissais assez, sur cette colline où nous faisions halte, qu'elle fût impatiente d'en parler avec Saroyan. J'ajoute, en dehors de ça, qu'elle était attirée, sans encore oser s'en approcher, par quelque chose d'informulé qui n'était parfois, sans doute, guère éloigné d'un état mystique.

À B., les portes de la bibliothèque s'ouvrirent des mains mêmes de Janine, plus maigre et osseuse que jamais. Elle nous fit un sourire qui découvrait les gencives, félicita Louise pour sa minijupe rose, et pour ses jambes déjà bronzées. Que venions-nous faire de si bon matin ? Glaner encore quelques renseignements sur Saint-John Perse ? Elle craignait que la bibliothèque n'eût à cet égard livré ses derniers secrets ; en revanche, elle venait de recevoir sur papier vélin d'Arche les derniers récits de Sibylle Sylla, d'inspiration érotique et féministe, et elle se ferait une joie… « Non, Janine, dit Louise, nous voulions seulement savoir si nous pouvions trouver des textes d'un certain Patrick Saroyan.

— Saroyan ? » fit Janine d'une voix flûtée.

Louise ne confondrait-elle pas avec un romancier du même nom, épris d'atmosphères moites et d'assassinats dans les champs de maïs ? Nous verrions bien. Janine nous précéda dans le couloir qui menait à la bibliothèque, une coursive bordée de vitrages qui ouvraient sur un préau d'école. C'étaient les vacances, seul un chat trottinait sur le bitume, où des feuilles de platanes faisaient des taches dorées. Avec ses talons aiguilles, Janine émettait un bruit de danseuse de claquettes. Elle signalait à Louise que, puisqu'il faisait si chaud, elle proposait de l'emmener se baigner avec une de ses amies, une esthéticienne remarquable, une femme de grande beauté, qui lui apprendrait à se maquiller, et à se vernir les ongles des pieds dans une couleur assortie aux sandales. Après tout, Louise était maintenant une femme, il fallait qu'elle sorte de ses bouquins, laisse un peu les garçons, qui étaient souvent des mufles et ne pensaient qu'à coucher. « J'aime bien les garçons, dit Louise fermement.

— Et alors ? » répondit Janine en compulsant le fichier général.

Rien n'empêchait Louise d'avoir une bande de copines, un peu plus âgées peut-être, mais toutes sympathiques. Louise rencontrerait une vendeuse de fourrures, et aussi un professeur d'histoire férue de Louise Michel. Pas mal, non ? Il y avait d'ailleurs deux nouvelles recrues : une pâtissière spécialiste de truffes au chocolat, et la batteuse du groupe rock Les Antillaises, une rousse exubérante, kinésithérapeute de métier, qui avait des mains de magicienne. On espérait la venue d'une championne d'aïkido.

Pas de Saroyan dans le fichier général. Pas de Saroyan dans l'Enfer de la bibliothèque (un fichier dans le fichier, que Janine n'avait pas besoin de vérifier, car elle le connaissait par cœur). Ne nous démontons pas. Montons plutôt sur l'escabeau de l'allée F. L'escabeau menait à une échelle d'aluminium, d'où Janine désigna une rangée d'ouvrages où figuraient douze volumes, intitulés *Fiches et fichiers de littérature moderne en langue française*, du docteur Egon Seidl-Hazelbach, natif du canton des Grisons, mais professeur à l'université de Saint-Gall (le bougre s'était expatrié), qui avait procédé à la mise en fiches bibliographiques, et analogiques (je ne fais que citer la quatrième de couverture), de la littérature française du XXe siècle, selon une astuce inédite de « renvois transversaux » (c'était, à quelques années près, la préfiguration de quelque assommant protocole informatique). Cet ouvrage, nous expliqua Janine, était remis à jour avec une régularité de pendule, grâce à un ingénieux système de feuillets mobiles, et aux livraisons bimensuelles du docteur. Le dernier cri du coucou helvétique avait fait choir sur la table de Janine une notice de trois cents pages perforées sur la poésie contemporaine. Saroyan n'avait pas échappé à l'acuité maniaque de Herr Egon, puisqu'il figurait à la page 1121 : « Saroyan Patrick, né à Paris en 1928, poète, essayiste : *La béatitude aux pieds légers*, poèmes, GLM, 1952 ; *Il y a le il y a*, poèmes, GLM, 1959 ; *Le merisier*, 1962, poèmes, Buchet-Chastel, 1965 ; *La main et la mort*, essai, L'Âge d'Homme, 1966. Poète rare et hermétique, dont la forme souvent aphoristique n'est pas dénuée de lyrisme. »

Herr Egon ajoutait quelques références : Ernestine Vion, « Trois essais sur la poésie moderne », *Revue vaudoise,* 1961, p. 203 et suiv. ; P. Derville, « Saroyan : un chaman pompeux », revue *Le Songe*, 1966, p. 104.

Eh bien, non, nous ne saurions pas ce qu'Ernestine Vion pensait des œuvres de Saroyan. On ne peut pas tout avoir, soupira Janine, mais nous nous consolerions avec *Le Songe*, une revue ultramoderne que Janine dévorait tous les mois. Nous allions voir ce que nous allions voir, quel éclectisme passionnant dans cette revue, il y en avait pour tous les goûts : psychanalyse, étude des formes narratives, sémiologie transformationnelle et tutti quanti. Bref, une revue d'inspiration maoïste, où écrivaient des gens tellement brillants, souvenons-nous qu'il faut absolument être moderne, Louise était d'accord ? Quant à Derville, c'était vraiment quelqu'un de remarquable, dit-elle en gravissant cette fois une sorte d'échelle de corde, avec l'entrain d'une acrobate partie pour les hauteurs du chapiteau. Un critique hors pair, ami du savant linguiste Nono Choksy (connaissions-nous le charmant Nono, avec sa barbe et ses breloques ?), celui-là même qui avait si fermement pris parti pour le Front de Libération révolutionnaire. Du haut de l'échelle, tout agitée et l'air d'une folle, Janine brandit le précieux numéro. Elle nous fit la lecture de l'article avec des roucoulements de gorge admiratifs.

Dans ce texte, dont j'ai oublié le détail, Paul Derville démolissait Saroyan. Il stigmatisait un certain sens de la beauté (mot qui était absolument condamné par Paul, mais aussi, nous dit Janine, par Jean et Jacques, autres rédacteurs de la revue, ils étaient d'ailleurs douze), éreintait la recherche de simplicité qu'il décelait dans le travail de Saroyan, et un « lyrisme feutré » qui faisait preuve d'une « incompréhension totale de notre temps ». Ni Louise ni moi, reconnaissons-le honnêtement, n'avons saisi sur le moment le sel de la scène, ni ses allusions obscures aux querelles de l'époque, scène qu'il revient à Janine, perchée sur l'échelle comme si elle était montée en chaire, d'avoir interprétée avec l'hystérie assez charmante qui la caractérisait (paix à son âme, elle mourut quelques années plus tard d'un affreux sarcome de la peau, qu'elle affronta avec vaillance, toute à sa joie d'avoir pu lire *in extremis* un récit sur des enfants autistes, qu'un antipsychiatre renommé soignait en les faisant déambuler dans la campagne). Pas davantage ne nous sommes-nous étonnés que, grâce à Janine et à ses copines dans le vent, la vogue du structuralisme, de la sémiotique, du fatras oulipien (ne cherchons pas dans le dictionnaire, sauf au mot « cendre »), ait fait vibrer, si peu que ce soit, la petite ville de B. recrue de soleil cet été-là, qui s'étirait dans la touffeur de ses arcades, et se lovait si tendrement autour de son pont et de ses conserveries de poisson. (*Un ou deux mots de trop ici. Bien sûr. L.*)

« Peu importent les critiques, dis-je à Janine, il faudrait se faire une idée par soi-même.

— Quand même, c'est mauvais signe », dit Janine d'un ton sec en remettant *Le Songe* dans son rayon.

« Janine ne m'aime guère », soufflai-je à Louise, tandis que nous prenions congé de la bibliothèque et de la bibliothécaire. Elle me considérait comme un adolescent ignare, en quoi elle n'avait pas tort. Grâce à son ton méprisant (certes accentué par le charme que Louise exerçait sur elle), je recomposais l'image que le saphisme énervé de Janine exagérait, mais ne trahissait pas. Mon père et moi, nous ne serions sans doute bons qu'à pêcher à la mouche, à décocher bêtement des coups de poing, à découper des bûches plus vite que les autres, à fanfaronner, à paresser. Ma mère et Louise assureraient la stabilité familiale, et Louise irait à l'université. Et il y avait sans doute du vrai dans cette caricature. Quelle violence monstrueuse je sentais en moi, quelle envie de violer Janine, et de faire voler en éclats, d'un revers de la main, les lunettes sottement fumées de Paul Derville (Janine nous avait donné ce détail) ! De le voir baigner dans son sang ! Et pourquoi ? Réponds-moi, Louise, fais une parenthèse utile pour une fois ! Un mot, bon sang ! Ne me laisse pas devant le vide papier ! (*Mais non ! Louise.*)

7

Les trois ou quatre jours qui suivirent, je vis peu Zoé. Le dentiste s'était trompé de diagnostic. Zoé était affligée d'un abcès qui nécessita des visites quotidiennes à la « clinique dentaire » de B. Malgré mon insistance, elle ne voulut pas que je l'accompagne à ces séances (après tout, me dis-je, nous nous connaissions à peine). Tout de même, je lui fis une ou deux visites, avant que sa mère ne la conduisît en voiture à B. Elle me reçut dans un cabinet de toilette, penchée sur un miroir, occupée à nouer une tresse unique. En pénétrant dans la voiture conduite par Jane, elle me fit un signe amical. Elle avait vaguement l'allure d'une jeune reléguée à laquelle on aurait permis de conserver un sac d'osier, et même de porter un short de toile, qui dévoilait de merveilleuses jambes sur lesquelles blondissait un duvet, et je fus ému par le courage un peu bourru avec lequel elle prit son mal en patience.

Zoé m'apprit que Saroyan était professeur de littérature française à Albuquerque, au Nouveau-Mexique, et qu'il prenait une année sabbatique (en dehors de quelques conférences). Il connaissait les parents de Zoé de longue date. Tout naturellement, dit Zoé, il les avait suivis en France. Ni à Louise ni à moi, ce « tout naturellement » ne paraissait tout à fait crédible, mais qu'importe ? Louise se fit vite un ami de Saroyan. Tous les matins, ils avaient ce que Jane nomma avec amusement « leurs entretiens ». Quand je parle du matin, j'exagère. Louise était debout à six heures, comme toujours, mais il lui fallait attendre que Saroyan se lève, et faire ce qu'elle appelait le « pied de grue » parfois jusqu'à midi, car Saroyan prenait des barbituriques pour s'endormir et ingurgitait aussi des amphétamines pour se réveiller. « Jusqu'au jour où son cœur lâchera. De toute façon, ce ne sont pas des manières de se lever à midi », dit ma mère, agacée.

Il finissait par sortir, impeccable dans ses pantalons de toile ou d'alpaga, dans des chemises au rouge raffiné (ou bleu pâle, assorties à ses yeux, ajoutait Louise), mince et droit, les cheveux noirs plaqués en arrière et le regard encore vague. « Il est vraiment mon genre », me dit Louise. Il y avait dans la maigreur de Saroyan quelque chose qui rappelait à Louise des hommes dont son tempérament de midinette sophistiquée s'était entiché depuis toujours : le torero Luis Miguel Dominguín, par exemple, et surtout le coureur automobile Juan de Portago, qui était enterré non loin d'Oursière. Et pourtant, Saroyan n'avait ni auto ni taureau. Seulement deux petites valises dans sa chambre, le fer avec lequel il repassait soigneusement ses vêtements, et quelques livres. Louise et lui descendaient d'abord l'allée bordée d'hortensias qui serpentait mollement au flanc de la colline des Orion. Puis ils faisaient les cent pas dans ce qu'on nommait, à Oursière, le jardin public, composé de trois parterres de géraniums, de la statue de Percepied et d'un bassin à têtards. D'une lucarne située dans le grenier, près de laquelle deux pigeons avaient établi leur gîte, je pouvais les apercevoir. Je grimpais là-haut de temps en temps, et regardais ma sœur, inlassable bavarde, faire de grands gestes en direction de Saroyan, qui me paraissait encore plus efflanqué dans la distance, surtout quand la fumée gris perle de son cigare étirait sur sa tête un panache qui se terminait en corolle de volutes, et apparentait vaguement sa silhouette à celle d'un sorcier de Bornéo, dont la photographie figurait au lycée dans un album consacré à l'art plumaire d'Océanie.

«Il ne s'intéresse pas à grand-chose», dit Louise étonnée. Elle lisait beaucoup, la pente de son esprit était celle d'un encyclopédisme débridé qui souvent la laissait épuisée et perplexe. Que fallait-il aimer? L'aphorisme ou la grande période lyrique? Que fallait-il croire? Que notre monde est composé de monades, ou d'une substance unique comme un indéchirable tissu? Faut-il vraiment céder à la mode des mocassins, en glissant sous la boucle une pièce pour signaler qu'on est amoureux? Ou laisser de telles bêtises et continuer de porter des souliers défoncés et increvables? Comment trancher? Et pourquoi supposer qu'on n'a pas besoin de trancher? Ces questions la conduisaient à une curiosité désordonnée, à des lectures boulimiques, à un réseau de dilemmes dont il n'était pas question qu'elle me fît grâce, car j'étais convié à donner mon avis. Et cela repartait de plus belle. Dieu est-il une personne ou fallait-il s'orienter — comme Louise le pensait — vers la destruction d'un Dieu personnel? L'amour le plus passionné peut-il survivre à la lassitude du sexe? Par quel philtre? Que voulait dire parler, entendre, était-ce la même chose et pourquoi? De quelle maladie elle et moi étions-nous affligés (car c'est sûr, nous étions malades)? Avait-elle un nom? etc., etc.

Elle comprenait mal que Saroyan lui dise qu'il ne s'intéressait qu'à une poignée d'auteurs (parmi lesquels figurait un philosophe que Louise ne connaissait pas encore, et que nous ne tarderons pas à identifier, si ce n'est déjà fait. Disons tout de suite, comme ça on n'en parlera plus, ce serait trop long, que sa pensée est invisiblement au cœur de ce récit, lequel n'est que la divagation de l'esprit de Louise). Mais surtout, il n'y avait pas moyen de faire parler Saroyan de poésie. Il s'intéressait à des « choses superficielles », comme par exemple les vêtements. Il fit cadeau à Louise d'une chemise de toile rouge sans manches à boutons de nacre qui lui allait à ravir, et qu'elle brandit devant Marie, le cœur battant. Marie fit une grimace de désapprobation, elle ne s'expliquait pas pourquoi ce personnage d'au moins quarante ans faisait un présent à sa fille, si ce n'est pour tenter de la séduire. « C'est bien possible, répliqua Louise, je ne dis pas non, pour une fois qu'on s'intéresse à moi.

— Tu es injuste, Louise, dit Marie. En tout cas, je préfère te voir fréquenter des garçons et des filles de ton âge, plutôt que de passer des journées en conversation avec un professeur. Après tout, tu es en vacances. »

Jean venait d'émerger de sa sieste (il s'était levé à quatre heures pour une exceptionnelle partie de chasse estivale). Il nous écouta en silence, hirsute, bouffi de sommeil, et déclara qu'il ne voulait plus que Louise fît les cent pas à deux heures de l'après-midi dans la canicule du jardin public. « Tu iras à partir de cinq heures. » (Il était très rare qu'il nous donne des ordres ou qu'il prenne une initiative quelconque.) Nous sûmes peu de temps après, à l'extrême confusion de Louise, qu'il était allé chez les Orion pour les inviter à dîner, sur un ton assez péremptoire. Par la suite, grâce à une rencontre entre Jane Orion et Marie, il fut convenu que ce dîner serait précédé d'une journée au bord de la mer, et d'un pique-nique. « Eh bien, la saison est lancée », dit Louise sur un ton pincé.

Quant à moi, je voyais aussi Saroyan de temps en temps. On parlait de sa boîte à cigares, un coffret en citronnier, qu'il ouvrait pour en tirer deux cigares, l'un pour mon père, l'autre pour moi (Jean appréciait beaucoup ce cadeau). Il évoqua le charme amer des panatelas, du goût de terre et de cendre des partagas n° 4, trapus, bagués de rouge. La géographie de Cuba, il la connaissait, sans y avoir séjourné, comme un œnologue connaît à l'aveugle les cépages et les terroirs. Je devais me méfier des cigares montecristo, qui sont fabriqués de manière industrielle. Il les décrivit avec un sombre ressentiment, comme d'ennemis personnels, à l'exception des petits montecristo B., inconnus en France, qui avaient échappé par on ne sait quel miracle à la malédiction de leur famille. Je fis connaissance avec la douceur mielleuse d'un diademas de la flor de Cano, avec le développement fulgurant, de la « seconde vitesse » (c'est-à-dire de la deuxième moitié, mais encore faut-il y arriver), d'un churchill de partagas (premier exemple pour moi de la grande tribu des doubles coronas, un luxe que Saroyan disait ne pouvoir s'offrir). Grâce à lui, j'appris à distinguer la cape, la tripe et la sous-cape, et je me familiarisai avec la terre rouge de l'Est de Cuba, « où les traces de pas s'impriment comme une signature ». Pendant les trois premiers jours, je rendis visite à Saroyan vers cinq heures de l'après-midi, à l'heure où Zoé était chez le dentiste. Nous fumions tous les deux, souvent en silence. « Ainsi, me dit-il, vous allez partir pour Paris ? Et pour quoi faire ? » Je lui dis que j'allais tenter des études d'économie et que Louise irait sans doute au lycée F., dans une classe préparatoire à l'École Normale. Il tira pesamment sur son cigare et me dit que, d'après lui, c'était une mauvaise idée. Il lui semblait que Louise était une artiste et que le bourrage de crâne, le bachotage allaient à l'encontre de cette vocation. « Il vaudrait mieux qu'elle aille tout simplement à l'université, dit-il avec un geste vague, elle travaillerait moins. Elle aurait le temps de réfléchir, de paresser. » « Il t'en dit beaucoup plus qu'à moi, finalement », me dit Louise.

8

Je doute qu'une sourde compétition n'eût pas eu lieu entre ma mère et celle de Zoé, toutes les deux retranchées dans leurs cuisines pour préparer le pique-nique. Marie commença par les piments fourrés à la morue, dont mon père raffolait. Un chantonnement redoutable préludait chez elle à cet exercice, lequel suscitait la jalousie de Louise, consciente qu'elle n'accéderait jamais à la vitesse virtuose avec laquelle Marie incisait les piments, ôtait leurs courts grains durs, comblait les alvéoles d'un peu d'huile et de jus de citron. Après qu'ils eurent macéré, Marie y fourra de l'anchois, de la morue fraîche et une mayonnaise relevée de câpres. Un érotisme diffus baignait pour moi ces heures. Pour les avoir parfois effleurés de mes lèvres, je savais que les doigts de ma mère étaient piquants, livrés à leur solitaire activité, et que leur dessein n'était pas que la force à retardement des piments d'Espelette s'atténue ; plutôt qu'elle s'allie avec lenteur à une saveur de mer. Toutefois, les gestes de Marie n'étaient jamais si recueillis qu'en préparant une alose de l'Ur. On décida d'en manger une le soir, au retour du pique-nique, mais froide, préparée le matin même par Marie. Cette fois, mon père se surpassa. Il partit avant l'aube, muni d'une ligne lourdement plombée, et rapporta une alose énorme, aux lèvres tuméfiées et vaguement hilares. En quelques passes, ma mère l'ébouillanta, fit voleter sous son couteau l'averse des écailles. Elle saisit un plat de terre qu'elle tapissa de beurre et de tranches de jambon, mit de l'oseille dans les branchies et laissa l'alose refroidir, avec ce dégoût soudain qui lui permettait de s'attaquer derechef à autre chose, en l'occurrence à des poires pochées. Jane pénétra dans la cuisine, déjà embaumée de l'odeur d'amandes émondées. Elle apportait du poulet grillé, des sandwichs du pâtissier Dodin et des « russes » qu'on était allé quérir à Oloron-Sainte-Marie (gâteaux à la crème d'amande, invention aérienne du pâtissier Artigarède qui est entré dans notre légende).

Dans la matinée, on partit en deux voitures. Les Orion étaient conduits par mon père, et nous par Marie au volant de la camionnette aux ruades élastiques. Le point de rendez-vous était un bois près de la barre de l'Ur, aujourd'hui disparu. Il était entouré de dunes. Louise s'était promis de s'ennuyer ferme, à voir la pile de livres sur le siège arrière et le chapeau de faneuse trop grand pour elle dont elle s'était affublée. « Détends-toi un peu, Louise, dit mon père. Enlève ton chapeau et respire. » Elle s'enferma dans un silence exaspéré. Plus tard, sur le chemin de halage, elle se dérida. Qui sait ? Peut-être à la faveur du souffle tiède de l'estuaire, là où des îlots de roseaux et d'hibiscus demeuraient captifs de plans d'eau pure et de filets de brume qu'un soleil oblique défaisait, maille à maille, comme si ces îlots, libérés par le matin, allaient à leur tour dériver vers la mer avec une escorte de nuages et de reflets d'arbres. « Finalement, tu les trouves comment, ces Orion ? dit Louise. Un peu bizarres, non ? Enfin, ils nous changent. Tout est tellement ennuyeux ici. »

Nous avions un peu d'avance sur Jean et ses passagers. L'endroit n'avait pas changé. C'était un bois de pins parcouru de pistes de sable très blanchies, qui craquaient sous les pas, quand on longeait les étangs salés. En débarquant les paniers, je dis à Louise que, décidément, nager dans une rivière n'avait rien à voir avec un bain de mer ; sur ce point, nous n'étions pas d'accord. Louise préférait, et de loin, la rivière. Même en automne, elle y plongeait résolument, sans craindre le froid visqueux des roches, les brouillards éclos. Mais elle ne nageait guère, elle barbotait plutôt avec des clapotis infantiles et reculait avec dégoût quand un filet d'eau marine, du plus profond de l'estuaire, s'était frayé une voie jusqu'à sa bouche. Il n'était pas exclu qu'elle eût encore peur de l'endroit après nos journées de naguère, dans cette forêt à peine plus ensauvagée qu'elle ne l'était maintenant. Le long des pistes, les lis des sables, les orobanches regroupées formaient de brefs jardins, à couvert des pins en faction : quand on franchissait ces lignes, les cistes déployaient leurs labyrinthes, il y avait des arbousiers, des tamaris, et c'était la plage. Le bois tenait son charme de l'océan limitrophe, qui accueillait l'eau douce de l'Ur. Il résonnait des coups des vagues, canonnant au sein du fourré comme des pas d'ogre. Il n'était pas rare, dans cette zone incertaine, si pleine de rumeurs, de devoir délivrer une mouette d'un buisson. L'endroit était depuis longtemps pour nous un repaire d'oiseaux : c'est là que mon père découvrit entre des galets des œufs de huppe fasciée, et qu'un autre jour il bondit de joie, et nous aussi, en désignant entre les branches le vol planant d'un gypaète barbu.

Nous avions découvert ici l'abord vertical d'une mer déjà hauturière, où les murs d'écume minés par les baïnes élevaient en plein ciel les marches d'un continent maritime. Ce continent, sans le voir nous le devinions. Il nous tendait sa première écorce, comme le front d'un enfant endormi. Dès l'enfance, Louise et moi avions fait la connaissance des vagues, aidés par Jean. Parmi tous les métiers qu'il avait exercés, il offrait ses services, l'été, à l'hôtel M. de B. pour soutenir les baigneurs qui sortaient des vagues. Il portait ces catéchumènes éberlués vers ma mère, jeune mariée, qui les enveloppait de serviettes-éponges rouges et les frottait avec énergie. Avec ma mère, il n'avait pas craint de nous initier aux vagues pour nous apprendre, comme il disait, à flotter. Morts de peur, nous flottions. Tout commençait quand le corps était fêté de fines explosions, et que les éclaboussures, qui précèdent le tracé des tresses d'écume, annonçaient que cette litière autour de nos paumes se changerait dans un instant en conque ou en marteau-pilon. Les yeux fermés, j'attendais que mon père lâchât mes épaules, me laissât au déchaînement des éléments. C'est là, en une seconde, que j'appris à reconnaître la musique des vagues : mugissement nonchalant qui monte des galets, sifflement de faux d'un reflux oblique, hululement des tourbillons, et ce silence qui précédait la plongée au fond des eaux, et donnait au craquement du sable un écho de tremblement de terre. Quand je suffoquais, mon père me saisissait au collet, et me lançait vers la serviette carmin que ma mère déployait sous le ciel. Je me demande si ce souvenir de sel (cette scène, rectifierait quelque idiot) ne préfigurait pas l'obsession qui m'a accompagné pour le meilleur et pour le pire : celle d'une intercession, d'une médiation que Saroyan aura incarnée avec une virtuosité aérienne (je ne dis pas céleste, car il fut aussi quelque peu infernal) et de l'incapacité que Zoé et moi avons ressentie à nous aimer sans que plane sur nous son ombre. Mais n'anticipons pas.

Ils surgirent des pins, mon père d'abord, sifflotant, gai comme un pinson comme toujours. Ma mère se leva, un peu lourdement, pour le décharger d'une partie de son fardeau. Saroyan portait une chemise turquoise aux manches retroussées, un pantalon d'alpaga. Louise me dit qu'il avait des pieds nerveux de Bédouin, qu'elle jugeait élégants. Hâlé, le pas vif, Saroyan n'avait plus rien du dormeur sonné que nous avions rencontré une semaine auparavant. Jane tenait une ombrelle rouge et jetait vers Saroyan des regards soucieux. Zoé en bikini portait une planche de surf bleu ciel. Jane nous fit un sourire un peu trop enthousiaste et je sentis que quelque chose s'était passé, qu'une silencieuse tension les unissait, comme s'ils venaient de se disputer. Jane et Saroyan s'aidèrent l'un l'autre à ouvrir un parasol vermillon (deux baleines étaient cassées). Jane fit claquer une serviette, la posa sur le sable et alla chercher des pommes de pin pour l'empêcher de s'envoler. Quant à Saroyan, il s'allongea près de Louise et feuilleta ses livres déjà pleins de sable. L'atmosphère se détendit : si tu me permets, Louise, cette image, un taureau invisible était mort, les mulets l'emportaient au son des fouets et dans la liesse, à en juger par l'entrain de la conversation, le crissement des paniers d'osier et les clochettes des deux cuves à glaçons.

Debout à côté de la planche, Zoé renoua un cordon charmant sur sa hanche gauche. De son corps de plongeuse, ce qui m'émut le plus, outre la secousse de dénégation qu'elle imprimait à ses cheveux, ce fut le duvet qui parcourait ses jambes, semées aussi de petites écorchures, de bleus dont elle m'avait parlé : elle se cognait souvent. Comment ne pas être ému, je vous le demande, par des manières si gauches ? (*Une fille gauche ne vieillit jamais. Mystère.*) À la différence de Louise, toujours aux aguets, vive de gestes, captant au vol le moindre propos pour y apporter la réplique, il y avait dans l'allure de Zoé une distraction native. Quelque chose de dégingandé dans le mouvement de ses poignets (je la voyais maintenant vérifier l'attache de la planche). Une sorte de lourdeur sur les paupières (elle eut un coup d'œil brumeux sur une mandarine). Des bâillements réprimés. Une moue qui semblait figurer une régression stupéfaite à l'enfance. Louise demanda ce que signifiaient les initiales CI inscrites sur la serviette de Zoé. C'était Cumberland Island, une île de Géorgie où elle s'était rendue avec son père. Mais oui, ça y est, d'accord, s'écria Louise sur un ton pâmé, l'île aux aigles marins, aux chevaux sauvages. Alexis y était allé ! Elle ne savait plus quand, mais il avait visité l'île. Quelle chance Zoé avait ! Qui était Alexis ? demanda Zoé. « Louise, gronda Marie, n'embête pas tout le monde avec ton Alexis. Donne-nous une trêve. S'il te plaît. » Saroyan nous délivra de l'enthousiasme de Louise, car il se mit à parler avec elle de la « période américaine » de Saint-John Perse. « C'est une période sous-estimée, dit Louise en versant du sable sur ses genoux, elle a beaucoup compté pour lui, et je crois bien que... »

Zoé prit sa planche et je l'accompagnai vers la mer. Ma sœur avait raison, Cumberland était une belle île, avec des poissons volants dans la mer. « C'est une intellectuelle, ta sœur, dit-elle en soupirant. Elle a de la chance, moi, je ne suis pas si bonne que ça dans les études. C'est bien pour elle qu'elle ait rencontré Saroyan.

— Il y a longtemps que tu le connais ?

— Oui. Il est une sorte de second père pour moi.

— Vous l'invitez souvent ?

— Il n'est pas un invité, répondit-elle avec fermeté. Il est là comme ça, c'est un poète, mais il n'écrit presque jamais.

— C'est merveilleux d'avoir à demeure un poète, c'est très chic », dis-je.

Zoé se contenta de hausser les épaules en souriant et de tâter la température de l'eau d'un pied hésitant. L'orteil était de beaucoup plus allongé que les autres doigts, courts et potelés.

Non loin de là, les surfeurs étaient déjà en action. Voulais-je voir ce qu'elle savait faire ? Je la présentai à Nicolas, un maître baigneur obèse qui surveillait les surfeurs et, plus encore, leurs compagnes restées sur le rivage. Zoé pénétra dans l'eau, s'allongea sur la planche, passa la première ligne des rouleaux, en ramant avec une vigueur qui me surprit. Elle attendit la première déferlante, en s'accoudant à la pointe de la planche, regardant l'écume tracer ses écritures. Quand elle s'accroupit au sommet de la vague, elle parut céder lentement à l'invitation de se lever et de sombrer au bas de la rampe qui l'engloutit, d'où seule la planche bondit à la verticale, avec une rotation d'hélice. Zoé émergea à genoux, ne nous regarda pas, et fila sur un plan d'eau, dans un glacis d'algues que le reflux emportait. Une seconde vague offrit une pente plus douce, mais sa foulée déplia autour des épaules de Zoé un suaire ensoleillé. Drapée dans les remous, elle entra debout dans le haut-fond et se releva le visage plein de sable. En repartant elle fut tractée au milieu de morceaux de bois, de grumeaux sablonneux souillant la mousse, mais elle s'agrippa à son esquif qui se cabra au sommet du rouleau suivant, après avoir cheminé un instant, presque à la verticale, sur son flanc ténébreux. Nicolas fit « aïe ! ». Il avait tort : derrière le contrefort élastique qui nous l'avait dérobée, Zoé réapparut, soudée à la planche, mais dans une attitude sans doute un peu crispée. Elle reprit souffle, il n'y eut qu'une seule déferlante qui lui tomba sur la tête. La mer s'apaisa et reprit une surface d'enclume. Cette consistance de métal se défit, comme si une main déroulait de la moire au fil de l'eau, où voguèrent avec nonchalance les petites planches et leurs habitants allongés. Immobile, moulée dans son maillot noir, Zoé n'était plus qu'une poupée lascive flottant sur une eau de lagon, tandis qu'au loin des salves soulevaient des gerbes, et qu'on eût pu s'attendre à voir une pirogue à balancier franchir une barrière de corail. Quelques instants (le temps que Nicolas fît « ouf ! » et posât à terre le câble et la poulie, il était le roi des onomatopées), l'eau redevint celle d'un bassin, sans tigrures, fixé dans le bleu par quelque instantané photographique, tandis que trottinaient à nos pieds deux enfants dans leur canard en caoutchouc. Comment me remettre d'un tel bonheur ? Car Zoé était si belle, qui dérivait maintenant sur la gauche, s'ajustant à la planche (jambes sans fin, fesses étroites), démêlant sa chevelure d'une secousse d'oriflamme, pour mieux discerner les vagues naissantes autour d'elle. Plus aucun monstre à l'horizon. Rien que des giboulées gambadant au ras de l'eau, sur l'aire réduite de quelques arpents. Zoé ne vit pas tout de suite que sur la droite les surfeurs se levaient les uns après les autres, et qu'elle se trouvait elle-même au sommet d'un toboggan à la cambrure modérée. Elle se leva avec nonchalance, et dévala la pente en ouvrant la bouche, sans que Nicolas ou moi-même puissions savoir si elle criait. Cette fois-ci, la déferlante l'accompagna le long de la mer, presque jusqu'au rivage, avec la poussée simple d'un glissement de terrain. Elle traversa au ralenti une colonne de particules, et parut émerger de sa propre silhouette, d'un double vaporisé, que le soleil annula. Que dire encore de cette descente ? Que Zoé la répéta, en profitant d'une mer plus calme. Qu'elle emprunta des pistes en lacet que dessinaient ses doigts joints. Qu'elle avait déjà un style, bien qu'elle ne fût pas encore une surfeuse accomplie. Que ce style procédait d'un calme de cavalière, qui sait d'instinct les écarts des chevaux et leurs lubies, et ne leur tient pas rigueur de se mettre en transe pour un moineau. Que même si elle ne put pénétrer dans un tube de mer qu'on nomme la « chambre verte », elle fit preuve, les yeux mi-clos, d'une sorte de retenue dans la vitesse, en exprimant ce que j'ai tant aimé dans la lévitation du surf : virer sur les lèvres de la vague, désigner un au-delà végétal où la pluie et le sel cesseraient, feraient place au chant d'un grillon dans les feuilles sèches. Hors d'haleine, elle vint vers nous, en boitant un peu.

« C'est bien, dit Nicolas. Et même très bien. » (Il regrettait visiblement de ne pas avoir repêché une belle noyée.) Il prodigua à Zoé quelques conseils techniques, tout en louchant sur ses seins. « Je suis trop raide, dit Zoé en s'essuyant. Oh ! la la ! je ne suis pas encore à Pipe Line. » Le maître baigneur n'avait pas entendu parler du « spot » de Pipe Line, qui faisait pourtant partie de la géographie de tout surfeur digne de ce nom. « C'est une plage de Hawaii, lui dis-je.

— Pas n'importe laquelle, renchérit Zoé en sautillant pour se réchauffer. C'est l'une des plus dangereuses, là où on voit le "mufle de la vague". »

Elle fit un charmant geste, en désignant le visage de Nicolas pour nous faire comprendre ce qu'est un mufle. Là-bas, il fallait vraiment faire attention, la houle passait sur deux lignes de récifs qui la transformaient en vagues hautes comme des immeubles. Elles roulaient sur trois kilomètres de corail mort, avec des protubérances, des grottes qui sont à peine à un mètre sous l'eau. « Si tu tombes, tu es foutu. Oh ! la la ! rien que d'y penser, j'ai les boules. » Non, ce n'était pas tellement son genre de dire « j'ai les boules », ce que les gens de télévision aujourd'hui appelleraient avec admiration le « langage de la rue ». Mais, comme je l'ai dit, elle mêlait à ses propos un argot faussement adolescent qui me parut délicieux.

Prenons congé du collant Nicolas. Là-bas, sous les pins, le groupe familial tremblait dans une buée d'évaporation. Tout indiquait que la conversation allait bon train. Je vis vaguement Marie et Louise plonger les doigts dans un récipient qui devait être un pot de miel d'acacia. Une branche horizontale, à moins que ce ne fût un bout de parasol, allongea démesurément le rebord du chapeau de Saroyan. Jean tripota une canne à pêche, tout en éloignant d'un pied agacé le chien Tigron. L'ensemble, déjà fondu dans un flou de carte postale, se mit à palpiter dans le rose comme sous les pétales d'un cerisier japonais.

9

Le sel s'accrochait au revers des mains de la baigneuse qui avait enfoncé de nouveau dans le sable sa planche, et marchait à mon côté. Savions-nous ce qu'est une vague ? dis-je sottement. J'étais sur le sujet d'une ignorance crasse. « Les vagues naissent aux confins des terres polaires, dit-elle d'un air rêveur, en raison des dépressions de l'air. » Elle me parla du chiffre fatidique de 1015 hectopascals, mais s'embrouilla un peu. Savais-je que la vitesse de propagation de la houle est le rapport de la longueur d'onde mesurée en mètres, et une période de temps mesurée en secondes ? Que l'eau n'avance jamais, ce qui explique que le surfeur doive ramer pour prendre la vague ? Qu'il s'agit « tout bonnement » d'un transfert d'énergie du vent vers l'eau et qu'ainsi la vitesse de la vague coexiste avec l'immobilité de l'eau ? (C'est moi qui m'embrouille aussi, à propos de cette vague « qui vibre, vole et qui ne vole pas », et après consultation du *Traité du Surf*, San Diego, 1984, de Sonny et Samuel Link, traduction française de Jean Pieron, 1994, Gigi Éditions, mais ni Sonny ni Sam ne restitueront les scintillantes gouttelettes qui s'évaporaient sur l'épaule de Zoé, ni le geste charmant qu'elle avait pour tirer sur son maillot, parce que ses seins y étaient à l'étroit.) Tandis que nous escaladions des schistes qui barraient la plage, elle cherchait un peu ses mots qui s'échappaient alors de sa bouche avec un rythme décousu, comme les bulles soufflées au ras de l'eau. Elle marchait en balançant ses bras avec une gaieté placide, si différente de l'exaltation qui flottait autour de Louise à la manière d'un parfum trop capiteux. À un ou deux kilomètres, il y avait une piscine d'eau de mer construite dans les années trente, que bordaient des drapeaux et des agrès. Zoé m'invita à m'asseoir sur un banc, sortit une pièce d'une poche secrète de son maillot (c'était la première fois que je voyais ça) et acheta deux glaces auprès d'un marchand ambulant. De sa langue pointue, elle entama la glace. Une dame blanche de crème, sous un bonnet à fleurs en plastique, fit plouf dans la piscine avec une grâce d'otarie. « On dirait Mlle Georges, dis-je à Zoé. C'est un professeur de français qui est très grosse, toujours bronzée, parce qu'elle fait des séances de lampe, à B. Et elle nage, elle pratique le dos crawlé, avec un sillage terrifiant. Dis-moi, on pourrait peut-être sortir bientôt et… » Sortir ? J'avais gaffé. Je précisai que le mot « sortir » voulait dire pour les surfeurs : entrer dans l'eau, aller à l'eau. « C'est amusant, dit Zoé impassible. Nous avons aussi en anglais des mots spéciaux. *The gun*, le fusil, c'est la longue planche pour les très grosses vagues.

— Et la planche large et courte ? On l'appelle le baobab.

— Nous aussi ! dit Zoé avec entrain. Le *take-off*, c'est le moment où le surfeur se lève et où le nez de la planche se soulève. Et crac, c'est la descente. Est-ce que tu connais le *bottom turn*, le *googy foot*, le *cut back* ?

— Le *cut back*, c'est merveilleux, dis-je en soupirant. C'est un virage à cent quatre-vingts degrés. Quand tu retournes vers la mousse. Mais je n'y arriverai jamais.

— Pourquoi pas ? » fit Zoé en approchant ses lèvres de la glace effondrée.

Elle aimait traîner. (L'affection que je voue moi-même à Zoé vient de ses moments de merveilleuse traînasserie. Quel temps nous avons perdu ensemble en bavardages ! Zoé les nommait des *kitchen stories*. Déchirants souvenirs !) Derrière la piscine, en bordure de la forêt, s'étirait un quartier indéfinissable qui était l'avant-poste balnéaire de B. Il était composé de quelques baraques, d'un ou deux bars improvisés dans des cabanons, d'un petit hôtel, avec les mêmes sentiers poussiéreux que ceux qui s'enfonçaient dans la pinède. Des marchands ambulants circulaient le long d'un mur de galets, sur lequel les garçons et les filles se donnaient rendez-vous. En surplomb de la plage, il délimitait un enclos d'étals, de tractations mineures, où se nouaient les rencontres. Vers midi (et parfois aussi le soir, sous un ciel plombé) les chevelures fleurissaient ce balcon en mer, comme s'il n'était qu'une vague plus floconneuse, s'aventurant dans les roues des mobylettes. Je conduisis Zoé à Édouard Estandau, marchand de microsillons et réparateur de planches. C'était un gaillard au front bosselé, que son allure de cyclope ne privait ni de bonnes fortunes ni d'une juridiction incontestée sur le mur de galets. Il accueillit Zoé avec un hochement de tête entendu. « Je vais te la mettre dans le tournant », souffla-t-il tandis que Zoé faisait quelques pas de danse près du juke-box. C'était dans sa bouche un compliment. Près de la boutique, le mur formait une courbe qu'on opposait à la section rectiligne, nommée ligne droite, et cette courbe était la partie de la jetée la plus cotée dans la coterie des surfeurs. Édouard déclara que Zoé avait un excellent *looping*, et on nous fit de la place. Les bavardages vibraient sous le soleil cru. Des Parisiennes aux regards savamment cyniques passaient en bandes. Des Espagnoles roucoulantes débarquaient avec un attirail de maquillage dans leurs sacs de plage, les yeux encore rougis de sommeil. Tout sentait le désœuvrement d'été, et la couleur des crèmes glacées (l'une d'entre elles, au caramel, était rousse) ne s'alliait pas moins à une rêverie compacte, enroulée dans le velours de la poussière, qu'à l'ennui qui montait d'une mer d'émeraude et semblait se fixer dans les yeux de certaines filles, ô combien maussades, mais qui montraient, dans leurs poses alanguies, qu'elles étaient élues pour quelque naufrage.

« Mon Dieu, que je suis bien », dit Zoé en agitant les jambes et à voix basse, malgré le vacarme de volière autour de nous, les mélopées qui s'échappaient du magasin d'Édouard, et le grelot des bicyclettes, qui tintait, si haut, même quand résonnait la commotion des vagues. (*Rauque chanteuse... Quant à toi, un brin de toison dorée pointait naïvement de ton maillot à la hauteur de l'aine gauche*). Elle désigna, amusée, des motocyclistes silencieux, paysans madrés qui mimaient les mauvais garçons de banlieue, torse nu sous leur blouson noir. Louchant sur une fille qui s'étirait sous le filet d'eau d'une douche de plein air. L'endroit rappelait à Zoé La Roya, où elle allait avec son père quand elle avait huit ans. (La Roya, 324 000 habitants. Station nautique et balnéaire. 44 miles au nord de San Diego, Californie. Pêche à l'espadon. Crabes. Filles superbes et vénales. Ma visite en 1983, seize ans plus tard, avec une certaine Ophélie, pas superbe et vénale. Rhume des foins. Zyrtec. Tranxène. Gardénal. Rien à voir, ma Zoé, non, vraiment, avec les pauvres, les exaltantes baraques de B., ni avec toi, toi que j'ai tant aimée !) Où Zoé avait-elle habité ? Je croyais que ses parents s'étaient établis au Nouveau-Mexique. « C'est-à-dire que nous avons beaucoup déménagé », dit-elle en comptant sur ses doigts. Elle était née à Boise, dans l'Idaho. Ils étaient partis à Denver, Colorado. « Nous nous sommes installés au Nouveau-Mexique. Puis à Sacramento. Puis... » Elle s'y perdait. J'avais quelque peine à me représenter ce nomadisme, car les gens qui, nés à Oursière, allaient vivre ailleurs étaient en général ceux qui passaient le concours des postes ou celui des douanes. La promotion administrative qui les avait envoyés à Dunkerque les faisait redescendre, au fil des années, vers le pays natal, avec la certitude flottante des bateliers. Donc, son père travaillait pour Jade. Un magasin de bijoux ? Rien à voir. Une compagnie de négoce de blé et de bois. Et aussi d'alcools. Elle avait ses quartiers aux quatre coins de l'Amérique. On bougeait souvent. C'était assez amusant, ils avaient tout le temps de nouveaux voisins. Elle me donna un coup de coude joyeux : « Il faut que tu connaisses mon père, c'est un chic type ! » Ce mot n'était-il pas emprunté à un film américain des années quarante, dont le doublage faisait dire à l'institutrice ravissante qu'un bagarreur nommé Tom était un « chic type » ? Je l'interrogeai sur son père, par quelques questions anodines. Elle répondit dans un babil obscur qui l'évoquait sous les formes les plus dispersées. Il avait donné à Zoé une paire de skis, quand elle avait cinq ans. Il était souvent absent. En 1946, il avait été champion de descente de l'Idaho, puis, deux semaines plus tard, de slalom géant et de slalom spécial ! Est-ce que je me rendais compte ? C'est très fort de faire ça. Il avait les yeux bleus. Il ne passait jamais les vacances avec sa mère et elle. Il avait raté ses études. Mais Ted Ixalt, le propriétaire de Jade — un ami de son grand-père qu'elle n'avait pas connu —, l'avait repêché en lui donnant du travail. Il était beau, intelligent et adorable. Et quand même un salopard. J'étais prié d'observer, quand je le verrais (car il allait arriver dans quelques jours), une tache de rousseur à la commissure gauche de ses lèvres. Définitivement séduisante. De 1959 à 1962, il avait eu une maîtresse nommée Annette. Il en avait eu beaucoup, et c'était la seule qu'elle avait vue à la cafétéria d'un Holyday Inn. (Il y avait là des forêts-noires délicieuses.) Une brune aux yeux bleus. Elle montait très bien à cheval. Oh ! mon Dieu je ne pouvais pas savoir comme les yeux de son père brillaient, comme il était fier de lui montrer cette fille du Connecticut, si terriblement belle. Et Zoé croyait aussi qu'il était content de présenter sa fille à Annette. À ce moment-là, il aurait dû les quitter, sa mère et elle, mais n'était-il pas trop lâche ? Et si gentil, si enfantin quand il faisait craquer l'escalier de leur maison à Denver : il revenait avec un téléviseur ou une bicyclette, ou un bijou ou une guitare. Soufflant sous le poids de ces cadeaux. Sa mère, hystérique pour tout, ne s'énervait jamais à propos de son mari.

Elle l'accueillait comme s'il était parti la veille. N'était-ce pas un mystère ? Mais on changea de sujet.

Un marchand nous présenta des beignets dans l'éventaire d'osier qu'il portait en bandoulière. Pâtisseries fourrées de confiture d'abricots et irisées de sucre candi. Elles assuraient en deux temps le délice et l'indigestion. Parce que nous étions deux, nous eûmes le courage de nous abstenir. Derrière nous, la mer à nouveau s'agita, brassée par le tambour d'une grande machine à lessive, dans un remue-ménage qui fit se retourner les baigneuses perchées sur le mur. La marée montante avait rétréci la plage, qui fuyait à l'horizon comme une piste cendrée. On déplaçait les vêtements, on tentait de s'ébrouer dans la touffeur de midi. Zoé s'endort. Là-bas, le blockhaus, temple ombreux. Trois mouettes y font la sieste. Que vois-je ? Fuyons au plus vite. Trop tard, ne bougeons plus. Janine, la bibliothécaire, Janine squelettique nous frôle sans nous voir. L'air égaré, elle passe en tenue d'après-bain : un sari à fleurs de lotus, un chapeau de paille orné de coquillages. J'ai le temps de lire le titre de son livre : *Narration I*, de Karl Ricardoff. Elle va vers les agrès, où l'attend une Martiniquaise hilare, un ballon à la main, sans ceinture de bananes, mais avec ficelle et cache-sexe. Et voici qu'accourent deux autres joueuses de volley-ball, une rousse trapue aux solides mollets, et une grande brune, tout rimmel et collier d'ambre et permanente et bronzage de bronze. L'intellectuelle se met à pousser maladroitement le ballon du bout des doigts. Ricardoff est piétiné avec furie par deux gosses qui se bagarrent.

Nous avions faim. Il était temps de retourner sur nos pas, mais je proposai à Zoé de passer par la forêt, et de suivre un layon qui nous ramènerait vers la famille. Et la planche ? s'inquiéta-t-elle. On irait la récupérer après le déjeuner. Nous voici dans la forêt. Et voici aussi, par instants, mon visage frôlé par les cheveux de Zoé que l'humidité bouclait avec la vitesse du perce-neige qu'une seule aube fait pousser. Ai-je eu envie de l'embrasser sur ce sentier ? (*En es-tu vraiment sûr, car tu m'avais dit...* [*illisible*]. *Ne romps pas le charme de cette première journée. La rivière a suffi à notre félicité.*) Nous fîmes une pause sur la berge, dans une échancrure de sable où poussait le serpolet, mais cernée par la bruyère et les abeilles. C'était le premier moment où je soufflais un peu, seul avec Zoé. Plus de mer. Plus de sœur retorse, passionnelle. Plus d'Alexis. Plus de conversations savantes. Cette rivière n'était pas l'Ur, mais un de ses affluents, et elle coulait en pleine forêt sans aucun bruit. Zoé était belle au bord de cette eau qui glissait à ses pieds en courbant les feuilles, tout en suivant un lit évasif, et en laissant autour d'elle des fondrières que la canicule ne parvenait pas à sécher. Il y avait des camps d'aulnes, de l'hibiscus rose, des têtards. À force de la regarder, la rivière flottait à mi-hauteur, tout allégée par son silence, comme un peu de gaze perdue dans les branches. Comment ne pas songer aux bergers perchés sur des échasses, moins, peut-être, pour se prémunir de la tourbe que pour mimer l'envol ? Il n'y avait pas ici de moment chargé de signes, ni de fragment de quelque temps incorruptible. Tout était plus simple, comme si les choses circulaient dans l'air avec l'aisance qu'eut un martin-pêcheur pour s'essorer, en voletant le long des touffes de persil sauvage. Mais, de son œil rond, il ne perdait pas de vue, sans doute, les tiges immergées du chanvre d'eau.

10

Sous des chapeaux de diverses formes (le plus élégant était le panama à bords étroits de Saroyan, d'une texture presque impalpable), nos baigneurs étaient toujours là. Au sommet d'un tertre voisin, au pied d'un pin parasol, Tigron surveillait son monde en haletant. Tous levèrent la tête vers Zoé et moi. Marie dit sombrement : « C'est un scandale. » Ce n'était pas notre retard qui l'attristait, mais les chambardements de l'agriculture, le remembrement, et les emprunts qu'il fallait contracter pour produire du maïs semence (censé, d'après des syndicats que Marie abhorrait, avoir plus d'avenir que le maïs simple). « Est-ce que tu crois, maman, que c'est vraiment intéressant cette conversation de cultivateurs de maïs ? dit Louise.

— Nous en sommes, des cultivateurs, ne t'en déplaise », répondit Marie sèchement.

Saroyan se fit expliquer l'écimage, l'effeuillage, la reproduction du maïs (j'ai cru sur le moment qu'il était un flatteur, je ne sus que plus tard son intérêt pour la botanique). Lorsque son mari viendrait, dit Jane, il faudrait en parler avec lui, car Jade, la société où il avait travaillé, faisait commerce de denrées. Jane avait donc souvent entendu parler des cours du maïs. Une fois de plus je remarquai combien Jean et Marie étaient unis dans leurs insurrections, parfois irrationnelles. Mon père sortit de son mutisme pour accuser, non les mensonges des fédérations agricoles (il laissait cela à ma mère), mais la construction, vingt ans auparavant, dans une plaine de la région, d'une usine d'extraction de gaz et de zones pavillonnaires. Non que, pour mon père, l'exploitation de ce gisement nuisît à l'agriculture. Mais elle s'était faite à force d'expropriations sous la direction d'un certain André Georges. Certains amis de pêche de mon père en avaient été victimes. Bien qu'ils eussent tiré de leur lopin un prix qu'ils n'auraient pu autrement en espérer, ils avaient gardé humiliation et honte de leurs rencontres avec le bonhomme ou ses collaborateurs, qui les avaient expédiés avec un chèque. Cassant, méprisant, invoquant la sainte autorité d'un certain BRGM (Bureau de Recherches géologiques et minières), André Georges était devenu la bête noire de mon père (une de ces lubies dont Louise avait hérité, mais dans le sens inverse de l'admiration), et cette animosité était d'autant plus vive qu'il ne l'avait jamais rencontré. « Je comprends ça très bien », dit Saroyan, énigmatique. Je consulte aujourd'hui (nous sommes en 1983) les documents retraçant qui était André Georges, né à Toul en 1910, élève de l'École polytechnique (1929), ingénieur des mines (1931), directeur des ponts en Tunisie (1937), compagnon de la Libération (1945), directeur du Bureau de Recherches géologiques et minières (1954), président de la SNES (1958), chef de la Direction des Carburants (DICA) (1961), président de la Société nationale des Hydrocarbures (1962), ministre de l'Énergie (1964), puis… arrêtons là, car à quoi bon ? Mais je tiens mordicus à ce rappel, car mon père et son ami Pierrot Lalouze n'étaient que de pauvres pêcheurs, et j'aimais leur révolte.

Si gai qu'il fût presque toujours, mon père luttait cependant contre la colère, afin de tenter d'atténuer celle de ma mère. Il s'arrêta brusquement de parler d'André Georges : « J'ai tort, fit-il d'un air navré. Cette usine a été construite il y a longtemps, et j'en fais encore un plat.

— C'est vrai, renchérit Louise, vous exagérez tous les deux, on ne va pas ressasser les mêmes choses pendant vingt ans, ça n'a pas de sens (oubliant qu'elle était elle-même des plus rancunières).

— De toute façon, nous n'avions pas à nous sentir coupables », dit Jane aimablement, en ouvrant délicatement les boîtes de gâteaux un peu ramollis par la chaleur, les Orion avaient eux-mêmes la mémoire longue. Elle avait toujours entendu son mari et surtout son beau-père en vouloir à elle ne savait plus quel Anglais pour une grève, qui, tenons-nous bien, avait eu lieu en 1899. « Tu oublies simplement de dire que cette grève a fait mourir la moitié de la famille », dit Zoé en bâillant. Elle luttait depuis un bon quart d'heure contre le sommeil, tout en lorgnant sur les gâteaux dans leurs cartons immaculés. « La fameuse grève andalouse, dit mon père. C'est extraordinaire, car moi qui ne suis pas d'Oursière, quand je suis arrivé ici, on en parlait encore, de cette grève. Ils ont vraiment la mémoire longue par ici. »

Après qu'elle eut grignoté un « russe », Zoé se retira près de Tigron. Elle s'allongea sur une serviette, en replia l'extrémité sur sa tête, et s'endormit. « C'est l'heure de sa sieste », dit sa mère en baissant la voix. Louise et moi, étonnés, découvrîmes la formidable capacité de Zoé à dormir, laquelle va jouer un rôle non négligeable dans ce récit. Une brise soufflant dans le pin parasol éventait la dormeuse. Louise et moi avions envie d'aller à nouveau nous baigner. « Pas question, fit Jean sévèrement, Louise va attraper une hydrocution » (j'étais toujours, dans son esprit, à l'abri des accidents). Avec une attention quelque peu torpide, je captais des bribes de leurs propos, roulant sur les noyades, sur la traversée à la nage de la Marne par un oncle Philidor, en 1914 (fleuve qu'il avait pris pour un gave), et enfin sur Ted Ixalt, le créateur de Jade, l'employeur des Orion, dont je compris très vaguement qu'il connaissait aussi Saroyan. Je m'endormis.

11

(*Gypaète barbu ? Sur ce rivage ? Est-ce vraisemblable ? Ne rêves-tu pas ? Peu importe, voici ce que j'ai noté à son sujet dans un carnet de toile grise assez laid datant des années soixante-dix : « Il choisit les os les plus longs — fémurs, tibias — et les précipite d'une hauteur de quatre-vingts mètres sur des pierriers, où ils éclatent. Il ingurgite aussitôt les débris épars. Son gosier élastique et les sucs puissants de son estomac lui permettent d'ingérer et de digérer les os, les sabots et les cornes, que délaissent les autres rapaces. On nomme ses excrétions — qui ressemblent à de la craie — des coprolithes : des excréments de pierre. L'air et la pierre sont donc des composantes de sa vie élémentaire. »* Note de Louise.)

12

(*André Georges ! Personnage après tout remarquable. L'animosité un peu incompréhensible de Jean. Georges s'est occupé de production énergétique et plus particulièrement pétrolière. Et aussi de recherche nucléaire. Pas d'agriculture. Pour notre père il était bizarrement une sorte de symbole, celui d'un événement capital survenu dans les années soixante et dont Jean ne saisissait que très confusément la portée : le passage de l'agriculture à sa parodie industrielle. Heureusement tout cela n'a guère pesé sur nous puisque nous avons eu la chance de respirer l'air léger du conte de fées.* Note de Louise.)

13

Pendant une semaine, des jeunes gens inconnus vinrent rendre visite à Saroyan. L'autocar aux douze cylindres, moteur diesel, déposa une Polonaise hirsute, qui ne resta que deux jours, alla danser dans les bals de la région. Elle fut suivie par une Niçoise fébrile, frange noire et ongles rongés, qui souffrait d'hyperthermie et déambulait dans les rues à moitié nue, en grillant de grosses cigarettes brunes. Je ne me souviens plus de son visage, mais de ses seins menus, extrêmement rapprochés, qu'on devinait sous un pull-over d'angora qui laissait des peluches. Il y eut aussi un gringalet blond, qui suivait Saroyan d'un air extatique, mais il me semble qu'on lui donna assez vite congé, et aussi une sage Élodie à la longue tresse, portant un kilt à agrafe et un sac en bandoulière, que son père poursuivait au téléphone, en menaçant d'envoyer à ses trousses gendarmes et avocats (elle avait quitté de nuit le domicile familial, tout habillée sous sa chemise de nuit qu'elle avait laissée soigneusement pliée dans la boîte aux lettres). Que venaient faire ces adolescents un peu désaxés ? C'étaient, pour la plupart, des étudiants de Saroyan, ou des lecteurs de ses poèmes introuvables. Louise craignait que ces visiteurs n'accaparent Saroyan, et qu'elle ne puisse avoir avec lui les conversations qu'elle aimait, mais Saroyan ne changea pas ses habitudes, et d'ailleurs les visiteurs disparurent aussi vite qu'ils étaient venus. Dès qu'il était levé, Saroyan prenait gaiement Louise par le bras, et partait deux heures avec elle dans les champs, ou dans les ruelles du bourg. Ni les gens d'Oursière ni finalement nous-mêmes ne fûmes d'ailleurs surpris de ces allées et venues, ni du fait que Saroyan ne semblait se sentir bien qu'en compagnie de personnes très jeunes par rapport à lui. Dès les premiers jours que nous fûmes ensemble, nous eûmes la chance de vivre dans un état de légèreté, de grâce, sans doute protégés par les gens simples du bourg. En d'autres circonstances, ils n'auraient peut-être pas été avares de médisances, mais cet été-là ils adoptèrent tout le monde d'un bloc, rejetant symboliquement hors des murs ceux qui auraient été tentés de trouver étrange l'amitié d'un homme mûr et d'une adolescente comme Louise, ou d'invoquer un absurde détournement de mineur, avec l'emphase du père d'Élodie.

Saroyan fit aussi connaissance, je ne sais plus comment, d'une partie de notre classe de lycée et de la plupart des commerçants, et il y eut même un petit article dans le journal local sur son séjour à Oursière. Il rencontra avec Louise toutes ces personnes dans la rue, ou au café des Rétameurs. La classe resta unie dans le vide des vacances comme elle l'avait été pendant l'année. Il est vrai qu'elle était composée d'enfants de fermiers et de petits commerçants, qui, en ce temps-là, ne partaient pas beaucoup pendant l'été. On traînait au cinéma, on paressait sur la plage, en promenant avec soi un ennui onctueux. Même les chiens et les chats, langoureux dans la canicule, devenaient, on ne sait pourquoi, des animaux de fable, comme les buses du matin cognant le ciel déjà dur. Délicieuse langueur !

Louise me déclara qu'elle était amoureuse de Saroyan, mais que ce lien demeurerait séraphique (en quoi elle me parut répéter une ligne de conduite ancienne qui est peut-être chez elle une manière d'être, dont nul ne peut dire le sens). En tout cas, elle le trouvait étrange, elle était en pâmoison devant ses chaussures, son torse, ses chemises délavées, sa connaissance de la structure exacte des trois *Critiques*. Le serment qu'elle voulut me faire entendre (comme témoin et juge à la fois) de ne vivre avec lui qu'une amitié pure me paraissait prématuré, puisque Saroyan ne lui avait fait aucune avance. Elle envisageait à voix haute toutes les hypothèses.

14

Jane et Marie se virent souvent pendant les jours qui suivirent. Jane s'agitait dans sa maison, la cigarette à la bouche. Avec une fébrilité de fausse nerveuse qui avait l'habitude de répartir les livres, les meubles, de téléphoner au plombier et au magasin d'appareils ménagers. Tout cela étonnait notre mère, qui nous apprit que les Orion avaient déménagé dix fois en dix-huit ans. Vraiment Jane était courageuse d'avoir supporté ça. Toutefois, tout à son instinct explicatif, Marie nous déclara l'air rêveur : « Un pays si grand… Toujours sur la route. C'est pas comme nous. Il y a du mouvement, on quitte son poste, on change de métier, on se fait de nouveaux amis. Quel remue-ménage ! » En disant cela, elle regarda par la fenêtre, rêvant de l'Amérique à sa manière, de ce qui se passait à Chicago, de l'évolution des cours du maïs.

Jane s'enticha assez vite de Marie. Elle vint lui rendre visite au moins tous les deux jours, avide de conversation et stupéfaite de son activité impavide, de sa sérénité soucieuse du sort de sa famille et de celui de l'agriculture (les deux paraissant indissociables dans son esprit). Ni l'une ni l'autre ne savait, au début, à qui elles avaient vraiment affaire. Fondamentalement désœuvrée, bien qu'elle s'adonnât au dessin et à l'aquarelle, Jane demanda à Marie de lui apprendre à faire quelques plats. Le jour même de l'arrivée de Miguel Orion, j'assistai à un de ces cours de cuisine assez décousus, qui commença par la préparation d'un soufflé au chocolat. Toutes les deux étaient penchées sur le fourneau, Marie tenant les poignets de Jane : « C'est comme ça. Séparer les jaunes et les blancs. Préparer le chocolat au fond de la casserole. Puis battre les blancs, très, très vivement. » Mais au bout de ces opérations, et bien que Marie réussît en général ses soufflés, elle ne put parvenir à faire sortir du fourneau autre chose qu'un cataplasme fumant.

« C'est un coup de main, dit Marie en hochant la tête, vous l'aurez bientôt, c'est comme tout, moi-même je ne réussis pas toujours.

— Vous êtes gentille, dit Jane en allumant une cigarette, mais il est évident que je ne suis pas douée, je suis trop nerveuse, peut-être.

— Non, c'est un coup de main, mon grand-père qui faisait des gâteaux disait toujours ça.

— Il était pâtissier ?

— Non, il était résinier et tueur de cochons.

— Ah ! dit Jane. » (Elle fit toujours des efforts pour dissimuler le sentiment d'exotisme qu'elle éprouva à Oursière, s'efforçant d'adopter l'objectivité fragile que décrivent certains ethnologues, luttant contre le charme de ce qu'ils découvrent et la nostalgie poignante de ce qu'ils auraient pu vivre.)

« Oui, il exerçait les deux métiers, ajouta Marie, mais au fond c'est presque la même chose. J'exagère un peu. Le résinier incise le tronc, place un récipient pour recueillir la résine, il est souvent assez seul ; autrefois les résiniers passaient des semaines dans les forêts. D'ailleurs, il faut beaucoup de délicatesse pour faire ça, de même que pour tuer un cochon, vous comprenez ? Malheureusement, il faut bien dire qu'il n'y a plus aujourd'hui de résiniers et de moins en moins de tueurs de cochons.

— Ah bon ? Comme c'est étrange ! Et pourquoi donc ?

— La résine servait à fabriquer la térébenthine, mais maintenant existent des produits chimiques de substitution, et, quant au cochon, les gens en mangent moins, ils ont peur du cholestérol, de sorte que l'art de tuer le cochon sans le faire souffrir se perd.»

Marie était dans son élément, Jane ne savait pas qu'elle la mettait dans une situation où Marie était susceptible de se mouvoir avec le plus d'élégance, celle d'une sorte de monologue, teinté de mélancolie au bord de son apaisement. Comme elle avait décidé de refaire un soufflé, elle remuait le chocolat au fond de la casserole avec sa cuiller, avant de la passer à Jane.

«Quelle belle maison vous avez! dit-elle à Jane. Ces coffres! Ces armoires!» (Plus que les maisons, Marie était impressionnée par le mobilier et le linge, de sorte que les travaux architecturaux des Orion la touchaient moins que deux nappes damassées que Jean lui avait montrées.) Jane lui expliqua qu'elle était venue avec Miguel, dans la région, et qu'ils avaient acheté dans les brocantes des objets régionaux.

J'étais dans la pièce à côté, en faisant semblant de lire le journal, et je surveillais Jane aux prises avec sa casserole, sans voir ma mère dont j'entendais seulement la voix.

«Patrick est un ami à nous, dit Jane à Marie qui n'avait pas évoqué le sujet. Je l'ai connu à San Francisco où nous avons passé plusieurs années, nous l'avons reçu chez nous et il a donné des cours de français à Zoé, il a eu une très bonne influence sur elle, c'est un homme intéressant, je sais que Louise et lui parlent beaucoup…

— Louise fait ce qu'elle veut, dit Marie, Thomas aussi d'ailleurs, ils poussent un peu comme la fougère, et il faut dire que le climat par ici est excellent pour les enfants, et le fait que la mer soit proche est aussi tonique, ils font du sport, ils nagent, je suis contente que Zoé aussi soit sportive, il paraît qu'elle fait du surf, je vous en félicite car Thomas aime beaucoup sa planche.»

Si je note ce dialogue (qui laissa Jane perplexe), c'est qu'il était un charmant exemple de la force avec laquelle la théorie des climats prévalait chez Marie sur tout concept de libre arbitre et coïncidait avec l'attachement de bête qu'elle nous portait.

« Patrick n'est pas très sportif, il faut le reconnaître, dit Jane pensivement., Je ne sais pas si sur ce point Louise pourra beaucoup bénéficier de ses conseils…

— C'est un peu dommage, dit Marie, car ça fait du bien de faire de l'exercice. Au fond, l'exercice, le plein air et le sport, c'est ce que nous avons reçu de mieux de nos parents, et que nous essayons de transmettre à Thomas et à Louise, vous comprenez ? Nager, marcher, skier, tout ça… Mon propre père a été moniteur de ski, tout en étant éleveur. Pour le reste, les enfants peuvent se débrouiller. Mais dites-moi, votre mari à vous, c'est un skieur ?

— Oui. Il faisait de la compétition. Surtout dans l'Idaho, dans le Montana, où il est né. Puis dans le Colorado, à Vail, à Telluride, et bien sûr à Aspen.

— Comme c'est beau tous ces noms ! » dit Marie sur un ton rêveur.

Jane baissa la voix.

« J'ai quelque chose à vous dire, Marie, maintenant que nous sommes amies…

— Ah bon, quoi donc ? fit ma mère rétive.

— Patrick est… Comment dire ? Il aime beaucoup les femmes, et Louise si sensible, voyons, comment dire…

— Passez-moi la louche », dit Marie avec un rire cristallin, dont Jane comprit qu'il était une réponse.

C'est à ce moment-là, si je me souviens bien, que j'abaissai brusquement mon journal, car deux coups de klaxon se firent entendre. Tigron se mit à courir en tous sens, Zoé l'air enchanté pénétra dans la cuisine, tenant par la main un grand gaillard aux cheveux prématurément argentés, qui embrassa Jane de deux baisers sonores, salua Marie en se penchant avec déférence (comme un Japonais, dit-elle plus tard), et me secoua la main en me donnant une bourrade théâtrale dans le dos. « Thomas ? Je suis Miguel Orion, je viens d'avoir une demi-heure de récit sur vous et sur votre sœur. Et où est notre professeur Nimbus ?

— Il est avec Louise, dit Zoé, ils sont devenus inséparables. »

C'est ainsi que nous fîmes connaissance de Miguel Orion, qui se déclara affamé, et avec lequel je me mis presque immédiatement à parler de ski, tandis qu'il dévorait le poulet que Jane et Marie lui avaient préparé.

15

Saroyan et Miguel Orion semblaient s'entendre à merveille.

« C'est lui qui a les pieds solides au milieu de ces deux femmes excentriques, me dit en riant Saroyan.

— Pourquoi excentriques ? m'étonnai-je.

— Bah ! Je dis ça comme ça », dit-il.

Pour résumer la situation telle qu'elle nous était donnée, Miguel Orion avait décidé, sans quitter vraiment l'Amérique, de s'installer quelque temps à Paris et à Oursière, car Ted Ixalt, son patron, voulait développer ses activités en Europe. Quant à Saroyan, il les avait suivis, et donnerait des cours à Paris. Miguel et Jane décidèrent d'organiser une petite fête au village. Vint donc la fête des Orion, à laquelle le village était invité, sous le prétexte du concours annuel de rebot, et aussi la pendaison de crémaillère des nouveaux venus. Te souviens-tu, Zoé, d'une pierre de mica que Saroyan avait ramassée dans la montagne ? Elle était irrégulière, bossue. Facettes brunes, éclats et tailles différents. Cette soirée ne fut-elle pas comme ça ? Combien désespérément, merveilleusement composite. Et par où commencer ? Peut-être par cet après-midi où Zoé, Louise et moi étions assis sur un banc à regarder le concours de rebot. Une main s'abattit sur mon épaule. C'était Saroyan, portant une veste et un pantalon en toile de jean, et une horrible casquette de patron pêcheur (de temps en temps il faisait preuve d'un mauvais goût qui rehaussait, par contraste, son élégance si sûre). (*Un peu comme la maladie offre un point de vue perspicace sur l'état de bonne santé. L.*) Il ne savait pas trop danser, il ne savait s'il viendrait ce soir. Peu importe, fit Louise, elle se proposait de lui apprendre le rock, c'était facile. Saroyan ajouta avec inquiétude que Jane voulait lui mettre une guirlande de fleurs sur la tête.

« Ça vous ira très bien, dit Zoé.

— Vraiment ? dit Saroyan. Quelle chaleur ! Veillez sur Zoé ce soir, mon cher Thomas, car elle supporte mal la chaleur, n'est-ce pas, Zoé ? »

Parmi les coutumes du pays, il y en avait une que les Orion appliquèrent à la lettre : quand on lançait une invitation, il ne fallait jamais oublier de convier d'abord son « premier voisin ». Le premier voisin des Orion était un cantonnier, déjà fortement atteint par une cirrhose. Il fut chargé d'inviter les habitants d'Oursière, maison par maison, en poussant sa brouette. « Vraiment, lui dit mon père, tu es leur premier voisin ? Je croyais que c'était Martine Martinet » (la mercière). Ma mère fit signe à Jean qu'il allait inutilement offenser le cantonnier, dont la joie se lisait dans ses yeux salis de bile. En effet, l'usage avait déterminé dans la commune une topographie des voisinages qui n'avait qu'un rapport secondaire avec le calcul des distances. À vol d'oiseau, la mercière était plus proche des Orion. Toutefois, un ruisseau naissait d'une source située dans un bois des Orion. Ce ruisseau serpentait mollement dans les prairies, frôlait sans le toucher le lopin de Martine, et disparaissait dans une bouche de cailloux, qui s'ouvrait dans le jardin du cantonnier. C'était l'entrée d'un canal souterrain qui conduisait à l'Ur. Ce simple fait conférait au cantonnier le statut de premier voisin, bien que le réseau des eaux ne fût pas le seul critère du tracé des lignes de voisinage, qu'aucune carte ne restituait. Il pouvait y avoir l'altitude, le réseau des anciens chemins de Compostelle, celui des gelées qui frappaient souvent les mêmes vignobles, ou d'autres critères qui venaient en concurrence ou s'alliaient harmonieusement. (Chacun se retrouvait à peu près dans cette combinatoire, dont personne ne connaissait vraiment la table.)

Louise mit une jupe à petits carreaux qui était un contrepoint des tommettes de notre premier étage. Elle ne renonça pas, malgré mes conseils, à des couettes spectaculaires, ni à un rouge à lèvres sanguinolent. Zoé hésita entre une robe de lin moulante achetée dans le quartier chinois d'une ville de cow-boys et une sorte de tenue d'arlequin. Elle choisit la robe et les nouvelles espadrilles.

Tout le village, très endimanché, se retrouva dans l'allée de platanes et chemina vers la maison des Orion. Il y avait aussi une troupe de danseurs, des joueurs de flûte et de tambourin, et un homme déguisé en ours dont jamais je ne pus connaître l'identité (les Orion eux-mêmes l'ignorèrent toujours). Ma mère avait une robe rouge et or. Mon père portait un costume aux manches trop courtes et transpirait abondamment. Passons sur le dîner de plein air, et la ripaille considérable, mais somme toute attendue, qu'accompagnaient des danses de cette contrée, riches en guerriers et en sibylles. Quelle rigueur dans les entrechats secs ! Quelle force dans le fifre amer ! Les ombres vivaces s'allongèrent, le vieil orme frissonna à l'heure dite, et il y eut une courte bagarre sur le gazon entre deux buveurs parfaitement muets. Les lampions qu'on avait fixés dans les buissons et des abeilles chassèrent le jour, qui reflua le long des collines. De l'ombre parut se répandre par une chatière que personne ne regardait, mais qui se situait aux pieds d'un des bûcherons d'Oursière, un colosse qui buvait à la gourde, le dos appuyé à un pan de mur, comme s'il soutenait toute la maison. Les premiers accords de guitares électriques retentirent quand on mit le feu à un brasier, et je crus que les détonations nonchalantes qui presque aussitôt retentirent étaient celles d'une batterie sèche, alors qu'elles étaient émises par ce feu, qui délivra d'emblée vers la maison des flammèches et des ombres vives. Un instant, le saule qu'une flamme latérale balaya comme un projecteur parut prolonger l'efflorescence des cheveux blonds d'une fille à côté de moi, dont quelques-uns demeurèrent prisonniers des lèvres de son compagnon. Où était Zoé ? Et ma sœur, était-elle déjà dans quelque buisson ? J'étais perdu dans la foule quand Louise prit ma main. Qu'est-ce que je fichais là ? Allons vite dans la bibliothèque, la piste de danse était déjà là-bas, Zoé aussi, et ce serait bientôt le « quart d'heure américain », moment capital pendant lequel les filles choisiraient les garçons. Dans la foule où virevoltaient les minijupes, je distinguai Zoé penchée sur le pick-up, et agitant un quarante-cinq tours. Les lumières s'éteignirent, les filles et les garçons se séparèrent d'un crooner énamouré — peut-être Percy Sledge —, les filles s'avancèrent, soulevant les manipules dorés de leurs chevelures et apportant la nuit comme un trophée dans leurs mains. Zoé vint vers moi d'un pas tranquille et se glissa dans mes bras. Le temps d'une chanson au milieu des ombres, je respirai son odeur, une odeur de violette, et à travers ses mèches je discernai Louise un peu raidie, les couettes menaçantes, tenant à distance le malabar rouquin dont elle avait fait choix. Le chanteur se tut, Zoé se délia de moi en ouvrant gracieusement les bras, et tout le monde reprit ses marques, comme après le gong d'un premier round. Le pick-up crépita furieusement de quelque fausse manœuvre. Un groupe entonna une mélopée stupide où il était question de « vibrations » et de « mer », et c'est de ces mots aux senteurs d'algue, qui se nouaient aux sons des synthétiseurs comme les motifs de jupe écossaise que prend parfois l'océan, que Zoé émergea avec un nouveau sourire. Elle croisa les mains sur ma nuque, et appuya son front au mien. Est-ce que j'avais vu ? Quoi donc ? Saroyan. Il était là, et elle croyait qu'il dansait avec ma sœur. Mais j'eus beau scruter les couples enlacés, les ténèbres autour de nous, je ne le vis pas. À peine avais-je senti à mes lèvres l'oreille duveteuse de Zoé que ce fruit me fut enlevé, car le disque s'acheva avec des craquements funestes. Mon cœur battait fort. Quelle chanson allait suivre ? (*Serait-ce la tautologie martiale de* Black is black *ou l'indicatif d'explication de* Si je chante c'est pour toi *? Mais trêve de grammaire. Louise*).

Les lumières avaient-elles été encore baissées ? Il ne restait plus que des fanaux bleus dans le lierre. Des cris convulsifs fusèrent, il y eut une rumeur de bousculade, comme le piétinement d'un troupeau. Zoé ne fut pas la première à sortir de ces danseuses cernées d'ombre. Mais elle doubla Esther qui parut aussi aller (la vanité ou l'émotion m'emportait) dans ma direction. Avec un léger déhanchement, Zoé traversa les bandes de bleu et de rouge qui flottaient autour de nous (nuit méphitique, encre pailletée, soie zinzoline que ses mains déchirèrent) et retomba dans mes bras. À mon oreille, elle traduisit au fur et à mesure les paroles à double sens des Rolling Stones, dont l'ironie n'effaçait pas la douceur de quelque radieux plain-chant :

On early Sunday morning
Through Baskerville
I was listening to the gospel music on the local radio station
And the preacher said : « You got a Lord by yourself. »

Que disait-il, ce prêcheur radiophonique ? Quelle était sa bonne nouvelle ? Zoé, que je serrais si fort, était-elle transportée avec moi dans quelque patelin perdu qu'elle avait autrefois connu ? Mais le chant reprenait : *« I am so pleased to be informed of this, I thank you Jesus Lord, I had an arrangement with a girl but the time I got there she was gone with the best truck driver she could find. »* Il était dommage de constater que la fille était partie avec le meilleur camionneur qu'elle pût trouver, mais si doux que ce récit fût proféré par les lèvres caressantes de Zoé, comme si Jagger eût été le vrai traducteur, et sa guitare l'instrument d'un contrepoint à un murmure qui n'était destiné qu'à moi seul — *« But much to my surprise whom did I see sitting in a corner ? This girl, the girl with far away eyes. »* Sensations dissociées, où les mots avaient leur part, faisant vivre Zoé et moi, maintenant enlacés, sur des plans différents et pourtant susceptibles de communications réciproques. Car la fille *« with far away eyes »*, avec des yeux lointains, c'est moi, j'en étais persuadé, Louise, qui la tenais maintenant dans mes bras, celle que j'avais attendue. Dans la chanson, on s'y perdait un peu. Y avait-il deux filles (celle au regard lointain que Zoé incarnait si merveilleusement, collée à moi avec passion, et celle qui était partie avec le conducteur de camion), ou les deux n'en faisaient-elles qu'une ? Le scénario obscur prenait d'autant plus corps que les ombres portées sur les murs dédoublaient les êtres, que la blondeur de Zoé donnait un écho incompréhensible aux cheveux châtains d'Esther, que les filles et leurs parfums se confondaient dans celle qui effleurait mes paumes du bout des doigts tandis que ma sœur (aux prises avec le meilleur bûcheron qu'elle pût trouver) tournoyait gaiement dans les parages en soulevant bizarrement les jambes, comme si la mélancolie qu'elle savait si bien maintenir dans sa vie s'était évaporée. Et comme si elle m'absolvait. Mais de quoi ?

« Qu'il fait chaud ! » fit Zoé. Malgré les séduisantes vociférations des Who, je pris la main de Zoé et l'entraînai vers la sortie. Dans la bousculade, j'eus trois visions successives que les gens de télévision, à l'imagination indigente, feraient osciller avec des balancements de caméra. D'abord les lueurs qui éclairaient les livres, comme si vraiment la bibliothèque était en feu, et à la faveur de ces pulsations, ma sœur, toutes couettes rabattues, avançant à pas chaloupés vers Saroyan et sa guirlande de fleurs. (Ou est-ce moi qui déraillais ?) Sur le seuil se tenait mon père bousculé par la foule, qui observait les danseurs (et cherchait peut-être, c'est du moins ce que je me dis aujourd'hui, à garder un œil nostalgique sur sa fille). Il m'offrit un sourire détendu, l'air de dire : « Tu t'amuses ? Tant mieux. » Troisième image, cette fois dans la cour : ma mère qui aidait à découper du pain, tout affairée devant une table chargée de victuailles. Elle aussi se tourna vers moi et me lança un regard où je lus quelque avertissement indéchiffrable. Puis ce fut le chemin de terre, à travers le verger, Zoé soufflant un peu, moi hébété par le film familial et le rose lunaire des cerisiers.

Presque à tâtons, nous parvînmes au pigeonnier, un fortin polygonal juché sur une arcade, à l'orée du bois. Un colombage, des bandeaux de brique et de carreaux vernissés faisaient de lui un petit château de conte, surmonté d'un épi de poinçon, avec un ramier en céramique. Zoé gambada entre les piliers, sautant d'un carré d'ombre à un triangle lumineux. J'ouvris la porte, et nous gravîmes l'escalier qui conduisait à l'étage. Tout en haut de l'échelle mobile, des ailes battirent, un pigeon jaillit d'un nid d'osier et se posa sur une corniche, devant une lucarne d'envol. Trois, quatre autres pigeons se posèrent à leur tour sur le ressaut, et je donnai à Zoé un premier baiser (elle, tremblante, se tenait d'une main à l'échelle). Nos yeux s'habituèrent à la pénombre. Les oiseaux voletaient dans les enfourchements du faîtage. Les rayons de lune qui entraient par les boulins dissolvaient les pigeons qui s'envolaient dans la nuit, et nous en restituaient quelques-uns, qui nous frôlaient. Est-ce que je voulais bien attendre un peu, dit Zoé tout en m'embrassant avec violence. Est-ce que j'allais la protéger, être gentil avec elle ? Te protéger de quoi, Zoé ? De cette foudre qui tombait, et qui la fit trembler plus fort encore ? (Un joyeux artificier avait lancé quelque part une première fusée, ce qui fit monter des pigeons le long des tournisses, vers les enrayures du toit.) La cheville gauche juchée sur une poutre, la tête couronnée par le trapèze de l'échantignolle, au bois odorant, Zoé ressemblait à une ballerine à la barre, bien qu'elle eût passé son bras libre autour de ma nuque. Elle allait bientôt enlever sa robe, balbutia-t-elle, mais celle-ci glissa d'un coup sur ses jambes. Zoé se délivra de l'échelle et m'entraîna sur le plancher : à son contact, elle poussa un léger cri, en disant qu'il y avait une écharde. Est-ce que je rêvais encore pendant la demi-seconde où je l'accompagnai dans sa chute, en voyant au loin une fenêtre allumée, et ma sœur dans cette chambre faire des gestes incohérents vers Saroyan qui la tenait par les épaules ? (*Il n'est peut-être pas impossible que Saroyan et moi nous soyons reflétés dans quelque vitre, mais cette notation me paraît exagérée, et même invraisemblable, car tu étais dès cette minute à Zoé, comme le prouve tout le reste.*) Le feu d'artifice allait bon train, il éclaira de bleu, de rouge et d'un blanc de foudre la charpente en contre-plongée, la potence vertigineuse, les oiseaux et nos baisers. Zoé et moi roulions sur le sol : par les houteaux s'avancèrent vers nous des étoiles et des fusées. « Ce que nous ne savions pas, me dit Zoé plus tard, c'est que les artificiers du village, aidés d'ailleurs par ton père qui adorait mettre le feu aux mèches, firent griller par mégarde une meule de foin, pas si loin de nous. Tu te souviens ? On entendait des cris, des bidons d'eau qui s'entrechoquaient, et pendant que je pleurais un peu…

— Il y avait bien des larmes dans tes yeux, mais tu ne pleurais pas vraiment et… » (ô lâche, ô léger, ô dur Thomas…). (« *Et puis soudain, tout se tut, les flambeaux s'éteignirent... Chacun se dispersa sous les profonds feuillages* » *Louise.*)

16

Te souviens-tu de l'Ur,
De la fraîcheur du bois coupé ?

Te souviens-tu de l'eau,
Du bassin noir et de l'argile ?

Revois la belle anguille,
Les pas du daim et son effroi.

La rivière ou le rêve
Qui va chanter la note brève ?

La fée s'endort
Avec le marinier...

Dors, fée,
Le lis est d'or,
Le lit est fait...

(C'est une de ces pauvres chansons de notre enfance, et non pas un jeu verbal du sacro-saint Oulipo, ah que non ! *¡ Qué no !*) Le pigeonnier quitté, Zoé repartit dans sa maison, moi dans la mienne, et je ne pus m'assoupir, alors que Louise dormait pesamment dans la chambre. Vers sept heures, je descendis dans la cuisine, où je trouvai mon père attablé, aux prises avec un saucisson récalcitrant. « Tu es là ? me dit-il. Viens prendre un café. » Il était habillé de pied en cap pour la pêche avec le teint livide des mauvais jours. « Tu as l'air dans une forme splendide, papa. T'es-tu amusé ? » Il hésita un instant : « Oui, mais je suis un peu contrarié.

— Pourquoi donc ?

— À cause de ta sœur.

— Que t'a-t-elle encore fait ?

— À moi rien, mais je crois bien qu'elle a comme qui dirait un flirt avec ce Saroyan qui est quand même un drôle de zigoto.

— On ne dit plus avoir un flirt, papa, c'est antique de dire ça... D'ailleurs, je crois que tu te trompes...

— Ta sœur, soupira-t-il, elle est tellement... Et elle va s'enticher de ce type qui se lève à midi, ce n'est pas le genre de la famille. Un type qui a mon âge, et au fond qu'est-ce qu'il fait ? C'est un pique-assiette, un paresseux, et on dit qu'il serait le bon ami de Mme Orion. Bravo. Ta sœur est impressionnable, ça va lui porter sur le système. Elle ferait mieux de prendre l'air, de fréquenter des garçons de la région, j'en connais qui sont très sympathiques, par exemple le petit Estandau.

— Le cyclope ?

— Et Francis, l'ailier gauche, il pêche avec moi.

— Il louche.

— En tout cas, il a l'œil pour la touche et c'est un garçon qui a les pieds sur terre. Voyons voir, et Linot ?

— Il est l'ami de la mercière.

— Ah bon ? sursauta mon père ébahi. Je ne savais pas. Il faut dire que ta sœur est exigeante. C'est quand même bizarre d'être comme ça : c'est mademoiselle-je-sais-tout, elle est donc classée intellectuelle, mais elle veut sortir avec des acteurs de cinéma.

— Est-ce contradictoire, papa ?

— C'est pas logique, dit-il sur un ton déprimé. D'ailleurs, Saroyan n'est pas beau.

— Nous sommes de mauvais juges, répondis-je, il est élégant et il parle à Louise de livres, ça lui plaît.

— Ces Orion ne sont pas comme nous, et Saroyan non plus… Ils ont des moyens, ils ont voyagé, nous ne sommes que des gens simples.

— Arrête, papa. D'ailleurs, ce n'est pas tellement ton genre de dire ça, tu es tellement fier.

— C'est ta mère qui est fière, pas moi, fit Jean avec un geste brusque. C'est elle qui veut vous voir partir… Et tout ça pour quoi ? »

C'était peut-être la première fois que je le voyais remuer son café avec agacement. Mais ma surprise fut plus grande encore quand — *ecce lupus* — la haute carcasse de Saroyan s'encadra dans la porte ensoleillée, que le visiteur nous lança un bonjour radiophonique, et que par une mimique de clown le visage de mon père s'épanouit : « Ah ! monsieur Saroyan ! s'exclama-t-il radieux. Nous étions justement en train de parler de vous. On se demandait si vous vous étiez amusé. Quelle fête ! Hein ? Vous êtes content ? »

Et il lui serra vigoureusement la main.

Et nous voilà, Saroyan et moi, ayant laissé Jean à ses épuisettes, marchant sur une des collines qui surplombaient Oursière. « Oui, c'était bien, dit Saroyan en tirant sur son cigare. Et Zoé ? Elle s'est amusée ?

— Sans doute, bégayai-je.

— Tu verras, me dit-il doucement, Zoé est une fille charmante. Assez capricieuse parfois. » Je sus alors qu'il savait. « Elle a de merveilleuses foucades, poursuivit-il. Et puis, elle a quelque chose d'étrange, elle s'endort brusquement. Moi qui n'arrive pas à dormir ! Quelle chance elle a ! J'ai été un moment l'amant de sa mère. Je te le dis car tu l'aurais peut-être su par Zoé. Mais tout cela est terminé, maintenant. » Le sentier que nous suivions formait une sorte de balcon en forêt, et nous nous penchions au-dessus du village, saisis dans les rets de ses fumées. Après ce soir étouffant, l'aube avait été fraîche et les bruyères autour de nous se ressuyaient de leurs réseaux de rosée (de petites flammes chavirées au centre des gouttes s'éteignaient comme des bougies qu'on souffle). Tout rompu que j'étais, j'aurais voulu questionner Saroyan, lui demander pourquoi il avait remis son affreuse casquette, comment il avait pu aimer Jane et non pas sa fille, quelle était la nature des caprices de Zoé… Tant de choses se bousculaient maintenant : le sexe de Zoé, les manières de Zoé, abruptes et gauches, l'encouragement de Saroyan, l'odeur acide qui venait de la terre sous les arbres et sa fraîcheur de cressonnière. Cette confusion m'exaltait, comme si Zoé était inséparable des oiseaux qui couronnaient ses cheveux, de sa robe, de son pays de grands espaces, de Saroyan, d'une glace qu'elle avait choisie lors de l'après-midi lointain où elle avait entendu, misérable, son père lui présenter Annette. C'était l'ensemble que je me mettais à aimer. (Par une sorte d'ébranlement machinique.) Oui, c'était tout ! Machine. Machine. *Sex machine.*

Saroyan et moi marchions à présent dans une clairière ventilée, où flottait une odeur de billots. Il crut entendre la volée feutrée d'un coucou. Ce n'était qu'un troupeau de brebis, qui s'était rencogné dans les ronces, et se mit à trottiner devant nous, puis se divisa. Y avait-il des sangliers par ici ? Le sanglier était un animal nomade qu'il admirait entre tous, c'était son animal fétiche, dont son père lui avait appris à reconnaître les traces, par exemple lorsqu'ils se frottent aux arbres, laissant leurs housures sur les troncs à la sortie de la souille. « Mon père aussi connaît bien les sangliers, lui dis-je. Nous verrons peut-être par ici des traces de boutis, ou des bauges très bien aménagées. Papa a toujours une histoire ou deux à raconter. Il y a quelques années, il a vu un sanglier poursuivi par des chasseurs s'échapper en nageant sous la glace d'un étang.

— Vraiment ? dit Saroyan.

— Pas loin d'ici, sur la côte, certains sangliers traversent même les bras de la mer à la nage. Leurs soies sont toutes salées. Mais ils sont moins nombreux dans les forêts de pins qu'ici, évidemment.

— Pourquoi ? fit Saroyan amusé.

— Parce que ce sont des résineux, dis-je avec un aplomb digne de ma sœur. C'est-à-dire un sous-sol pauvre, alors que dans les collines, sous les hêtres, la terre est pleine de feuilles, de racines et de vers de terre. Si vous voulez, je vous montrerai des souilles au bord d'un étang, d'accord ?

— En Amérique aussi j'ai vu des sangliers, dit Saroyan songeur. Surtout sur un plateau où nous allions quelquefois avec les Orion. "La table verte". Il y avait des animaux sauvages, des daims surtout. C'était merveilleux. »

17

Il fallut attendre, mon amour, le jour suivant pour t'embrasser, et même quelques jours encore pour dormir avec toi, car l'excès d'excitation de notre première nuit t'avait plongée dans un long sommeil, puis dans une langueur hagarde. (Quant à moi, au contraire, je devins insomniaque, sujet à des rêves brillants, semés d'écorces de métal.) Bref, il nous fallut du temps pour récupérer, et c'est toi qui me donnas le signal de la résurrection en apportant à Louise des tissus que t'avait donnés ta mère : « Choisis ! dit-elle à ma sœur. Choisis celui que tu veux et allons faire un chemisier. Mais où ? »

Il n'y avait qu'une couturière à Oursière, notre amie Jacinthe qui vivait dans une maison délabrée de la rue Labaque, laquelle traversait Oursière de part en part, mais avec des circonvolutions compliquées. Ce serait une erreur de croire qu'Oursière était remplie de personnages déréglés, mais il est vrai que Jacinthe, que nous aimions, nous initia, Louise et moi, à côtoyer avec aisance la folie. (*Je ne suis pas mécontente que tu notes par une subtile allusion que le dérèglement mental est le fil noir de notre tapisserie. Mais n'en dis pas trop. Louise.*) La situation médiane de la rue Labaque, expliqua Louise à Zoé, avait peut-être joué un rôle dans la géographie intime de Jacinthe qui estimait que sa rue divisait le village en deux parties. L'une était son alliée. L'autre fomentait contre elle ce qu'elle nommait une rébellion, avec l'aide du boucher, son ennemi de toujours. Jacinthe avait l'art de l'allusion assassine, elle nous parlait toujours en clignant de l'œil, en feignant de supposer que nous avions fait nôtres ses sous-entendus. Elle récitait des calomnies un peu comme elle cousait les robes, elle se plaignait de la tâche qui pesait sur ses épaules, car elle était bien seule pour mener une bataille complexe qui consistait à démanteler des réseaux d'espions, et avertir les inconscients des effets du cyanure et du suc d'ellébore que le boucher injectait dans ses côtelettes. Comme nous, enfants, Jacinthe jouait, et la complication de ses jeux mentaux nous séduisait. Depuis notre enfance, la rue Labaque était devenue, au fil de ses discours, une sorte de ligne de front, riche en escarmouches et en trahisons. Dans cette guerre de positions, Marie et nous-mêmes avions fini par nous identifier aux alliés que Jacinthe voyait en nous, certes fidèles mais qu'il fallait tout de même exhorter à la persévérance, car nous n'étions pas à l'abri du doute. Quand elle allait vraiment mal, qu'elle devenait squelettique, qu'elle injuriait tout le monde, Marie lui préparait des soupes, s'occupait de son ménage. À plusieurs reprises, le boucher était sorti de sa boutique, avec son tablier barbouillé, pour protester de son amitié à la porte de Jacinthe, et lui apporter des tranches de filet de bœuf. Mais il ne recevait en retour que des injures et des savates. « Elle dit souvent la vérité, dit Louise à Zoé, tu verras. J'espère qu'elle sera un peu énervée. » Si Jacinthe avait vécu ailleurs, disait Marie, elle aurait sans doute fait l'objet d'un internement administratif, et se serait retrouvée à l'asile ou dans un hospice, bourrée de tranquillisants (en disant cela, ma mère ne faisait sans doute qu'exprimer la terreur qu'elle éprouvait à notre sujet : serions-nous capables d'éviter la folie, le confinement, la mort ?), mais Jacinthe, pour subtile qu'elle fût dans ses constructions imaginaires, vivait au milieu de gens simples qui l'acceptaient telle qu'elle était. La machinerie féerique de son esprit suscitait moins la réprobation qu'une surprise amusée dont les conséquences n'étaient pas tellement plus regrettables que celles des lubies du maire qui voulait débaptiser la rue du Général-Chanzy pour l'appeler la rue Errol-Flynn (car il raffolait de son interprétation dans *Robin des Bois*). Il faut dire que, dans son incurable maladie, Jacinthe avait ce que Louise nommait de « bons côtés ». Il y avait toujours quelque chose de vrai dans ses imprécations. Par exemple, elle détestait la mercière, et il est exact que celle-ci, toute pommade et attendrissement pour les misères du monde, et emballée par Vatican II, avait quelque chose de suavement féroce que je n'ai pas le loisir de développer ici. Jacinthe n'avait pas non plus son pareil pour contrefaire les dandinements d'une voisine, qui collectionnait les lapins en faïence, ou les monologues dépressifs du facteur, ou l'entrain consolateur de l'huissier venu procéder à une saisie-exécution.

Jacinthe était dans sa boutique pleine de chiffons, assise sur une chaise, jambes écartées, une manche retroussée pour que le médecin qui venait lui rendre visite tous les mois lui prît la tension. « Comment ça va, les enfants ? » coassa-t-elle tandis que le docteur Lalo pressait la poire, et que la bibliothécaire Janine, sa nièce, la priait de ne pas gigoter. « Mon petit Thomas, tu nous amènes une belle plante, une Américaine à cheveux blonds, bravo, elle s'appelle Zoé, pas vrai, ma petite fille ? Je suis très bien renseignée... » Zoé fit oui de la tête, interdite à la vue de cette sorcière en guenilles, qui la regardait de ses yeux gris. « Tu verras, ma petite, Thomas est un garçon charmant, un fiancé idéal, et Louise est la savante de la famille.

— 7/5, murmura Lalo, vous avez une tension trop basse, Jacinthe, je vais vérifier l'autre bras...

— Encore ? mais c'est interminable, mon Lalo, on ne va pas faire un fromage de ma tension.

— Ne bouge pas, dit Janine.

— Oh ! toi, la ferme, laisse-moi parler avec les enfants et mon docteur qui a toute ma confiance, la preuve, j'avale ses médicaments.

— Tu es bien pâle, mon petit docteur », dit-elle en levant le nez vers Lalo qui, avec ses moustaches serrées, ses cheveux en brosse, semblait porter un masque farineux sur son visage de jeune homme. « Et les filles ? Est-ce qu'elles baisent ? Est-ce que tu trouves des infirmières qui s'occupent de toi et te sucent un peu ? » Simon Lalo, pourtant habitué aux sorties sexuelles de Jacinthe, eut un sourire navré : « Vous savez bien que je suis marié et que j'ai quatre enfants. Je vais vous prescrire un remontant.

— Mais c'est toi qui as besoin d'être remonté, mon petit, tu es maigrichon, il faut que tu te trouves une fille, une poule avec de solides nichons, délasse-toi, que diable, tu as les oreilles cassées toute la journée par tes mioches et ta conjointe.

— C'est gentil pour elle.

— C'est une dame courageuse, je n'ai jamais dit le contraire, mais elle est débordée. Je ne sais pas comment elle est au lit, mais ce ne doit pas être une bombe, c'est moi qui vous le dis, et toi, tu es toujours sur les routes, à soigner tout le monde, à t'occuper de grabataires comme moi et de lesbiennes comme ma nièce, bref, tu ne peux pas continuer comme ça, tu vas passer l'arme à gauche, il y a bien des infirmières qui se dévouent aussi aux médecins, que diable, l'adultère fortifie le mariage, pas vrai, les enfants ?

— Je vais vous prescrire aussi un léger stabilisateur, dit Lalo, un produit très nouveau et...

— Est-ce bien nécessaire ? dit Janine en fronçant les sourcils. Ma tante prend tellement de médicaments, pourquoi ne pas la laisser comme elle est ?

— Ne te mêle pas de ça », dit sèchement Jacinthe (qui suspectait tout le monde mais vouait un culte à Lalo), « ce docteur est merveilleux, il m'a sauvé la vie quand Pistarède a voulu m'empoisonner et je le ferai décorer.

— Empoisonner est un mot un peu fort, Jacinthe, dit Simon.

— Tu es trop bon, tu ne vois pas le mal. Il a voulu installer un micro dans les boules de fer de mon lit, vous n'y croyez pas, c'est votre affaire, c'est moi qui suis folle, d'accord ? Et pourtant j'ai raison, c'est même extraordinaire, mais j'ai raison. Quant à toi, ma petite, dit-elle à Louise, tu es habillée comme l'as de pique.

— Justement, Zoé et moi venions vous voir pour ça, dit Louise, pour vous commander une robe.

— Bien. Puisque mes médecins et ma nièce me lâchent un peu la grappe, je vais pouvoir travailler. »

Et elle entraîna Louise qui nous fit un petit adieu vers l'escalier branlant qui conduisait à l'atelier encombré de chiffons où Jacinthe fabriquait à la fois ses propos magiques et des robes.

« Je n'ai pas compris tout ce qu'elle disait, me dit Zoé à voix basse. Pourquoi en veut-elle au boucher ?

— C'est un effet de sa maladie, dit Simon, sans doute un syndrome paranoïde avec confusion mentale. Mais je ne suis pas psychiatre, je la soigne un peu à l'aveuglette.

— Ça, vous pouvez le dire, dit Janine aigrement. Quelle idée de la bourrer de médicaments, alors que le travail analytique serait bien plus efficace, n'oublions pas que Lacan s'est fait connaître par une étude sur la paranoïa et que… »

(Je jure que ce dialogue est vrai, même s'il préfigure ce que Louise et moi vivrions plus tard, dans d'autres circonstances.)

« L'analyse ne ferait rien, je vous assure, répliqua Simon agacé. Elle n'a jamais rien proposé contre un état psychotique, et d'ailleurs Jacinthe rendrait fou son analyste.

— En tout cas, ces médicaments font trembler ses mains, elle devient apathique.

— Les effets secondaires des neuroleptiques sont limités. Écoutez, je fais ce que je peux, heureusement qu'elle accepte de se faire soigner sinon elle serait au cabanon. Je suis un médecin moderne, dit-il soudain vibrant, je crois aux grandes découvertes, à la révolution du lithium, aux travaux de Pierre Deniker et de Jean Delay qui est né tout près d'ici, qui a eu son baccalauréat à quatorze ans et l'agrégation à vingt-deux.

— Vous êtes un positiviste obtus, répliqua Janine. Vous devriez vous initier à l'antipsychiatrie, et ouvrir un peu vos écoutilles.

— Mais pourquoi vous disputez-vous ? » dit Zoé assise sur le rebord de la fenêtre, et la tête appuyée à tout un paysage d'ardoise et de ciel doré. « Je suis d'accord avec Janine, pardon, monsieur Lalo, mais elle est très bien comme ça, Jacinthe. » (C'est peut-être à ce moment-là que je découvris à quel point Zoé, sous ses dehors indolents, était attentive aux autres, avec ses élans de générosité, l'attitude mimétique des hippies naturistes qu'elle avait côtoyés, bref tout ce que je regardais déjà, à travers mon esprit compliqué et dur, avec une poignante nostalgie.) Zoé avait parfaitement raison, dit Janine d'une voix câline, il ne fallait pas changer Jacinthe. « Il n'est pas question de la changer, répliqua Lalo en haussant les épaules, mais de la soigner. » Il replia son stéthoscope qui se laissa faire comme un bébé boa.

Tandis que Louise faisait les essayages sous les regards de Janine, Zoé et moi montâmes dans le grenier de Jacinthe pour visiter son bric-à-brac. Pourquoi Jacinthe en voulait-elle au boucher ? répéta-t-elle en se serrant contre moi. Parce qu'il était boucher. Et alors ? « Et alors, tu ne vois pas dans quel état je suis et que je t'aime et que… » (Oh, mon Dieu, vous avez remarqué combien j'étais grossier et violent et…) Zoé se dégagea avec douceur. Elle s'accouda sur l'appui d'une fenêtre gisante aux angles inégaux, où l'air entrait vivement, et avec lui la ville en pente. L'allège de cette fenêtre était si basse que Zoé cambra sa croupe étroite, terriblement enfantine. « Le boucher ? » bégayai-je, tremblant. C'était tout simple (mais qu'elle me laisse mordre son cou). Jacinthe aimait les porcs et tous finissaient sous le couteau du boucher. Jacinthe (c'était du moins ce que prétendait ma mère) ne se remettait pas de son affection, le mot n'est pas trop fort, pour Emmanuel Ier, car elle appelait tous ses cochons Emmanuel. Bref, cet Emmanuel Ier était énorme et robuste, un vrai monstre, il s'était débattu dès que le boucher et ses aides eurent mis la main dessus. Je le savais, j'étais là, c'était il y a quelques années, laisse-moi enlever ta jupe. C'était vraiment horrible. Emmanuel se mit à transpirer, à devenir visqueux, et il glissa de leurs mains et défonça son enclos et chargea Pistarède qui n'est pas le courage incarné. Laisse-moi, laisse-moi enlever tes sandales. Je t'en prie. On n'avait jamais vu ça. Le cochon était devenu fou. Les bouchers appelèrent Jacinthe, qui s'était cachée sous l'escalier en se bouchant les oreilles. Jacinthe arriva tout en pleurs, et là-dessus elle se mit à adresser une sorte de consolation à Emmanuel, en lui disant que ça ne lui ferait pas mal et qu'il fallait en passer par là. Laisse-moi te toucher. Je t'en prie. Emmanuel se calma, il avait de grands frissons sur ses flancs, il clignait des yeux en écoutant Jacinthe, et il laissa le couteau lui trancher la gorge. « Pauvre, pauvre Emmanuel, dit Zoé d'une voix étranglée.

— C'est plus triste encore pour Jacinthe, parce qu'elle ne se remit jamais de sa trahison. Louise dit que tous les Emmanuel successifs sont pour elle une répétition d'Emmanuel Ier et qu'ils sont devenus des animaux fantastiques qui apparaissent dans ses rêves. »

J'avais pris soin de pousser derrière nous le loquet du grenier, et je me souviens exactement de la soie du ventre de Zoé que je couvrais de baisers, du sel de ses larmes, du matelas rugueux qui nous servit de lit et plus tard, bien plus tard, de bruits précipités : c'était Louise qui montait l'escalier quatre à quatre et tambourinait avec ardeur à la porte, en nous enjoignant de descendre.

18

On redescendit. Jacinthe saisit Zoé par le poignet et la fit asseoir.

« Connais-tu mon neveu Joseph, ma petite ? chuchota-t-elle.

— Non, dit Zoé.

— Il faudra. Il faudra que tu le connaisses, c'est mon fils, je veux dire mon neveu qui est pour moi comme un fils, un garçon extraordinaire. Remarque, Thomas est très bien aussi, d'ailleurs ils sont très amis. Et tes parents ? Dis-moi tout sur tes parents, est-ce qu'ils te laissent faire ce que tu veux ?

— Eh bien, dit Zoé en hésitant, pas toujours.

— C'est ennuyeux, ça, dit Jacinthe sans lâcher la main de Zoé. On peut te faire confiance, je vois que tu es une fille de premier ordre.

— C'est gentil, dit Zoé.

— Je le pense vraiment, dit Jacinthe, je t'aime déjà de toutes mes forces. »

Nous laissâmes quelque temps Zoé aux prises avec notre amie, dans un de ces colloques fusionnels où elle établissait avec son interlocuteur un cœur à cœur à l'abri des incertitudes de la raison, et où elle s'offrait tout entière.

19

Nous voyons tous plus ou moins dans quelles directions ma rencontre avec Zoé aurait pu nous conduire, Louise et moi, sans parler des relations de ma sœur avec Saroyan. Tout aurait pu être ou insignifiant ou plus mélancolique. Par exemple, Louise, si possessive, aurait pu prendre en grippe Zoé. Ou vouer à Saroyan un amour désespéré. Les Orion auraient pu disparaître aussi vite qu'ils étaient venus. Les choses furent plus légères, plus persistantes. J'eus droit cependant à des monologues de Louise, qui, en quelque sorte, reflétaient le nœud de possibilités que nous pressentions, et j'en retranscris un dans le style vocal de quelques récits (aujourd'hui si désuets) de ce temps-là, du genre : arrête s'il te plaît arrête arrête de dormir j'ai besoin de récapituler moi j'ai besoin que tu faut-il que je fasse l'amour avec Saroyan oui ou non ? prématuré ? avec toi tout est toujours prématuré tu veux toujours remettre à Quoi ? J'ai tout de même seize ans je ne vais pas rester vierge et peut-être vieille fille et je ne sais pas non je ne sais pas si je t'ai dit non tu es agaçant comment savoir vraiment si tu m'énerves c'est pas une question d'envie ni d'amour c'est une question c'est tout non pas du tout une question ton objection ne tient pas Saroyan c'est quelqu'un de merveilleux l'homme le plus profond le plus raffiné que nous ayons rencontré dans cette province perdue pourquoi emphatique ? si doux si délicat non il ne m'a pas non ce que tu peux être grossier parfois alors là j'en tombe des nues des nues c'est malin tout ce que je te demande c'est de me dire si à ton avis je devrais accepter ce que je reconnais qu'il ne m'a pas proposé pourquoi tu rigoles ou si je devrais l'amener avec bien entendu avec oui mais ça c'est d'accord avec donc avec comment dire avec délicatesse à me proposer ce qu'il ne m'a pas quoi ? comme si tu ne savais pas quoi quoi quoi quoi qu'une fille sait qu'un garçon la désire et pouf qu'il désire qu'elle enlève sa robe et vite tu ne t'es pas regardé sincèrement tu ne t'es pas quel regard celui que tu as jeté sur Fabienne quelle Fabienne la sœur de Bernard celle qui a des fesses plus belles que celles d'Odile oui Odile Rodin la copine de Rubi de Porfirio bref il me désire je le sais et je sais qu'il le sait que je le sais mais il ne le sait pas vraiment il le sait un peu c'est tout un peu vaguement voilà comme si tu ne le savais pas tu le sais mais tu ne veux pas c'est ton côté dégoûtant comprendre il est pudique lui et moi timide c'est différent toutes les filles le voient ! Toutes les filles savent quand elles ne sont pas désirées et ça c'est trêve d'image je rectifie mais quand même un soleil noir voilà car du coup elles savent aussi quand si je désire Saroyan ? si je l'aime ? pas la question quelles vacances ! quel été ! j'ai très peur car quand on dit que c'est si beau ça devient tout de suite un peu moins beau bref je suis prête oui oui oui oui mais j'hésite et ne sais pas comme ça tout est toujours simple avec toi alors voilà tu es prête et zou et vlan vas-y comme c'est simple alors que tu es hautement coupable ne dis pas le contraire aucune circonstance atténuante tu sais que ce n'est pas ma faute et que je suis par lui ? oui oui oui oh mon Dieu que oui mais aussi non car aussi par la chasteté alors là Monsieur est dépassé réveille-toi tu dors je t'en supplie peut-être avec un autre que lui Avec Avec pour ne pas confondre les torchons Avec Avec le premier et lui en second puisqu'il est le premier c'est tout de même pas sorcier avec avec oui car la pureté est plus exaltante que le sexe et ça Monsieur ne veut pas le reconnaître eh bien oui non je suis curieuse je ne suis pas frigide non je ne le suis pas mais j'hésite j'hésite je suis comme ça.

20

Zoé n'a pas été indifférente à Oursière. Nous avons parcouru ensemble le village bien des fois en cet été mémorable, avec ou sans Louise. Peu de temps après la fête des Orion, je l'emmenai dans la rue des Rétameurs. Elle débutait par un pont, se prolongeait par une corniche de pierre qui surplombait l'Ur, et longeait une fabrique de fromage, qui sentait la brebis et l'eau vive. La lumière du matin glissa sur les maisons vernissées, et ce vernis les livrait à la vue comme des demeures de conte. La rue virait à angle aigu, se rétrécissait, se déployait en lacet sur la pente de la colline Saint-Pierre, à travers des maisons serrées et leurs jardinets suspendus. Dans la ruelle, comme presque partout, on entendait l'eau couler, à cause des sources présentes sur les collines, et des fontaines, ou des conduits souterrains. Ce ruissellement se matérialisait parfois dans des perles énigmatiques qui demeuraient accrochées à l'aubépine sauvage des jardins. Zoé me parla des pentes de Nob Hill à San Francisco, où elle était allée avec ses parents, et je vivais presque un rêve éveillé en étant là avec une étrangère, pour qui le raidillon de la rue des Rétameurs renvoyait à quelque ouverture sur le Pacifique.

La cloche de la cathédrale éloigna cette rêverie. Son timbre avait je ne sais quoi d'obscur, de rauque, qui évoquait plutôt des jardins romains, une interpénétration entre la ville et les terrains en friche, où des chèvres, des brebis broutant l'herbe maigre auraient eu l'ancienneté des pierres. Les terrains abandonnés, ici ou là, où picoraient les poules, donnaient l'image d'un bourg embarrassé dans les pâtures, et, quand la cloche sonnait à travers les feuilles au crépuscule, un arrière-monde s'approchait avec la nuit. Pourquoi cela était-il si prenant, particulièrement ce matin-là ? On montait et descendait tout le temps, comme un amer selon le souffle des eaux. Zoé était gaie. Elle s'amusa des perspectives que la marche nous donna, le long des maisons aux portes et fenêtres déjà ouvertes : une fille qui se coiffe ; un chat qu'une enfilade de fenêtres, par un effet d'optique, suspend dans un jardin à l'arrière-plan ; un aïeul, l'oreille collée à la radio, qui suit un match de rugby en poussant des glapissements sauvages. Depuis l'Ur, les maisons s'amoncelaient en groupes compacts, se blottissant sous les toits d'ardoise semés de bosses, de cicatrices de rentraiture, comme une laine réparée après la tonte. Mais une image, que peut-elle dire ? Elle est trop pesante pour rendre compte des couleurs glissantes, de l'anthracite des toitures qui teintait l'eau de l'Ur, sauf quand le foulon d'une fabrique de toile et surtout son atelier de teinture la rougissaient. Zoé reconnaissait-elle le quartier des sœurs Lopez ? Plus loin, il y avait la fontaine de marbre dédiée à Fallières. Puis une usine de confection et d'encollage qui sentait la résine. Et même une chocolaterie qui, elle, faisait rôder jusque dans la nef de l'église Sainte-Gertrude le paradis nuancé des fèves de cacao. Vu de haut, le bourg était un archipel de granges et de prairies intérieures, mais ses rues, encombrées parfois par les troupeaux montant vers les estives, étaient parsemées de fabriques et d'ateliers. Au début du siècle, dis-je à Zoé, Oursière avait connu une sorte d'essor industriel, on avait construit des usines électriques et des barrages en montagne. On avait vendu de la toile d'avion. Après 1914, cette effervescence était mollement retombée, mais il en subsistait une tradition d'activité industrielle et de luttes ouvrières, une succursale de la Banque de France transformée en cinéma puis en garage. Et, surtout, ce climat de peine que ma mère incarnait si bien, avec son anxiété, sa manière de chercher à l'aveugle un autre rythme ; plus élastique, plus léger que les travaux et les jours.

Louise avait envie de déguerpir d'ici, mais elle surveillait tout du coin de l'œil, par exemple le bassin à têtards ou les algues courbées près de l'écluse elliptique. Quand on passait le long de la laiterie, elle faisait le pitre en récitant avec des mimiques obscènes le poème dont j'ai oublié l'auteur :

Ah fromage voilà la bonne madame
Voilà la bonne madame au lait
Elle est du bon lait du pays qui l'a fait
Le pays qui l'a fait était de son village

Ah village voilà la bonne madame
Voilà la bonne madame fromage
Elle est du pays du bon lait qui l'a fait
Celui qui l'a fait était de sa madame

Ah fromage voilà du bon pays
Voilà du bon pays au lait
Il est du bon lait qui l'a fait du fromage
Le lait qui l'a fait était de sa madame.

Cette fantaisie confortait mon idée qu'Oursière était elle-même une fabrique créant le rêve d'une ouverture, d'un espace où les choses et les êtres cohabitaient avec paresse. Mais cet espace était aussi une sorte d'aire de course, illimitée. L'état d'excitation dans lequel j'étais avec Zoé n'y était sans doute pas pour rien, ni les baisers volés. En passant je lui racontais quelques histoires, certaines vraies, d'autres plus conjecturales qui atténuaient l'idylle que nous traversions alors que la rue des Rétameurs nous hissait avec véhémence vers quelque sommet baptismal (car sa pente était raide). Dans la pergola démantibulée, au fond de ce jardin à l'abandon, on disait qu'un père avait convaincu son fils de tirer sur lui à la chevrotine. Là-bas encore, dans une espèce de casemate moussue, une adolescente éprise d'ésotérisme s'était donné pour mission d'étrangler sa mère. Assassinats, viols, incestes, haines prenaient la forme de ténébreux bosquets dans le paradis modeste qui descendait et gravissait la pente. Il venait à nous sans être ni promis ni vraiment retrouvé, puisqu'il était là, s'ébrouant dans nos mains.

Là-haut, Zoé énuméra les lieux qu'elle connaissait. Était-ce le cinéma Louxor, pointant un toit pentu de chalet savoyard ? Et là-bas ? Le personnage arrosant des boutures ? (Peut-être procédait-il à un sulfatage, car il avait sur le dos un réservoir.) Plus loin encore, l'arène devant le fronton, les deux plans formant un feuillet sans ligne. Si ces détails sont à l'abri pour moi de la mélancolie, c'est que nous les percevions comme des fétus dispersés arrachés d'emblée à tout ensemble. Ce n'étaient que des détails intemporels. Souvenirs dès l'instant de leur saisie, parce que là-haut l'église soudée aux maisons agglutinées sur leur glacis barrait une vue autre que fragmentaire. À Oursière, de toute façon, on ne pouvait rien voir qu'en passant. Ce fut ce matin-là, peut-être — et grâce aux baisers, à la joie de Zoé —, que j'eus pour la première fois quelques rêveries dont je ne savais pas qu'elles seraient récurrentes. Les terrains vagues, les banlieues miniatures. Les frondaisons d'acacias. La modeste nymphée du jardin de la Caisse d'Épargne (référence aux citronniers de la Villa Julia, vue dans un livre). Une antenne de télévision sur une poutre faîtière. Un pâtre, au coin de la rue, disparu.

Parvenus à l'église Sainte-Gertrude, au moment où Zoé et moi commencions de nous donner des baisers violents à l'ombre du portail, qui voyons-nous ? Saroyan et Louise le nez en l'air, déambulant dans l'abside. Saroyan tenait à la main un guide, dont il poursuivit la lecture d'une voix de stentor, répercutée par l'écho des dalles, sur un ton parodique : « "*La voûte du portail est particulièrement remarquable. Le regard se portera sur les voussures superposées, dont chaque figure illustre le triomphe de l'Église sur le mal : résurrection du Christ sous les yeux ébahis d'un paysan et d'un soldat* (cette sculpture a été perdue au XVIIIe siècle, car le bas-relief qui la soutenait a été détruit) *; statue de Constantin foulant les infidèles sous les sabots de son cheval ; vieillards de l'Apocalypse ; captifs enchaînés et hagards du trumeau.*" Bonjour Zoé ! Bonjour Thomas ! Écoutez ça : "*Le visiteur attentif remarquera le symbolisme expressif de l'alpha et de l'oméga, de la lune et du soleil qui figurent sur le tympan. Mais comme l'a observé l'éminent Léonce Crampon*" (textuel, les enfants, mais est-ce le même que le chanoine Crampon, traducteur de la Bible ?), "*comme l'a remarqué l'éminent tralala, les voussures inférieures proposent des sculptures dont la précision évoque les œuvres sur ivoire et sur pierre de l'Aragon, de l'Italie et peut-être de Byzance. La vie la plus truculente est évoquée sur la voussure inférieure, puisque sa frise représente un banquet où tous les métiers sont convoqués, dans une figuration* (écoutez ça) *de la nature humaine dans sa réalité riche et complexe*". »

Hilare, Saroyan referma un instant le guide sur son index, et s'en donna allégrement un coup sur la tête, tandis que Louise riait elle aussi, d'un de ses roulements de gorge. « On rigole, mais n'empêche que cette frise est excitante », dit Saroyan. Ici, le tonnelier prépare le cercle des barriques. Un vendangeur ploie sous sa hotte. Un charcutier lève un hachoir sur un porc. Un saumon bondit des eaux du gave. Mais que fait ce personnage au bonnet mystérieux ? Avions-nous vu, dit Zoé, que le porc est particulièrement poilu ? « La réponse est dans le guide, dit Saroyan, je re-cite : "*Magnifique représentation du pêle-porc. L'allure générale de ce porc ne doit pas surprendre ; une grande partie des porcs au Moyen Âge étaient dits* '*ramassaus*'*, ils vivaient en troupeaux, allant chercher leur glandée dans les forêts, et par leur aspect se rapprochaient des sangliers. Le sculpteur a su représenter remarquablement l'animal, puis le charcutier qui brandit sa hache pour l'occire, avant de lui enlever la peau et de détacher la tête*". » Saroyan devint rêveur. « "Quelle insouciance, murmura-t-il, chez ces artisans en liesse. Comme ce banquet est étrange ! Regardez le monstre infernal occupé, parmi les convives, à dévorer un personnage aussi tranquillement que le pêcheur tranche un poisson. Cette vie humble et gaie côtoie les forces du mal. Elle est le mal lui-même ! Non pas un clair-obscur : une seule et même chose !" » Saroyan nous désigna une frondaison sculptée. Dans ce feuillage de pierre, se déroulait un serpent presque indistinguable des tiges, et le démon végétal abritait lui-même une colombe dont les ailes étaient des feuilles. Pour la première fois, grâce au portail de Constantin, je vis Saroyan les yeux brillants, emporté par une sorte d'exaltation nerveuse. Ma sœur le regardait avec passion. Zoé, avec une curiosité indéchiffrable. Puis Saroyan repéra sur une des voussures quelques femmes aux longs cheveux et aux formes sensuelles, entourant une Vierge à l'air intrépide, ses pieds minuscules soutenus par un nuage de pierre : « L'Assomption, dit-il médusé. Ce n'est pas son âme seulement, c'est son corps charmant qui rejoint Dieu, échappant ainsi à la résurrection prévue pour tout un chacun. Et là, mes enfants, deux thèses irréconciliables. La thèse mortaliste : la Vierge est morte, mais son âme et son corps sont réunis par l'effet d'une synergie divine. La thèse immortaliste, d'ailleurs minoritaire. Elle n'est pas morte, elle dort sous la forme d'un sommeil sacré appelé dormition, puis directement prise, et hop ! restituée au Créateur par un rapt analeptique. Vous me suivez ?

— Pas très bien », dit Louise.

Je sortis avant les autres, qui poursuivirent leur visite, parce que j'avais promis à Marie d'aller faire quelques courses. Sur le parvis, puis au bas des marches, la voix des visiteurs vint à moi de manière plus précise, portée par la caisse de résonance de la nef. Je descendis lentement la colline. Voix de Saroyan, traînante et chuintante, avec des accents d'un Paris d'avant-guerre. Voix rauque de Louise. Timbre de Zoé, cristallin mais à deux registres en conflit. D'autres voix s'échappèrent des jardins en pente, montèrent de la ville avec la lenteur de ses fumées. Quelque part, là-bas, dans son échoppe, j'imaginais la voix onctueuse du charpentier. Les intonations d'Esther. Toute une polyphonie flotta dans le soleil, un plain-chant s'insinua dans les rues, le paysage sortait des sons plutôt qu'il ne se mêlait à eux, et, même aujourd'hui, il n'est pas aussi présent dans les mots destinés à le décrire que dans des voix mêlées, un bruissement qui n'était qu'une réponse à peine audible au silence. Pourquoi ? Pourquoi donc ?

21

Ce fut, je crois, à la fin de cette journée que j'emmenai Zoé derrière la gare, vers un terrain où s'étaient installées des baraques foraines, et une piste d'autos tamponneuses. Louise et Saroyan étaient partis de leur côté à B., pour acheter des maillots de bain. Parmi les manèges brillait la piste. Chromes et clignotants. Les voitures électriques y glissaient tous feux allumés. Zoé était excitée. J'achetai d'un coup six jetons rouges. Il fallait lorgner les voitures les plus rapides, car certaines étaient des tacots poussifs. Les autos s'immobilisèrent, nous bondîmes dans une voiture vide, j'introduisis un jeton dans la fente. Le caissier rameuta les indécis d'une voix roulante, avec des « en voitûûre » nonchalants, tout en ramassant les pièces et en distribuant des jetons avec la vélocité d'un batteur de cartes. Puis vint sa phrase : « Roulez, petits bolides. » Ce sésame fit crépiter les tiges sur le filet d'acier du chapiteau, et notre voiture partit en arrière à mon coup de pédale. Zoé riait aux éclats. Je n'eus que le temps d'apercevoir le boucher et la bouchère qui nous firent un signe, le fantôme du professeur d'allemand, un échalas déjà ballotté dans son auto jaune. Dans le tintamarre, des sifflets fusèrent de deux voitures, l'une rouge, l'autre bleue, conduites par des jeunes gens à la mine patibulaire que Louise aurait nommés avec respect des « blousons noirs », lesquels virèrent de bord et heurtèrent notre véhicule à l'arrière. Il fit une embardée, mais je parvins à échapper un bon moment à nos poursuivants, grâce à des zigzags sagaces. Toutes les voitures s'arrêtèrent en même temps. Nouveau jeton et même fente. Notre bolide emprunta une route oblique, se faufila dans les embouteillages, et c'est à tombeau ouvert et dans le cri de terreur de Zoé qu'il percuta de plein fouet la voiture rouge qui longeait la rambarde. Notre proie heurta la rampe d'acier, rebondit sur nous, subit des chocs répétés tandis que je m'esquivais à reculons en braquant. Les types se mirent à notre poursuite, mais nous fûmes à nouveau sauvés par le gong. Pas pour longtemps. Sitôt remis l'infernal jeton les deux voitures nous prirent en chasse, l'une qui chercha le choc frontal mais que j'évitai, l'autre qui nous heurta et nous fit tournoyer sur nous-mêmes. Secouée, Zoé me dit : « Arrête ! arrête ! » J'emmenai ma passagère hors de la piste. Et c'est là — alors que Zoé riait encore aux éclats, toute détendue — que se déroula (si l'on peut dire, il dura à peine quelques secondes) un épisode bizarre et brumeux. À peine avions-nous commencé, paille à la bouche, de boire un Coca-Cola sur le comptoir d'un estaminet de parpaing, qu'une montagne s'abattit sur mes épaules. Je ployai sous le choc, me retournai. Les deux types des autos tamponneuses étaient là, assez éméchés, transpirant sous leur veste de cuir, flanqués de blondes qui ricanaient. Comme dans un scénario sorti de quelque atelier de poncifs, l'un des types me demanda « si je le cherchais », et Zoé dit « partons, partons », en me tirant par la manche. J'émis un étrange « holà » d'une voix de fausset, et vis aussi au ralenti mon poing gauche, lancé d'assez loin sur le comptoir, qui virevolta entre les bouteilles et remonta vers l'oreille droite de mon interlocuteur, laquelle oreille révéla sous le choc sa consistance de pâte craquante, comme celle des feuilletés de poire que Marie nous préparait. Mais la bobine tournait toujours, et je vis aussi (en me disant obscurément que tout allait bien) mon crochet du droit, qui frappa l'adversaire à l'estomac sans que ce coup me fît sortir de l'hébétude, car je ne me sentais plus moi-même, mais juste un automate filial à qui Jean avait toujours dit qu'il fallait avoir un coup d'avance, et enchaîner (le tout dans une sorte de mélopée : « Enchaîne, mon petit, enchaîne, je t'en prie, enchaîne, qu'attends-tu, toujours toujours, mon petit, enchaîne »). Suivit une mêlée confuse, où j'enchaînais les coups au foie et les uppercuts amortis dans des vestes de cuir puantes, où je reçus moi-même des coups sans les sentir, palpant aussi vaguement le soutien-gorge d'une fille hurlante qui s'était mise de la partie. Un glapissement sonna la fin de l'échauffourée. Le patron tirait les cheveux de mon adversaire de toutes ses forces, de sorte que tout le monde se sépara et que l'on put faire un état des lieux : hystérie générale, moi saignant et soufflant avec entrain (en fait presque dans les pommes), mon premier adversaire s'étant mis lui-même dans un K-O technique en se cognant la tête à une table, mon deuxième sortant un couteau mais par terre, et Zoé bouche bée, les yeux agrandis d'effroi. Je l'entraînai dehors en courant, tandis que Gilbert, le gendarme, fendant la foule, allait dire aux gisants de circuler. Appliquant un mouchoir sur mon nez, Zoé tremblait, de petites bulles s'étaient formées à la commissures de ses lèvres : « Oh non, oh non, dit-elle d'une voix saccadée. Promets-moi. Thomas, promets-moi de ne pas te battre. Ils auraient pu te tuer. » Elle me regarda avec stupéfaction. « Toi aussi, tu vas tuer quelqu'un si tu continues. Je déteste ça. — Je suis violent, Zoé, c'est mon caractère. Et papa m'a toujours dit qu'il fallait avoir un coup d'avance. » Elle hocha la tête. « Comme vous êtes précis, ta sœur et toi, dit-elle d'un ton rêveur. Pourquoi aimez-vous tant ce qui est technique ? Quelle étrange famille ! Ne te bats pas, Thomas, je t'en supplie, ne te bats pas. »

22

Je retrouvai Zoé le soir dans une meule ou dans son jardin ou dans sa chambre (mais je devais alors escalader deux étages grâce à des plants de glycine de plus en plus fourbus). Le lendemain matin de la bagarre, et après une longue soirée avec Zoé, soirée vouée à des baisers et des applications de Mercurochrome, Louise entra en furie dans ma chambre. « Mais tu es fou, tu es malade, s'écria-t-elle, je fais le pied de grue depuis huit heures en attendant que tu te réveilles.

— Je dors, Louise.

— Tu es rentré à trois heures, dit-elle. Tu es tout pâle. Qu'est-ce que c'est que ce Tricostéril sur le nez ? Zoé devrait te donner une trêve, écoute ça, il m'est arrivé quelque chose de sensationnel. »

Et elle s'assit sur mon lit. Je fermai à nouveau les yeux, incapable de résister à un nouvel élan de sommeil, mais il en fallait plus pour décourager ma sœur. Je devais me réveiller, elle me le demandait instamment, car elle pouvait dire sans exagérer qu'elle était une autre femme. Ah bon ? Elle darda sur moi un regard excité. Cheveux en bataille, une salopette bleu de chauffe que je ne lui avais jamais vue. Où avait-elle trouvé cette tenue ? Elle remonta une bretelle en me disant que c'était à la mode, et qu'elle se proposait d'aller faire du café. Sans attendre ma réponse, elle bondit du lit, dévala l'escalier et j'entendis au rez-de-chaussée un tintamarre de casseroles. J'eus le temps de faire un nouveau rêve dans lequel Jacinthe, vêtue de la salopette de Louise, la tête gonflée d'une permanente ondulée, engageait un dialogue véhément avec la statue de Percepied, en piétinant des géraniums. Louise revint avec un plateau et s'assit sur mon lit. Alors voilà. C'était quelque chose de merveilleux. « Quoi donc ? » dis-je avec une infatuation que je regrettai aussitôt. Elle eut un air navré. « Pas ce que tu penses, non, car j'hésite toujours. Pourquoi te moques-tu de moi ? Tu es dur comme de la pierre.

— Ce n'est pas vrai.

— C'est un peu vrai, mais tu es comme ça, soupira-t-elle. Et puis tu deviens grossier, méfie-toi. Bref, j'en viens au fait. Saroyan n'écrit pas des textes, il les dicte.

— Grande nouvelle !

— Qui dit dicter dit parler. Qui dit parler dit parler à quelqu'un. Et ce quelqu'un aujourd'hui, c'est moi.

— Bravo, mais je ne vois pas bien ce qu'il y a d'extraordinaire.

— Parce que tu ne te rends pas bien compte, mais en fait pour écrire ces textes, il a besoin d'une fille en qui il a confiance, d'une fille à qui parler, qui puisse prendre des notes, et c'est toujours difficile pour lui d'en trouver. Il dit que ses idées lui viennent en parlant, car son travail est oral, et il m'a dicté hier soir un petit texte qui m'a beaucoup plu.

— C'est sur quoi ?

— C'est sur la main. » (Et elle tendit devant mon nez une paume moite.) « C'est une sorte d'évocation de la main, qui lui a été inspirée par un article sur la chirurgie de la main, et aussi par un extrait de Heidegger, tu sais bien, le penseur allemand, un extrait de *Qu'appelle-t-on penser ?*

— Bon, d'accord », dis-je soucieux de ne pas la fâcher,

mais Saroyan l'avait-il embrassée ? Elle but une gorgée de café, reposa la tasse vivement : « Un peu ici ou là. » Puis elle écarta d'un revers de la main mon sourire : « C'est normal, dit-elle, c'est normal qu'il m'embrasse, car pour lui c'est très important de dicter et je crois bien qu'il ne pourrait le faire sans donner un baiser.

— Curieux type.

— Je ne crois pas que ce soit si curieux, dit Louise pensive.

— Papa est inquiet, il n'aime pas beaucoup Saroyan et surtout que tu le fréquentes.

— Parce qu'il ne le connaît pas, dit Louise avec une modération inattendue, mais ça viendra. Tous les pères ne sont pas jaloux, sauf dans les magazines qu'on trouve chez Azur. À propos, je t'ai découpé là-bas une photo de la fille que tu vénères. Une grande gigue, comment elle s'appelle…

— Jean Shrimpton ?

— C'est ça. Elle est très bien, mais Zoé me paraît encore mieux, plus pulpeuse. Est-ce que tu l'aimes ? » (Dans le vocabulaire de ma sœur, ce mot était exceptionnel, car elle détestait la mièvrerie sentimentale qu'elle ne manquait jamais de brocarder.) « Peut-être.

— Tu fais bien, mais profite de cet été parce que ça ne va pas durer. C'est comme moi avec Saroyan.

— Tu vois toujours tout en noir.

— Un si bel été ! Comment pourrait-il finir bien ? Et puis, j'hésite trop, je crains de toujours être malheureuse parce que tout est abstrait pour moi, je ne sais pas quoi faire, quoi penser.

— Mais Saroyan ? Tu es quand même contente de l'avoir rencontré ?

— Ça oui ! dit-elle. Et dans quelques jours, hop !, il me dicte un autre texte sur la Béatitude chez Nietzsche. Nietzsche a parlé de la Béatitude “aux pieds légers”.

— Ah bon… Tout ça est quand même très abstrait, toi qui te plains de l'abstraction. Non ?

— Pas du tout. »

Son visage se rembrunit. « C'est ma vie qui est abstraite, c'est moi qui suis abstraite, je le sens terriblement. Pas toi ?

— Je ne sais pas, dis-je circonspect.

— Nous nous ressemblons, tu dois le sentir toi aussi, dit-elle en beurrant une tartine de pain frais. J'aime bien quand tu es gentil avec moi, quand tu cesses d'être cynique, tu vois ?

— Pas très bien.

— Oh ! que si. Sois gentil. S'il te plaît. Sois tendre, Thomas. Ne sois pas comme moi : je suis trop désabusée.

— Toi, désabusée ? Au contraire, regarde-toi, tout le monde t'envie d'être si passionnée.

— Ah bon ? D'accord, mais ne dis plus de choses comme ça, je ne sais pas si j'aime beaucoup la mièvrerie. »

23

Nous nous souvenons que le plant de glycines que je descendais le soir pour rendre visite à Zoé criait grâce et je décidai d'utiliser une échelle coulissante. Quelques jours plus tard, quand la maisonnée s'endormit, je descendis cette échelle et me retrouvai dans la prairie. J'entrepris de ramener à moi la moitié supérieure de l'échelle en manipulant délicatement la ficelle, pour ne pas faire de bruit. « Merci, Thomas, oh ! merci d'être venu », fit une voix blanche derrière moi. Je sursautai, et ne vis d'abord dans le contre-jour de la lune, et à cause de l'ombre d'un figuier, que deux prunelles d'animal. Puis une ombre avança vers moi et s'incarna dans le corps ravissant d'Esther. « Esther ! Tu m'as fait peur ! Comment es-tu entrée ?

— Comme toi, Thomas. En escaladant le mur, mais je n'avais pas d'échelle, touche mes seins, ils sont durs. »

D'étonnement je lâchai la ficelle, et l'échelle coulissa avec un grand bruit de boîte à ressort. « On va réveiller toute la maison.

— Comme ça, je pourrai dire à tout le monde que je t'aime, Thomas.

— Esther, bégayai-je, en d'autres lieux… en d'autres circonstances… Ce n'est quand même pas juste, que ça arrive ce soir… Ce sont des choses qui n'arrivent jamais et puis tout à coup… Comment dire ?

— On ne sait ni le jour ni l'heure », dit Esther (et avec une stupéfiante dextérité elle plaça mes mains sur ses reins, et m'embrassa).

Au loin, un volet claqua, un chien fit un jappement bref qui résonna dans les rues, Esther m'entraîna sur un banc de pierre en heurtant du pied un seau d'eau et un râteau. Elle s'agrippa à mon cou, et je lui chuchotai à l'oreille que non, qu'elle était merveilleusement belle, mais qu'elle voyait bien que j'étais en route pour la maison de Zoé. Qu'importe, murmura-t-elle, Zoé n'en saurait rien, et elle souleva une jambe musclée, posa son pied droit sur mon épaule (elle était la première au cours de danse) tout en faisant sauter d'un coup d'ongle le bouton supérieur de son short. Sur le gravier et l'arpent de prairie du jardin, nos ombres formèrent aussitôt une construction de trapèze inverse. Dans ce treillis fragile, la lune se glissa, et avec elle une poussière crayeuse, et un violent désir contre lequel je luttai un peu, mais elle m'avait enserré dans l'étau de ses jambes, c'était une gymnaste consommée, elle avança ses lèvres et susurra d'une voix noyée que si je ne bougeais pas, si je continuais à presser ses seins, elle me dirait quelque chose d'important. « Quelque chose, murmura-t-elle encore. Quelque chose. Entre en moi maintenant, viens, Thomas, viens. Quelque chose. » Le banc craqua de toutes parts, mais un sifflet retentit. Derrière le néflier compact, au fond du jardin, surgit notre Vip, qui accourut lécher l'oreille d'Esther, puis apparut mon père, en pyjama blanc, dont la promenade (il marchait le nez en l'air, scrutant sans doute quelque étoile) nous laissa une quinzaine de secondes pour remettre nos vêtements en place. Il finit par nous apercevoir, et nous désigna la lune, ce qui signifiait peut-être qu'il ne pouvait pas dormir et qu'il nous souhaitait une bonne nuit. Il disparut, suivi du chien. « Je dois partir, Esther, il le faut. » Elle me proposa d'escalader le mur tous les soirs. « Non, ne fais pas ça. Je n'en suis pas digne et ce serait vraiment idiot. » Ce que je pouvais être bête ! dit-elle. On ne peut plus bête. Je le savais, j'étais navré. Quelle malchance ! Mais qu'avait-elle à me dire ? Qu'elle ne m'en voulait pas. Que je devais me méfier de Saroyan. C'était peut-être un monsieur très bien, mais ma sœur risquait d'être malheureuse, il aimait trop les femmes. « Fais très attention, Thomas, ne sois pas malheureux », murmura-t-elle, alors que j'étais déjà sur le mur. En me retournant, je lui fis signe, mais elle s'était esquivée dans le jardin noir.

24

(Note de Louise : *La première fois qu'il me dicta quelque chose — ce soir-là quand Thomas vint grimper à la glycine ou plus tard —, ce fut un texte sur la lenteur intitulé « Jours de lenteur ».*)

Ce titre était inspiré (on verra plus loin ce que Saroyan disait de ce mot) du nom d'un beau tableau d'Yves Tanguy. C'était une sorte d'éloge de la lenteur, de ce qu'il nommait l'« éclair de la lenteur » par opposition au règne de la fausse vitesse, et en particulier, et de manière prémonitoire, celle de l'information, qui était pour lui une « manière honteuse de déformer, bref de dicter à celui qui reçoit un message ce qu'il doit penser, suivant une série de codes et de procédés d'activisme psychologique ». Je me souviens des deux textes qu'il citait « en guise d'incrustations » à propos de la lenteur. Le premier était celui-ci :

Lenteur qui butine, éparse lenteur
Lenteur qui s'obstine, tiède contre moi
Êtres que nous chérissons, nous vous aimons
dans le meilleur comme dans l'injustice de vous-mêmes
Hasardeusement, tels de cahotants papillons.

25

Il me dit que ses poèmes n'étaient pas rassemblés, « c'est-à-dire liés par un sous-titre ou un titre, mais composés comme un ensemble organique, à partir d'un mot et d'une phrase qui subissent de multiples variations ».

26

1. J'ai pris le parti, peut-être discutable, de ne jamais citer ici un poème de Patrick Saroyan (en dehors d'une ou deux exceptions, que nous verrons plus loin).

2. Je ne me suis pas interdit de parler des rares instants où il fit allusion à son travail poétique. La plupart du temps, il dictait à ma sœur des textes critiques, de courts essais, des proses brèves, mais je ne crois pas que dans son esprit ce travail fût dissociable d'une « écriture poétique ». (*L'idée, alors en vogue, qu'il n'existe pas de prose poétique — idée qui sera reprise ici et là chez certains formalistes — lui était étrangère. Mais que ce genre de considération est vain !*)

3. Sous son apparence de douceur, son élégance vestimentaire, sa simplicité qui le fit aimer de tous à Oursière, il

était en fait virulent, de manière voilée. Il y avait presque toujours quelque guerre intestine dans ce qu'il disait. Et ce climat allait bien à Louise.

Dans ce que m'avait dit Esther (dont les propos me paraissaient par ailleurs suspects), il y avait quelque chose de vrai : Saroyan aimait séduire et, mine de rien, il avait fait connaissance de presque tout le monde dans le village. Il avait fait un compliment à Mathilde la coiffeuse, enchantée, sur son horrible robe à pompons. Il avait rencontré la moitié de notre classe, à force d'aller acheter le journal et d'assister à des parties de baby-foot, de traîner chez le disquaire dont la boutique était le rendez-vous des rockers de l'endroit. De sorte que, lorsque la fête annuelle de la terminale s'est organisée, Patrick Saroyan fut naturellement invité. Même aujourd'hui, je m'interroge encore sur la facilité avec laquelle il se fit admettre dans le bourg, presque à notre insu (je ne crois pas qu'il faille y voir, comme Esther le suggérait, une entreprise de séduction de mauvais aloi, même s'il est vrai que Saroyan a toujours préféré la compagnie des adolescents à celle des adultes. Ce serait une erreur de le transformer trop vite en coureur de jeunes filles, ou en vieil adolescent narcissique, caricature facile. Il fut tellement plus compliqué, plus généreux, plus infernal aussi !).

Cette fête était organisée le 15 août par le club Marius Moutet, une association très laïque du lycée de B. Elle consistait à rassembler élèves et parents qui n'étaient pas partis en vacances et à les emmener passer une journée en montagne (cette ascension était peut-être une réplique ironique à l'Assomption qui était fêtée ce jour-là). Nous voilà entassés dans l'autocar, partant de bon matin à travers un crachin irisé. Au milieu des autres élèves, Esther me surveillait, toute maussade, car elle souffrait d'herpès labial. Sa bouche était teintée de bleu de méthylène. Louise n'allait guère mieux, elle avait mal à la tête et se mit tout de suite à dormir. Zoé était plus loin, derrière, à côté de Saroyan. Le corps professoral était représenté par un mathématicien fébrile, par le professeur d'histoire Maxime Lavedan, un frisé rougeaud et précieux, et par Jeannette Georges, dont nous avons déjà parlé, qui s'était enveloppée de châles, et scrutait Saroyan à travers des lunettes à monture d'acier (les verres de soleil amovibles, qu'elle soulevait, ressemblaient à la trappe supérieure d'un sous-marin miniature).

La vallée se resserra autour du car, celui-ci franchit un arc-en-ciel, laissé par une pluie voyageuse, et on aperçut le gave en contrebas, juste derrière un accotement de fougères. Pendant quelques kilomètres, la route longea des pentes bordées de trembles et d'aulnes, entre lesquelles filèrent des berges sablonneuses, des mares laissées par les fontes. Je reconnus le bois où Jean avait un jour réussi à nous intéresser, Louise et moi, à l'explosion des fruits de la balsamine dont je reconnaîtrais la détonation sèche encore aujourd'hui. Dans le car, des voyageurs dormaient, bercés par l'ondulation du véhicule, tandis que le conducteur, qui nous engageait dans les lacets de montagne, commençait à rétrograder et à débrayer avec la sobriété d'un batteur de be-bop. Je n'entendis plus que Saroyan et Zoé parlant à voix basse (mais je ne pus saisir ce qu'ils disaient) et le froissement de la carte routière que Lavedan étudiait. Une libellule vint cogner à la vitre. Avec une tranquillité de funiculaire, l'autobus s'enfonça dans une hêtraie, coupée de prés de fauche, qu'éclairait une lumière rasante sortie des buissons. Le soleil fit glisser des ombres de branches passantes sur les jambes de Zoé, il fit aussi briller le duvet de ses cuisses, sur lesquelles elle avait retroussé un short framboise. Ses yeux étaient tantôt mi-clos, tantôt attardés et languides quand elle parlait à Saroyan. Elle s'adressait à lui en regardant ailleurs, vers le couvert qui défilait dehors, entraînant avec lui les clapiers de schistes repris par les ronciers, et les couloirs d'éboulis, ou des talus d'argile bordant les torrents, sur lesquels s'allumaient parfois des fleurs de pavot jaunes. À l'ondulation succéda le roulis, à mesure que les lacets devinrent plus serrés. L'autocar tangua en pénétrant dans la forêt d'altitude, et s'immergea dans un brouillard qui se déchirait, laissait entrevoir un treillis dru d'aiguilles. Tout à ses virages, incliné sur le volant, le conducteur guettait le col alors que des fumées rapides nous enveloppaient, et que Zoé, d'un œil bleu et un peu dur, les regardait se condenser sur la vitre. Au-delà de l'accotement, il y avait d'épaisses draperies, à la consistance de silex, à la base desquelles se faufilaient des layons, sentiers forestiers ou passées de bêtes. Et le col fut là, après le douanier qui nous salua de sa guérite. Un haut plateau s'étendit devant nous, à perte de vue. Les voyageurs réveillés applaudirent, certains commencèrent à chanter, et Louise s'étira en s'exclamant : « Je suis en pleine forme.

— Bravo, Louise », dit Jeannette du fond du car (elle couvait sa meilleure élève).

Esther haussa les épaules et me tira la langue. Zoé se leva, vint prendre à mon côté la place de Louise qui alla s'asseoir à côté de Saroyan. Enfouie sous son linceul minéral, violemment froissée, la forêt disparut derrière nous. On roula sur un plateau de pelouses maigres, dans un petit vent au goût sauvage qui entra par la fenêtre coulissante et fit flotter la crinière de Zoé sur ses tempes. La route contourna des bordes à demi effondrées, des fortins de tourbe hérissés d'ajoncs. Zoé saisit le haut de mon bras, touchant mon aisselle du bout des doigts. Elle me fit un sourire tendre, silencieusement. Était-ce ce silence ? Ou le ciel de craie au-dessus de nous ? Quand je me souviens de cet instant, c'est le mot limbe qui me vient à l'esprit. Peut-être parce que le sourire de Zoé (cet élan de tendresse, elle avait une apparence souvent si froide) était neuf pour moi. Ou parce que notre autocar se frayait la route dans une blancheur translucide. « Mon père arrive la semaine prochaine, dit-elle.

— Ah bon ? Où était-il ?

— Il travaillait, un peu à Paris, peut-être ailleurs.

— Que va-t-il dire quand il saura que sa fille a trouvé pour ami un paysan d'Oursière ?

— Il sera content, n'aie pas peur, dit-elle en riant.

— Plus content qu'en Amérique ? Ton ancien fiancé ne lui plaisait pas ? Comment il s'appelait ? Tu ne m'en as pas beaucoup parlé, dis donc. »

Zoé haussa les épaules, fit un « dis donc, dis donc » parodique, et me montra le plateau qui changeait à vue d'œil, devenait aride, jonché de plaques de grès rouge. « Regarde ! dit-elle enjouée.

— Ne détourne pas la conversation.

— Rien d'important, regarde comme c'est caillouteux, ça me rappelle Cimarrón, un village où je montais un petit cheval.

— Près d'Albuquerque ?

— Oui, pourquoi dis-tu ça ?

— C'est là que vous avez rencontré Saroyan, c'est là qu'il enseignait, non ?

— Quelle mémoire ! Mon cheval s'appelait Tobak, et je réussissais à le mener au passage, c'est une figure de dressage. Mais il s'est blessé au paturon.

— Je ne savais pas que tu montais à cheval.

— Il y avait des réserves de Navajos et des villages abandonnés dans les montagnes, d'anciennes mines. On ira ensemble un jour ! Comme ça change ! Regarde ! »

Elle avait raison. Devant nous, ce n'était plus notre pays argenté et humide, mais déjà l'Aragon qui faisait battre le cœur de mon père, et le mien aussi d'ailleurs, puisque dans la bouche de Zoé il recelait la promesse que nous irions ensemble retrouver Tobak. La route progressa sur une sorte de belvédère granitique, vers une ligne d'horizon qui tremblait. Des pins à crochets, poussiéreux, certains étiques, s'essaimaient un peu dans les éboulis, ressemblaient de loin à des cheveux hirsutes. Ici et là, se dressaient des moulins mutilés dont les roues avaient été laissées sur place. Ces trois énormes pitons, dis-je à Zoé, c'étaient les Trois Sœurs. Trois bergères, dont j'avais oublié l'histoire. Lavedan, régionaliste méticuleux, se fit un plaisir de me remplacer. Trois sœurs d'une rare beauté vivaient sur les hauts plateaux, indifférentes aux hommes. « Ah bon, pourquoi ? Quelle drôle d'idée ! » dit Zoé. Drôle d'idée en effet, reconnut Lavedan dont on disait que ses goûts ne le conduisaient pas à la même indifférence que les bergères. En fait, les trois sœurs craignaient d'être un jour séparées et de perdre la liberté qu'elles avaient conquise dans les montagnes. Toujours est-il qu'un jour des hommes attirés par leur beauté prétendirent s'emparer d'elles, mais elles se défendirent avec des couteaux, et à l'aide de frondes qu'elles maniaient admirablement. « On dit même, coupa Louise debout dans l'allée centrale, que les rochers de ce plateau étaient des cailloux lancés par les sœurs.

— Effectivement, dit Lavedan qui voulait conclure. Bref, ces bergères, la nuit venue, finirent par succomber.

— C'est-à-dire ? dit Zoé.

— Par mourir, se hâta de dire Lavedan, et au matin leur père, parti à leur recherche, découvrit sur les plateaux trois montagnes enneigées, qui perpétuaient le souvenir de ses filles. »

Zoé voulut rapporter ce conte à Saroyan, mais elle n'en eut pas le temps, puisque le car s'arrêta sur la place du village de Muro, au pied de la muraille d'Aguamurcia. Jeannette déclara que ses jambes étaient ankylosées, qu'elle avait toujours souffert de varices, que seuls des bas de contention ainsi que l'ingestion d'extrait de marron d'Inde la soulageaient. Saroyan l'aida à descendre le marchepied dans la bousculade. Un cousin de Jeannette nous fit l'hospitalité de sa maison, ou plutôt d'une aire de battage derrière une remise à foin. Il nous apporta des bidons d'eau et du miel. Certains allèrent voir le village, les autres s'installèrent pour préparer le déjeuner qui aurait lieu tôt, afin de libérer l'après-midi.

« Mais dites-moi, les enfants, nous glissa Jeannette en relevant sa jupe avec précaution, vous êtes des cachottiers, vous ne m'avez pas dit que M. Saroyan faisait des traductions ?

— Comment ça, des traductions ? sursauta Louise. Il ne m'a jamais dit ça.

— Il me semble bien pourtant qu'il est traducteur, dit Jeannette. L'autre jour, où vous m'avez saisie au saut du lit, je n'avais pas entendu parler de lui, mais depuis quelqu'un m'a dit qu'il faisait des traductions.

— Ça ne m'étonne pas de lui, dit Lavedan qui transportait des piles d'assiettes en carton, quel être exquis ! Quelle élégance !

— C'est vrai qu'il a un physique de play-boy, dit Jeannette.

— Traducteur ? » répéta Louise, pensive.

Le soleil de onze heures tapait déjà sur les chemins bosselés, et les lauzes du pailler. Tenant la main de Zoé, puis l'abandonnant et n'effleurant plus que la frange de son short (dont elle laissait le bouton supérieur ouvert, laissant voir un peu de peau bronzée, c'était la mode), je fermai à demi les yeux. Entre les cils, un triangle de soleil se déplaçait sur la paille. La troupe s'activa autour de nous, et je suivis, à demi conscient, le fil fantasque d'une conversation générale : l'équipe néo-zélandaise, l'« overdose d'un chanteur », l'usage déclinant du khôl pour le maquillage, le « retour en force du rugby », les coups que les joueurs reçoivent dans les testicules (provoquant des varicocèles qui empêchent d'avoir des enfants) ; les châtaignes, les châtaignes et les pommes de terre à la cendre que nous allions manger ; un « intellectuel » (un mot qui déclencha les sarcasmes confus de Saroyan, avec une acrimonie qui me surprit) aux mains des soldats boliviens ; des mots enthousiastes de Zoé, si étranges, pour les guérilleros de toute sorte. « Comment vous, vous un monsieur si bien » (et cela d'une voix de gorge qui dans mon demi-sommeil était attribuée à quelque bouche dans la terre), « pouvez apprécier cette boucherie, un idiot en bas de soie qui fait mal à un taureau ? » Des cornes. Je me réveillai.

On avait fixé à l'auvent une toile écrue, en guise de parasol. Le cousin de Jeannette préparait des tranches de mouton à la carbonade, ajoutant sur le gril des feuilles d'oignons. Jeannette déposa ses châles, ouvrit le four à pain et en retira des pommes de terre cuites. Avec un clin œil à notre intention, elle dit que le moment était venu de remercier son cousin. Elle ouvrit son sac et mit dans la main du cousin une paire de charentaises.

Zoé prit une assiette et attendit son tour dans la file, devant le brasier. Louise en profita pour venir me voir. « Ça y est, dit-elle, l'air morfondu, c'est pour aujourd'hui.

— Pour aujourd'hui ? En pleine montagne ?

— Encore une fois, je t'en supplie, ne sois pas grossier.

— Écoute, détendons-nous, je commence à avoir faim…

— Tu ne penses qu'à manger, dit Louise. Je te dis que c'est pour aujourd'hui. Il m'a pris la main.

— Qui ?

— Saroyan, qui veux-tu que ce soit ? Alfred, lui, ne cesse de me faire du pied sous la paille, il me dit carrément qu'il faut que je connaisse l'amour, opération qu'il se charge bien entendu d'exécuter en toute sécurité. » (Alfred était un soupirant, glacé et inquiétant, de Louise, dont je n'ai pas eu le loisir de parler jusqu'ici et qui n'en mérite pas davantage.)

De loin, Zoé nous fit un signe joyeux avec son assiette en carton. « Écoute, reprit Louise, il faut que tu m'aides. J'ai l'impression que c'est pour aujourd'hui. Il faut que je me jette à l'eau, mais que dira papa ?

— Louise… Toi, si libre !

— Il me fait confiance, dit-elle avec tristesse, et il n'aime pas tellement Saroyan.

— Mais tu t'en fiches complètement, et puis calme-toi », dis-je en voyant monter ses larmes et en percevant des bribes de conversation entre Saroyan et Lavedan : « J'ai bien remarqué que vous n'étiez pas familier de notre pays, susurrait Lavedan, de plus en plus écarlate. Il fut un temps où cette région n'était pas si isolée de l'Aragon, où elle tournait le dos à ce qui est aujourd'hui le territoire français, et... »

« Dis-moi, dis-moi, Thomas, dis-moi. Est-ce que je vais avoir mal ?

— Mais non, probablement pas. Et puis n'hésite pas, va de l'avant et ne sois pas moralisante, ce n'est pas ton genre.

— Ah ! fit-elle sur un ton d'exaltation, merci, Thomas, merci ! Comme tu es gentil avec moi ! Comme tu es toujours si... si... gentil alors que je suis souvent mauvaise.

— Ma petite Louise... », dis-je en lui prenant le bras, ce qui provoqua sur ses joues des larmes perlées qui tombèrent sur la planche où nous étions assis. Cette minuscule fontaine la fit rire, elle renifla, et elle rejoignit le groupe, qui chantait à tue-tête.

Cette scène demeura inaperçue de presque tout le monde (à mon soulagement, car j'ai toujours voulu ménager les apparences), Zoé revint vers moi l'air enjoué, avec son assiette et une bouteille d'eau. Que m'avait dit ma sœur ? « Pas grand-chose. » Et je constatai que nous n'avions jamais parlé des relations de Saroyan et de Louise. Savait-elle que Louise avait peut-être un flirt avec Saroyan ? Il se produisit alors quelque chose d'étrange, car Zoé posa vivement l'assiette et la bouteille et me saisit un bras : « Tu vas rester avec moi, Thomas, n'est-ce pas, tu ne vas pas m'abandonner ? » À ce moment précis, quelqu'un s'approcha et nous montra un autre groupe de personnages habillés de bure qui déjeunaient eux aussi dans le jardin d'une certaine Amélie. Lavedan vit aussitôt en eux quelque réincarnation des pèlerins de Compostelle, et enchaîna sur le rôle des pèlerinages pour arrimer le Sud-Ouest à l'Espagne au XIIe siècle (« À cette époque, les Pyrénées n'étaient pas cette barrière qu'elles sont aujourd'hui et... »). On envoya vers eux une délégation qui leur proposa des tranches de mouton, mais ils secouèrent la tête en silence, sans que personne pût engager une conversation, ni en français, ni en espagnol, ni dans les patois dont notre groupe disposait. Ces personnages — une dizaine au total — étaient assez déguenillés. Ils chuchotaient entre eux, nous jetant des coups d'œil prudents. Saroyan se leva, alla les saluer, et ils échangèrent quelques mots. Quand il revint, il tenait à la main un sandwich qu'il me donna (je n'en retrouvai le goût que plus tard, en hiver, alors que ces beaux jours s'étaient envolés depuis des années, et que je déambulais à Brooklyn, près des arches du pont Williamsburg). Saroyan eut un curieux sourire : « Ils parlent yiddish, ils sont charmants, nous dit-il, c'est très étrange. Laissons-les. »

Le camp fut levé. On traversa le village, en longeant les murets et les enclos de marquage qui séparaient les maisons aplaties sous des cheminées cylindriques, que surmontaient des figures destinées à chasser les mauvais esprits. À l'odeur de la poussière se mêla celle du miel qui venait des ruches horizontales, faites avec des roseaux tressés, enduits de bouse. Maintenant de bonne humeur, Louise gambadait près de Saroyan. Esther, sous un chapeau de paille, regarda sa montre : nous ne serions jamais rentrés pour le hit-parade de sept heures vingt-cinq. C'était embêtant, elle adorait le titre vainqueur depuis trois jours : *Have you seen your mother, baby, standing in the shadow*. Ce n'était pas Mick Jagger, dit Louise à Esther, laquelle se récria, qui donnait aux Rolling Stones leur tonalité, le timbre particulier de leur musique, mais plutôt Keith Richards avec sa guitare. S'ensuivit un débat sur les égéries du groupe, sur la belle Anita Pallenberg que Louise préférait à la noiraude Bianca (à moins que la mémoire ne me fasse commettre un anachronisme : Bianca avait-elle déjà surgi dans la vie du groupe ?). Louise aurait bien aimé être une de ces filles, et Esther aussi : groupies et courtisanes, qui suivaient les musiciens de ville en ville. Ce devait être enthousiasmant, surtout d'être dans les coulisses, avant le concert, quand la foule trépigne et que tout le monde tire sur son joint. « Quelle horreur ! » dit Jeannette, qui s'essoufflait à suivre la troupe, comment ses élèves pouvaient-elles dire des choses pareilles ! Évidemment, admit Esther, il ne fallait pas être jalouse, mais Keith était si beau avec ses cheveux hirsutes ! Et Jagger avec sa grande bouche ! répondit Louise. Et puis, ils avaient des chansons si douces, genre : *She is like a rainbow*, c'était un album qu'elle aimait entre tous. Zoé et moi prîmes un peu d'avance pour échapper au caquet des deux filles (et l'idée m'effleura, pour disparaître aussitôt, qu'Esther n'était pas venue d'elle-même dans le jardin). « Saroyan a bien aimé l'histoire des trois sœurs, me dit Zoé. Pas tellement parce qu'elles se sont transformées en montagnes enneigées. C'est une allusion facile à leur virginité, tu vois, ça n'a pas d'intérêt, du moins c'est ce qu'il dit. Par contre, ce qui lui a plu, c'est qu'elles combattent avec des frondes avant de devenir elles-mêmes des pierres. »

Comme un écho à l'histoire des trois sœurs, un plateau éolien s'inclina devant nous à la sortie du village dont le lœss, nous dit Lavedan, était formé des pierres pulvérisées et de la terre apportée par le vent. Des pâturages, des vergers irrigués s'intercalaient entre l'épaulement des dolines, comme si une nature fertile avait fini par s'imposer à ces météorites. Alors que nous nous approchions de l'une des vallées que nous devions explorer, Saroyan se mit gaiement à ramasser des pierres. Et à les glisser dans sa poche. Fragment de serpentine. Morceau de grès rouge. Pierre de granit à deux micas. Et enfin un ophite : « Regardez-moi ça ! dit-il enchanté. Deux cents millions d'années ! Tenez, Jeannette, je vous en fais cadeau. » Jeannette Georges, qui le trouvait charmant, se confondit en remerciements sucrés. « Vous êtes un magicien, monsieur Saroyan. Quelle belle veine verte !

— Ces veines entortillées ont inspiré le nom d'une secte, dit Saroyan. Et quelle secte ! Celle des ophites, gnostiques égyptiens qui adoraient le Serpent parce qu'il a révélé à Ève, notre mère, la connaissance du bien et du mal… Qu'en dites-vous ?

— J'en suis baba», dit Jeannette.

Je m'étonnai auprès de Zoé des changements d'humeur, presque de physique, de Saroyan. Je lui racontai comment Louise et moi nous l'avions rencontré la première fois, abattu, l'élocution pâteuse. Quel contraste avec l'arpenteur de plein air, le géologue qui jubilait de donner des noms aux pierres que chacun lui apportait. Dégingandé dans un pantalon kaki trop large. Yeux bleus si vifs. «Tu t'habitueras à lui, me dit Zoé. Il est comme ça. Impressionnable.» Que voulait-elle dire ? Cheveux dénoués. Marchant placidement, mais sujette aussi à des bouffées de fébrilité pour parler de ses planches de surf, ou des castors d'une rivière (fébrilité qui s'effrangeait en pauses de songe et de silence). «Impressionnable», voilà un mot qui aurait pu aussi bien désigner le cheval Tobak, et qui était prononcé dans une sorte de rêverie barricadée. «C'est un homme extraordinaire», dit-elle, et elle faillit ajouter quelque chose, mais se reprit, car nous parvenions au bord d'un ravin. Tout le monde se pencha sur le canyon.

La troupe se divisa en groupes pour descendre au fond, non sans précaution, par une sente escarpée. Au fil de la descente, on découvrit des paliers d'eau sous les cascades dont les embruns montaient à travers les branches. Parvenue à l'un des paliers, une sorte de patio au bord de l'eau, entre les parois trouées d'ifs, la troupe se sépara. Certains partirent avec des piolets vers des cascades inférieures, d'autres voulurent avec le guide escalader quelques falaises. Zoé décida qu'elle ne nagerait pas, elle s'allongea avec moi sur une pierre plate, située au sommet d'un monticule à l'écart, sous un arbre que je pris pour un saule. Je nageai longuement dans la vasque fraîche à nos pieds, et je la rejoignis. Le silence de la montagne nous enveloppa, à l'exception de la cascade, de quelques abeilles. Zoé portait un maillot rouge que je tirai à demi quand je m'étendis près d'elle. Les chuchotements, même les plus faibles, étaient répercutés par l'écho. De temps à autre, montèrent des degrés inférieurs du torrent des mots, des fragments de phrases, avec netteté. C'est là qu'un murmure nous surprit, proféré tout près de nous, sans doute derrière une roche d'angle qui plongeait dans l'eau. « Louise ! Louise ! » Zoé sursauta, remit à la hâte son maillot. « Louise ! Louise ! » répéta la voix. Cet appel à voix basse fut formidablement amplifié, son timbre rendu profond et feutré, comme dans une crypte. C'est alors que sur l'autre rive, une plage de galets, beaucoup plus loin que prévu, Louise apparut, nue, toute frêle, tenant à la main ses chaussures. Elle avança vers la cascade, regardant furtivement à la ronde, et sauta sur les pierres plates. « Louise ! Louise ! » Louise s'arrêta sur une roche, déposa les souliers. Elle, si petite à distance, et toute blanche, projeta sur la paroi opposée une ombre énorme. « Louise ! » À ce dernier appel, Louise et la géante qui l'emportait sur sa cheville tendirent en même temps les bras et disparurent derrière la roche.

27

C'est dans l'exaltation que Louise vécut les semaines qui suivirent. Elle ne se leva plus à l'aube, car elle veillait tard avec Saroyan, passant les soirées dans ses bras, à lire et à transcrire ce qu'il lui dictait. Ce décalage la rendit insomniaque. Elle eut des cernes et des éblouissements. Elle fit des courses avec Marie pour changer de short et de blouse, mais ne renonça pas à ses souliers tout terrain qu'elle oubliait de lacer. Bien qu'elle ne se fût jamais intéressée au jardin de ma mère, elle y fit des incursions pour couper des fleurs et les porter à Saroyan, auquel elle écrivait aussi des lettres que le facteur délivrait en plus de temps qu'il n'en eût fallu à Louise pour les remettre elle-même. Jean et Marie émirent des réserves sur cette liaison qu'ils prirent pour une lubie supplémentaire. Puis ils se ravisèrent. Cette passion avait lieu au grand jour. Louise ne se priva pas de leur raconter, au fur et à mesure, combien Saroyan était délicieux, « gentil avec elle », comme elle disait, avec des détails dont ils auraient sans doute souhaité qu'elle fît l'économie. Sans l'avouer, Marie était soulagée de cette franchise exhibitionniste, peut-être inspirée de notre fréquentation de Jacinthe, qui n'avait pas communiqué à Louise, Dieu merci, sa folie, mais son goût de la précision maniaque et du bavardage. Mais Louise n'en pouvait plus. Simon Lalo fut convoqué, malgré les récriminations de ma sœur. Il arriva avec sa trousse, et Louise le claquemura dans une chambre. Il n'eut guère le temps d'ouvrir la bouche, Louise le bombarda de questions sur la contraception, et lui fit des tirades sur l'amour fou. « Il faut qu'elle se calme », dit Lalo à Marie, et il lui prescrivit de boire des décoctions de valériane. Jean, quant à lui, était attristé par ce qu'il nomma, l'air pénétré, la « situation ». Il combattit ses moments de mélancolie en multipliant les parties de pêche et les battues précoces de sangliers en plein mois d'août. Il revint avec des thons en quantité, de sorte que nous fûmes obligés de manger de ce poisson pendant des jours, suivant les recettes de Marie : à la tomate et au piment, à la planche, au court-bouillon avec des câpres, à la mayonnaise. Marie fit des remontrances à Jean. Qu'il s'occupe un peu de sa fille. Elle était elle-même accaparée par le maïs et la future vendange. « Mais qu'est-ce que je dois lui dire ? fit Jean. Que savons-nous de cet escogriffe ? Dis-moi, bon Dieu, ce que tu veux que je fasse. » Il somma Louise de l'accompagner à la pêche. Elle accepta avec des soupirs.

28

Ce fut dur pour eux de se lever ce matin-là. Ni l'un ni l'autre n'avait dormi. Le temps avait changé, à cause des marées d'équinoxe. Ils s'embarquèrent dans une aube fuligineuse. La pluie fine tomba alors qu'ils étaient déjà au large de la côte espagnole, debout sur le pont, engoncés dans leurs cirés jaunes à capuchon. Louise était si cxténuée qu'elle trébuchait sur les cordages et les seaux. « Va dormir, dit Jean, on a le temps. » Dans la cabine, un réduit encombré de gaffes, elle s'étendit sur la couchette et tomba dans une somnolence agitée. Elle fut réveillée par la manivelle d'un treuil qui lui martelait la joue. Elle se releva. Jean avait fixé les lignes et la traîne avait commencé. « C'est pas un très bon jour, il a trop plu », dit-il pensif. La pluie avait cessé, l'eau était parcourue de plaques de métal sombre, et une houle assoupie la soulevait. Tout était gris et plombé. Le bateau filait, suivi par deux mouettes qui ne s'écartaient pas du sillage. « Tu vois, Louise, dit Jean, il faut aller à 7-9 nœuds. Pas moins. On n'utilise plus les cuillers, mais des mouches synthétiques. Parfois des octopus emboîtés, comme ça », et il désigna une boîte remplie d'hameçons ornés de leurres multicolores. « Des hameçons 3/0 à 6/0, précisa-t-il.

— Tu crois qu'on va prendre un thon ? »

Jean secoua la tête : « C'est pas un bon jour. Et puis les thons ne viennent plus beaucoup, l'eau s'est refroidie par ici. C'est triste. » Mal rasé, le teint terreux au fond du capuchon pointu, il avait l'air, me déclara Louise plus tard, d'un moine efflanqué tenant la barre. « On pêche davantage la morue et la sardine, dit-il, rêveur. Au fond c'est bon la morue…

— C'est trop salé, remarqua Louise.

— C'est pour ça qu'il faut la dessaler. Ce n'est que ça, tu vois. Du cabillaud dessalé… Deux jours au moins. Et encore, il vaut mieux changer l'eau. Mais enfin c'est bon. Ta mère la fait bien. En brandade, à la poêle. D'après elle, il faut bien les choisir, avec des dos épais. Elle dit toujours : la chair nacrée. »

Il se fit un silence, Jean bloqua la barre, ralentit le moteur, et regarda l'horizon. « La chair nacrée », répéta-t-il. Et maintenant il allait chercher des sandwichs. Louise dit qu'elle n'avait pas faim et qu'elle allait avoir le mal de mer si elle mangeait. Quoi ? Ce que Louise était délicate ! Il avait un excellent casse-croûte. D'ailleurs, elle était trop maigrichonne ; il fallait qu'elle mange…

« Comment ? fit Louise aigrement. Pas du tout, c'est toi qui as la peau sur les os. Regarde-toi.

— Tu es sur mon bateau, dit-il agacé, tu mangeras mes sandwichs. »

Il disparut dans la cabine. Au bout d'un moment, ne le voyant pas revenir, Louise descendit avec précaution les trois marches, et trouva son père endormi, un sandwich à la main. Il respirait paisiblement, une mèche de cheveux collée sur l'œil gauche, et un épi dressé sur le haut de la tête. Elle revint sur le pont, s'assit sur la trappe du moteur. L'horizon s'effilochait en colonnes de nuées grises, le bateau progressait sur une mer lisse et noire.

Une canette de bière roula derrière un paquet de chiffons. Le bateau tanguait un peu, mais la canette ne reparut pas. « Quand le film est triste, ça me fait pleurer… », dit-elle d'une voix chevrotante. Ne se souvenant plus du reste de la chanson, elle battit faiblement des jambes. Un léger bruit de crécelle remplit le silence et elle leva la tête vers un oiseau qui n'était pas une mouette et qui se posa en haut du mât. « Alors, mon vieux… », dit-elle à voix basse, et elle s'aperçut vaguement qu'elle avait peur, sans cesser de rêvasser et d'être torpide. Une chape de silence enveloppait le bateau, malgré le ronronnement du moteur. La canette de bière roula doucement à ses pieds. Puis encore du silence. Quand elle entendit à nouveau un bruit de crécelle, la canette roulait en sens inverse. Mais son tintement était un contrepoint à un son de castagnette assourdi, si proche. Levant les yeux, Louise ne vit d'abord qu'une autre canette en coupe, roulant à toute vitesse sur le manche de la canne. Elle bondit, leva les bras au ciel, et put se dire après coup qu'elle avait eu de mauvais réflexes. S'agiter en tous sens. Appeler son père à grands cris.

Ne pas mettre la manette au point mort. Elle en eut d'autres qui étaient meilleurs : s'asseoir sur la chaise de combat, boucler le harnais, pousser le frein du tambour. Suante, elle s'empara du moulinet : « Quand le film est triste, ça me fait pleurer », beugla-t-elle, et elle actionna la manette qui n'avança que de quelques centimètres. Le tambour portait la marque « Mitchell 30 ». (*Qu'importe que ce fût Mitchell 30 ou Penn Inter ou Zane Grey de Hardy, car au fond, le style dit objectif des petits romans policiers, nous n'avons guère de tendresse pour lui.*) Mais Louise eut beau tenter de ramener la ligne, le frein démarra sèchement et la ligne repartit. Louise hurla. « Ça démarrait à toute berzingue, raconta-t-elle plus tard, ça me rompait le dos car ce harnais n'est pas attaché au siège mais au moulinet. J'ai cru mourir. » « Finalement, reconnut Jean, dans son ignorance elle s'est débrouillée. » Mais Louise ne raconta qu'à moi seul le dénouement : Jean ébouriffé qui surgit silencieusement et enveloppa dans sa main calleuse la main de Louise et la manette ; les mots calmes qu'il murmura : « Ne touche jamais au frein, mets tes pieds parallèles, vas-y, ferre, ferre avec moi, le poisson va sauter... » Le poisson, sans doute une bonite, s'envola au loin dans sa conque d'écume. Il disparut quand la ligne cassa, et ils se retrouvèrent tous deux à reprendre souffle, debout sur le pont du bateau, scrutant l'eau vide.

29

« Tout s'est bien passé ? » dit Marie, tandis que Louise était montée se changer.

« Fort bien, dit mon père. Au fond, elle pourrait s'y mettre.

— À quoi ?

— À la pêche. Elle s'est débrouillée, elle a l'air distraite comme ça, mais quand elle s'y met... »

J'aimais que Marie prît, comme ce soir-là, un peu nerveusement, une cigarette Camel. D'abord, le paquet mou dans la paume gauche. (Chameau, palmes, minarets et bulbes.) Puis elle tira du bout des doigts le fil rouge de papier glacé, emporta avec lui une enveloppe rectangulaire, et une languette bleu pâle où figurait la marque Reynolds. Parfois, avec brusquerie, un coup d'ongle suffisait à déchirer la pellicule, et Marie froissait le paquet, brouillant le texte « Turkish and American Blend », et au verso, « Winston Salem, N. C. ». Non pas le Salem, près de Boston, Louise, dans ce Massachusetts où nous nous retrouverions plus tard, mais celui de la Caroline du Nord.

« Ce qui m'inquiète, ce sont les vendanges, dit-elle. Comment allons-nous faire, cette année…

— Mais comme toujours, voyons.

— Pas tout à fait. Tu le sais bien. Ne fais pas semblant. » (Elle souffla vivement la fumée, avec cet air — passager chez elle — de fille fébrile qu'elle avait légué à Louise.)

« Tu fais tout très bien, dit Jean mollement. Mais tu te fais un sang d'encre.

— J'ai peur aussi que le prix du maïs baisse.

— Mais non, voyons, tu exagères.

— Il a déjà baissé. Doucement. Par petites touches, tu vois. Comme ton bouchon quand ça mord. Depuis trois ans, il y a des arrivées de plus en plus massives de PSC au port de Rotterdam.

— Des PSC ? Connais pas.

— Des produits de substitution aux céréales, par exemple le manioc asiatique ou le soja brésilien. C'est eux qui font baisser les prix. Mais pas seulement eux. Il y a déjà trop de maïs. Et puis, nous ne sommes pas sûrs d'avoir cette année nos saisonniers espagnols pour les vendanges.

— Comment, pas de saisonniers ? sursauta Jean. Mais qu'est-ce que tu racontes, et ma fête du poisson ? » (Jean vidait l'étang après que les saisonniers avaient vendangé, et les conviait à un repas de poisson qui durait toute la nuit.)

Ma mère lui jeta un regard inquiet. Bien qu'elle se préoccupât plus des récoltes que des dîners dans les bois, elle appréhendait de donner du souci à Jean, car ses soucis étaient des peines enfantines, sans remède, qui la troublaient.

« Qu'est-ce qu'il leur prend, à ces saisonniers ? On ne les a pas bien nourris l'an dernier ? Ils préfèrent aller dans le Languedoc boire de la bibine et bouffer des rutabagas ?

— La machine à vendanger commence à les rendre inutiles, dit Marie. Mais ne t'en fais pas, on se débrouillera. On fera ça avec les gens du village. D'ailleurs, il faudra que j'en parle ce soir. Nous avons une réunion dans la Grange à Bateaux. »

Ici, n'en déplaise aux contempteurs éthérés de la tradition naturaliste, et Dieu sait s'ils sont nombreux, il n'est pas inutile de rappeler qu'à cette époque l'agriculture avait subi un choc dont les ondes étaient parvenues jusque dans notre jardin, sur cette table où voletaient les mains de Marie (sa manière de placer un index si fin, sur la lame d'un couteau, puis d'inciser, délicatement, la peau vernissée d'une pomme).

Souvent, elle nous parlait, sans que nous l'écoutions toujours, de « ce qui s'était passé entre 1950 et 1967 ». (*Bravo pour ce plus-que-parfait car, bien que contemporaine de ces années, Marie les évoquait comme des événements survenus depuis longtemps, de sorte que le présent était déjà passé, et même absorbé par un passé qui élevait sur nos têtes son ombre de dieu jaloux.*) Que nous disait-elle ? Qu'il y avait 40 000 tracteurs en 1950, et environ 1 200 000 en 1967. Que c'était le commencement et la fin. Prêts bonifiés. Organisation paritaire des marchés. Traites mécaniques. Agriculture en batterie. Date fatidique du 28 décembre 1958, retenons-la, sinon nous n'y comprendrons rien. Ce jour-là, par décret, ce fut la fin de l'indexation des prix agricoles sur les prix industriels. En 1950 (et Marie reprenait alors sa respiration, nous saurions que ce serait un peu long), seules l'Île-de-France et quelques régions de viticulture, d'arboriculture ou d'élevage d'embouche possédaient des exploitations orientées vers les marchés urbains régionaux. Le reste était quasiment autarcique. Résultat de l'industrialisation ? Surendettement ; vieillissement de la population rurale ; marginalisation ; disparition de ce que les sociologues nomment les professions indépendantes, par exemple les sabotiers, les galochiers, les tisserands, les modistes, les bourreliers, les maréchaux-ferrants, les tonneliers, les fondeurs de merrain, les charmants saisonniers espagnols ou portugais qui mettaient de l'ambiance. Et même les gemmeurs. Et peut-être les faisandiers. Mon père abordait ces questions d'un cœur léger, ma mère scrutait l'avenir avec un effort de compréhension macro-économique qui n'excluait pas des sentences tout à trac : « Le monde agricole est la mort du monde paysan. » Comment pouvait-elle utiliser des mots si abstraits, comme le mot « monde » ? s'interrogeait Louise. Marie nous expliquait la théorie en vogue des trois agricultures, en comptant sur ses doigts. La première, celle qui est bénéficiaire et commence à exporter. La deuxième, qui n'est pas encore compétitive, et que l'État et les mécanismes communautaires peuvent aider (ma mère nous parlait du FEOGA et des premiers mécanismes régulateurs). La troisième, constituée de petites exploitations et de jeunes en surnombre, était (bien sûr, on ne le disait pas ouvertement) vouée à disparaître. Marie estimait que cette distinction, élaborée par les organisations agricoles vers 1965, était une trahison par rapport aux discours de sa jeunesse sur l'unité de l'exploitation. Elle y voyait aussi l'expression d'un certain cynisme chrétien, de ceux qui, anciens de la Jeunesse agricole chrétienne, étaient maintenant à la tête de la FNSEA. « Ils nous ont roulés, ils nous ont donné de belles paroles et puis c'est tout », disait-elle, et c'est pourquoi, dans les réunions qui s'étaient tenues ici ou là, elle avait assez vivement pris à parti les représentants de la FNSEA et du Centre national des Jeunes Agriculteurs. Elle organisa alors dans une grange des bords de l'Ur une cellule membre de la Confédération nationale des Syndicats d'Exploitants familiaux dont les quatre membres d'Oursière étaient Jean, le fermier Susbielle, Pierrot Lalouze et elle-même. Pour ceux que cela intéresse, le MODEF fut créé à Toulouse le 7 avril 1959. Pourquoi le MODEF amusait-il Marie (car en réalité, malgré son pessimisme désespéré, elle s'amusait à « agiter un peu le secteur ») ? Ce n'est pas facile à dire.

Ce soir-là, je passai quelques instants à la réunion du MODEF. La grange était en bordure de l'eau, et sa porte illuminée de phalènes. Ridoulet, un fermier énorme et hilare, arriva sur sa mobylette, qu'il coucha dans l'herbe. Marcel Noir, un jeune ouvrier, déposa délicatement son vélo de course contre un arbre. Puis il y eut Bernard et Bernadette Léon. Et ce fut tout. On s'installa sur les tabourets en laissant la porte ouverte, pour respirer l'air de la nuit.

« L'ordre du jour, dit Marie, c'est... voyons... il y en a deux. Deux questions : Faut-il que nous adhérions à un centre de gestion agricole ? Et quel genre de poulets devons-nous vendre ?

— C'est aride, soupira Jean.

— On pourrait peut-être parler aussi du maïs, c'est important, dit Bernard Léon.

— Ce n'est pas à l'ordre du jour, dit Noir, ce sera trop long. Et puis on en a déjà parlé la dernière fois.

— Le maïs, on peut en parler en même temps que du centre de gestion, dit Marie conciliante. Si on y réfléchit bien...

— Par exemple ? dit Noir.

— Par exemple, la production de maïs avec une récolteuse de maïs, il y a cinq ans, était d'environ 47 quintaux à l'hectare. Je le sais puisque j'avais acheté cette machine avec les Léon. Or le conseiller en gestion, je dois reconnaître que c'est lui qui nous a dit que nous avions 9 quintaux de perte à l'hectare. Nous avons acheté à plusieurs une moissonneuse-batteuse. Nous en sommes à 72 quintaux. Donc le conseiller est utile, dans certains cas.

— Mais cher, dit Léon, la cotisation n'est pas donnée.

— C'est vrai. Chacun est libre d'adhérer ou pas. Il n'y a pas de consigne du syndicat. Moi, j'étais ignare, ça m'a aidée : il a fallu que j'apprenne ce qu'est un compte d'exploitation. »

Les verres passaient de main en main, mon père se servait de larges rasades, plongé dans l'ennui que ces réunions lui inspiraient. « Qu'est-ce qu'on nous reproche ? poursuivit Marie. Je me le demande. Pourquoi en veut-on au MODEF ? Pourquoi est-on exclu du dialogue avec les pouvoirs publics ? Simplement parce qu'on essaie de défendre les petites exploitations. Mais peu importe. Revenons au maïs. Que voulais-tu dire, Bernard ?

— Ma foi, dit Bernard, ce que je voulais dire, c'est que j'ai rencontré l'autre jour Louis Bidart à la foire. Il m'a parlé de ses poulets jaunes, mais ça ne m'a pas tellement intéressé puisque je n'en ai pas. Vous me suivez ?

— Parfaitement, dit Bernadette sous son fichu noir.

— Puis il m'a dit que j'avais tort.

— Tort de quoi ? dit Marie.

— De ne pas faire de maïs hybride. La preuve, c'est que notre maïs ne gagne jamais les concours.

— Parce qu'il y a une mode du maïs hybride, dit Marie. L'Iowa 447 gagne presque tous les concours depuis sept ans. Mais, à mon avis, ça ne va pas durer. Pour l'instant, on gagne à peu près notre vie comme ça : c'est déjà pas mal.

— Donc Bidart n'a pas tout à fait tort ? » dit l'astucieux Noir, partisan du maïs hybride, et dont certains disaient qu'il était au sein du MODEF un observateur de la FNSEA.

« Pas tout à fait, c'est vrai, soupira Marie. Mais pour combien de temps ? »

Quant à moi, ayant consulté ma montre, je m'esquivai.

30

J'avais rendez-vous avec Zoé dans le pigeonnier. Je voulus repasser à la maison, dérober deux oreillers, et je trouvai Esther dans le jardin, non plus en short comme la dernière fois, mais fantomatique dans une chemise droite, et pieds nus…

« Thomas, mon enfant, mon cœur, c'est moi…

— Esther, connais-tu mon ami Joseph ?

— Tu vas te perdre, Thomas, tu es fou, je suis peinée de m'humilier comme ça…

— Personne ne s'humilie, Esther.

— Écoute-moi, Thomas.

— Écoute-moi d'abord. J'ai passé mon temps à être amoureux de filles qui ne voulaient pas de moi, et ma sœur a passé son temps à être amoureuse de garçons qui ne voulaient pas d'elle.

— Quelles filles ?

— Peu importe, Esther. Ce n'est pas le sujet. Je te dis que moi aussi j'ai voulu être avec des filles qui étaient prises. Que faire ? Je me le demande. C'est sans issue. Je n'en sais rien. Je t'assure que tu es la plus belle fille et que…

— Plus belle que Zoé ?

— Peut-être, Esther. C'est bien possible. Et même, si tu veux tout savoir, je crois bien que oui. Écoute, Louise et moi on a un ami formidable, il s'appelle Joseph et…

— Je m'en fous.

— Tu ne l'as pas vu. Dans un sens, il est un peu moi, mais en plus agité, en plus brillant, et je pense…

— C'est ignoble ce que tu dis, Thomas, mais mon amour je te pardonne et je suis venue te dire… t'expliquer… oh, mon Dieu, Thomas… oh, mon Dieu… J'en ai marre de pleurer comme ça…

— Mais c'est déchirant, c'est toi qui vas me faire pleurer, bon sang… arrête… Esther, arrête…

— Je ne demande que ça… Je suis… je suis venue… venue te dire… que ces gens… ces gens sont dangereux.

— Qui est dangereux ?

— Les Orion, Thomas, oh, Thomas… tu ne vois donc rien… Comme j'aurais voulu… pardonne-moi… fais attention, très attention, mon amour, prends garde à toi…

— Toi aussi, Esther, je te quitte, mais j'aurai encore des choses à te dire. Tu es belle, Esther, adieu. »

Le temps de grimper sur le mur, je me retournai et lui dis :

« Esther ! Je t'aime beaucoup. On est du même village. Tu m'entends ? »

Mais elle avait encore disparu.

Zoé m'attendait au pied du pigeonnier, dans la lumière de la nuit, si pure que les rares fanaux du bourg, là-bas, semblaient salis. Elle me serra dans ses bras, et nous gravîmes l'escalier en colimaçon avec chacun un oreiller à la main. Le pigeonnier avait changé. Il brillait dans la nuit d'un éclat crayeux. En architecte invisible, Manuel Orion avait délégué des maçons pour le rénover, sans comprendre pourquoi sa fille lui avait demandé de remettre à plus tard cette réfection. Sous la brosse à chiendent, le pigeonnier, pendant la journée, s'était illuminé de poussière, et de l'eau dont les maçons l'avaient aspergé (tout en tournant parfois vers eux-mêmes le tuyau noir, avec des vociférations enjouées). Sablage à sec ou voie humide ? avait dit l'architecte. L'eau était meilleure pour l'épiderme des murs. À l'intérieur, flottait maintenant non plus une odeur de bois, de crotte moisie, mais un parfum d'enduit, celui du mortier qui avait servi à renforcer les joints, et avait fait fuir quelques jours les pigeons. Cette nuit-là, ils étaient déjà revenus, agglutinés et silencieux sur la plus haute poutre.

« J'ai vu Esther, dis-je à Zoé, elle est un peu seule, il faudrait lui présenter Joseph.

— Quel Joseph ?

— C'est vrai que tu ne le connais pas, le neveu de Jacinthe. C'est un garçon vraiment extraordinaire, dont Louise a été un peu amoureuse il y a quelques années.

— Elle ne l'est plus ?

— Tu sais bien qu'elle aime beaucoup Saroyan, bien que tu ne m'aies pas encore dit ce que tu pensais de tout ça. »

Zoé soupira, et enleva doucement sa chemise. « On est toujours étonné par quelqu'un, n'est-ce pas ? » dit-elle en se plaçant sur un genou, puis sur l'autre, pour délacer ses espadrilles. Eh bien, elle était étonnée par Louise. Elle se sentait si molle, si ignare, face à elle. Elle n'était pas surprise de son affection pour Patrick, elle parlait toute la journée de toute sorte de choses qu'elle ne comprenait pas, de livres dont Zoé n'avait même pas entendu parler. (La pièce était parsemée d'éclats de nuit. Une lumière de craie ne venait pas de la lune, mais semblait émaner des seins de Zoé, de ses épaules un peu fortes, de ses fins genoux, surtout quand, à son tour, elle entreprit d'enlever mes sandales, et que les pointes de ses cheveux bouclèrent sur mes chevilles.) Saroyan aussi, est-ce que je le savais ?, était épaté par quelqu'un. Vraiment ? Oui, un poète dont elle avait oublié le nom, elle ne saurait dire, mais un jour elle vérifierait. Et Jane était épatée par Mrs. Widenpale, une femme de brasseur à Denver, qui montait bien à cheval et chassait le chamois. Et son père était émerveillé par une seule personne, Ted Ixalt. Est-ce que je me rappelais Ted Ixalt ? L'homme chez qui son père avait travaillé. « Et toi, Thomas, qui donc t'étonne ?

— C'est toi, lui dis-je. Tu es si mystérieuse ! »

Elle haussa les épaules en souriant, resta à genoux et me tendit les bras, et se laissa doucement coucher sur le plancher, et c'est là, à cet instant précis, que je me dis avec brusquerie que je l'aimais, que dans un sens elle me brisait le cœur et c'était peut-être — je le pense aujourd'hui encore — une question de silence de sa part. Elle venait de dire timidement que sa pensée était confuse, j'aurais voulu lui dire (mais je n'y parvins jamais) combien sa gaucherie me rendait gauche, tremblant, sa modestie, moins par un mimétisme de la timidité que… (*Il suffirait peut-être de citer ici, Thomas — car autrement tu n'y arriveras pas —, la fin du livre de Virginia Woolf* Orlando, *après tout pourquoi ne pas citer un livre de temps en temps ? L. D'accord, faisons cela, d'accord : « … une voix qui répond à une autre voix. Quoi de plus secret, songea-t-elle, de plus lent, de plus semblable au commerce des amoureux que la réponse bégayante qu'elle avait faite pendant toutes ces années à la vieille mélopée des bois, aux fermes et aux chevaux bruns qui, col contre col, sont arrêtés devant la grille, au forgeron, à la cuisine, aux champs qui, si laborieusement, portent l'orge, les raves, l'herbe et au jardin enfin qui fait s'épanouir iris et fritillaire ? »*)

Eh bien oui, j'aimais à la folie le fait de ne pas parler de grand-chose avec Zoé, comme si nos voix, inaudibles l'une à l'autre ou presque, n'étaient pas si désaccordées qu'elles ne parviennent à donner une sorte de réponse à la nuit autour de notre fortin. Allongée, un bras autour de mon épaule, Zoé se laissa embrasser, mais un baiser auprès du coude la fit sursauter, puis elle se mit à rire doucement : « Oh ! la la, chuchota-t-elle en pouffant, il ne faut pas que je rie, c'est parce que c'est drôle d'être ici, c'est tout, mais si je ris je n'y arriverai jamais. Caresse-moi avec ton pouce, je me mords les lèvres pour ne pas rire. » Refrain que souvent chantait Louise, *Under my thumb, there is a girl* (que Louise savait susurrer en sérénade ou crier d'une voix nasillarde). Je fus repris par le climat de sorcellerie légère que Zoé provoquait à son insu, avec sa froideur languide, sa bouche ouverte d'où ne sortait aucun son. Mais elle se reprit, et j'entendis encore son léger rire : « Dans le noir, tu as l'air ridé. Une vieille Péruvienne. » Ses paupières se fermèrent au passage de mes doigts. Le bleu délavé des pupilles, ses cheveux, leur résilience de passementerie serrée, toutes les couleurs de Zoé formèrent un bloc de ténèbres, parce que la nuit s'y concentrait : une comète passant dans la chambre avec son effet d'obscurité, mais qui disparut aussitôt, car Zoé se souleva sur un coude, et se laissa retomber en chuchotant des mots à peine audibles (« Je suis irrégulière, c'est curieux, c'est toujours difficile, mais je t'aime, Thomas, combien je t'aime... »). J'étais bouleversé par ce contraste entre ses rares mots d'amour et son humour, qui différait tellement de tout ce que j'avais connu, de l'élan théâtral d'Esther, des cris de la skieuse Hélène. « Viens maintenant, viens, d'accord ? Je vais jouir, viens.

— Est-ce que tu m'aimes ?

— Toujours plus.

— Demain on ira monter à cheval, d'accord ?

— D'accord, d'accord, mais je te regarderai.

— Non, je voudrais que tu viennes, que tu essaies, toi aussi. On ira avec papa. C'est curieux, tu sais, je crois que papa et ta mère se ressemblent un peu. Si, si, je t'assure. Et tu sais pourquoi ? Parce qu'ils ne s'en font pas trop.

— Tu trouves ?

— Oui, l'autre jour j'étais chez toi et ta mère faisait des confitures. Bon. Il y avait trois bassines, et elle prenait les pommes une à une sur une étagère, c'était vraiment comme si les pommes se détachaient d'un pommier, j'aurais aimé la dessiner. Elle prenait une pomme, la découpait, l'épluchait, et plouf ! les morceaux glissaient dans la bassine. Elle était... comment dire ? sereine... Voilà. D'ailleurs elle m'a parlé de vous, de ton père, un peu comme si Jean était son troisième enfant. Elle m'a dit : "Ils sont tous les trois trop soucieux, ça me donne d'ailleurs à moi aussi du souci, surtout pour Louise. Elle est trop exaltée." Tu ne trouves pas qu'elle est charmante, ta mère ? »

Elle dégagea son bras de mon cou.

« D'autant plus qu'elle aurait pu dire ça de ma mère, mais, bien sûr, elle a été pleine de tact, tu vois ? »

Ce que je voyais surtout, c'était le regard de dessinatrice, un peu détaché, que Zoé portait sur les autres.

« D'ailleurs, ajouta-t-elle pensive, elle aurait aussi pu dire ça de Saroyan, qui fait beaucoup d'efforts de sérénité mais n'y arrive pas.

— C'est-à-dire ?

— Je veux dire… finalement lui aussi se tourmente, un peu pour rien. »

31

Joseph ! Ma mère a toujours aimé Joseph, et nous aussi. Il fut le premier amour adolescent de Louise, et je saisis cette occasion pour en parler, car nous fûmes contents qu'il revînt cet été-là à Oursière. Il consola Esther et s'apprêta à nous accompagner, bien plus longtemps que nous ne l'aurions imaginé.

Neveu de Jacinthe, Joseph avait pour père un notaire cauteleux et solennel. Celui-ci se remaria avec une certaine Roberte, laquelle voua à Joseph — car aucun poncif n'épargna cette famille — une haine suave, en le couvrant de cadeaux pour plaire à son père. Enfant souffreteux mais vif, Joseph devint un adolescent de petite taille, ayant la bougeotte, comme monté sur des ressorts trop puissants. Il parcourait la campagne sur une mobylette qu'il me prêtait volontiers. Pas d'école qu'il n'eût enthousiasmée par ses farces et bouleversée par son cynisme précoce, sa paresse militante. Louise et moi, nous l'aimions de loin, car il vivait à B., ou était enfermé provisoirement dans un pensionnat. Il s'en évadait assez vite, sanctionné pour ses fugues ou les poèmes qu'il adressait à quelque actrice. Ma mère le traitait comme un neveu adoré. Elle lui rendait visite avec nous dans ses pensionnats, pour lui apporter des biscuits, des plaquettes de beurre, des figues, de la pâte de coing. À douze ans (il en avait maintenant dix-sept), il était déjà une sorte de dandy, jouant son rôle de cancre sophistiqué, et attiré par les filles qu'il allait courtiser dans les bals (elles avaient alors seize ou dix-huit ans, elles étaient étonnées de cet enfant qui les prenait avec ardeur à la taille et plantait sa tête sur leur poitrine).

Louise s'attacha vraiment à lui quand il eut treize ou quatorze ans. Il s'était fait renvoyer, une fois de plus, d'une école pour avoir distribué des photos obscènes. « Pas tant que cela », dit ma mère qui les avait vues chez Roberte et n'en dit mot à Jacinthe. D'après sa description, je m'imagine aujourd'hui qu'elles se situaient à mi-chemin entre la planche de médecine et un travail acrylique relevant de l'abstraction lyrique, alors il est vrai sur son déclin. C'étaient des sexes et des fesses photographiés en gros plan, que soulignaient, ou barraient, ici ou là, des coulées de peinture noire ou bleu roi, projetées avec ardeur par Joseph. Non sans courage, il avait revendiqué, dans son collège, être l'auteur de ces œuvres. Son père lui avait rapporté d'un voyage un Polaroïd, appareil nouveau à l'époque, et Joseph avait photographié quelques charmantes putains de B., qui avaient ri de s'exhiber devant ce gnome surexcité qui tirait de sa boîte la photo de leur pubis. (En y repensant, je me dis que je me trompe dans ma comparaison. Joseph préfigurait plutôt le travail dit conceptuel que je vis il y a quelques années dans une galerie sinistre de Tribeca, où, à côté d'installations tout gravats et pistons, intitulées « En deçà », étaient exposées des photos utilisant le même procédé que Joseph, avec les mêmes sexes et ce commentaire : « Ce qu'il y a d'important, c'est que ce procédé de polaroïdisation entraîne une altération chromatique majeure qui elle-même induit une légère modification des formes, dans lesquelles se meut ce qu'on pourrait appeler la machinerie lyrique, et j'en suis (*c'est toujours le photographe-poète qui parle*) émerveillé. »)

Joseph aussi était machinique (par sa fébrilité de pantin), et lyrique (par ses obsessions). Louise fut attirée par lui, et par ce qui l'intéressait : la mobylette, les courses errantes. Elle s'étonna de sa vulgarité intelligente, de cette allure de petit mac qu'il eut presque tout de suite. Elle décida de l'éveiller à la poésie, à la spiritualité, disait-elle (avec une pompe dont plus tard, quand elle eut seize ans et que débute ce récit, je reconnais qu'elle s'était en partie débarrassée). Il s'amusait des efforts de Louise : « Elle est sympathique, ta sœur, me disait-il. Dommage qu'elle ne soit pas très jolie. » Mais il la transportait sur sa mobylette, lui faisait des baisers sur les joues. Pas question d'aller dans les bals à treize ans, dit ma mère à Louise, qui se contenta d'essayer d'emmener Joseph au bord de l'Ur pour rêver, ou à la maison pour lui faire écouter un nocturne ou l'un de ses quarante-cinq tours sacro-saints. Ce fut une fausse idylle au cours de laquelle Louise échoua la plupart du temps à voir Joseph seule à seul, car il allait presque toujours en bande, il avait ses courtisans. Joseph, quant à lui, se comportait gentiment avec elle, il voyait que ma sœur « était quelqu'un », comme il disait.

Bref, il réapparut à Oursière, et alla embrasser Marie.

« Joseph ! dit-elle. Tu as eu ton bac, toi aussi, et même les doigts dans le nez, bravo !

— Louise m'a soufflé, dit Joseph.

— Ça ne fait rien. Que vas-tu faire aujourd'hui ?

— Aller à la pêche avec Jean, Thomas et Louise.

— Et aussi Zoé et même Esther, dit ma mère en souriant. Tu ne connais pas Esther ?

— Elle est jolie ?

— Très jolie, et toi tu es toujours beau garçon, avec tes cheveux longs.

— Le problème, c'est ma taille, soupira Joseph. Je suis trop petit.

— Ça n'a aucune importance, voyons, dit Marie.

— Si, parce que j'ai toujours aimé les filles grandes. Les filles très grandes et les voitures très grandes.

— Et alors ? Aie confiance, mon Joseph. »
(Joseph donnait à ma mère une sorte d'éclat juvénile.)
« Viens, dis-je à Joseph, allons retrouver Jean. »
Mon père était déjà dans son atelier, en train de préparer des lignes. Penché sur un établi, il manipulait avec tous ses doigts, comme une dactylo, des lignes presque invisibles. « Ah ! Joseph ! dit-il sans tourner sa tête, qu'est-ce qu'il me faut comme voiture ? » (C'était leur sujet habituel.)
« Une Aston-Martin, monsieur.
— Ah bon, fit mon père », une mouche de soie tigrée entre les dents, « c'est bien ce machin-là ?
— Sensationnel, dit Joseph l'air pénétré. L'Aston-Martin DB5. 6 cylindres en ligne. Cylindrée : 3 995 cm³. Nombre de tours par minute : 6 000. Rapport volumétrique : 8,9. Puissance maximale : 286 chevaux à 5/500 tours minute. Vitesse maximale : 240 kilomètres/heure. Suspension arrière : pont rigide, ressorts hélicoïdaux, barre de Watt, amortisseurs réglables. Suspension avant…
— Et l'alimentation ? coupa mon père. Comment se fait-elle ?
— Par trois carburateurs SVDH8 superpuissants, et ça marche, je vous le garantis : 16 secondes aux 400 mètres départ arrêté, 7 secondes et demie aux 100 mètres et…
— Formidable, dit Jean en clignant de l'œil, mais il y a un hic.
— Quoi ? dit Joseph. Ah, les sous ? Aucune importance, monsieur, j'en aurai, moi, un de ces jours, vous verrez, et je vous la ferai conduire, mon Aston-Martin.
— Bah ! ce qui est important aujourd'hui, ce sont les truites. Est-ce que tu vas toujours au bal ?
— Oui, dit Joseph soucieux, je m'occupe beaucoup des filles.
— Et elles, elles s'occupent de toi ?
— Si je m'occupe d'elles, elles s'occupent de moi, mais c'est du plein temps, ma mobylette me sert beaucoup, je la

dois à ma belle-mère la Bourgeoise numéro 1, je l'appelle comme ça à cause de ses parfums à numéros, bref, je vais d'un endroit à l'autre, je transporte tout le monde, c'est un véritable sacerdoce.

— Un quoi ? dit Jean.

— Je suis comme un prêtre avec ses ouailles », dit Joseph, auquel la fréquentation forcée des institutions religieuses avait laissé un vocabulaire qui, souvent, était plus raffiné que ses manières sommaires.

« Les enfants, rassemblez-vous, dit Jean, nous partons. Où sont Louise et Zoé ? Joseph, prends les cannes, Thomas, porte les épuisettes, il y a de l'orage dans l'air, c'est parfait pour le poisson. »

Nous voilà au bord de l'Ur, par un sombre après-midi. Des nuages pesaient sur la rivière, statiques malgré les nuées qui dansaient autour d'eux en fumées rapides. Elles voilaient par moments le vol d'une buse et, si je me souviens de ce vol, c'est que, toutes ailes tendues, l'oiseau montait et descendait avec violence, aspiré dans les trous d'air, et qu'il était si noir qu'avec les nuages il formait les braises éteintes de quelque feu de charbonnier. Il faisait moite. Jean redoutait qu'il ne plût, mais la rivière était placide, et sur son tain assombri glissèrent les cannes de bambou, passant de main en main.

« Les filles ne sont toujours pas là ? dit mon père. Bon, allons-y, on lance les lignes. Oh ! la la !, Joseph, fais gaffe.

— Comment ça ? dit Joseph dont l'hameçon virevoltait par saccades sur nos têtes.

— Arrête de gigoter, nom de Dieu, tu es un nerveux, c'est pas comme ça la pêche à la mouche. Arrête tout. Bon. L'avant-bras à dix heures moins dix, et hop, à dix heures, non, Joseph, non, ne tire pas en arrière, ne tire pas comme un malade, regarde un peu Thomas…

— Thomas est grand, c'est un avantage.

— Ça n'a rien à voir. Marque un temps d'arrêt à dix

heures, sinon tu vas pas y arriver, laisse le temps à la soie, oh ! la la !, que tu es énervé, laisse la ligne se dérouler, faut pas qu'elle fasse des entourloupes, laisse-lui le temps de s'allonger, parallèle à tes épaules, l'hameçon joue le rôle de balancier, c'est mieux, laisse-la se tendre, bon sang, tout est dans la lenteur, c'est pourtant pas difficile, regarde-moi. »

Le point gauche sur la hanche, les épaules immobiles, mais tournant la tête pour surveiller Joseph, Jean déroula sa ligne, avec une nonchalante traction de l'avant-bras. Le lancer n'était pas le résultat d'une accélération, mais le fruit de cette stabilisation dans l'air dont il parlait à Joseph, qui faisait tomber la mouche comme une prune, dans une chute dérobée qui ne devait pas surprendre les truites. Celles-ci suivaient le leurre sans le mordre, mon père parlait de leur suspicion folâtre, et des problèmes qu'il devait résoudre, celui de changer les couleurs de la mouche, les adapter à la configuration de l'eau et aux reflets des arbres. Moi aussi, j'allais trop vite, d'après lui. En revanche je lambinais pour changer de mouche, alors que Jean savait en un tournemain s'emparer de minuscules ciseaux suspendus à son cou, choisir une autre mouche dans un casier en fer-blanc accroché à sa vareuse, et faire la même opération pour Joseph qui me faisait des clins d'œil, comme un enfant gominé à qui le coiffeur donne un dernier coup de peigne. Il me semble que Jean rejoignait sourdement ma mère lorsqu'il suivait des yeux la mouche qui dérivait dans le courant avec les brindilles. Quand Marie incisait le tronc d'un poirier, débridait les rameaux, taillait des charpentières — tout cela avec une courte serpette, puis ses mains de rebouteuse — et qu'on la voyait, de loin, fomenter la venue des poires, tout en redoutant la tavelure, il y avait en elle quelque chose de sourdement uni à Jean, peut-être une sorte de ralentissement, et surtout de vide désigné avec force au milieu de toutes ces choses autour de nous.

32

Plusieurs jours après, alors que Zoé et moi étions de nouveau dans le pigeonnier, elle sursauta. N'avais-je pas entendu quelque chose ? Rien d'autre que ses premiers baisers, et que les notes enchanteresses venant d'une mare lointaine. Non, quelqu'un venait. Elle se souleva sur le coude, se leva, nue, et m'invita à côté d'elle, auprès de deux planches disjointes qui nous permettaient de guetter la prairie. « Écoute les pas. » Quelqu'un trébucha avec un bruit sonore (sans doute le seau renversé laissé par les maçons). On retint notre souffle. Un frêle fantôme pénétra alors en titubant dans notre rectangle de vision et s'immobilisa dans la prairie. Une lumière mouvante l'éclaira, c'était une fille flottant dans une sorte de large pyjama. Un instant, elle resta là, comme un clown sur la piste, puis une petite forme noire déboucha d'une haie et gambada vers la visiteuse, se fondit en elle. Esther avait accueilli dans son pyjama l'insatiable Joseph.

33

Août tirait à sa fin et j'avais un rendez-vous avec Zoé au lavoir, un bassin circulaire qui se prolongeait par des auges à ciel ouvert, à demi enfoui dans l'herbe. Sa toiture à pans et ses œils-de-bœuf en faisaient une pagode obscure que l'Ur irriguait. Zoé, toujours à l'heure, m'attendait en écoutant les clapotements de l'eau à l'étiage. Puis le car nous emporta vers B. Je ne pouvais pas me rendre compte à quel point elle avait été heureuse lors des vacances qu'elle avait passées à Hawaii, combien l'archipel était beau avec ses roches volcaniques. Et d'ailleurs c'est tout simple d'aller à Pipe Line. Il suffit de partir assez tôt de Waikiki. Avec un bus un peu comme celui-ci. Il y a une assez longue montée. Le car roule sur un plateau couvert de plantations d'ananas. C'est merveilleux de se lever à l'aube, Louise aurait adoré, on se lève à cette heure-là, parce qu'on suit le rythme des plantations, après il fait trop chaud, on arrive à Pipe Line vers huit heures, et hop ! c'est parti pour la journée. Est-ce que je pouvais me figurer ? (c'était un des anglicismes qu'elle employait — *to figure out* — en écartant les doigts). Mais ce qui était vraiment enthousiasmant, c'est qu'avant d'arriver, on traversait le plateau, les collines, et qu'on apercevait de grandes vapeurs blanches : les vagues !

Je respirais sur ses cheveux le lait à l'amande que Louise lui avait prêté, tandis que les cahots du car projetaient mes lèvres sur son oreille (et je me disais, je me dis aujourd'hui, que les lieux qu'elle aimait étaient comme des dieux lares). À la plage, Joseph nous accueillit avec de grands gestes, tenant par la main Esther particulièrement splendide dans son bikini rose. Elle plongea dans la piscine d'eau de mer. « C'est bizarre, dit Joseph qui la suivait des yeux avec gravité, je n'aime pas beaucoup l'eau, je n'aime pas tellement nager, alors que j'adore les plages. » Il eut un geste résigné : « Mais je me lasse. C'est comme ça. M. Saroyan et moi on a déjà parlé de ça.

— De quoi donc ? dit Zoé.

— Je me lasse de tout, sauf des plages, c'est limité comme ambition.

— Tu te dénigres tout le temps, dit Zoé, pourquoi ?

— Il faut que j'accueille les clients », dit Joseph qui détestait les explications.

Il bondit vers le bar d'Estandau et installa à leur table un groupe de baigneurs.

Depuis quelques jours, Estandau employait Joseph dans son bar moyennant quelques sous, pour essuyer les verres et faire le service. Il s'était aperçu que la gaieté de Joseph attirait les clients (il y avait aussi en lui quelque chose d'hystérique, de miséreux, qui jetait violemment à la face des femmes une suggestion sexuelle). Toujours est-il que Joseph était là, à s'agiter dans le bar en surveillant Esther. En quelques jours, l'endroit était devenu en vogue, comme si personne ne voyait plus les chaises dépareillées, ni ne sentait la chaleur étouffante sous la tôle ondulée. « Joseph est bien, mais il en fait un peu trop », nous dit Estandau, qui l'avait surpris l'avant-veille aux prises avec une gigantesque Andalouse, laquelle, sur sa chaise longue, avait rabattu la tête de Joseph entre ses seins. « Patrick et lui s'entendent bien, dit Zoé. Peut-être aussi parce que tous deux se lassent assez vite de tout. Ils le disent, en tout cas.

— Est-ce qu'il va se lasser de Louise, lui faire du mal ? demandai-je.

— Mais non, dit Zoé avec un sourire rêveur, ne voyons pas tout en noir ; pour l'instant, ils ont l'air heureux. » Elle les avait vus hier encore s'embrasser sur un banc, des gamins qui passaient leur avaient crié qu'ils allaient les dénoncer à la police, Louise s'était mise debout sur le banc et leur avait fait un bras d'honneur, tout le monde riait, c'était très gai. « Tout est vraiment très gai, cet été, Thomas. N'est-ce pas ? »

Elle fit des efforts délicats pour faire avancer la planche dans les premiers rouleaux, comme si elle maniait un peigne lissant l'écume, mais elle y renonça, barbotant dans les étendues élastiques, criblées de violettes. Elle savait que l'eau n'était pas sûre ce jour-là, l'écume sortait des pores de la mer, l'eau bouillonnait sur ses talus. Elle resta donc accrochée à la planche, battit des pieds, en me faisant de temps à autre un signe de la main. Elle revint en grelottant, s'enveloppa d'une serviette, et tordit ses cheveux en disant que c'était agréable d'être tranquille, sans personne. Est-ce qu'elle trouvait qu'on ne l'était pas suffisamment ? Elle répondit qu'elle en avait un peu assez de ses parents, de Saroyan. Pourtant, objectai-je, sans ses parents, sans Saroyan, je ne l'aurais pas rencontrée, et Louise n'aurait pas rencontré Saroyan. C'était même si étrange que ce soit lui qui nous ait quasiment réunis.

Sans savoir pourquoi, je regrettai aussitôt d'avoir dit cela, mais Zoé répondit d'un ton enjoué que Saroyan était réconforté par notre petit groupe. Avait-il tellement besoin d'être réconforté ? « Oui », répondit Zoé en laissant mes mains la caresser, il avait du vague à l'âme, il était au fond assez dépressif. Pourquoi cela ? Parce qu'il avait beaucoup d'ennemis, des jaloux, tout cela était assez compliqué, et puis il n'arrivait pas à écrire facilement, et il ne se remettait pas non plus de la mort de sa mère.

34

Je parlais à Saroyan, mais aussi à Miguel Orion, qui me manifestait de l'amitié.

« Je suis content que Zoé et vous vous entendiez bien, me dit-il, ça va lui remettre un peu les pieds sur terre, il faut dire qu'elle n'a pas eu un environnement familial aussi stable qu'il aurait fallu. » (Il soupira.) Ma femme et elle se sont entichées de Saroyan, qui est un garçon très fin, ma femme l'a rencontré à San Francisco parce qu'elle s'ennuyait et suivait des cours à l'université, et comme il était assez seul on l'a souvent accueilli chez nous. Zoé aussi l'aime bien, mais il faut dire que c'est un fieffé original, qui n'a aucun sens de ce qu'est travailler sur le long terme, gagner sa vie et avoir du bon sens. » (Je ne parvins pas à savoir s'il parlait sérieusement ou si ses paroles avaient un double sens.) « Si vous saviez, mon cher Thomas, comme les Orion ont été misérables ! Nous avions déjà un grand-oncle qui était parti pour l'Amérique, et qui s'est mis à travailler à l'Union Pacific. Il était manœuvre pour la construction du chemin de fer de la côte Est jusqu'à Ogden, il travaillait avec des coolies chinois, des Irlandais aussi misérables que lui, des vétérans de la guerre de Sécession, des rouliers et des fugitifs de toute sorte. Tout ça, c'étaient les années 1880. L'Union Pacific appartenait en partie à Edward Harriman, le père de Averell Harriman, qui fut jusqu'à aujourd'hui un industriel et un diplomate démocrate assez important. Le paradoxe, c'est que mon grand-père, qui vint rejoindre son frère une dizaine d'années après, travailla aussi pour la famille Harriman, du moins après avoir échoué dans son métier de berger, où il connut la solitude des montagnes de Californie. Dans les années vingt, à moins que ce ne fût un peu plus tard, mon grand-père quitta un emploi administratif à l'Union Pacific pour s'occuper des réservations dans les hôtels créés par Averell Harriman dans l'Idaho, à Sun Valley. C'était près d'un village qui s'appelle Ketchum, une station de ski qui constituait à l'époque, en pleine nature, au milieu de montagnes magnifiques, une étape dans la traversée ferroviaire de l'Amérique. Mon père aussi travailla là. C'est là que j'ai vécu enfant, c'est là aussi que j'ai appris à faire du ski et que j'ai gagné quelques compétitions. Heureusement, mon père avait fait des économies, et m'a permis de faire des études qui m'ont conduit à rencontrer par la suite, comme beaucoup d'émigrés de notre région, Ted Ixalt. J'en aurais des choses à vous raconter sur Ted. Il était dans le négoce de manganèse, de charbon, de bois, de pétrole, de tas de choses… Ça vous intéresserait que je vous raconte tout ça un jour ?

— Bien sûr. »

Il était chaleureux. On le sentait avide de gaieté, portant on ne sait quel chagrin.

35

« Paris. C'est loin. Si loin de nous. Quand nous y étions aussi. Déjà. On y était et on n'y était pas vraiment. Tous tout à coup. Les Orion y étaient. Pas nous. On s'est tous retrouvés là-bas : Joseph, Esther, Zoé, et nous. Mais ce n'était pas la même chose.

— Combien de fois avons-nous eu cette conversation, Louise ?

— Je ne sais pas combien de fois, ni d'ailleurs quand. Par exemple, nous en parlons maintenant (dix ans après ces événements, ou peut-être cinq, ou même quinze, ça n'a pas d'importance, puisque c'est une conversation que nous aurons toujours, avec des questions sans réponses, il me semble). On en parle maintenant parce que tu viens me rendre visite, que devant ma chambre il y a un prunier sauvage, celui qui fleurit très tôt, en février, juste avant les magnolias, on voyait ça à Oursière, mais il faut bien reconnaître aussi que nous avions vu un prunier sauvage à Paris, tu t'en souviens ? Était-ce cette année-là ? Au début du printemps ? (Mais où ?)

— Je n'en sais rien. Dans un square. Peut-être celui qui est en pente, derrière la place Saint-Augustin.

— Peut-être...

— Peut-être avons-nous exagéré.

— Peut-être. Tout de suite, nous avons senti qu'il n'y avait pas seulement des mendiants, des fous, mais plutôt, comme disait l'autre, des réprouvés.

— Quel autre ?

— Peu importe.

— Paris. C'est loin. Y aller, revenir, penser à Paris. Je ne sais plus. Je n'ai jamais su si j'ai aimé cette ville. En fait, je l'ai toujours haïe. Je crois. Toi moins. Tu as pu y vivre plus longtemps. Longtemps. J'hésite. Pourquoi ? Dis-le-moi.

— En fait, tu n'as jamais hésité. Tu n'as jamais aimé. D'ailleurs, moi non plus.

— Vraiment ? Puisque tu le dis. Mais rassemblons nos esprits.

— Pas la peine.

— Pas la peine ?

— Marie nous l'avait dit. Partout on peut s'établir. Qu'importe ici ou ailleurs.

— À Paris, il suffit d'un ciel fuligineux, et toc. Une

angoisse comme un ange noir frappe à la porte. C'est-à-dire souvent. »

Paris. Pluie et brouillard. Les ciels plombés sur la rue de l'Ouest. La clé à la porte : climat. Anciennes fortifications. Porte Saint-Denis. Porte Saint-Martin. Quelle idée de les comparer à des pattes d'éléphant. Balayer ça. Le réseau des périphériques. Tout de suite l'incarcération (de ce point de vue le cimetière des Batignolles avec ses marronniers s'étendant le long du périphérique est le signe d'un magma funèbre, avec un silence couvert par le bruit des embouteillages. Il dessine un enclos dont il n'est pas question de sortir autrement que par la violence).

Dès qu'on débarque, il faut abandonner toute espérance d'un ciel trempé de bleu obscur, et de la houle océanique dont les pulsations, à Oursière, faisaient palpiter l'air et les nuages. La vie élémentaire, les saisons tranchées ont été exclues du camp urbain. Or, la nature jaillissante, les plaques de sel sur la mer, le fouet de la neige, nous les avions presque tenus dans nos mains autrefois.

Vent d'ouest, grésil, qui faisaient battre les volets. Découverte plus tard : Manhattan entouré d'îles, avec son soleil qui cogne, son bleu d'hiver. Plus proche que Paris de notre rue assoupie, de nos prés, lorsque, l'été, on entendait dans les tilleuls les ailes de l'engoulevent. Oh oui, Louise. Manhattan plus près.

Paris. Comment sortir ? Pas de forêt sauvage. Pas de montagne aux alentours. Pas de pâtres. Banlieues et plaines. Point crucial. Bassin parisien. Pas de mendiants, des réprouvés. Je n'ai aimé Paris ni dans ses beautés ni dans ses verrues. Pourquoi ? Question sans fin. Au bout du monde, question sans fin. Les rues mystérieuses. La loi. Fini de rire. Le président du tribunal de grande instance dans son cabinet. Les soupiraux. La jurisprudence du Conseil d'État réunie dans les recueils Lebon. Le statut des indésirables. Toi, tu es indésirable. Les chroniques de la *Revue trimestrielle de Droit civil.*

Celles de la *Revue trimestrielle de Droit commercial.* La fente et la ligne et la souche. Tout condamné à mort aura la tête tranchée. Parce qu'il est chroniqueur à la *Revue trimestrielle*, et c'est une occupation prestigieuse. L'État, c'est moi. Région tempérée, et alors ? De quoi vous plaignez-vous ? Je vous ai à l'œil. Les chroniques du doyen Savatier sont merveilleuses. Douceur. Douceur. Douceur de l'Île-de-France, il faut être barbare pour ne pas sentir ça. Dis-moi, Thomas. Quoi ? Dis-moi pourquoi. Dis-le-moi toi-même. Dis-moi pourquoi j'ai tellement détesté cette ville. Maléfice dans la douceur. Comparaison n'est pas raison. Et ainsi de suite. L'amour.

« Nulle ville n'est plus dure que Paris. Aucune n'a autant congédié la solitude au profit d'un esseulement dont les signaux urbains ont balisé la diffusion. Vide atone. Les cafés charbons, les passages, et tout le charme poignant d'autrefois, en se détruisant, ont été comme une remontée d'ossuaire.

— Toi et moi. À Paris. Incompréhension absolue de la notion de paysan de Paris. Et pourtant…

— Pourtant quoi ?

— Quelque chose quand même dans le gris sur gris, dans le blanc d'ouate. Les ténèbres des berges.

— Quoi ?

— Difficile à dire, comment le dire, avec quels mots, j'en sais rien. L'amour. Ce qu'il y avait de mieux c'étaient les portes cochères, et Patrick me pressait souvent dans les coins, les vestibules obscurs. Je sentais son sexe grandir et ses lèvres ardentes, et c'est ce qu'il y eut vraiment de mieux dans cette ville terrible comme si son ennui — avec ce pauvre fleuve sale — permettait, tu vois ? Permet encore les baisers des amours traînantes le long des berges comme si tu vois ? Oui, comment t'expliquer. Patrick et Zoé et Joseph aussi car Joseph l'a su depuis toujours. Que quoi ? Aux enfants de nouer des amours clandestines à cause de ce bassin de solitude, de ce château de brume. Pas d'aigles marins ! Château de brume. Château vide. Fleur intérieure. Un amour terrible s'y glisse, hors normes, plus de jurisprudence, plus de chroniques. Amour — crime. Appel d'air. Vide. Ici. Maintenant. »

36

Louise fut vite dégoûtée de ses études, qu'elle mena pendant les mois qui suivirent avec un détachement efficace. La tâche, je dois dire, est presque insurmontable pour moi d'évoquer les multiples occasions où elle tenta de me dire, à partir d'octobre 1967, ce qu'elle ressentait, établissant un lien entre sa fébrilité sexuelle et ce qu'elle ne parvenait pas à exprimer (avec des allusions compliquées, mais c'était son langage, après tout, auquel il m'arrivait de ne comprendre goutte), du genre : « Sais-tu comme il me comme il comme il bref et comme tout de suite j'ai envie de prendre mon stylobille pour évidemment c'est facile c'est ridicule mais c'est ainsi pour dire des choses et je n'y arrive pas alors là c'est le comble et…

— Je ne vois pas, je ne comprends pas…

— Essaie. Fais un effort, bon sang. Ce que je sens c'est que le corps mon corps son corps et toutes les idées qu'il y a là-dedans » (elle fit toc toc sur sa tête avec l'index) « c'est la même chose comment est-ce possible tu vois dès qu'il me touche et que je deviens je veux dire bon bref que je suis comment dire toute brûlante et mouillée et arrête de rougir de rigoler c'est sérieux essaie essaie bref…

— Tu me gênes, je t'assure tu me gênes. Tais-toi. Je ne sais que dire, ne peux-tu pas sans entrer dans les…

— Justement : sans entrer tu vois ? La preuve d'ailleurs c'est que même sans me toucher il me regarde et alors là je suis toute chose et vlan mon esprit divague ou mieux mieux il devient clair mais malheureuse que je suis je fais des fautes je suis coupable coupable je ne me pardonne pas ça je ne suis pas à la hauteur c'est déprimant pas du tout oh que non Thomas dis-moi pourquoi je faute...

— Quelle faute ? De quoi tu causes ? Tu te...

— Mais tu es bouché ma parole non non non est-ce que j'ai parlé de ça ? Gros bêta que tu es gentil quand même quand tu t'y mets gros bêta je te parle de "Bois et Charbons" je ne te parle pas d'autre chose et surtout de ce genre de caresse intime mais non mais non ce que tu ramènes tout à presque rien je me rends compte seulement que ce que j'ai écrit n'est pas passé de l'autre côté pas dit pas dit ce que je voulais dire c'est pas dit avec cette fièvre cette fièvre qui me monte à la tête et redescend dans la main parce que c'est la même chose et du coup comprends bien Patrick a raison ça ne vaut rien écoute écoute je crois que le philosophe polisseur de lunettes a vu ça l'âme est l'idée du corps ce qui veut dire que c'est exactement la même chose voilà voilà que tant qu'on ne fait pas quelque chose avec son corps on ne fait rien avec son sexe on ne fait rien rien du tout et on ne fait rien passer de l'autre côté si tu savais combien Patrick est un merveilleux amant quoi qu'il dise et toi dis-moi dis-moi est-ce qu'il t'a dit ah oui je sais Zoé est froide paraît-il et...

— C'est ça que j'aime aussi, elle a la majesté de...

— D'une statue tu me l'as dit un jour oui c'est vrai je comprends oui oui oui elle a quelque chose de Diane chasseresse avec ses boucles et son corps de statue c'est ça elle est vraiment magnifique c'est ça tu as raison la froideur a quelque chose quand même d'excitant mais moi je voudrais te dire te dire que j'ai vraiment de la chance parce que comment dire je ne suis pas vraiment belle trop maigre trop pâle mais j'ai un garçon qui n'y va pas par quatre chemins quand il me...

— Louise ! Passons. Vraiment. Dis-moi plutôt...

— Bon d'accord disons que dans le sexe je me perds et ça ça c'est merveilleux tu vois c'est comme toutes les bêtises les chansons niaises tu me reproches ces refrains le genre de ritournelle yéyé on se demande pourquoi Monsieur est si délicat alors là ça m'étonne vraiment prends exemple sur Joseph que diable c'est par lui qu'on pourra faire quelque chose tu vois car l'âme et le corps sont une seule et même chose je n'avais pas compris ça il faut rabâcher tous les refrains chantonner chanter et ça Joseph l'a compris car il est une âme naturellement sensuelle mais passons je veux dire le merveilleux vertige pour passer de l'autre côté…

— Quel côté ? Passer quoi ? Avec toi j'ai toujours l'impression d'être une brêle, bon sang, alors là c'est gagné et je…

— Mais non, mais non…

— Mais si.

— Mais non ce que je veux dire c'est que c'est tout de même pas sorcier pas le Pérou comme des enfants d'accord ? Que je voudrais être avec Patrick oh mon Dieu quand il me oh mon Dieu quand il pourquoi tu fais ça quoi quoi la grimace c'est des choses de nature c'est tout c'est comme quand qu'il que quoi bon quoi pourquoi tu ne veux pas alors là je suis surprise je lui dis tu es là et moi aussi pour la mettre bon d'accord tu ne veux pas entendre mais bon admettons d'accord j'obtempère je mets les pouces *under my thumb* c'est marrant Thomas Thomas les larmes viennent quand il me bon d'accord mais aussi parce que la sauvagerie elle dit non je ne dirais pas comme les idiots d'aujourd'hui "Il se dit quelque chose" alors là je ris mais Thomas écoute bon bon bon mais non comme des enfants voilà car comment dire comment comment Jean et Marie ils sont quand on les voit le matin parfois au fond plus que nous plus quoi ? plus enfants que nous purement simplement ingénument sans le savoir parfaitement innocemment je veux dire simplement franchement profondément superficiellement merveilleusement quand on les voit dans leur chambre au printemps avec l'hirondelle qui a fait son nid dans un coin du plafond et qu'ils laissent leur fenêtre ouverte pour lui permettre d'aller et venir il faut se souvenir de ça t'en souviens-tu moi si alors là oui c'est parce que le corps n'est pas inféodé à l'âme mais que l'âme et le corps sont une seule et même chose donc le sexe et la pensée c'est la même chose ça simplifie tout c'est la fin du drame c'est parfois elle chante qui donc ? l'hirondelle parbleu comme leurs voix et alors la voix de Patrick c'est ce qui m'émeut le plus et je me suis demandé tout de même pourquoi pourquoi quoi ? Pourquoi la voix toujours la voix ne fais pas une fois de plus semblant tu vois tu vois quoi ? C'est pas une manière de parler ça tu vois si je dis tu vois ça veut dire que tu es capable je ne sais pas moi mais capable il ne faut pas toujours faire semblant de ne rien mais j'arrête d'accord bref la voix parce que sa voix s'enroue donc elle se reprend il y a des reprises et tout un trafic tu vois c'est embrouillé mais ce que je veux dire et ça tout de même tu peux l'admettre c'est que nos voix s'emmêlent et je croyais au contraire que tu croyais que je me taisais c'est vrai oui dans un sens mais j'objecte car je suis rétive c'est ma nature mais donner donner comment dire de l'importance à la voix à la parole non rien je veux dire tout simplement qu'il faut entendre son timbre peut-être pour dire des pensées écouter parler aimer penser et qu'en dehors de ce timbre inflexions hésitations c'est tout de même pas si difficile eh bien il n'y a plus de pensée oh comme il est seul mon Dieu comme mon garçon est seul ne crois-tu pas ? Dieu ! Tu crois ? Arrête de dire tu crois. Pardon Thomas pardon mon cher Thomas mais n'exagère pas et moi-même ça finit par me confondre bref c'est comme s'il n'y avait pas de pensée du tout souvent je me demande pourquoi. Et pourquoi il est si heureux avec moi et aussi avec Jean et Marie parce que après tout on n'est pas de la même pâte une fille ? Oui une fille bibi une fille pas jolie pas très gentille et est-ce que je fais l'amour comme il le veut je n'en sais rien c'est un mystère mais passons d'accord allons au fait d'accord oui heureux par exemple avec Jean quand il lui parle des oiseaux car il faut dire que Jean en connaît un morceau sur ce sujet par exemple une sorte d'oiseau lequel des nèfles qu'est-ce que c'est que ce volatile j'en sais trop rien peut-être une sorte d'aigle marin un vautour un balbuzard pêcheur et alors là quand Jean parle de ça Patrick il est aux anges ou aux anges avec l'histoire des épines car l'oiseau il plonge dans les vagues ou dans un marais il repart avec une anguille un poisson et alors il s'essore en vol mais l'eau ne pénètre pas trop qu'est-ce que tu en penses ne pénètre pas car l'oiseau dispose d'une petite glande oui oui oui il était si heureux si passionné si émerveillé d'entendre ça l'oiseau sortant l'anguille ou le poisson avec ses serres toutes sèches malgré son plongeon car la glande sécrète une huile qui se répand sur le plumage et le rend lui-même imperméable et aussi les serres qu'est-ce que tu dis de ça ? alors je répète l'oiseau s'essore en volant comme un chien mouillé tenant toujours le poisson c'est une histoire de l'arche de Noé arrête je ne suis pas folle comme le poisson je suis captive déprise éperdue je ne sais plus où j'en suis c'est pas compliqué c'est perdu c'est sans espoir sans perspective ça va vite très très vite dans quoi ? dans la nuit à toute berzingue c'est merveilleux c'est fabuleux. »

*

Dès octobre, je vins voir souvent Zoé à l'école des Beaux-Arts. Outre ses cours de dessin et d'art plastique, elle travaillait dans une pièce sous les combles de l'école. Pendant toute cette période, elle dessina à la mine de plomb. Le premier travail que je vis représentait un carton à dessin, avec des taches noires sur fond blanc. La minutie hyperréaliste se retrouvait dans d'autres dessins, évoquant des corniches, des linteaux de cheminée, ou le détail d'un parquet. Puis vint un cheval de bois à l'œil rond, monté sur une bascule ou fixé sur un toboggan qui traversait le dessin de part en part. Ou tournoyant en vrille au sein d'un sombre entonnoir. Les dessins de Zoé étaient désertés par tout être humain, par toute couleur. L'opiniâtreté de cet édifice à la froideur avait quelque chose qui me faisait trembler de compassion, de délire amoureux.

Pensait-elle au cheval Tobak ? « Non, me dit-elle, j'ai plutôt envie de l'oublier.

— Pourquoi ?

— Tout ça est derrière moi, je suis ici, je suis avec toi. Tu vois ? »

Presque tout de suite, on reprocha à Zoé soit de ne pas se borner à des exercices académiques, soit de ne pas s'intéresser au Nouveau Réalisme. Zoé fit d'autres dessins consacrés à des chambres ouvertes, des volets entrebâillés, des persiennes, et elle couvrit certains de ses dessins d'une résille anthracite qui ressemblait aux écailles d'un poisson ou à un fragment de toiture d'ardoise.

Attendre à la sortie de l'école, se mêler aux étudiants, guetter Zoé, son joyeux mouvement d'épaule. Revenir dans sa chambre. On montait l'escalier, elle agitait le trousseau de clés, nous faisions l'amour au milieu de ses cartons et de ses pinceaux, elle lente et languide, moi fébrile, avec l'angoisse que tout cela disparaisse d'un seul coup. J'étais plus libre qu'elle. Elle avait mille choses à faire. Suivre ses cours, peindre, aller voir ses parents, aller acheter des marrons glacés pour Saroyan quand Louise ne pouvait le faire, devoirs qu'elle accomplissait avec gaucherie — cette gaucherie si calme dont j'étais fou — et détermination. Les horaires, les contraintes du travail ne me préoccupaient guère (j'en faisais le minimum). Je la suppliais d'être un peu plus disponible, elle me répondait avec étonnement qu'elle l'était. Quand son père revenait de quelque voyage par le train, il était pourtant difficile de la convaincre de ne pas aller le chercher à la gare, de même qu'elle envisageait comme l'évidence d'un impératif catégorique d'aller porter à Saroyan des fruits confits ou d'aller au vernissage d'un de ses professeurs, concepteur de mobiles rouillés et d'animaux en plexiglas.

Pour elle qui aimait les hippies, regrettait de ne pas avoir connu leurs nonchalantes communautés (moi aussi), elle ne se rendait pas compte que sa famille était une sorte de structure sanctifiée dont il n'était pas question d'enfreindre les rites. Le mardi soir, par exemple, était le jour où ses parents souhaitaient qu'elle vînt dîner avec eux. (Je l'accompagnais d'ailleurs souvent.) J'étais frappé par sa manière de regarder sa montre, de se cogner la tête du bout des doigts parce qu'elle avait oublié de téléphoner à Louise, de son esprit de ponctualité qu'elle reconnaissait elle-même en hochant la tête tristement, et qui m'était si étranger. Il s'est passé tant de choses pendant les mois que je suis en train d'évoquer qu'il ne m'est pas facile de parler de l'impatience que j'éprouvais de voir Zoé, de l'indifférence relative que je ressentais à l'égard des autres filles. Comment dire cela ? Et pourquoi le dire ? Et toutes les choses cachées. Cachées de moi aussi. Zoé n'avait pas l'ardeur volcanique avec laquelle Louise courait chez Saroyan. C'était une rêverie qui se fixait sur des choses différentes, comme l'itinéraire chaotique d'un papillon. J'aimais son passé mystérieux. Les lieux divins dont elle me parlait. San Francisco, où elle avait vécu les deux dernières années. Les brouillards mouvants sur cette ville. L'eau glacée de la mer, un jardin japonais où elle allait lire près d'un musée. Au North Beach Coffee Gallery, elle avait vu une chanteuse de rock qui lui avait coupé le souffle, secouée par le tremblement, frappant du pied, gémissante et crue, de lourds seins durs sous une chemise transparente. Zoé était touchée par la grâce de la musique de là-bas, elle aurait aimé que j'écoute la chanson *Triad* de David Crosby. « C'est si beau, Thomas, je ne l'ai pas sous la main, Nash, c'est le rock de là-bas et… » (Je feuillette un énorme dictionnaire, il y en a des pages et des pages sur ce David que Zoé aimait et ça commence comme ça : « Crosby David, chanteur et guitariste de rock né le 14 août 1941 à Los Angeles, fondateur des Byrds en 1964 puis de Crosby, Stills and Nash en 1968, ce musicien a incarné les valeurs naissantes du rock californien, à base d'héritage folk et country et de contre-culture, apportant notamment la douceur des harmonies vocales dites "planantes" et de la guitare sèche, dans une période où le rock évoluait vers les dissonances brutales du rock psychédélique, puis du blues rock et du hard rock. Son trajet autodestructeur dans les années 1980, ses emprisonnements successifs puis sa miraculeuse renaissance symbolisent le destin de sa génération, son besoin de rêve et d'utopie. ») Le sud du Colorado, ses villages troglodytes dans les falaises. La neige à la frontière de l'Idaho et du Wyoming. Le pays de la Snake River. La pêche à la mouche avec son père, le «*fly fishing*». Mon Dieu, que cela aurait amusé mon père ! Et le sien ? Ses mystères.

« Et en même temps tout ça me manque, dit-elle.

— Quoi donc ?

— L'appel de la forêt.

— Quelle forêt ? Quel appel ?

— Je n'en sais rien, dit-elle agacée. Ici tout est compliqué. Tout est sombre. »

On se mit à rire tous les deux.

37

Un de ces après-midi de novembre, j'étais seul, Louise allait dîner avec Saroyan et Zoé avec ses parents, et je pris place dans un café au coin de la rue Victor-Cousin. Au loin, au milieu d'un groupe d'étudiants, il y avait Esther, qui bavardait en faisant de grands gestes. Elle me vit et quitta immédiatement le groupe.

« Bonjour, mon petit Thomas. Comment vas-tu ? Est-ce que tu m'offres un jus d'orange et une paille ? »

De près, en pleine lumière, je remarquai son éclat nouveau. Ses cheveux drus et bouclés tombaient jusqu'à sa poitrine, donnant une incomparable douceur à son visage de madone potelée. Comment allait Joseph ? Joseph n'était pas là cet après-midi, et d'ailleurs il la négligeait un peu ces jours-ci.

« Tu as l'air soucieux, Thomas, tu as les yeux brillants, tu es pâle, on se demande depuis combien de temps tu n'as pas mangé, dit-elle en fronçant les sourcils. Est-ce que tu es content de me voir ? Que penses-tu de ma minijupe ? »

Elle pivota, et montra ses longues jambes de starlette et une minijupe en daim.

« C'est Joseph qui me l'a offerte, il gaspille aussi un peu ses sous. » Elle me regarda en soupirant.

« Écoute, dit-elle, je t'invite à dîner, puisque tes femmes te délaissent. Je sais que je ne peux pas les remplacer, mais je suis sûre que ta mère approuverait que tu dînes avec moi ce soir, tu es pâlot. Est-ce que tu penses de temps en temps à Marie ? » me dit-elle en tendant vers moi un bras et en me passant la main dans les cheveux.

J'acceptai son invitation. On se retrouva dans un petit restaurant de la rue Saint-Jacques, Esther fit la commande pour moi, avec une aisance que je ne lui connaissais pas. J'essayai de lui demander de ne pas commander de viande rouge, mais elle dit gaiement que c'est elle qui m'invitait, elle savait que c'était la fin du mois, mais Joseph avait réussi à gagner quelques fifrelins grâce à un emploi à mi-temps chez un expert en tableaux. « Et ses études ?

— Ses études l'ennuient, il les déteste, dit-elle, mais il est tellement débrouillard que je ne me fais pas beaucoup de souci pour lui.

— Comment va-t-il ? Est-ce que tu es heureuse avec lui ?

— Il est toujours très agité, il m'embrasse en regardant les filles à la ronde, j'ai peur que cela ne soit pas un amour très pur. »

On rit tous les deux de ces derniers mots.

« Qu'est-ce que c'est, un amour pur, Esther ?

— Un amour comme celui de Louise, peut-être. Ou comme le tien, sans doute. Un merveilleux amour... Peut-être que je ne suis pas faite pour ça... Il faut dire qu'avec Joseph l'amour n'est pas de tout repos, Joseph est un séducteur...

— Ça, nous le savions déjà, dis-je en riant.

— Oui, mais il y a plusieurs genres de séducteurs, chez les garçons comme chez les filles.

— Explique-moi ça...

— Il y a ceux qui veulent séduire les filles parce qu'ils ne sont pas vraiment fixés, tu vois, Joseph n'est pas comme ça, il aime toutes les filles d'avance, il est fixé sur toutes avec un enthousiasme fou qui finit d'ailleurs par les toucher. Car il se donne un mal de chien pour leur faire la cour, mais il est incapable d'en aimer aucune, y compris moi, probablement... »

Sur le moment, je n'osai pas dire à Esther qu'elle se trompait (je pensais déjà que Joseph n'appartenait à aucune de ces catégories, qu'il n'aimait vraiment ni le jeu de la séduction ni l'élan amoureux, mais que sa noire misogynie, un ressentiment secret, le poussait vers les filles, je me croyais fin psychologue). Esther avança vers moi ses lèvres et me donna sur le front un baiser furtif.

« Et toi aussi, mon Thomas, tu es un peu comme Joseph. »

Sa retenue (elle ne cherchait plus à me tenter, comme dans notre jardin à Oursière), sa tendresse qui se lisait dans ses yeux magnifiques, l'effet du vin, me firent baisser la tête, cherchant quoi lui dire.

« Tu n'as pas l'air dans ton assiette, mon chou...

— Je vais très bien.

— Et Zoé ?

— Zoé aussi, bien qu'elle entende l'appel de la forêt...

— Qu'est-ce que c'est ? »

Je haussai les épaules en pouffant.

« Moi aussi je suis un peu triste, dit-elle. Quand je pense à nos amis, à Oursière. J'ai l'impression qu'on est partis pour de bon. Je sais très bien que je ne suis pas très intelligente, mais quand même, je vois bien une chose. C'est qu'on est partis pour de bon. »

38

Malgré ses rêveries sur les hippies, la forêt américaine qui lui manquait, les Indiens et un passé informulable, Zoé était gaie, elle s'amusait de presque tout. Elle n'en voulait pas à ses maîtres de trouver ses dessins médiocres. Elle s'étonnait, mais sans ressentiment, des dogmatismes esthétiques, de l'exaltation des poupées en plastique, des expansions et tutti quanti. « Elle est bonne fille », disait Louise, ce qui dans son langage exprimait une grande estime. Elle n'était pas sous tension comme ma sœur, ni comme moi dans une certaine mesure. À l'école, elle était en contact avec des gens de toute sorte, c'est ainsi qu'elle rencontra Joëlle, une grosse fille dont le physique râblé donnait l'impression de la bonhomie, laquelle était aussitôt démentie par une lippe dédaigneuse, des manières tranchantes. Elle nous parla de son frère en prenant des airs mystérieux, en disant qu'il était en mission spéciale pour la Gauche prolétarienne.

Je la rencontrai, en compagnie de Zoé et de Louise, un après-midi, dans une galerie d'art nommée Automat (*En es-tu sûr, Thomas ? Automat existait-il déjà ? En fait, ce moment aurait pu être vécu dix ans plus tard, dans les années quatre-vingt. — Mais non, tu as raison, car Joëlle était obsédée d'avant-garde, de mode, et elle ne se trompait pas.*)

Conduits par la boulotte Joëlle, qui avait décidé de ne pas être aimable, nous franchîmes l'entrée de la galerie Automat, dont Joëlle avait assuré que c'était ce qu'il y avait « de plus intéressant aujourd'hui ». Beaucoup plus, en tout cas, d'après elle, que les compressions, suppressions et gonflages dont elle prophétisait le déclin.

La première salle était aveugle (on avait calfeutré les fenêtres), plongée dans une demi-obscurité. Les murs étaient couverts de portraits d'hommes et de femmes de tous âges en noir et blanc, mais le grain de la photo ou le tirage donnait un effet de lumière brunâtre. Sur les photos étaient inscrits les noms et la date du décès de ces inconnus, de nationalités différentes. « C'est un travail de mémoire », dit Joëlle. On emprunta un vaste couloir en forme de croissant d'environ deux mètres de large. Aux parois étaient fixées des étagères qui soutenaient des urnes rouillées, empilées les unes sur les autres. Elles s'emboîtaient avec une parfaite minutie. Il était indiqué sur un panneau que ces urnes contenaient les cendres d'enfants morts dans des mines belges au début du siècle. Des photos de style familial complétaient ce texte explicatif. Certains des enfants avaient été photographiés, tout endimanchés, soit à l'école, soit à l'issue d'une communion solennelle (brassard blanc, cheveux gominés). « Esthétiquement, c'est parfait », me dit Joëlle, plantée devant un visage blafard.

Le couloir donnait accès à une pièce rectangulaire, elle aussi sans ouverture sur l'extérieur. Sous la blancheur de néon, étaient installés six petits lits enfermés dans des sortes de cage de plastique transparent. Sur ces couches, on avait disposé des draps froissés en forme de corps. L'une des cages était couverte de buée, comme si un enfant étouffait sous son drap.

Nous suivions Joëlle qui se dandinait devant nous en disant d'un ton sinistre que c'était formidable. Elle gravit un escalier et accéda à une coursive, puis à une pièce à la clarté encore plus glauque et aux murs couverts de rectangles de tailles inégales, qui se révélèrent des miroirs au tain sombre. Quand Joëlle s'approcha, son visage rond mais spectral se refléta dans l'un des miroirs. Il ne restait de notre amie qu'un masque farineux, d'où n'avaient pas disparu d'horribles orbites. Zoé poussa un petit rire, Joëlle se retourna furibonde mais restituée à son physique ingrat. « Oui, bien sûr, c'est marrant, on peut le prendre comme ça, mais ce n'est pas l'idée de la sépulture ou du cadavre qui prédomine ici, dit-elle, mais celle du rangement. Il s'agit d'empiler, de juxtaposer, de mettre de l'ordre, de construire des étagères et des placards, c'est ça l'idée. Il y a d'ailleurs un article sur le rangement dans la revue *Le Songe.* »

Le Songe n'avait pas tort sans doute (car même la photo des raies parfaites des mineurs belges confirmait le propos de l'implacable Joëlle), mais je m'amusai surtout de la démarche mécanique, parfaitement adaptée à la visite, de Joëlle, de ses grosses fesses et de sa voix pointue, et comment ne pas se rappeler l'admiration de Janine la bibliothécaire pour la revue *Le Songe*, de ses sarcasmes contre Saroyan (je sentais aussi monter à l'encontre de cette exposition quelque chose qui n'était pas dû à l'arrogance amusante de Joëlle, mais à quelque chose d'autre, d'informulable... À quoi bon aujourd'hui y penser ?). Nous finîmes en beauté en nous dirigeant vers un débarras qui donnait sur la rue, mais non ! C'était l'étape ultime du rangement dont Joëlle faisait l'éloge : des caisses noires, des cantines d'acier où on avait jeté en vrac les vêtements des enfants.

En sortant, on décida d'aller prendre un verre. Zoé riait du cérémonial auquel nous venions d'assister, et me donnait des coups de coude entendus. « Alors, tu es contente ? Ça t'a plu ? dit-elle à Joëlle, qui avançait avec sévérité sa bouche vers la paille qui la reliait à un Coca-Cola.

— C'est impeccable. Et c'est l'avenir », dit-elle après un silence, tandis que Zoé me donnait maintenant des coups de pied.

39

Souvent on tirait Joseph par la manche, on l'emmenait presque de force vers le combiné téléphonique pour parler à Jacinthe, qui voulait avoir de ses nouvelles, et qui, tous les mois, passait un coup de fil à son neveu adoré (dont le père ne téléphonait jamais). Le dialogue était toujours à peu près le même.

« Comment vas-tu, Jacinthe ?

— Et toi, mon cœur ? Est-ce que tu manges des légumes, veux-tu que je t'en envoie ?

— Non non. Il fait beau ?

— Il fait beau quand je te parle, Joseph. Avec toi je suis moi. »

Joseph soupirait : « Tu es en forme ?

— Je te sens agacé, fatigué. As-tu vu le médecin ?

— Je vais très bien. Je t'embrasse. Bye-bye.

— Déjà ? Mais on s'est à peine parlé », disait Jacinthe d'une petite voix (on l'imaginait à la poste d'Oursière, oppressée dans sa cabine et regardant à travers la vitre les tilleuls du jardin public).

« Mais si on s'est parlé. Bye-bye.

— Mon amour, mon chéri, tu sais que je t'aime, jamais je ne t'abandonnerai. Peux-tu avoir la gentillesse de me repasser Thomas ou Louise ? »

Joseph nous tendait le téléphone d'un air excédé. Nous parlions à Jacinthe de Joseph, de nous, c'était pour elle un truchement grâce auquel elle poursuivait sa conversation avec Joseph, dont on sentait qu'elle ne se pardonnait pas l'enfance enfermée, malgré les lettres de plus en plus décousues qu'elle lui avait adressées à l'époque, et les caisses de dattes qui l'exaspéraient. Quant à lui, quand il la voyait à Oursière, il était de plus en plus bourré de tics, mais il était le seul à pouvoir lui clouer le bec. Même dans ses crises délirantes, elle pouvait s'arrêter net et revenir à un bon sens qui nous décevait presque : Joseph venait d'entrer dans la pièce. Malgré le « *gross verboten* » censé affecter tout récit un tant soit peu moderne (la considération dite psychologique), je me hasarde à dire que les délires de Jacinthe formaient ce bloc d'absence si présent dans l'obsession sexuelle de Joseph, et qui en a fait pour moi une sorte de double obscur : à treize ans, il voulait déjà boire aux lèvres des filles un philtre d'oubli. Si ma mère l'aimait tant, c'était aussi à cause de sa honte, de la fois où malgré l'hiver glacial il avait caché sous l'escalier le gros pull que Jacinthe lui avait tricoté, mais qu'il trouvait informe. Pour en revenir à ces conversations téléphoniques, il fallait une heure ou deux pour que Joseph s'en remette. Il allait et venait, la mine soucieuse, on ne savait de quel remords, de quelle tristesse, puis son allégresse combative reprenait le dessus.

40

Louise travailla beaucoup, par automatisme et pour brûler les heures qui la séparaient de Patrick, emportant avec elle un de ses chandails où elle pouvait respirer son odeur. Parallèlement à ses tâches d'étudiante, elle transcrivait les propos de Saroyan, établissait les notes préparatoires à la conférence qu'il devait donner et qu'il intitula : « Que signifie "il y a" ? » Son émotion dans ce travail était telle qu'elle se mit aussi à écrire (peut-être par une sorte de marcottage mental, comme si elle distrayait des longs monologues de Saroyan quelque branche à qui elle faisait prendre racine) et improvisa de brèves études.

Je me rappelle vaguement une improvisation sur le thème du bois (ranime un peu mon souvenir, Louise, fais quelque chose d'utile...). Le point de départ était le fameux texte surréaliste « Bois et Charbons ». Louise établissait un lien entre le bois et la ligne de la main, à cause d'un poème qui parlait des lignes et qui évoquait les lignes de vie et les lignes de hasard. Si tu prenais vraiment la plume, Louise ? Ça ne te fatiguerait pas trop, tout de même, d'éclaircir ce passé embrouillé, de dire pourquoi tu avais mêlé dans ta prose la main, la ligne, le bois, et d'autres choses encore... (*« Bois et*

Charbons » ! Il me semble que l'objet de ce petit texte était de dire que le bois était présent de manière tout de même merveilleuse mais cachée dans des jeux poétiques dont l'enjeu était vital ? C'est d'ailleurs sur ce bois, sur le plancher d'une maison que le frottage est expérimenté. Et la ligne, c'est bien le lignum *— zébré comme une paume offrant ces lignes de chance : d'où peut-être quelque lien entre la rencontre exaltée, les lignes de l'écriture automatique, le mouvement scriptural de Miró et ce matériau combustible — bois et charbon — dont les arbres des forêts de Max Ernst attestent la permanence, est-ce que je déraillais, Thomas ? est-ce que c'était totalement inintéressant ? et de penser que ces gens, si épris de ville, de grandes cités, renouaient avec quelque bois païen,* paganus *: « Paysan de Paris » ! Et le feu à venir ? Et la bibliothèque qui est en feu ?*)

Louise écrivit aussi au début de l'année 1968 un autre petit texte (jugé plus tard aventureux par les spécialistes) sur Saint-John Perse, d'abord en soutenant le point de vue selon lequel il est un poète maudit — mais ni toi ni moi ne savons plus quelles raisons tu avançais à l'appui de cette assertion —, puis en consacrant un développement aux liens qu'entretient son poème avec la pensée juridique. Grâce à un camarade juriste qui lui parla du juge américain Holmes, et à la lecture de quelques textes de Holmes, Louise soutenait que les égéries critiques de S.J.P. (très vite un groupe de redoutables chercheuses s'occupèrent de lui — il est vrai surtout après 1975, nous n'étions qu'en 1967) n'attachaient pas d'importance à sa « période américaine ». Or il s'était passé quelque chose d'important aux États-Unis pour Saint-John Perse, quelque chose qui lui avait fait renouer avec ses études de droit et le souvenir de son amitié pour Monod. D'abord, il faut dire que dans la canicule de Washington, dans son deux-pièces, vers 1941, il se sentait bien seul, surtout après sa rupture avec Lilita Abreu. Louise était bien obligée d'avouer à ce sujet (de manière pensive, avec un éclat mélancolique dans les yeux) qu'Alexis n'avait peut-être pas fait preuve de toute la délicatesse voulue avec Lilita, mais après tout qu'en savions-nous vraiment ? Toujours est-il qu'il était isolé, mais qu'il fut accueilli avec chaleur par Francis et Katherine Biddle, et savais-je qui était Francis ? un juriste de premier plan, devenu même procureur général des États-Unis. Et Katherine, une femme francophile et cultivée et généreuse (comme l'Amérique sait en produire en très petite quantité), mais là n'était pas tellement la question. Ce qui était important, c'est que Biddle avait écrit un livre sur un des plus fameux théoriciens du droit américain, le juge Holmes, et que ce dernier avait développé au début du siècle des vues sur l'empirisme évolutif du droit, sur l'idée que la source de la règle juridique n'est pas le législateur mais la jurisprudence, l'inventivité du juge et son pouvoir créateur de règles, et alors là ma sœur agitait ses méninges comme elle disait, et relevait que les textes de Saint-John Perse non seulement étaient remplis de termes juridiques, surtout après son exil, mais que ce langage, nostalgique de l'empirisme du droit romain, mettait surtout l'accent sur les flux et les reflux de la jurisprudence qui se mariaient si aisément avec la cantilène océanique, éprise de son ressac, que Saint-John Perse conduisait si magnifiquement vers nulle part.

Ces essais, Louise les portait à Saroyan qui l'encourageait à travailler (il était bien le seul, car la revue *Le Songe* et tous les penseurs à la mode méprisaient, Dieu sait pourquoi, Saint-John Perse, et avec quelle arrogance !). Je ne sus que par hasard ce que Saroyan en pensait vraiment. Louise m'avait donné rendez-vous chez lui pour déjeuner. Zoé devait venir aussi, mais au dernier moment elle fut retenue aux Beaux-Arts. En fait, parce que Zoé m'avait donné les clés, j'entrai chez lui avant qu'il fût là. J'eus l'indiscrétion de lire la feuille que Louise avait déposée à l'attention de Saroyan sur les tomettes rouges de l'entrée (*Tu ne m'avais jamais dit ça, L.*) : « *Mon amour, octobre est déjà là. Une lumière dorée ce matin. Si rare dans cette ville, mais ce matin je ne lui ai prêté que peu d'attention. Émue que j'étais par ton corps endormi. Un petit garçon aux poings fermés, avec ce voile de tes paupières que j'aurais tant aimé embrasser, ce voile, des longs cils de fille… Mon amour ! L.* »

Je m'installai sur le canapé troué par les braises de cigare que Patrick laissait tomber. Des livres étaient empilés partout. Des chemises pendaient à des cintres accrochés aux étagères de la bibliothèque. Il entra et me fit un signe amical. « Tu es là ? » Il se pencha vers le mot de Louise, le lut et se redressa avec un sourire distrait par toute cette pluie qui dégoulinait de son parapluie qu'il agita sur le carrelage. « On va fumer un cigare, je n'ai absolument rien à faire, c'est merveilleux. »

Il ouvrit sa boîte et me la tendit. « Ne prends pas celui-là. » Il me guida vers un double Corona trop imposant à mon goût. « Mais si, prends-le. Tu fumes ce que tu veux, d'accord ? Ne va pas trop vite, il faut être lent avec le double Corona. Alors, est-ce que tu es heureux avec Zoé ?

— Oui, merveilleusement.

— À la bonne heure ! »

Je me hasardai à lui demander s'il était content des textes de Louise, et il fronça les sourcils. Ce n'était pas mal, c'était déjà bien qu'elle écrivît un peu pour elle-même, malgré tout son travail. Mais elle avait tant d'imagination… Elle aurait dû faire autre chose ; foutre tout ça en l'air, travailler moins, se détourner de l'Université, il le lui avait toujours dit… Il décroisa ses longues jambes (Louise admirait la délicatesse de ce qu'elle appelait ses attaches, le poignet, le cou, les chevilles). Les chaussures pointues qu'il portait étaient légères, comme de raffinés escarpins. Il ne voulait pas la décourager, mais elle était trop fine pour s'attarder à des études de ce genre. Les deux textes dont je lui parlais étaient bien. Mais quand même des travaux universitaires, et elle avait mieux ou autre chose à faire que ça… « Mais vous, en préparant votre conférence, pardonnez-moi de ne pas savoir de quoi ça parle, mais ne faites-vous pas la même chose ?» Bien sûr qu'il faisait la même chose, mais il n'était pas un exemple, il était même découragé d'avoir cédé à cette facilité, peut-être parce qu'il n'arrivait plus à penser par lui-même. Il avait un ami qu'il avait toujours admiré, qui avait toujours refusé de s'adonner à des travaux de ce genre. Il avait vécu de traductions. Il se leva et se mit à marcher lentement de long en large : « Est-ce qu'elle va être heureuse avec moi ?

— Qui ça ?

— Louise, pardi. »

Je haussai les épaules avec un vague ressentiment à propos de la lettre qu'il avait lue. On se regarda en silence, la fumée formant des aplats suspendus dans la pièce.

« J'ai tort de dire ça », dit-il songeur.

Nous fûmes interrompus par un tour de clé dans la porte et par les rires de Zoé et de Louise qui arrivaient en même temps. Louise était toute détendue avec Zoé qu'elle avait comparée le matin même à une chercheuse de champignons qui, dans les feuilles pourries, découvre le cèpe le plus succulent. (« Je ne sais pas faire ça, mais j'aimerais tant savoir ! Zoé a le don de tout purifier, de traverser intacte la sottise des faux artistes, et même les chagrins, avec un calme dont je ne suis pas capable. »)

« Voulez-vous voir les photos ? » dit Zoé gaiement. Elle saisit dans une enveloppe les photos dont elle venait d'obtenir le tirage. On se pencha tous les quatre sur ces clichés. Oursière, juste les toits. Puis mon père, ébouriffé et tenant à la main un filet qu'il venait de retirer de l'Ur. Un noir et blanc superbe, avec un grain particulier que seul donnait l'appareil que Zoé avait emprunté à son père. Plaisir tactile des photos carrées. Une autre photographie, le jour de l'expédition au col des Trois Sœurs. Mlle Georges, béate, avec ses châles et ses godillots, et derrière elle le mufle débonnaire de l'autocar. Un peu voilée, de la paille sur le sol. À l'arrière-plan, un muret où Louise et moi sommes assis. Zoé a pris à la dérobée ce cliché au milieu de notre groupe. Je suis seul à savoir que Louise pleure doucement en me parlant de Patrick, tandis que j'essaie, de ma main gauche, de remettre d'aplomb l'assiette qu'elle va laisser glisser.

« Et tout ce feuillage ici ! dit Louise. Et toutes ces têtes ?

— Devinez », dit Zoé en souriant à Saroyan.

Profitant de la lumière ultime du bel après-midi d'été, Zoé avait pris quelques clichés du début de la fête des Orion (tandis, sans doute, que je m'attardais encore à l'extérieur et que Louise s'affairait avec ses quarante-cinq tours). La photo que Zoé tenait à la main était le reflet dans une vitre du troupeau compact des danseurs, certains portant des lianes et des fleurs comme Zoé l'avait prescrit, et là-bas, dans l'ombre, je finis par reconnaître le visage grimaçant de mon père. Puis d'autres photos d'Oursière en septembre. Toits d'ardoise. Ceps de vignes (parmi les plus anciens de Marie) pris avant notre départ : rose sombre, violet délicat. D'autres images encore d'Amérique, comme des roseaux aux croisements géométriques, par un après-midi d'orage, « quelque part près de Denver » ; une île géorgienne, à marée basse : des bancs de sable qui émergent en bandes abstraites, peut-être le « dos roux et salé des dieux qui habitent les profondeurs ».

Zoé avait encore une autre enveloppe, qu'elle brandit avec impatience, des dessins stylisés représentant un traîneau bleu (en fait une luge, et elle savait combien j'aimais la luge) ; une poupée désarticulée, un poney prisonnier de la cage construite par les lignes du papier gris. On y voyait (me dis-je aujourd'hui) son effort pour faire baigner les objets dans un lyrisme froid (et c'est par ce cheminement qu'on pouvait deviner, Zoé, j'en suis sûr, ce que tu as de plus obscur).

On eut un fou rire parce qu'une camarade de Zoé aux formes opulentes, Adèle, avait fomenté le projet sur le pont des Arts, entre deux considérations sur l'avenir glorieux du « ready-made », de construire avec elle une sculpture de plexiglas modelée sur un cadavre de l'Institut médico-légal — et elle insistait sur le fait que cette démarche faisait partie de ce qu'elle répugnait à qualifier d'œuvre —, et d'autre part de coucher avec elle. « Dans le sarcophage ? » avait répondu Zoé. Où elle voulait, dit Adèle, en soulignant que l'acte sexuel qu'elle envisageait serait « un excellent adjuvant pour leur travail commun ». De son côté, Louise avait vécu une situation symétrique, mais dans un genre plus sentimental. C'était la déclaration d'amour d'Aline qui lui avait dit, à travers diverses circonlocutions, puis en versant des larmes, qu'elle avait mis un cierge à l'église de Coutances, sa ville natale, pour qu'enfin Louise s'intéressât à elle.

« Tu sais bien que ce n'est pas possible, dit Louise, que Patrick est mon amant. » Ce n'était pas une objection décisive pour la fiévreuse Aline, qui se proposait d'avoir avec Louise et Saroyan une « charmante aventure ». « Quel succès nous avons ! » dit la douce, l'implacable Louise.

41

Je les quittai. J'avais promis à Joseph d'aller le voir. Joseph travaillait à mi-temps, chez l'expert en tableaux dont Esther avait parlé, pour se faire de l'argent de poche, tout en suivant (déjà assez mollement) les cours de sciences économiques.

J'ai oublié de dire comment il avait décidé de quitter l'Institut d'études politiques où nous étions entrés, lui et moi, grâce à un stratagème. Pour passer l'examen d'entrée à cet ennuyeux Institut, Joseph (dont le nom commençait par les deux premières lettres du mien, ce qui le plaçait à l'examen presque à côté de moi) avait imaginé que Louise, lui et moi nous nous présenterions, après quelques révisions superficielles, aux différentes épreuves écrites (de l'histoire, et une épreuve, particulièrement stupide, dite de « culture générale »). Louise, en poussant ses soupirs d'asphyxiée comme chaque fois au temps des examens, avait rédigé à toute vitesse, pour chacune des sessions, deux canevas ingénieux, extrêmement détaillés et précis (et d'une écriture différente) qu'elle nous avait remis. Nous n'avions plus qu'à broder autour de ce plan brillant. Quant à elle, qui ne voulait pas entrer à l'Institut, elle fit mine de mettre en boule ses brouillons et de remettre copie blanche au surveillant, avec une mine découragée. Nous fûmes admis à passer l'oral. Les choses se corsèrent, car nous n'avions plus sous la main notre cheval de Troie. Mais Louise avait prévu la difficulté, elle savait qu'on nous interrogerait sur nos récentes lectures, qu'il s'agissait d'une conversation générale assez débile, mais dans une sorte d'atmosphère policière, car il ne fallait pas paraître trop passionné par telle ou telle matière, plutôt présenter une certaine disponibilité à un « profil déterminé ». Ma sœur nous avait donc concocté à l'avance des réponses. Elle nous prépara des fiches de lecture sur des livres que nous n'avions pas lus ; un livre d'histoire sur les origines de la Première Guerre mondiale. Un essai de sociologie (dont elle savait qu'il était en vogue) et un ouvrage bien connu sur la société industrielle. Tout avait marché comme sur des roulettes, Joseph compensant sa nullité par cette présence si vive qui charmait tout le monde. Nous fûmes reçus, et nous nous inscrivîmes parallèlement à l'Université, pour des études de droit et de sciences économiques.

On suivit les cours de l'Institut pendant environ un mois et demi. Il y régnait un climat de bachotage compassé et l'on sentait à chaque instant à travers les manières suaves des jeunes inspecteurs des Finances qu'il fallait se tenir à carreau, et ouvrir l'œil. Surtout, tout était étranger, et même contraire au charme décousu de l'Université. « Dis-moi, mon coco, me dit un matin Joseph, on va pas rester ici pendant cent sept ans, on va crever d'ennui, ce sont des emmerdeurs tu es d'accord ?

— Qui ça ?

— Tu as entendu ce qu'il a dit », me dit-il en désignant un professeur de droit administratif qui venait de nous annoncer que dans deux ou trois mois nous serions « opérationnels » et qui finissait de nous brosser une fresque des intérêts moratoires et compensatoires. « Opérationnel ! me dit Joseph indigné. Mais pour qui se prend-il ? J'en ai rien à foutre, moi, d'être opérationnel, et toi non plus d'ailleurs, et puis ces filles avec leurs jupes à carreaux, il va falloir du temps pour les attraper, oui ou non ? Alors on se casse, et vite ! »

Franchissant la Seine par le Pont-Neuf, je le retrouvai près de Drouot, chez un expert, dans un appartement poussiéreux que des volets à moitié rabattus assombrissaient. Dans cette atmosphère de boîte de nuit au petit jour, qui lui allait bien, Joseph se faufilait entre les meubles et les bronzes, collant des étiquettes sur des tableaux qui allaient être vendus aux enchères. Il s'agissait, pour la plupart, d'abstraction lyrique, ce qui enthousiasmait Joseph. « Quels gestes ! Quelle force là-dedans ! me dit-il. Je n'ai jamais vu ça, regarde-moi ces couleurs ! Dire que ça a été peint il y a dix ans ! Et on dirait qu'ils viennent de sortir de l'atelier ce matin ! Le problème, dit-il en baissant la voix, c'est qu'il n'y a pas beaucoup de filles ici, mais à part ça je dois dire que ces tableaux sont si beaux que je ne regrette pas d'être venu et de respirer toute cette poussière. Tiens, voilà un tableau d'Atlan, lis cette notice : "Peintre, lithographe et poète français (1913-1960). Après des études de philosophie, il se consacra à la poésie puis à la peinture, passant d'une figuration violemment expressionniste à la création de formes schématisées et souples où priment des essais de matière intensément expressifs. Ces formes tendent à s'organiser ensuite selon des rythmes plus calmes, élaborés à partir de larges cernes noirs soulignant des accords de couleurs, sourdes ou intenses et qui forment des signes inspirés en partie par les arts primitifs et archaïques". » En fait, reprit Joseph assez fier de son savoir, si je me penchais avec attention, je verrais que les tableaux qui allaient être vendus étaient couci-couça. Comment diable le voyait-il ? Castot (l'expert) le lui avait dit, et puis au bout de quelques semaines il commençait à avoir l'œil. Par exemple, les fameuses bandes noires manquaient d'équilibre, et puis la plupart des tableaux étaient un peu « à côté ». À côté de quoi, Joseph ? À côté de ce qu'ils auraient dû être : appartenir plus nettement aux différentes périodes de l'artiste, soit à son goût pour les mosaïques d'Afrique du Nord (avec de magnifiques couleurs étouffées ou éclatantes, qui rappellent la faïence), soit à son inspiration égyptienne, encore plus appréciée, soit même à ces noirs de velours ou d'ébène qui couvrent presque toute la toile et sont animés de rythmes de jazz (et Joseph fit quelques mouvements chaloupés).

Ayant achevé l'étiquetage, il me proposa d'aller manger un morceau avant que la vente ait lieu. Je ne boudais jamais mon plaisir d'être avec lui. « Tu es formidable, tu m'étonneras toujours, dis-je enthousiasmé par son énergie électrique.

— Arrête tes idioties », fit-il en regardant de tous côtés, puis en hélant une serveuse.

Il commanda un petit salé aux lentilles en précisant d'un air négligent qu'il m'invitait.

« Le hic, dans ce milieu, c'est qu'il n'y a pas beaucoup de filles jeunes, tu vois, je ne sais pas où elles sont passées, mais toujours est-il que je n'en vois pas.

— Esther est magnifique, elle est tellement adorable et charmante et…

— Elle te plaît ? Je te la donne, fit-il avec un geste théâtral.

— Tu es fou !

— Toi aussi tu es fou, et c'est ce que j'aime bien en toi. Ne te cache pas derrière ton petit doigt. Tu es comme moi, mais tu as un côté hypocrite dont tu dois te débarrasser.

— Je suis amoureux de Zoé, terriblement, si tu veux je peux essayer de t'expliquer pourquoi mais…

— Et alors ? Bravo, je t'en félicite, ce n'est tout de même pas une raison pour refuser mon cadeau.

— Quel cadeau ?

— Esther. Je te la donne. Puisque tu aimes Zoé, il faut fêter ça. C'est mon cadeau.

— Tu ne crois pas que tu en fais un peu trop ? »

La serveuse nous apporta un quart de vin rouge, des couverts, des verres, et Joseph la laissa en silence pencher vers nous des seins majestueux et un sourire appliqué. « Je suis réaliste », dit Joseph à voix basse. Je m'esclaffai. « Personne ne va t'entendre, dis-je, on ne va pas te mettre les menottes, tu peux parler librement. » Cette remarque ne le fit pas du tout rire.

« Je ne te parle pas d'amour, chuchota-t-il, je te parle de sexe, c'est différent. Tu ne peux pas coucher avec la même personne tout le temps, ce n'est pas possible, et moi je te connais, Thomas » (il pointa vers moi un doigt méphistophélique), « je te connais mieux que toi. Car tu es comme moi. Nous sommes faits de la même boue » (il leva les sourcils bizarrement). « D'ailleurs, le feu qu'elle a allumé en toi, il faut bien qu'il se propage et il va s'étendre à d'autres filles, c'est la vie, c'est comme ça. » Se redressant vivement en arrière, il laissa la serveuse déposer ses plats fumants devant nous, et me considéra d'un air préoccupé.

« C'est comme ça, c'est la vie, et puis c'est tout, répéta-t-il sèchement.

— Tu aimes me décourager, hein ?

— Pas du tout, dit-il, haussant les épaules. Je t'évite les ennuis. Tu devrais me dire merci. Ne prends pas cet air déconfit, mange ton petit salé, et écoute-moi. Quelqu'un m'a donné un tuyau ici à propos d'un collectionneur dont j'ai oublié le nom, et qui est, paraît-il, propriétaire d'un vieil hôtel dans le Marais où sont logés de jeunes mannequins. En se mettant bien avec le concierge, on pourrait peut-être faire leur connaissance... Qu'est-ce que tu en penses ? Hein ? Tu viendras avec moi ? »

Je n'arrivais jamais à lui en vouloir. Comme Marie, j'étais presque toujours sous le charme de sa faconde brutale, de sa manière de relancer la vie comme un conte de fées, de son vocabulaire soudain précieux qui lui venait sans doute de ses rigoureuses pensions d'autrefois (*le feu qu'elle a allumé se propagera...*), ces mots qui étonnaient mon père et qu'il ne comprenait pas. Je finis par lui dire que je le suivrais où il voudrait.

« De toute façon, je ne suis pas tellement en forme, en ce moment, tu vas me requinquer un peu.

— Mais bien sûr que oui, fripouille », s'exclama-t-il avec enthousiasme.

J'assistai aux enchères. Joseph était un charmant filou, adapté au climat détourné qui régnait dans la salle des ventes. Le commissaire-priseur, chenu et boursouflé, mania son marteau avec légèreté, virant sur lui-même comme une girouette au gré d'une brise à peine perceptible. Les questions qu'il posait au public, sa psalmodie monocorde n'atténuèrent pas le silence et l'obscurité qui régnaient dans la petite salle tandis que Joseph, l'allure fureteuse et taquine, regardait de tous côtés et faisait des grimaces. « Arrête, Joseph, il va te voir, tu vas perdre ton emploi. » Joseph ricana. Les bronzes, les tableaux, l'argenterie disparurent. Puis les tableaux d'abstraction lyrique. Quand tout fut fini, Joseph se tourna vers moi. Je n'étais tout de même pas naïf à ce point ? Je n'avais pas cru qu'il faisait des grimaces rien que pour faire le pitre ? Il fallait quand même que j'ouvre un peu les yeux. Il faisait des grimaces sur commande, tout simplement parce que le commissaire parsemait la salle de quelques comparses surveillés par lui-même, et chargés d'enchérir de temps en temps « pour donner de l'allant à la vente ». Tout cela se faisait avec l'approbation tacite des marchands, qui avaient intérêt à ce que les prix des objets ne s'effondrent pas, et que le client ne puisse les acheter moins cher ici que chez eux. « C'est tout de même le b.-a.-ba du métier », dit-il avec un coup de coude complice, et en me délivrant, avec toute l'affection qu'il me portait, le message selon lequel tout devait se ramener, et surtout les filles qu'il aimait bien plus que l'abstraction lyrique, à une sorte de système d'échange, dont la règle n'était pas l'amour, la grâce, la déraison, mais le rythme brut du désir dont je devrais accepter la nature sordide et sublime.

Plus tard, il tint à me montrer l'immeuble qui était censé abriter une foule de jeunes beautés, mais il avait perdu l'adresse. Nous errâmes sous la pluie, dans la rue des Archives. Nous n'avions plus un sou, même pas un ticket de métro, car notre fortune, ou plutôt celle de Joseph, avait été absorbée par le salé aux lentilles. Heureusement, il se souvenait de l'hôtel Malicorne (et ce nom évidemment le mit en joie). Grâce aux renseignements d'un libraire qui fermait boutique, nous finîmes par dénicher cette maison au fond d'un square. C'était un immeuble assez délabré mais de belle allure derrière une cour pavée. Beaucoup de fenêtres étaient allumées, mais aucune silhouette à longs cheveux ne traversa les rectangles jaunes, ce qui rendit Joseph morose. « On reviendra, n'est-ce pas ? » me dit-il, en se détournant des fanaux sensuels.

42

Début novembre, Saroyan acheva de préparer sa conférence à l'École pratique des Hautes Études, aidé par Louise qui prenait en note ce qu'il lui dictait, et les confiait à une dactylographe qui, tous les deux jours, venait prendre une liasse et s'esquivait, haut perchée sur ses talons aiguilles. Saroyan la rattrapait souvent dans l'escalier pour griffonner entre ses bras des corrections, malgré ses glapissements.

Louise, pourtant accablée de travail, consacrait une partie de ses nuits à consigner les improvisations de Patrick sur le thème qu'il avait choisi : « Que signifie l'expression "Il y a" ?

Pourquoi est-elle inséparable de l'expression : "Il y a le il y a" ? » J'étais touché par l'exaltation qui animait Louise. Elle mettait des chemises de Patrick, empruntait sa robe de chambre et les escarpins fourrés qui lui servaient de pantoufles. Elle avait tout un attirail de sacs en plastique où elle fourrait sa brosse à dents et des livres. Tantôt elle habitait chez lui, tantôt chez moi. Les jours de pluie, elle partait avec un parapluie en forme de cloche dont les baleines, à moitié démantibulées, étaient séparées par des bandes de plastique transparent, de sorte que, dans mon souvenir, cette transparence est attachée à ces semaines pendant lesquelles elle fut si heureuse qu'elle ne sentait plus sa fatigue, et ne cessait de faire le clown dans le hublot du parapluie. Vint le jour de la première conférence de Saroyan. Il fut réveillé, rasé, coiffé et habillé de pied en cap par Zoé et Louise, puis escorté de la rue de Vaugirard à la rue de Tournon et là, catastrophe, on s'aperçut que le maître, assez hagard, avait laissé la moitié de ses notes dans sa salle de bains.

Louise saisit le trousseau de clés, je l'accompagnai au pas de course vers la rue de Vaugirard, près de la rue Falguière. Nous nous mîmes chacun sur le trottoir opposé, il fallait faire attention aux passants qui devenaient nombreux dans la rue Saint-Sulpice, puis la rue de Vaugirard. De temps à autre, je vérifiai que ma sœur était bien à ma hauteur de l'autre côté de la rue. Elle courait avec régularité, et j'entendais cliqueter le trousseau qu'elle tenait. Il était rare de la voir courir ainsi. Malgré le froid déjà vif, la course me plongea dans une rêverie compacte, fixée sur la rue qui nous séparait, l'asphalte mouillé par une pluie nocturne. Depuis Oursière, je savais que Louise et moi n'avions point le même pas, et cette différence se retrouvait dans notre course, elle ample dans ses déploiements, moi saccadé dans un trottinement nerveux. De temps à autre, elle faisait un écart pour éviter un passant, balançant ses clés avec un calme de thuriféraire, puis m'adressait un sourire amusé. Savait-elle, ou ne savait-elle pas que le bitume vaporisé de bruine qui nous séparait m'enlevait à moi-même, comme si nous courions aux franges d'un ruban de brouillard traînant sur le pavé, et que dans ces limbes (dont l'impression était due peut-être à la fatigue, à cette tension basse qui me porte parfois au bord de l'évanouissement), ce qui me reliait à elle était un vide où la joie du matin s'engouffrait pour disparaître, une dépersonnalisation aussi, comme quelque rose intérieure qui aurait éclos avant que Louise, ayant déjà choisi la bonne clé du trousseau du bout des doigts, m'eût précédé dans l'escalier et eût fait résonner le double tour de la serrure.

Saroyan récupéra ses papiers, et nous fûmes étonnés de la vitesse avec laquelle la salle se remplissait. D'où sortaient ces étudiants, et aussi des gens de tout âge? Il entra en scène, se mit à marcher de long en large sur l'estrade, et commença à parler de son «il y a», pour développer des digressions, variations, retours en arrière dont il ne reste que des éclats lumineux dans l'obscur souvenir. En tout cas, ça commençait comme ça: «Il y a la maison, il y a le ciel. Il y a le chemin. Mais il y a aussi une énigme, toute simple à dire, quand nous disons "Il y a" : car dans sa merveilleuse inconsistance, le "il y a" ne saurait rien être de tout ce qui peut être.» J'ai oublié le reste, et Louise aussi. Ce que je découvris, c'est à quel point Saroyan était changé lorsqu'il s'adressait à un auditoire, comme un acteur déprimé dans les coulisses qui s'anime tout à coup. Cela valait la peine de songer au contraste entre le vieil adolescent ébouriffé avec lequel nous avions pris notre petit déjeuner le matin, et l'orateur perché sur ses longues jambes, portant haut ses cheveux de corbeau, délivrant un fascinant monologue.

43

Louise découvrit l'animation politique de sa classe, où elle eut d'abord quelque peine à distinguer les différentes factions qui s'opposaient (variantes multiples du gauchisme, communistes de stricte obédience, situationnistes, etc.). À Censier, j'avais moi-même assisté à quelques échauffourées au cours du mois d'octobre, qui donnaient lieu à des jets de chaussures qui me firent rêver un instant que Jacinthe avait fait irruption dans l'amphithéâtre. Dans la classe de Louise, ce fut un ballet qui commença par le bond, assez prodigieux, d'un danseur d'emblée qualifié de fasciste par un chœur irrité derrière Louise. Après quelques entrechats, il sauta de table en table, et arracha au mur le placard collé par un « Comité du Vietnam de Base », lequel annonçait une nouvelle victoire des Viêt-cong dans quelque rizière perdue. S'ensuivit une mêlée *allegro vivace*, un peu rompue dans son rythme par le refrain « Messieurs ! Messieurs ! » du professeur de grec, qui leva des mains de pleureuse mais resta sur son estrade. Le danseur était en fait trapu comme un taurillon, habile à porter ses assaillants sur son dos, à ruer, à mordre. Gifles, vociférations de lutteurs binoclards, bruit étrange de castagnettes : la petite feuille fut arrachée et reprise, et finalement avalée par le fasciste, et la scène s'acheva par l'entrée d'un surveillant général minuscule dont la voix de fausset fut couverte par les accords *andante* de *L'Internationale*. (Louise assista plus tard à de multiples variantes de cette rixe, avec des échantillons féminins, dominés par l'intervention d'une énergique membre du Parti, détestant les gauchistes, aux redoutables mains de moissonneuse.)

Tout cela, finalement, était gai. Louise aurait pu s'en amuser. Elle revenait étonnée de sa mélancolie. C'était, je le répète, une fille rêveuse, qui avait besoin de calme, d'encouragement, de baisers, et surtout de bavardages décousus pour déployer sa magnifique imagination, pour méditer, et pour s'acclimater au bonheur amoureux. Assez vite, dans sa classe, les somptueuses dissertations qu'elle délivrait avec nonchalance, ses traductions de Perse et de Properce la firent connaître et surtout méconnaître. Elle fut accusée, sans doute avec raison, de manquer de culture politique. Elle souffrait de ne plus pouvoir bavarder de Rubirosa et de tas de bêtises, de Saint-John Perse, que les autres trouvaient pompeux, de René Char, qualifié de vaticinateur, ni de vêtements, ni de chansons, ni presque jamais de vernis à ongle. (Char fut crucial. Elle l'aima contre vents et marées, lui fut toujours fidèle, même et surtout en ce qui concerne ses textes tardifs.) L'heure était à un sérieux imperturbable, à la sacro-sainte sémiologie. On aurait dit que Janine, du fond de sa bibliothèque de B., avait été une sibylle agaçante mais vérace. Ma sœur fut réconfortée malgré tout par l'amitié d'Aline, à la complexion anguleuse et au teint terreux : elle voua d'emblée à Louise un amour fanatique que Louise ne voulut pas reconnaître. Dans le divorce immédiat entre Louise et la plupart de ses camarades, dans sa tristesse, il y avait des blessures que je ne suis pas sûr d'avoir comprises.

Louise fut convoquée un samedi matin par son professeur de philosophie, Loustau, un membre de la Gauche prolétarienne (qui venait de publier un article intitulé « Microphysique du pouvoir ». Plus tard, près de quinze ans plus tard, après qu'il se fut enthousiasmé pour le quiétisme de Mme Guyon, il devint — n'abandonnant guère son mysticisme ombrageux — un spécialiste du soufisme iranien). Il fit signe à Louise de s'installer à l'une des tables, mais lui s'assit sur son bureau, sur l'estrade. Il avait un visage poupin, une tonsure de cheveux bouclés, des yeux bleus humides. Sa veste de velours côtelé, genre pâtre frileux, et une chemise blanche étaient l'expression de la mode vestimentaire des sectes gauchistes. Les jambes ballantes sur sa chaise haut perchée, il dévisagea Louise en tirant sur sa cigarette. De son coude, il essuya sur son genou un peu de cendre, et, levant la tête vers les hautes vitres sales de la classe, il parut plongé dans ses pensées. « Alors Louise ? Ça va ? finit-il par dire.

— Ça va, monsieur.

— Oh ! la la, tu peux me tutoyer, tu sais. De quel milieu

social viens-tu ? Si j'ai bien compris, à lire la fiche du lycée, d'un milieu paysan, assez conservateur ?

— Paysan, oui, sans doute. Conservateur, je ne sais pas.

— Tu es bonne en philo, c'est sûr, avec un peu moins de maturité que certains camarades, peut-être, mais peu importe. Certains, dont je suis, ont pointé en toi…

— Pardon ? dit Louise, insolente.

— … ont cru deviner en toi, comment dirais-je, certaine difficulté d'intégration politique, malgré ou peut-être à cause d'une intelligence, d'une culture supérieure, mais le moment est venu sans doute, Louise, de s'éloigner de l'humanisme et de faire place au devenir révolutionnaire, car l'humanisme est selon l'auteur de *La Naissance de la clinique*, un grand esprit qui prépare un grand livre, la "petite putain de notre culture". Ce serait dommage qu'un esprit comme le tien ne s'éveille pas à tout ce qu'il y a aujourd'hui à penser, ne reproduise l'institution universitaire que dans ce qu'elle a de plus étriqué, est-ce que tu es d'accord ?

— Oui, sans doute », soupira Louise.

Elle était étonnée de ne pas le trouver antipathique, malgré son ton cauteleux, que démentaient des yeux naïfs. La scène du confessionnal, qu'elle n'avait guère pratiqué, remonta en elle, me dit-elle après coup, avec son charme suranné et son angoisse.

« Je ne te cache pas que, lors de notre dernière réunion, certains camarades ont clairement affirmé qu'ils seraient heureux d'accueillir parmi eux, très prochainement, un esprit comme le tien, car ce qui est important, vois-tu, c'est de prolonger dans la société capitaliste les lignes de fuite dont elle est porteuse, les devenirs révolutionnaires et les nouveaux dispositifs dont la révolution chinoise nous donne probablement l'exemple. Bien sûr, tu vas me dire : que savez-vous de la révolution chinoise ? Et toi qu'en sais-tu ?

— Pas grand-chose, dit Louise.

— Tu vois bien ? Mais nous en savons assez, et puis peu

importe, ajouta-t-il d'une voix lasse. Je connais l'objection. Et qu'est-ce qu'une objection ? Rien qu'une critique extérieure à son objet. Navrant. Le contraire d'une pensée. Jamais opératoire. Le concept est opératoire, le concept est un outil : nous n'avons que faire des discussions et des objections, tu vois, Louise ? Et que disent les maos, que disons-nous, nous les maos ? » (Louise entendit distinctement les *miaous*, mais l'heure n'était pas à la plaisanterie.) « Bien sûr, nous sommes marxistes, mais certaines interprétations, à notre avis périmées, du marxisme demeurent hiérarchiques ou pyramidales. Elles accordent à la superstructure un rôle déterminant, mais elles méconnaissent la diffusion des foyers de pouvoir et des techniques de répression dans les différents champs sociaux, à l'école, dans la caserne, l'usine, la prison, l'hôpital, dans une sorte d'espace sériel. Ici même ! Ici même, bien sûr ! » (Et, ce disant, il leva un doigt vers le plafond et sa peinture écaillée où flottaient des toiles d'araignée.)

Puis il se pencha sur sa chaise, avançant vers Louise une bouche lippue. « Et toi, ma petite Louise ? Est-ce que tu vas rester comme ça ? Dans ton coin ?

— Quel coin ? dit Louise oppressée.

— Le coin de ceux qui ne s'engagent pas, qui ne répondent pas, par vanité ou égoïsme, à la question : que faire ? Le coin de ceux qui risquent d'être complices des pouvoirs, alors que se développent tout autour de toi, Louise, comme l'a magnifiquement montré le grand théoricien Mario Tronti, des luttes transversales. Et qu'est-ce qu'elle va dire, la petite Louise ? Elle va dire : qu'est-ce qu'il me chante, il est barjot. Mais non point. Car si tu te reportes à l'évolution du statut de l'intellectuel, et tu en seras une *de facto,* tu constates, comme nous autres maos, et plus spécifiquement les maos spontex, que nous fonctionnons comme échangeurs ou croisements privilégiés, chacun dans sa discipline, philosophes, mathématiciens, généticiens, etc., et qu'ainsi nous sommes d'autant plus à même de participer aux luttes transversales. »

Non, il ne va pas le faire, se dit Louise fascinée. Il le fit : il se leva, descendit de son estrade en se dandinant, s'assit sur le banc près de Louise et posa une grosse main sur la sienne. « Alors, Louise ? Je crois que tu devrais sortir de ta tour d'ivoire. Il n'y a pas que l'étude, il y a la réalité des champs d'action. Des travailleurs sont en grève et il serait dommage que tu n'entendes pas l'appel de tes camarades. » Louise considéra cette main blême, aux doigts boudinés, aux ongles ras. Elle fut étourdie de ce discours à l'accent d'onction, céda à la honte qu'il avait pour but (elle le comprenait sans que cette clairvoyance la soulageât) d'insinuer en elle. Des larmes lui montèrent aux yeux, mais elle sentit aussi que sa bouche s'ouvrait et entendit avec surprise sa propre parole : « Il y a un mot qui me fait peur, que je hais.

— Ah bon ? sursauta Loustau. Lequel ?

— Le mot : section. »

Loustau la considéra pétrifié, et Louise fut secouée de sanglots silencieux. « Section ? bégaya-t-il. Quel rapport ? Que veux-tu dire, Louise ? Pourquoi pleures-tu ? Hein ? » Il lui mit la main sur l'épaule, mais Louise cria « Non ! », et elle partit en courant.

Les admirateurs de Lin Biao hésitèrent, semble-t-il, sur l'interprétation à donner à cet entretien. Bien qu'il eût été vexé de la sortie de Louise, qu'il l'eût traitée d'hystérique et de laideron réactionnaire, Loustau fut peut-être réprimandé pour avoir failli dans sa tâche de recrutement, qui ne s'adressait pas seulement à Louise. Comme par hasard, Louise le rencontra un soir au coin de la rue de Savoie et de la rue Séguier, où il lui barra la route dans la pénombre. Elle eut un peu peur, mais il s'excusa d'avoir été trop abrupt dans ses propos. Quant à la cellule 212 de la Gauche prolétarienne, elle lui proposait un rendez-vous trois jours après, à Censier, salle 203, afin « d'approfondir les points de vue respectifs ».

Louise demeurait une fille timide et complexée, elle dit à Loustau qu'elle se rendrait à cette convocation. Celui-ci fut surpris d'une réponse aussi docile. Visiblement, il trouva ma sœur encore plus bizarre. Une fois qu'elle eut dit oui, Louise se le reprocha. Qu'est-ce qu'ils lui voulaient ? Qu'allait-elle leur dire ? L'anxiété la reprit, elle ne dormit pas, raconta toute l'histoire à Saroyan qui l'écouta d'une oreille distraite. Magnifique dans sa robe de chambre de soie pourpre, offerte par les Orion, il était occupé à mettre la dernière main à son article « Il y a le "il y a" ». « Ne t'en fais pas, voyons, c'est plutôt rigolo tout ça. Tiens, regarde mon texte… » Ils se mirent tous les deux au travail, Louise pour se distraire, retapant avec deux doigts l'article de Saroyan tout en se gavant de macarons au chocolat (elle restait gracile malgré son appétit, mais Zoé avait noté qu'elle devenait plus belle, que ses cheveux noirs formaient maintenant une sorte de crinière brillante dont elle fouettait parfois ses épaules, que le teint terreux, voire livide, que Louise me reprochait de ne pas aimer — superficiel que j'étais, attiré par le rose aux joues, les belles couleurs de Zoé ou d'Esther — prenait lui aussi un éclat d'ivoire qui donnait à l'arc dur de son nez, à ses yeux sombres, la force d'un visage andalou pourtant capable de variations brusques de climat, car l'enfance y était encore présente avec ses effets de décoloration et de mollesse).

Le jour venu, Louise se retrouva dans un corridor aux murs orange, couverts de graffitis et d'affiches, où flottait une odeur de plastique et de poussière. Face à la porte 203, il y avait un banc, et sur le banc était assis un garçon qui ne devait pas avoir plus de seize ou dix-sept ans. « Chut ! dit-il à Louise l'air préoccupé. On va nous appeler bientôt. » Avec sa veste de laine râpée, une cravate bleu marine en laine tricotée, un pantalon de toile tire-bouchonné, il avait quelque chose d'endimanché et de miséreux. « Comment t'appelles-tu ? dit-elle en prenant place à côté de lui.

— Jérôme, Jérôme Rossi. Je suis de Nice.

— De Nice ? J'aimerais bien aller là-bas, est-ce qu'il y a des cistes ?

— Ben, je sais pas trop, c'est quoi des cistes ?

— Je ne sais pas non plus, c'est mon père qui parle toujours des cistes, je crois que ce sont des arbrisseaux qu'on trouve près de la Méditerranée. Mon père est né en Aragon, il nous parle des cistes avec des trémolos dans la voix.

— Ah bon. »

Il resta quelques instants à regarder ses souliers. « Je suis secrétaire du Comité d'action lycéen au lycée Jacques-Decour, reprit-il. Ça bouge beaucoup là-bas.

— Tant mieux, dit Louise, aimable. Qu'est-ce qui bouge au juste ?

— On conteste la culture bourgeoise. On a fait un sous-comité et on a banni les auteurs bourgeois. Le mot littérature est désormais prohibé, c'est pas trop tôt. J'ai été délégué par les camarades pour établir la liaison entre le CAL et l'Union des Jeunesses communistes étudiantes. Ça va être sensass. » (Ce dernier mot, songea Louise, datait déjà un peu mais il allait assez bien à ce charmant Rossi.) « Et vous, mademoiselle ?

— Tu ne m'appelles pas : camarade ?

— Si, dit-il en rougissant.

— Eh bien, je suis convoquée par cette espèce de conseil d'administration, je vais voir ce qu'ils me veulent, dit-elle.

— Ah bon, dit Rossi, respectueux. Dites donc, ils ont l'air de discuter sec.

— Tu peux me tutoyer, si tu veux. »

À travers la porte, des chuchotements étaient devenus audibles. Louise et Jérôme purent comprendre que le comité des JCR (ml) procédait à la réprimande de l'un des siens, auquel une voix sifflante reprochait d'être parti en septembre pendant une semaine avec ses parents au lieu de poser les affiches. Ainsi, alors qu'Hennebont était en grève, un membre des JCR (ml) se permettait de suivre le troupeau des bourgeois et de sacrifier à sa migration estivale, bien qu'un programme eût été établi de longue date… « Camarades, ne vous fichez pas de moi », se défendit l'accusé, avec une hauteur de ton qui surprit Louise. « J'avais averti le Comité, j'avais promis à ma mère…

— C'est le Comité qui est désormais ta mère. Camarades ! Alors que certains d'entre nous, autrement dévoués à la cause ouvrière, ont passé des semaines à Vergèze aux côtés des ouvriers en grève de l'usine Perrier, notre camarade ose invoquer devant nous l'autorité parentale. Cet épisode navrant est loin d'être mineur. Un Comité n'a pas à prescrire à ses membres le détail de leur conduite, mais l'assentiment à cette conduite que notre camarade avait cru pouvoir recueillir de notre comité, et qu'il s'impute aujourd'hui à décharge (*a-t-il vraiment utilisé ce double datif ? te l'ai-je dit ? L.*) n'est digne ni de lui ni du Comité. Je le répète, ce dernier a des tâches plus hautes que de faire grief à ses membres de leurs égarements, mais il a le devoir de mobiliser les étudiants et les travailleurs sur les lieux mêmes de leurs luttes. L'objectif que le Comité s'est assigné exige de nous que chacun renonce aux préjugés petit-bourgeois, et à toute conduite qui risque d'altérer les liens que nous souhaitons créer entre notre organisation et les travailleurs. Nous sommes une minorité, nous avons besoin d'un travail de préparation impeccable, le président Mao a dit : "Sans préparation, la supériorité des forces n'est pas une véritable supériorité et on ne peut pas non plus avoir l'initiative. Si l'on comprend cette vérité, des troupes inférieures en force mais prêtes peuvent souvent, par attaque inopinée, battre un ennemi supérieur." »

« Ce qu'il parle bien, ce type ! chuchota Rossi.

— Oui, il a une phrase assez oratoire », dit Louise, pensive, mais Jérôme devint blême quand les questions fusèrent, que commença l'autocritique de l'accusé.

« Oh ! la la, ça barde », dit-il. La séance dura trois quarts d'heure, les questions remontèrent vers le passé politique de l'accusé dont le ton perdit de sa superbe. D'une voix chevrotante, il finit par dire qu'il acceptait les reproches du

Comité. Mais le chœur des accusateurs nuança cette contrition, une fois l'autocritique obtenue, car le Comité s'accusa lui-même de s'être laissé aller à permettre à l'un des siens de s'égarer, dans une montée du sublime qui ne rassura pas du tout Rossi. « Oh ! la la, oh ! la la ! », ne cessait-il de dire.

Il y eut un long silence, à peine atténué par un grattement qui était peut-être une plume consignant un procès-verbal. « Qui va passer en premier ? » dit Jérôme. Louise haussa les épaules. « Pourquoi t'es là ? » reprit-il à voix basse. Louise eut un accès d'étourdissement, le premier de cette matinée, en regardant la peinture écaillée, le corridor sinistre, et cet écolier ébouriffé qui demandait un réconfort. Elle lui fit un faible sourire qu'il lui retourna avec avidité. Elle se leva dès que la porte s'ouvrit, avant même qu'un des types lui fît signe d'entrer : « T'en fais pas, Jérôme, dit-elle doucement. Ça va être sensass. »

La pièce était une salle de cours comme les autres. Le Comité était composé de six ou sept garçons qui siégeaient derrière des tables en ligne. Ils portaient un costume de velours assez semblable à celui de Loustau. Il était impossible de savoir lequel d'entre eux avait été l'accusé. « Assieds-toi sur cette chaise, camarade », dit l'un, blême, aux longues mains fines. « Les avis que nous avons sur toi sont contrastés. Certains disent que tu es une idéaliste petitebourgeoise, irrécupérable et égocentrique. Tu vois que nous ne sommes pas des hypocrites. D'autres estiment que tu as des qualités conceptuelles et que tu es apte à la scientificité.

— Pardon ?

— À la scientificité. Mais détends-toi, nous ne sommes pas des inquisiteurs. Ce que nous voulons, c'est que tu entres dans un Comité Vietnam de Base, car ces comités sont aujourd'hui vivaces et dans les lycées et à l'université. On va te poser quelques questions, et tu nous diras ce que tu veux faire. Tu es libre, on n'embrigade personne. D'accord ?

— Oui », chuchota Louise, reprise par l'angoisse.

« Parle plus fort. As-tu lu *Pour Marx* ?

— Non.

— Sais-tu la différence entre la coupure et la suture ?

— La coupure ? Non. Ou plutôt si, vaguement.

— C'est quoi ?

— Je sais pas bien. Je crois que c'est la date qui clôt les œuvres de jeunesse de…

— D'accord. Est-ce que tu es d'accord sur le fait que l'ordre du discours doit être pulvérisé, parce qu'il est fondamentalement hiérarchique et antidémocratique, que la notion d'auteur doit disparaître, que la parole doit être restituée à chacun ? Ne reste pas plantée comme ça, tu sais quand même de quoi je parle, non ? »

Louise soupira sans répondre.

« Peux-tu décrire le concept de surdétermination ?

— Non.

— Selon toi, la plus-value est-elle quantifiable ?

— Je ne sais pas.

— Qu'est-ce que la totalité structurée ?

— Je ne sais pas.

— Ça commence mal, camarade, mais après tout, peu importe, on pourra faire ton éducation. Qu'est-ce qu'on te propose ? On te propose d'entrer dans un comité, puis dans un an ou deux de t'établir, si du moins tu as entendu parler de l'établissement.

— Ça consiste à aller travailler dans une usine ? dit Louise faiblement.

— Ça consiste à refuser le chômage et la misère et à partir militer sur le terrain, aux côtés des travailleurs.

— Il y a de la misère mais il y a peu de chômage », objecta Louise.

Il se passa alors quelque chose d'étonnant, car elle enchaîna en disant : « Mais peu importe.

— Peu importe quoi ? » dit son interlocuteur, alors que les autres se consultaient, car ils n'avaient pas bien entendu.

Il faut se représenter ma sœur petite et noire, passant de la timidité à la rétractation glacée, ma sœur qui pointa sur le Comité un index tremblant. Que dit-elle ? Encore aujourd'hui, je bois ses paroles comme une eau-de-vie au parfum de violette, suintant d'un ténébreux alambic : « Si mon frère était là, il serait furieux. »

J'intervenais dans le débat, et avec quelle délicatesse... Les membres du Comité se penchèrent encore les uns vers les autres, à l'exception de l'interlocuteur de Louise : « Explique-toi.

— Je ne sais pas d'où vous venez vous-mêmes, dit Louise. Mes oncles, mes grands-parents étaient communistes, bien qu'ils soient des paysans. Je n'ai pas de leçon à recevoir de vous. Mes parents se sont saignés aux quatre veines pour que je fasse des études. » (Elle exagérait un peu.) « Vous voulez que j'aille travailler à l'usine ? Mon père se tuerait si je faisais ça.

— Fous le camp », fit le garçon aux mèches noires.

Elle ouvrit la porte, Jérôme était prostré sur son banc. Elle sortit, il pleuvait. Elle remonta, hébétée, une rue, se perdit dans le quartier Mouffetard, pensant aux lèvres fines et serrées du membre du Comité qui lui avait posé les questions. Des yeux sévères. Des mèches qui lui tombaient sur le front. Quelque chose de charmant. Charmant. Et elle, avec ses bêtises. Rue de Médicis, elle eut un vertige et entra dans un café. S'accoudant au comptoir, elle fut saisi de sanglots silencieux et ne put boire que quelques gorgées d'un soda à l'orange. Trempée de pluie, elle gagna la rue de Vaugirard, frappa à la porte de Saroyan, mais il n'était pas là. Elle tenta alors de me téléphoner, mais j'étais avec Zoé. Zoé décrocha et poussa un cri en entendant Louise sangloter à l'autre bout du fil. Patrick, elle voulait voir Patrick tout de suite, criait-elle. « Louise, qu'est-ce qui se passe ? Où es-tu ? » Mais

Louise hoquetait au téléphone, elle poussait des cris déchirants. «Plus de pièce, plus de pièce», fit sa voix brisée, et la ligne s'interrompit à l'unisson. Zoé et moi décidâmes de l'attendre, mais elle ne vint pas. Elle retourna chez Saroyan, qu'elle trouva dans l'escalier, tirant un panier chargé de fruits et de baguettes de pain. «Louise ! Que t'est-il arrivé ?» Elle se jeta dans ses bras, le contenu du cabas roula sur les marches. Ils restèrent là plusieurs minutes, serrés l'un contre l'autre. Louise avait la bouche ouverte, mais ne parvenait pas à parler malgré les adjurations de Saroyan (ouvrant une bouche que je n'ai pas de peine à imaginer, la bouche qu'elle avait autrefois quand elle pleurait et où je contemplais sa langue s'incurver avec des frissons de petite méduse). «Le maquignon ! finit-elle par dire d'une voix altérée.

— Quoi ?»

Elle dit que son père vendait des vaches, Saroyan en conclut qu'elle délirait et la porta dans son lit. Il la berça, écouta son récit décousu sans y comprendre rien. D'où venait sa peine ? Il fallait qu'elle écoute. Écoute cela, Louise, et il ne sut faire autre chose que de lui réciter une sorte de comptine :

Peine tu fais le temps
Seule présente
Et l'hiver au printemps
Ô précédente

Peine couchée au long
De l'homme au lit
Ô peine aux cheveux longs
Au bord du nid

Et le jeu et le sort
Sont tes deux frères
Et la vie et la mort
Sont tes commères

Ô peine seule mère
Et seule femme
Ô peine seule amère
Ô ma chère âme.

Elle s'endormit.

44

Quand elle se réveilla, le jour filtrait à travers les rideaux. Elle alluma la lampe de chevet. Il était six heures, elle avait dormi onze heures. Elle se pencha dans la pénombre. Saroyan dormait pesamment, tout habillé, sur le tapis, à côté d'un cendrier d'où pointait un mégot de cigare. Recroquevillé sur le côté, il avait la concentration d'un fumeur d'opium. Elle découvrit qu'elle était en chemise de nuit, en déduisit qu'il l'avait dévêtue et préparée pour la nuit, et sans doute veillée jusqu'à ce qu'il tombe de sommeil. Elle se leva, enjamba le dormeur avec précaution, s'immobilisa dans la pièce. Fermant les yeux. Cri du ramoneur. (Fenêtre grinçante de la rue des Écrasés.) Plus rien. Soupir de Thomas. Non. Non. Elle alla, à tâtons, faire du thé dans la cuisine. Revint dans la chambre. Épaules lentement soulevées, mèches éparses. Jean le jour de la sortie en mer. Porcelaine de la tasse. Tintement de la cuiller. Elle s'approcha de la fenêtre, guetta la rue à travers les volets ajourés. La rue était vide, mais elle baignait dans une clarté granuleuse, comme si de la farine s'échappait de la boulangerie illuminée. Porcelaine. Soir. Matin, soir. Qui parle du vol de la chauve-souris. Vol qui fêle la porcelaine du soir. Quelqu'un sort de la boulangerie, avec un paquet enveloppé dans du papier fin. Le papier tremble au vent. Encore des battements d'ailes. Chuchotement dans la rue.

Louise voit mieux dans la pénombre. Patrick a enlevé ses souliers sans les délacer, mais il a gardé ses chaussettes. Il lève doucement la tête, regarde le lit. Une sorte de doux museau. Louise ? Elle est là, derrière lui.

« Louise, dit-il d'une voix pâteuse, tu m'as fait peur. » (Malgré la demi-obscurité, elle fut frappée par sa pâleur, des traits bouffis de charmant clown.) « Ne me fixe pas comme ça. Pourquoi te mets-tu dans cet état ? Puis-je le savoir ?

— Pardon, pardon.

— Tu ne vas pas te remettre à pleurer ? Ne pleure pas, je t'en prie. Pourquoi m'as-tu dit que ton père vendait des vaches ? Quel rapport ? Je croyais justement que Jean ne s'occupait pas beaucoup des affaires de Marie. Hein ? Dis-moi, ma chérie, viens dans mes bras. »

Louise s'allongea contre lui, ils restèrent enlacés sur le sol. Jean s'occupait rarement de vendre des bestiaux, dit-elle, c'est vrai. Mais il y avait des exceptions. « Ah oui ? » fit Saroyan. Un jour, Marie étant occupée ailleurs, Jean et elle allèrent dans une foire pour acheter trois génisses. « D'accord, et après ? » Eh bien, il se passa quelque chose… Il pleuvait des cordes, les animaux étaient trempés. Jean palabra avec le vendeur. « D'accord, d'accord », dit Saroyan en hochant la tête. Jean et le maquignon n'étaient pas d'accord, Jean trouvait les bêtes trop chères, on alla chercher un tâteur qui avait des mains aux doigts courts qu'il appliqua comme un rebouteux sur les flancs des vaches (ce faisant, Louise leva les mains en écartant ses doigts). Il portait un sarrau noir, et c'était drôle parce que certains gauchistes en portent aussi, est-ce que Patrick avait remarqué ? Bref, le tâteur déclara que les bêtes étaient superbes. À son tour, Jean les inspecta. Il leur trouva dans les pupilles des petits points jaunes, une constellation ravissante, dans laquelle il diagnostiqua les prémices d'une fièvre aphteuse. Il rompit la négociation, laissant les deux compères avec leurs animaux… Est-ce que Saroyan voyait la scène ? « Oui, oui, bien sûr, soupira Saroyan, mais je ne vois pas le rapport. À moins que…

— Oui, tu as compris, n'est-ce pas », dit Louise d'une voix altérée, et elle se cacha la tête dans les mains.

« Franchement non, pas trop de cinéma, Loulou, je t'en prie, tu vas encore pleurer », dit Saroyan qui se saisit du poignet de Louise et l'attira vers lui.

« Thomas et moi…, bégaya Louise, Thomas et moi… nous sommes comme ça… il faut qu'on vérifie… Tu vois ? On a ça dans le sang. Je les déteste, je les hais, je les hais… La Chine… Vérifier ! Toujours faire le malin. Comme c'est triste d'être comme ça, tu vois. Est-ce que je serai jeune un jour ? Est-ce que je m'enthousiasmerai pour quelque chose ? Est-ce que je deviendrai pure ? Qu'est-ce que c'est être pure ?

— Ne fais pas l'idiote, tu es enthousiaste, mais tu t'intéresses à autre chose. Il faut que tu te changes les idées, laisse ces gens, laisse-les là où ils sont, bon sang, tiens, viens lire les deux pages que j'ai écrites. Et regarde les belles images que j'ai, d'accord ? Assez érotiques, ma foi. Ce sont des illustrations d'un livre par ailleurs trop obscur de Klossowski. C'est divertissant, non, toutes ces jambes emmêlées ? Et ces gymnastes androgynes au cheval d'arçon ? Et ce sein qui pointe sous une chemise ajustée ? Amusant tout de même. Non ?

— Oui, dit Louise en reniflant.

— À la bonne heure ! Ma chérie, laisse tous ces gens, tu n'es pas douée pour la politique, ni pour la pensée vulgaire. Or c'est exactement la même chose. »

Il s'accroupit devant elle comme un joueur de football pour quelque photographie de groupe. Qu'est-ce qu'il pouvait lui offrir, pour la consoler ? Une robe ? Un rouge à lèvres ? Il lui avait toujours dit d'être un peu moins sérieuse, de ne pas prendre les choses trop à cœur, de faire ce qui lui plaisait.

D'être plus légère. « Tu ne vas quand même pas m'abandonner ? dit Louise.

— Bien sûr que non. »

Il se proposait de lui changer les idées en lui racontant des histoires. Il en avait tout un stock, il fallait bien que quelqu'un en profite, et Louise pouvait en faire des nouvelles, les raconter à d'autres, les transformer, ce seraient ses jouets, qu'en pensait-elle ?

« Quelles histoires ? dit Louise d'une petite voix.

— Mais je ne sais pas, moi, ma chérie », dit Saroyan, soudain soucieux de revenir à ses livres, « il faudrait qu'elles me reviennent à l'esprit

— Si, tu m'as promis, dit Louise, reste avec moi, ne t'en vas pas, raconte-moi quelque chose.

— Voyons, dit Saroyan, tu connais l'histoire du petit ours polaire…

— Raconte, raconte, dit Louise.

— L'ourson sur la banquise battue par les vents demande à sa mère s'il est vraiment un ours polaire. “Quelle question ! répond l'ourse. Bien sûr que tu es un ours. Demande à ton père, tu verras.” L'ourson va demander à son père s'il est bien un ours polaire. “Comment ? s'emporte l'énorme bête. Mais tu descends d'une lignée prestigieuse d'ours polaires, ton grand-père était le plus grand chasseur de son époque, qu'est-ce qui te prend ? — Bon, bon”, dit l'ourson. Les parents ont en aparté une conversation : pourquoi ce doute sur son identité ? Ils s'approchent de leur fils. “Pourquoi nous as-tu demandé si tu es un ours polaire ?” L'autre répond timidement : “Parce que j'ai un peu froid.”

— Encore, encore, dit Louise.

— Mon premier est un endroit ombragé, mon deuxième la mesure d'une étoffe, mon troisième une invitation à la joie, mon quatrième une rumeur ou un murmure ou un violon vibrant derrière la colline, mon cinquième un acte de sagesse, mon tout est le délice des délices, la pulpe d'une pêche duveteuse, le rêve à l'intérieur du rêve. Devine.

— Impossible, dit Louise, c'est trop compliqué. Donne-moi la réponse. »

Patrick se pencha vers elle et lui murmura quelque chose à l'oreille. Elle ne me révéla jamais quoi, mais elle eut encore les larmes aux yeux.

« Encore ? Voyons, Louise…

— Non, ça va, dit-elle avec un petit sourire, mais tu sais, je voulais te dire…

— Quoi ?

— Que je t'aime et que je vis à travers toi l'histoire d'amour dont j'ai toujours rêvé, pas seulement avec un homme mais avec…

— Avec quoi ?

— Avec le monde juif, car je sais que je ne serai jamais qu'une goy, c'est malheureux mais c'est comme ça et…

— Calme-toi, je t'en prie calme-toi.

— Récite-moi encore quelques mots de cette chanson de tout à l'heure, tu veux bien. Dis ? Tu veux bien ?

— Je ne me souviens plus de tout » (il soupira) :

Et les fruits de l'automne
Ô vendangeur
Et le vin dans la tonne
Ô voyageur

Cueillir sous la tonnelle
Ô maraudeur
Pimprenelle et prunelle
Jeune rôdeur

Et le bonheur te fuit
Maîtresse ardente
Peine seule parfaite
Et seule aimante.

45

L'après-midi, Zoé et moi, inquiets, rendîmes visite à Louise chez Saroyan. Patrick nous ouvrit la porte. Il n'avait pas quitté sa robe de chambre et avait aux pieds une paire de babouches. On fit un baiser sur sa barbe où perçaient déjà des points gris. « Je lui ai raconté des histoires, et ça va beaucoup mieux », dit-il. Louise sortit de la chambre coiffée d'un béret placé en arrière et d'un pantalon à rayures multicolores et à pattes d'éléphant. « Merveilleux, s'exclama Zoé en battant des mains. Tu me le prêteras ? D'où vient-il ?

— Patrick et moi, on a mangé plusieurs jours des pâtes et des fruits pour acheter quelques vêtements. »

Louise ne se lassait pas de découvrir qui était l'homme avec lequel elle vivait, et qu'elle aimait avec fanatisme. De nous parler avec attendrissement de la manière brouillonne et désemparée avec laquelle Saroyan s'occupait de son appartement. Il avait acheté, bon marché, un aspirateur d'une marque obscure, dont il ne parvint jamais à retrouver les poches jetables. Louise s'amusa de voir Patrick se mettre en chasse d'une poussière que l'aspirateur remuait plus qu'il ne l'absorbait. En même temps, il devenait scrupuleux pour soulever le couvercle d'un carton à chapeau, et asperger de gouttelettes un panama à rubans bordeaux, pour l'assouplir. De même, il lui arrivait de se lever, sale et les doigts tachés d'encre, pour brosser les trois costumes suspendus dans leurs housses, les seuls qu'il avait, mais qui venaient de tailleurs renommés. Louise nous dit aussi son étonnement d'avoir ouvert le « Frigidaire » et d'y avoir trouvé, tout encollée de cirage, une paire de chaussures passant une nuit au frais avant que Saroyan ne l'astiquât avec une peau de chamois.

Cet après-midi-là, Louise nous entraîna dans un cinéma voir un film du peintre Warhol (éphèbes accablés, piscine vide, masturbation collective, etc.). Ma sœur en sortit toute gaillarde, et je les laissai, Zoé et elle, regarder des boutiques et bavarder, car je devais aller au secrétariat de la faculté. Dans la rue, je rencontrai Esther en short de jeans, blouse de seersucker (un tissu dont je reparlerai). Candidement, elle se plaignait d'être sifflée dans les rues. Elle avait rendez-vous avec un étudiant dans un café, il fallait que je l'accompagne car il était l'un des élèves de Saroyan. Ils étaient deux, l'un que j'avais déjà vu chez Saroyan, car il s'occupait parfois de lui faire des courses. « Tu es le frère de Louise ? On s'est déjà vus… Tu ne pourrais pas dire à Patrick de m'aider un peu plus dans ma thèse ? J'en ai assez, fulmina-t-il, j'en ai marre qu'il me téléphone tout le temps pour me dire "Mon petit Michel, peux-tu aller me chercher du Valium ou de la mousse à raser ou mon nouveau costume, ou peux-tu aller vérifier cette citation ou quérir les chaussettes de Louise" — je n'ai rien contre ta sœur, elle est très gentille, ta sœur —, mais il y a quand même des limites. Je me donne un mal de chien et je n'ai rien en retour. Il a promis qu'il lirait les vingt-cinq premières pages de mon introduction. Il l'a promis il y a trois mois, je me suis défoncé, j'ai sué sang et eau, et il ne m'a pas lu. C'est quelque chose !

— Tu vois, mon chéri ? me dit Esther. Je t'ai prévenu, Patrick est un monstre.

— Mais non, dit l'autre étudiant, pas du tout, il est occupé, il est distrait.

— Pas si distrait que ça, sans doute, répondis-je, mais je ne crois pas qu'il soit vraiment attentif aux autres. Pourtant je l'aime beaucoup, mais il faut le prendre comme il est.

— Même pas attentif à ta sœur ? dit Esther, perfide.

— Ma sœur le sait bien » (mais je disais ça au hasard, sentant remonter une sourde angoisse). « Il n'y a rien à attendre de lui, sauf ce qu'il fait quand il se lève et parle, et parle de ce qu'il aime. C'est là qu'il se donne, comme un grand pianiste. Voilà comment je le vois. »

S'ensuivit une sorte de joute abstraite, dans laquelle je pris un sombre plaisir à développer le thème suivant lequel il n'y avait rien à attendre de tangible, d'ordinaire de la solitude murée de Saroyan, mais la rayonnante bonté de Cyprien (tel était le nom de l'étudiant) n'allait pas jusqu'à une abdication qui aurait consisté à reconnaître que choisir Saroyan pour directeur de thèse était stupide. « Il y a une limite à tout », s'exclama-t-il, empourpré d'indignation (mais non, Cyprien, il n'y a pas de limite, pas de limite pour l'oiseau qui monte dans un ciel rouge, pas de limite au monstre joyeux, mais…) « Vous êtes vraiment horribles, beuglait-il, vous n'avez aucun sens moral. Patrick n'avait qu'à refuser d'être directeur de thèse, si ça lui casse les pieds, c'est quand même scandaleux.

— Tu n'aurais pas dû le lui proposer, répliquai-je sèchement, tu as eu tort et voilà tout.

— Comment, bégaya Cyprien, et l'amitié ? La simple amitié voudrait que Saroyan me donne au moins quelques conseils, m'aide à entrer au CNRS, fasse quelque chose, bon sang. Des nèfles !

— N'attends rien de lui.

— Vous êtes d'un effroyable cynisme, ta sœur et toi.

— C'est vrai que tu es terrible, dit Esther en me passant la main dans les cheveux. Au fond tu ressembles un peu à Joseph, mais je t'aime bien quand même. Ne lui en veux pas trop, il est très fidèle en amitié.

— Ça, je veux bien l'admettre, répondit Cyprien. Méfie-toi, mon petit. Saroyan est une sorte de génie, d'accord. Mais il n'a aucune moralité, aucune droiture. Fais très attention.

— Tu vois ? reprit Esther en me donnant un coup de coude. Tu entends ça ? Ça te rappelle quelque chose ? »

J'oubliai ma visite à la faculté, j'errai un peu, au hasard, dans la rue de Vaugirard, puis la rue Jean-Ferrandi, sous la pluie.

46

Joseph me donna rendez-vous dans un petit restaurant de la rue Saint-Jacques.

« Donc, comme je te le disais l'autre jour, j'ai un coup formidable à te proposer.

— Je crains le pire, Joseph.

— Un truc de toute sécurité. Escalader les murs d'un hôtel particulier rempli de filles merveilleuses.

— Et pourquoi pas un casse ? Ça ajouterait le vol à l'effraction. Tu es fou. Et puis, Zoé est merveilleuse...

— Tu es comme moi, Thomas. Mets-toi bien ça dans la tête. D'ailleurs, ce n'est pas parce qu'on franchit les murs d'une maison qu'on va en prison. Tout au plus nous faire renvoyer par le concierge. Mais, encore une fois, sois persuadé que toi et moi, c'est tout un. C'est même pour cela que ta mère m'aime.

— Qu'est-ce que tu veux dire ?

— Si ta mère m'aime tellement, c'est que je suis un peu un second fils pour elle, tu vois ?

— C'est vrai.

— Tu dis : c'est vrai, mais t'as rien compris. Je prétends que ta mère ne me voit pas comme un fils différent de toi, mais comme une sorte de fils en deux personnes. C'est le mystère de la sainte dualité, dit-il en ricanant. Bref, ce soir, on y va, d'accord ? Tu vas pas me laisser seul. Si je me cassais une jambe ?

— Bon, d'accord, mais qu'est-ce qu'il faut faire ?

— Tu as déjà vu l'immeuble et dans cet immeuble il y a des beautés, et j'ai appris ce qu'elles font. Elles posent pour Heim.

— Heim ?

— Un couturier. Jacques Heim. Qui dit couture dit défilés, qui dit défilés dit filles.

— Et qu'est-ce qu'elles font là, dans cette maison ?

— Ça, c'est un mystère que je n'ai pas encore réussi à éclaircir, soupira-t-il, mais je poursuis mon enquête. Le mieux est d'aller voir sur place. D'accord ? »

Je rendis les armes devant la logique de Joseph, en pensant à Marie qui aimait tant sa fantaisie.

(*Ô mère ! Mère ! Comment parler de toi ? De ton calme ? De tes silences ? Déchirante infortune ! Dis-moi quelque chose. Louise ! Dis-moi ! — Ne t'en fais pas, Thomas. À sa manière, et avec une innocence qui nous restera sans doute inaccessible, elle vit dans l'élément qui est le nôtre — Joseph aussi d'ailleurs, à sa manière : l'intensité ! Oui, elle nous a donné ça ! Mettre de l'intensité ! Partout ! Comme ça on est proches d'elle et de Jean ! Infidèle fidélité ! Louise.*)

L'autobus n° 28 nous emmena. « Et roulez carrosse ! » s'écria Joseph à peine assis sur la banquette. « Roulez carrosse », proféré avec un rictus de faune, était un de ses mots habituels, où se mêlaient pour moi le chapiteau électrique des autos tamponneuses, l'amour de Joseph et de mon père pour les « bolides » (« et roulez petits bolides »), l'univers de fées et de citrouilles où Joseph s'ébattait en voyou exalté (parfois aussi rembruni, avec un air de chien battu). Nous descendîmes près de la rue des Archives. On se perdit dans le quartier, comme la dernière fois. Puis on retrouva l'hôtel Malicorne, avec sa pierre meulière, une façade rectiligne derrière la cour pavée, les pilastres cannelés à chapiteau que je n'avais pas remarqués, et des baies en plein cintre donnant sur le perron. Il y avait plusieurs étages, des fenêtres étaient allumées. Joseph et moi étions dans la rue, cherchant comment éviter de passer par la porte d'entrée et de se faire repérer par le concierge. Le mur couvert de lierre qui enserrait la cour et le jardin attira l'attention de Joseph. Il traversa la rue, me laissant sous une porte cochère, inspecta négligemment les épaisses frondaisons et revint me dire qu'il n'y avait aucun problème. On pouvait grimper, il y avait un passage. Je lui fis remarquer que le mur était haut, mais il me tira par la manche. La rue était vide, le pavé odorant de pluie et de poussière, Joseph saisit une brassée de lierre, ajusta sa jambe droite et gravit le mur avec une vélocité de chat. Son visage me fit une grimace dans l'ombre, et il disparut. Tant bien que mal, je me frayai à mon tour un chemin dans les feuilles, et vis voguer, sur le trottoir, un parapluie luisant. Je retrouvai Joseph dans la cour, derrière la loge où dormait, sur une chaise, la bouche grande ouverte, le gardien des lieux. On s'engouffra par une porte latérale, dans un des couloirs ténébreux de la maison. Il longea des caves et des remises. Dans un labyrinthe semé de sciure, nous fûmes un instant dans la complète obscurité, saisis d'éternuements et d'un inextinguible fou rire. À tâtons, Joseph trouva l'interrupteur, et la lumière nous permit de gravir un escalier de bois en colimaçon qui débouchait derrière un paravent, lui-même donnant sur une des baies que nous avions vues de la rue. Je dis à Joseph que ce n'était pas raisonnable, qu'il fallait rentrer, qu'il avait de la sciure dans les cheveux et sur le nez. Il s'épousseta avec dignité et me répondit que, d'après lui, les filles devaient être dans les combles.

« Joseph ! fis-je avec réprobation, on va se retrouver au bloc. »

Sur un guéridon, il saisit un prospectus qu'il déplia. Ce document annonçait que cet hôtel avait été construit par le maréchal de Lussy (1685-1752), qu'on le visitait en partie le mardi après-midi, qu'il fallait admirer les camaïeux des salons, les tableaux d'Oudry dans les escaliers, et s'abstenir de fumer. « Joseph ! chuchotai-je, et tu veux que ce palais soit une sorte de lupanar ? On va tomber sur le propriétaire qui va nous remettre aux gendarmes.

— Est-ce que j'ai dit ça ? dit Joseph en m'entraînant dans les hauteurs du grand escalier. Je te dis que je sens la présence de filles, c'est plus fort que moi. Tu ne trouves pas qu'il y a quelque chose de sensuel ici ? Regarde cette balustrade, regarde les beaux animaux sur ces tableaux ! Comme c'est beau tout ça ! Comme c'est majestueux ! Regarde-moi ce lion rugissant ! »

Au deuxième étage, les tableaux animaliers qu'admirait Joseph firent place aux portraits sévères du général de Cadolle, de l'archevêque-prince de Beauvau-Craon, et d'autres personnages renfrognés qui considéraient notre expédition avec réprobation. À l'atmosphère presque palladienne du rez-de-chaussée se substituait une solennité glaciale mais il en fallait plus pour calmer l'imagination délirante de Joseph. « Et ces portraits ! Ces barbes ! Ces pourpoints ! s'exclamait-il.

— Tais-toi, j'ai entendu une porte se fermer là-haut.

— Vraiment ? chuchota-t-il au comble de l'excitation. Et ces grands nez d'ivrognes ! Ces perles sur les chapeaux ! Ce cheval noir ! »

Nous parvînmes au dernier étage. En face de nous s'ouvrait un couloir sombre qui devait longer des chambres de service. Joseph s'engagea dans le couloir, n'osant pas allumer l'électricité. On fit quelques pas, puis une porte s'ouvrit, et on entendit une petite voix : « Pour la mettre, ma chérie, il faut que j'étende mes jambes. »

Par la porte, que nous n'avions pas encore atteinte, se déployèrent deux jambes longues et fines, l'une chaussée d'un escarpin rouge où s'était posé un papillon d'argent, le second escarpin étant suspendu par sa boucle à l'orteil de l'autre pied. « Je n'y arrive pas, Cécile. C'est à croire que mes deux pieds sont pas les mêmes. Il faut d'abord étendre les jambes comme ça, puis… » Elle se leva, surgit à deux mètres de nous, poussa un cri interdit et en perdit son escarpin. C'était une jeune fille, elle était en robe du soir rouge vermillon, probablement en crêpe de soie, elle avait des yeux gris, de lourdes boucles brunes, elle portait au poignet un bracelet multicolore de style tutti frutti, elle était grande et elle se pencha sur le petit Joseph en lui disant : « Bonjour ! Qu'est-ce que tu fais là, toi ? » (pas une seconde de cette curieuse rencontre, elle ne parut s'intéresser à moi) « Je suis venu t'aider à mettre ce soulier, dit Joseph.

— Ça c'est gentil, dit-elle en riant.

— Rassieds-toi, je vais te le mettre. » L'air étonné, la fille recula de deux pas à l'intérieur de sa chambre éclairée, s'assit sur un lit étroit, et tendit le pied à Joseph, tandis que dans une autre chambre, un peu plus loin, Cécile demanda : « Qui c'est ? Hein, Nicole ? Qui c'est ? » Cécile parut dans l'entrebâillement de la porte, blondeur, pur visage éclaboussé de taches de rousseur, vêtue d'une robe en taffetas noir sur laquelle était épinglé un papillon de soie rouge. Joseph leva brièvement la tête, affairé qu'il était à ajuster l'escarpin de la rieuse Nicole. J'aurais juré qu'il n'avait pas regardé sa robe, mais il me précéda mystérieusement dans ce que je voulais dire : « Décidément, il y a beaucoup de papillons par ici.

— Tu aimes mon soulier ? dit Nicole.

— Et moi, tu aimes ma robe ? dit Cécile. Nous allons à un dîner sur le thème des papillons, c'est pour ça qu'on nous a dit de mettre ça, il faut se dépêcher, on est en retard, les autres filles sont déjà parties. »

Cécile se tourna vers le corridor obscur et cria : « Agathe ! Astrid !

— J'arrive, fit une voix assourdie tout au fond.

— Merci beaucoup, dit Nicole en regardant son pied, mais comment tu t'appelles ?

— Joseph, et lui c'est Thomas.

— Qu'est-ce qui vous est arrivé, vous êtes tout noirs, dit Cécile.

— On s'est trompés, on est entrés dans une cave, on a de la sciure et de la suie partout.

— Ah ! dit Nicole, mais vous alliez voir quelqu'un ici ?

— On venait visiter », dis-je, tandis que Joseph me lançait un regard de commisération.

Nicole et Cécile s'esclaffèrent : « On dirait plutôt que vous êtes venus ramoner les cheminées ! Ils sont marrants, dit Nicole en regardant Cécile. Mais dites-moi, vous êtes tout jeunes tous les deux ?

— Pas plus que toi, dit Joseph, j'ai dix-sept ans.

— Moi, j'en ai dix-neuf, mon chou. Tu es un gosse. »

Puis elle se rembrunit.

« J'y pense, vous savez que c'est interdit de venir ici, on n'a pas le droit de faire entrer des garçons, c'est bête mais c'est comme ça, c'est la règle, le concierge applique les instructions, c'est un vrai bouledogue celui-là. » Deux brunes sortirent des ténèbres, l'une dans une sorte de sari turquoise, l'autre, plus audacieuse, moulée dans un pantalon et un chemisier étroit semés de fleurs psychédéliques. « Allons-y, allons-y, dit Nicole », et la troupe se précipita dans les escaliers. « Où allez-vous comme ça ? » dit Joseph qui les suivit.

Malgré leurs talons hauts, les filles dévalèrent l'escalier, avec un bruit de danseuses de claquettes. Par la fenêtre du premier étage, on aperçut deux voitures arrêtées devant l'un des perrons, et le concierge qui bavardait avec un homme. Nicole se retourna et fit taire les filles. « Attention, dit-elle, il y a le concierge, il va nous engueuler. Joseph, remontez là-haut, allez au fond du couloir et prenez un escalier qui mène sur une autre cour, derrière la maison. Et là, partez.

— D'accord, mais quand est-ce qu'on revient vous voir ?

— Ne revenez pas, dit Nicole, ne revenez surtout pas, c'est interdit » (ce dernier mot fit pouffer de rire les autres filles). « Alors n'allez pas dîner, dit Joseph, allons dîner ensemble.

— Tu es fou ? dit Nicole.

On va dîner chez le Commodore.

— Qui c'est ça, lui ?

— Quoi ? fit Nicole brusquement. Tu ne sais pas qu'on est ici chez le Commodore ? Bon, les garçons, filez, à bientôt.

— Dis-moi quand, dit Joseph fermement.

— Passez nous voir un jour, si vous voulez, rue d'Agues-seau, chez Heim, le mardi après-midi on est toujours là. »

Elles s'enfuirent. Quant à nous, on se retrouva sous la pluie, dans la rue déserte, et Joseph esquissa sur le trottoir quelques pas de danse, en me disant que cette soirée était une réussite complète.

47

Quelques jours plus tard, Niermans, le commissaire-priseur pour qui Joseph travaillait, lui dit : « Rendez-moi un service, allez voir mon ami Daniel Nesh. »

Joseph trouva Niermans pâle, avec des cernes sous les yeux. Il fouillait fébrilement dans les tiroirs de son bureau.

« Vous avez perdu quelque chose ? lui demanda Joseph.

— Non. Allez voir Nesh de ma part. Vous verrez, c'est un producteur de cinéma. C'est intéressant pour vous de rencontrer quelqu'un comme ça. Surtout qu'avec vos grimaces, vous avez un talent d'acteur. On ne sait jamais. Mais allez-y vite, c'est pressé. »

Et il griffonna sur un papier l'adresse de Nesh.

On décida d'y aller ensemble : Joseph, Esther, Louise, Zoé et moi. C'était un dimanche (un côté Club des Cinq. Qui me déprimait, allez savoir pourquoi).

La lumière dorée, les feuilles mortes des marronniers craquaient sous nos pas, le long des rues rectilignes de Neuilly, avec le faux luxe de leurs immeubles en béton et en verre. Daniel Nesh habitait par là. On traversa un jardinet orné de trois bouleaux étiques. Un vieil homme aux yeux bleus délavés nous accueillit, portant un costume à rayures, une chemise blanche d'un tissu à fins motifs, un peu comme la nappe damassée dont Marie était fière. Cheveux d'argent hirsutes. Traits tirés. Comme c'était gentil d'être venu le voir si vite, il nous avait préparé de l'orangeade. Minuscule salon. Installons-nous parmi les photos d'acteurs et d'actrices des années cinquante. Nous connaissions donc son ami Niermans ? Ils avaient débuté ensemble. « Lui comme commissaire-priseur, et moi comme producteur. On s'est bien amusés, mais ça n'a pas bien fini. Je suis complètement lessivé et lui c'est tout comme. »

Il ouvrit une bouteille de gin et nous en versa un doigt dans nos verres.

« Ça doit être bien intéressant d'être producteur, dit Joseph.

— Je ne vous conseille pas d'essayer, soupira Nesh. Me voilà pauvre comme Job. Les producteurs indépendants sont foutus.

— Ah bon, pourquoi ? dit Joseph.

— À cause des couloirs. Les couloirs de financement. »

Il regarda d'un air brumeux Esther, Zoé et Louise, et eut un bref sourire.

« Vous êtes toutes les trois très belles, mes enfants, vous avez chacune un physique très intéressant, permettez-moi de vous le dire. »

Son regard était fuyant, sous de lourdes paupières ornées de minuscules verrues.

« Comment vous appelez-vous ? » dit-il à Esther, et je compris qu'elle seule l'intéressait.

« Esther.

— Quel beau prénom ! Vous connaissez la prière d'Esther : "*Oh, mon souverain roi...*", etc. Vous connaissez ?

— Non, dit Esther.

— C'est quoi, les couloirs de financement ? dit Joseph.

— Ça veut dire la manière dont on finance un film. Il faut monter le financement. On peut faire faillite plusieurs fois de suite, repartir de zéro, mais il y a un moment où on ne peut plus. C'était encore possible dans les années cinquante, soixante, mais aujourd'hui c'est presque fini. Je ne crois plus qu'il y aura de producteur indépendant, d'artisan comme moi. Mais peu importe. Merci d'être venus, pour me rendre un petit service. Top secret. D'accord ? C'est au sujet de Niermans. Au sujet de ce cartable. »

Il désigna, au pied d'un canapé troué par des braises de cigarettes, une sacoche noire. Est-ce que ça ne nous ennuierait pas de prendre ce cartable et de le mettre sous un lit pendant quelques jours ?

« Ben non, dit Louise », qui avait très faim et plongea sa petite cuiller dans un pot de confiture de rose que Nesh avait mis sur la table basse, avec des biscuits et des macarons au chocolat.

« Il faudrait que je vous en dise un peu plus, dit Nesh, que je vous parle des années de ma jeunesse avec Sam, si cela ne vous ennuie pas trop. Moi, j'ai eu de la chance, mes parents connaissaient un charbonnier dans l'Aveyron qui nous a cachés pendant la guerre. En revanche, Niermans a eu une enfance plus difficile. Son père était menuisier. Un jour, un ami vint les voir affolé en leur disant que la police allait faire une rafle le lendemain matin. Il se chargeait de les cacher quelque temps, puis de les faire passer en zone libre. "Pas question ce soir", dit le père, il avait déjà eu des alertes plusieurs fois. Il avait une armoire à finir pour le lendemain matin, un client important. "Vous êtes cinglé, lui dit son copain, on s'en fiche de votre armoire. — Pas moi", répliqua le père de Sam, têtu comme une mule. Le lendemain matin, alors que Sam et sa mère étaient partis, il fut arrêté. Compiègne. Drancy. Et on ne le revit plus. Voilà. Sa mère dit à la fin de la guerre à Sam qu'il se devait d'avoir un métier sûr. "Achète-toi un métier de goy, mon fils. Comment ça s'appelle ? Une charge ? Oui, j'ai quelques économies, achète-toi une charge qu'on ne pourra pas t'enlever." Je tentai d'entraîner Niermans dans le cinéma, mais le cinéma n'avait pas la faveur de sa mère qui se méfiait de mes excentricités. "Tu vas y laisser ta chemise, mon fils, pourquoi tu ne deviendrais pas commissaire-priseur ?" Il devint donc commissaire-priseur. Qu'est-ce que vous regardez ? »

Il tourna la tête vers un petit tableau, portrait grimaçant qui était posé sur une console.

« Ah, je vois que vous avez l'œil mon garçon, dit-il à Joseph. C'est tout ce qui me reste, un petit Kokoschka, j'aimais beaucoup Kokoschka. Vous connaissez ? J'aime aussi sa biographie, qui s'appelle *Ma vie*. Vous avez lu ça ? »

Nous fîmes tous les quatre un geste négatif de la tête.

Nesh saisit dans sa bibliothèque un livre où était glissé un papier jaune, et l'ouvrit à cette page-là.

« Vous voulez que je vous lise un extrait de ce livre ? Je vous le lis : "La société cosmopolite de Prague se dissolvait dans le néant. Tout le monde avait un plan, moi pas. Beaucoup partaient pour la France, mais je n'avais aucune confiance dans ce peuple. Un épisode prouve que j'ai souvent eu raison dans la vie, moins grâce à mon entendement que par mon sixième sens." Il raconte ensuite que ses amis qui n'avaient pas suivi son conseil furent, pour la plupart, internés et déportés. Et il ajoute, à la page suivante : "Je n'avais moi-même que de mauvais souvenirs de Paris et je ne voulais pas y aller." Que dites-vous de ça ? Hein ? C'est sombre, bien sûr, mais il y a quelque chose de vrai là-dedans. »

Il referma le livre d'un coup sec et se rassit, en allumant une cigarette. « Où en étions-nous ? Au fait que Niermans devint un assez bon commissaire-priseur, jusqu'à hier après-midi.

— Comment ça ? dit Joseph. Il est mort ?

— Mais non. Il a été suspendu. Par le Conseil de l'Ordre. Pour des broutilles. C'est la fin pour lui.

— Et qu'est-ce qu'il y a dans ce cartable ? » demanda Louise. Nous nous regardions tous, amusés d'être plongés dans le léger climat de conspiration où Nesh nous entraînait. J'imaginais des billets de banque que nous aurions peut-être à conserver secrètement pour le camarade d'enfance de Nesh.

Celui-ci ouvrit le cartable, et en sortit quatre feuilles. La première était couverte de lignes avec des majuscules du genre :

A → B → C et aussi,

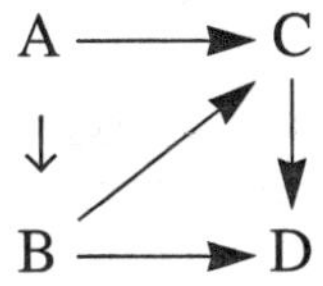

et d'autres graphiques plus compliqués.

« C'est joli, dit Louise, on dirait des dominos.

— C'est un peu ça, dit Nesh avec un rictus amer. Et là, toutes ces initiales ce sont des noms.

— Des noms de clients ? dit Louise.

— Exactement. Le hic, mes enfants, c'est qu'un commissaire-priseur n'a pas le droit d'avoir des clients. Il ne peut agir comme courtier, c'est-à-dire acheter et vendre des objets pour le compte de quelqu'un en dehors d'une salle de vente. Tout le monde le fait, mais Niermans, emporté par son enthousiasme, s'est engagé dans cette pratique de manière quelque peu désordonnée. »

Il saisit une autre feuille, où figuraient des noms de femmes : Arlette, Noémie, Chantal, Faustine.

« Ça, c'est autre chose, dit-il.

— Le nom de ses copines ? dit Zoé avec enthousiasme.

— Presque. C'est presque vrai. Plutôt d'abord des noms de sociétés, constituées par l'imagination débordante de Sam, dans des endroits exotiques : Nevis Island, Antigua, la république de Saint-Marin » (dont Niermans, et c'est un exploit, a réussi à se faire nommer consul pour le Botswana, pays rempli d'éléphants et de fauves, et qui n'avait, nous nous en doutions, jamais reçu la visite de son consul). « Bref, toutes ces sociétés, inspirées par les amours de notre ami, ont servi précisément à assurer un petit pactole à ces charmantes demoiselles : Arlette pour Annette, Noémie pour Nathalie, Chantal pour Charlotte, Faustine pour Fanette. »

Bref, voulions-nous conserver cette mallette quelques jours, le temps que les choses se tassent ? Il nous promettait de la reprendre dans huit jours. Nous prîmes le cartable.

« Vous êtes formidables, dit Nesh. Si j'avais votre âge, on serait sortis ensemble, on aurait fait la fête. Vous ne direz rien à personne, promis ?

— Promis, dit Joseph. Si ça peut vous rendre service…

— Et qu'est-ce que je peux faire pour vous remercier ? Je ne peux vous donner des sous.

— Connaissez-vous quelqu'un qu'on appelle le Commodore ? » demanda Joseph, à qui Louise donna un coup de coude parce qu'elle le trouvait indiscret.

« Roland ? » dit Nesh, se renfonçant au fond du canapé. Il eut un sourire amusé. « Qu'est-ce que vous lui voulez ?

— J'en sais rien, dit Joseph prudent.

— Qui ne le connaît ? Dans un tout petit monde, évidemment. Je suis vieux, pauvre, fini, tout le contraire de lui. Je ne le connais pas vraiment. C'est un homme assez jeune. Pourquoi voulez-vous le connaître ? »

Esther haussa les épaules, agacée par Joseph et ses manœuvres.

« C'est parce qu'il a une Aston-Martin, dit Joseph menteur. J'aimerais bavarder avec quelqu'un qui a une DB6.

— Je vois, dit Nesh doucement, réprimant un sourire. Je vais réfléchir, d'accord ? Je vous appellerai. »

Il nous accompagna à la porte, nous remit le cartable.

« Huit jours, dit-il. Huit jours et après, foi de Nesh, vous verrez le Commodore.

— On est fous, dit Zoé dans l'escalier. On va avoir des ennuis.

— Mais non, dit Joseph.

— Comment lui refuser quelque chose ? dit Louise

d'une toute petite voix. Quand on a connu tout ça, les histoires de cartables n'ont qu'une importance relative. Ne regrettons rien. »

48

Miguel Orion et Jane habitaient rue de Grenelle. Miguel m'invita plusieurs fois au restaurant, en me disant qu'il était heureux que je m'entende bien avec Zoé. « Continuez, c'est un chemin difficile », me dit-il, et ce n'est qu'après coup que je trouvai cette remarque étrange, distrait que j'étais par un délicieux filet de bœuf.

49

Un matin, Louise, Zoé et moi prenions notre petit déjeuner rue de l'Ouest, quand la sonnette retentit. Zoé venait à peine de sortir de sa douche. Encore enturbannée et les mollets dégoulinants, elle alla ouvrir la porte. Dans le contre-jour, nous dit-elle après coup, se détachait une frêle silhouette qu'elle prit pour celle de la concierge, une dame efflanquée et moustachue qui nous offrait des madeleines. On l'entendit lancer un « bonjour, Madame » sonore, puis s'excuser. Zoé revint avec un sourire entendu : « Louise, c'est pour toi. » Derrière Zoé se tenait un garçon qui tendit à Louise un bouquet : c'était Jérôme Rossi. Il fut invité à partager nos brioches et notre thé, tandis que Louise mettait les fleurs dans un verre. « Je viens vous remercier pour l'autre jour, lui dit Jérôme. J'ai eu votre adresse par le lycée. Merci beaucoup, vraiment merci, vous m'avez donné du courage.

— Mais non, voyons, dit Louise, prends donc de la confiture de reine-claude. Comment s'est passé ton entretien avec les gardes rouges ?

— Pas mal, dit Jérôme, intimidé. Vous avez eu beaucoup de courage, ajouta-t-il avec élan. Beaucoup beaucoup.

— Mais non, voyons », dit Louise, avec deux petites rides de contentement au bord des lèvres. « Je me suis inscrit aux JCR (ml), dit Jérôme d'une voix étouffée.

— Ce n'est pas la peine de faire une tête comme ça, dit Louise, il n'y a rien de mal. Moi, ce qui me gêne, ce sont les sigles.

— Pardon ?

— Les sigles. Comme le petit "ml" entre parenthèses après Jeunesse communiste révolutionnaire (marxiste-léniniste). Le sigle souligne le côté groupuscule, fraction infinitésimale, et il y a quelque chose de publicitaire là-dedans, tu vois, comme par exemple dans le mot SNPA qui est le nom d'une société de pétrole dont mon père a horreur, la Société nationale des Pétroles d'Aquitaine, car mon père a une dent depuis longtemps contre André Georges, un ingénieur de cette société, mais passons, bref, à partir du moment où on choisit un sigle, déjà le mercantilisme est là, d'une certaine façon. Mais tu as bien fait de t'engager là-dedans, si tu penses que c'est bien.

— Je ne pouvais pas faire autrement, dit Jérôme d'une voix chevrotante, ma religion me l'interdit. »

Tout le monde rit aux éclats de cette réponse amusante, que Rossi éclaira en déclarant que sa foi catholique l'interdisait d'être ailleurs que là (dans le maoïsme), car il fallait dénoncer les contradictions du capitalisme.

À cause de sa ferveur, de son allure de petit mousse, Zoé et Louise adoptèrent Jérôme (je fus tout de suite plus réservé) mais son côté « fort-en-thème » agaçait ma sœur, et l'inquiétait sur elle-même, parce qu'il n'intéressait pas Saroyan, et suscitait de sa part une certaine réprobation.

Jérôme venait chercher Louise pour l'emmener au cinéma, parfois au théâtre. Il était précieux dans son langage et ses manières, malgré son accoutrement de pensionnaire d'autrefois. Louise découvrit la variété de ses goûts, par exemple pour la musique baroque, Couperin, Lulli, Charpentier, mais aussi les pièces de Duparc ou l'œuvre de Reynaldo Hahn, et pour bien d'autres choses. Il dissertait sur l'histoire des rues de Paris, des églises, il était féru d'étymologie, il avait des rudiments de sanscrit et d'hébreu, etc. Il ne put s'empêcher de faire une cour compliquée à Louise, qui tenta de l'en dissuader. Il lui offrit des fleurs rares, assorties de commentaires fébriles sur l'art du bouquet. Il lui apporta un pot de confiture de jacinthes, un peu de thé dans un sachet (longues feuilles, pointes blanches) provenant, paraît-il, d'un champ exigu des montagnes du Yunnan. Il fit broder les initiales de Louise sur une écharpe de batiste qu'elle trouva ridicule.

Le plus gentiment possible, Louise lui répéta qu'elle n'était pas libre. Toutefois, étourdie par son amour pour Patrick, elle se laissa mollement courtiser, parce qu'elle aimait bien Jérôme. Il n'en fallut pas plus à notre nouvel ami pour emprunter le rôle non pas de l'amoureux transi, mais d'un cousin aux arrière-pensées impénétrables, qui dément être amoureux mais entretient chez les autres l'idée qu'il pourrait l'être, postulant des liens troubles et la suggestion que Louise n'aurait pas encore pris conscience, par quelque accident de son immaturité, qu'elle l'avait élu dans son cœur. Ce lien aurait pu sans doute se maintenir tel quel, mais une certaine raideur s'introduisit dans l'attitude de Jérôme. Le Niçois mal fagoté que nous connaissions se mua en visiteur trop ponctuel, qui embarquait Louise dans des promenades vers les musées ou les jardins. Un jour, ils marchaient au Luxembourg, le long des vergers. Rossi évoqua pour Louise les principaux ennemis du poirier : les psylles, les pucerons, les carpocapses, les zeuzères, les cochenilles, les hoplocampes et les punaises. « Mais enfin, Jérôme, dit Louise éberluée, comment sais-tu tout ça, alors que l'autre jour tu ne savais pas ce que sont des cistes ?

— Je savais que l'on allait passer devant des poiriers », dit

Rossi, et à ce moment-là Louise sentit sur sa hanche gauche la main molle de son ami.

« Tu veux m'embrasser ? » (sans cesser de regarder un poirier sur lequel était fixé un panneau « variété du docteur Guyot »). « Tu peux le faire si tu veux. » Et elle lui tendit ses lèvres. Jérôme recula vivement. Il bredouilla que Louise se méprenait sur ses intentions, qu'elle ne comprenait pas son amitié. « Tu me salis.

— Du calme, Jérôme, dit Louise, pas de grands principes. Allons voir plutôt les masques camerounais au musée Dapper. »

Mais le musée était loin. Il fallut changer plusieurs fois de ligne de métro. Lorsqu'ils arrivèrent place Victor-Hugo, le musée était fermé. Ils errèrent, silencieux, autour des réservoirs de la rue Lauriston. Ils descendirent les marches de l'avenue Camoëns, où avait habité Alexis Leger, se perdirent dans les rues qui descendent vers la Seine, sous le métro aérien. Toute la tristesse de la ville était là. Ses ténèbres de novembre. Son monde de réprouvés.

Louise revint exténuée. Se reprochant de ne pas avoir travaillé. Elle ne voulait plus se promener avec Jérôme. Comme c'était stupide de sa part d'avoir été condescendante, elle était si amère, si accablée, elle avait été atroce avec lui. Pendant plusieurs semaines, Jérôme et elle se débattirent dans leur affection réciproque. Jérôme essaya de l'embrasser, mais c'était trop tard. Louise tenta de se racheter en présentant à Jérôme une camarade de classe, une certaine Marie, qui aimait Pindare comme l'un des personnages du film *La Grande Illusion*, rabroué par Jean Gabin. Rossi et Louise se calmèrent au fil des semaines. Jérôme fut distrait par un camarade nommé Clément de Lé, blondinet sans relief dont il cultivait la camaraderie parce que « de tous les côtés », disait-il, sa famille descendait des croisés et portait des noms magnifiques qui éblouissaient notre ami (moitié par ferveur proustienne, moitié par amour de l'Histoire et par la recherche inconsciente d'un milieu d'élection). Jérôme se trouva donc, grâce à Clément, à la rencontre presque invraisemblable de l'aristocratie mondaine et du gauchisme. Cette hésitation dura quelques semaines, au cours desquelles Clément de Lé nous invita à prendre le thé chez sa grand-mère, la princesse de Lé, rue Charles-Lamoureux, dans un sombre hôtel particulier qui lui appartenait, mais dont elle louait la plus grande partie, car elle était, d'après son petit-fils, assez désargentée. En un tournemain, Jérôme apprit l'histoire de cet hôtel, de ses lambris, de son escalier et de sa fameuse rampe, de l'origine des tableaux de Simon Vouet qui couvraient les murs. Il devint intarissable sur la rue, le quartier, le nom de jeune fille de la vieille princesse chez qui nous nous retrouvions pour prendre le thé avec des tasses de porcelaine à motifs de bourdons et de libellules, sous un tableau mythologique représentant une opulente Léda, nue, étendue sur un tapis de mousse, et en état de copulation imminente avec un cygne ébouriffé, dont le bec effleurait déjà sa fesse droite. (Je crus que Jérôme devenait snob, mais Louise nous dit que ce n'était pour lui qu'une sorte de substitut, sans doute provisoire, du sexe.)

Dans cette remarque, il y avait peut-être un peu de vrai. Les mots, la dialectique, les noms propres avaient quelque chose de trouble pour Jérôme, un noir désir s'y glissait, et les diatribes des JCR (ml), qui n'avaient cure de la démocratie formelle, étaient proches d'une transe encore virginale, d'une sorte de possession où semblait se sublimer, dans sa froideur virtuose et méchante, l'absence de tout baiser (*Caractéristiques de ces gens : 1) Volubilité extrême, intarissable ; 2) Aptitude à la rhétorique ; 3) Fièvre peu contagieuse, surtout en présence d'autres fièvres.* Note de Louise.)

Marguerite la princesse était maigre et livide, avec de magnifiques yeux bleus, des bajoues poudrées, et des cheveux en sucre glacé, comme une barbe à papa, parce que le coiffeur les avait échafaudés en choucroute de débutante. Elle nous emmena au cinéma, mais surtout au grand magasin Ino pour faire des courses. Coiffée d'un fichu plastique transparent, ayant enfilé un imperméable taché, elle se penchait sur les tranches de jambon sous cellophane, et palabrait avec les coursiers africains. Jérôme fut d'abord ébloui par sa simplicité, puis perplexe. Il attendait d'elle des récits du passé, alors qu'elle avait tendance à nous tendre le balai pour dépoussiérer sa cuisine. Jérôme émit l'hypothèse qu'elle pourrait être comparée à Mme de Villeparisis, une grande dame en marge du « grand monde » qu'il aurait voulu explorer. Soudain, tombaient de la bouche de Marguerite les noms des tribus fastueuses qui faisaient rêver Jérôme : Furstenberg, Mérode, La Tour-et-Taxis ou bien, quittant les pays du Nord, ses cousins Odescalchi dont elle évoquait les collines boisées du lac de Bracciano, ou son turbulent neveu Dado Ruspoli, dont les fêtes faisaient la joie des paparazzi. Ces noms déclenchaient des décharges électriques sur Jérôme, ce qui nous amusait beaucoup — car je dois dire que ni Zoé, ni Louise, ni moi n'avons été, à cette époque, intéressés par l'existence de cette haute société, peut-être parce qu'il s'agissait d'une rêverie possible, bien qu'amplement rebattue, mais qui n'était pas compatible, on ne sait trop pourquoi, avec celles qui nous occupaient alors. (Les espaces américains que Zoé incarnait pour moi, dans une sorte d'espoir entêtant. L'oblation érotique qui attachait Louise à Saroyan. Le désir n'est-il pas un agencement, un Meccano subtil ?) Il était en tout cas divertissant de voir Jérôme aimanté par le lumignon de la choucroute de cheveux, sous laquelle étaient proférés des noms magiques. Avec sa voix rauque, Marguerite, consommant deux paquets de cigarettes par jour, était entourée de fumées comme une sibylle aux propos décousus, jusqu'au moment où, sans avertir personne, elle se mettait à parler de ses cousinages. Jérôme s'extasiait des litotes de la princesse qu'il attribuait à une exquise discrétion. Par exemple, elle nous dit un jour que Clément nous emmènerait chez les Ganay à Courances. Nous ne connaissions pas cet endroit ? C'était tout près de Paris, « une jolie maison, une assez belle chose ». Qualifier Courances, cette demeure de conte, avec ses canaux et ses bassins, d'« assez belle chose » parut à Jérôme le comble du raffinement et, en même temps, sous le regard ironique de Louise, il rougit, sentant que quelque chose n'allait pas dans son enthousiasme, sans que ni les uns ni les autres sachions exactement quoi.

Mais il changea encore. Un après-midi, alors que nous mangions avec Marguerite des macarons (et qu'elle avait fait une allusion, qui enchanta Louise, au château de Voisins, où Alexis Leger allait le dimanche couper du bois pour faire un peu d'exercice), Jérôme réussit à lui faire évoquer, à grands traits, sa famille, en commençant par le célèbre Hercule Premier parti pour la première croisade. « Lé signifie sentier, surtout le chemin de halage », commença par dire la princesse. Il nous fallut un certain temps pour parvenir au début de la Révolution française. C'est là que les choses se gâtèrent. Marguerite parla avec ferveur de son ancêtre Hercule Sept et de sa femme la douce Pénélope de Hohenlohe, qui étaient tous deux des nobles libéraux, favorables aux réformes du 4 Août et amis de Necker. Amis aussi des aristocrates qui votèrent l'abolition des privilèges. La princesse enchaîna sur le sort malheureux de Pénélope, qui fut accusée d'être la cousine de Brunswick et guillotinée avec son mari en 1793. Jérôme blêmit. On crut que c'était par compassion pour la pauvre Pénélope, mais il n'en était rien. Quand on sortit de chez Marguerite, il nous dit : « Quelle vieille bique, cette princesse ! » Il ne retournerait jamais chez elle. Tout d'un coup, la princesse de Lé avait perdu tout charme dans son esprit. En fait, renouant brutalement avec un instinct indéfinissable, Jérôme était déçu que le prince de Lé et sa femme fussent proches de la bourgeoisie éclairée, de Mme de Staël et de Necker, qui au fond présentaient une autre voie possible, la voie de ce qu'aurait pu être une monarchie à l'anglaise et une évolution démocratique sans les à-coups de 1793 et sans doute de l'Empire. Cela, il ne pouvait le supporter ni le pardonner. Il aimait la terreur.

Sur le chemin du retour, il avoua l'objet encore plus intense de son exaspération : « Lé, le chemin de halage ! Toujours des lieux ! Toujours des choses qui se rattachent à des endroits, à la campagne, je déteste la campagne, dans cinquante ans, soixante pour cent de la population vivra dans les villes et tant mieux, cette vieille bique ne s'intéresse même plus à l'histoire de sa famille, mais aux multiples campagnes où elle a séjourné, mais on s'en balance de sa mousse et de ses bois et de son halage, qu'elle aille se faire pendre avec la corde du haleur, j'en ai marre de cette sorcière, je suis un gars des rues, quelle mouche m'a piqué de m'intéresser à elle ! » C'était presque un rêve de marcher à côté de lui, un rêve comme dans le conte où des crapauds se mettent à sortir de la bouche d'une jeune fille qui, l'instant d'avant, répand des roses à chaque mot qu'elle prononce. Jérôme, sous l'effet de quelque magie, manifestait un pouvoir sans égal de métamorphose : il n'était plus l'écolier ébouriffé, émotif que Louise avait vu, il devint sous nos yeux cet énergumène qu'on tentait de calmer, vomissant Marguerite avec une hystérie de poissarde dont nous ne pouvions nous empêcher d'admirer la puissance.

Ce qui m'irrita pendant les semaines qui suivirent, c'est que Zoé le trouva de plus en plus attachant. C'était pour moi une sorte de contradiction, car j'aimais plus que tout les narrations de Zoé sur la douceur de la vie californienne, des hippies sales et accueillants, des filles qui se donnent avec un désordre débordant. Tout cela me bouleversait. Comme c'était loin de ce Jérôme plein de restrictions mentales, de complications. Mais justement, le fanatisme savant, les revirements donnaient à Zoé un vertige de montagnes russes qui la faisait rire, les gauchistes la divertissaient. De son côté, Jérôme fit quand même de nouveaux efforts, il redevenait de temps à autre le tendre écolier, le jeune homme désarmé que Louise aimait bien. On crut la situation calmée.

Mais ses visites à Louise s'espacèrent. Nous savions qu'il était accaparé de plus en plus par les JCR (ml). Il venait quand même, la mâchoire crispée, pâle, sans plus d'allusion à ses fantasques savoirs, sans l'air émerveillé qui nous avait charmés. Parfois il rencontrait Joseph (tous les deux se méprisaient cordialement) qui levait les yeux au plafond quand Jérôme partait. « Ouh ! la la, ça chauffe dans sa caboche à celui-là. » Je demandai à Jérôme s'il allait bien, si son travail marchait, mais il détournait la tête, l'air furieux. Un après-midi, il emmena Louise visiter la Conciergerie. À la sortie, Louise lui proposa d'aller boire quelque chose, mais il devint blême. D'une voie sifflante, il déclara à Louise qu'il ne la verrait plus, qu'elle l'avait fait trop souffrir. « Mon pauvre Jérôme, dit Louise d'une petite voix, je suis désolée, vraiment désolée...

— Ne sois pas désolée, dit Jérôme glacial, ce n'est pas important. »

Sa bouche tremblait de rage, ses yeux étaient deux billes de caoutchouc. « Qu'est-ce qu'il y a ? bégaya Louise. Qu'est-ce que je t'ai fait ?

— Rien du tout. Ton frère et toi, justement, vous ne faites rien. Vous êtes minables. Des petits-bourgeois minables.

— Qu'est-ce qu'il faut que je fasse, dis-le-moi.

— Il n'y a rien à faire. Vous êtes comme ça. En fait vous êtes foutus. Salut. »

Il planta Louise près du kiosque devant le Palais de justice, il partit, à grandes enjambées mécaniques, vers le marché aux fleurs. Louise le rattrapa, le tira par la manche. « Jérôme, ne sois pas méchant comme ça, ne me laisse pas toute seule. Que dois-je faire ?

— La cellule 212 avait raison, répliqua Jérôme en retirant son bras. Fous-moi la paix.

— La cellule 212 ? dit Louise en pleurs, trottinant à côté de lui.

— Ton frère et toi, vous n'avez aucune culture politique. Vous en êtes incapables. Stupides et bornés. D'un égocentrisme monstrueux.

— Arrête, Jérôme, dit Louise en reprenant sa manche.

— Fous-moi la paix, hurla-t-il en se retournant brusquement. Vous finirez comme votre sale Saroyan, à acheter des actions de Royal Canin, le "leader européen de la nutrition animale" ! Je te hais ! Fous le camp. »

Il partit. Louise demeura immobile, face à un vendeur d'érables pourpres qui la considérait d'un air goguenard. S'essuyant les yeux au creux du coude, elle alla en titubant vers le Palais de justice, monta les marches, erra dans les couloirs, autour de la salle des pas perdus. C'était la fin de l'après-midi, seuls quelques avocats passaient au loin, dans leurs robes noires. Louise s'assit sur un banc, dans un recoin, au pied d'un escalier qui montait à l'une des chambres de la cour d'appel, sous une verrière un peu éclairée encore par le ciel gris. La poignante solitude du lieu l'envahit. L'obscurité s'accumula autour d'elle.

50

Si je raconte cet épisode de Rossi (rapporté en partie par Louise), c'est aussi parce qu'il contribua à resserrer l'intimité de Zoé et de ma sœur. Zoé voulut consoler Louise, vint la voir plus souvent, se joignit aux efforts de Saroyan pour apaiser ses interrogations. « Au fond, Rossi s'intéresse davantage à l'Histoire, dit Saroyan avec bonhomie, et Thomas et toi plutôt à la géographie. Il n'y a rien de mal à ça. » Louise reprochait à ce propos de n'être qu'une formule, mais elle s'en contenta. Ce que j'aimais par-dessus tout, en ces jours parfois encore ensoleillés d'automne, c'était le petit déjeuner que nous prenions ensemble. Louise nous apportait souvent — car elle se levait toujours aux aurores — un pain carré que le boulanger tirait du four avec sa pelle, brûlant dans son papier soyeux. Après le thé, elle et Zoé s'allongeaient sur le lit, se racontaient leurs histoires joue contre joue. La musique de leurs rires, de leurs murmures s'estompait dans des silences. Comment pouvaient-elles avoir tant de choses à se dire ? Mots et bribes. Des bas filés. Saroyan. Ses vieilles chaussures. Les mégots partout. Quel quarante-cinq tours ? Ça lui plaît. Il est excité avec ça. Oh oh oh mais tu parles comme une petite putain. N'empêche, n'empêche. Quel rouge ? Plutôt du bleu, parfois du noir, sorte d'anthracite. *Biche, ô ma biche, lorsque tu soulignes — Au crayon noir tes jolis yeux — Biche ô ma biche moi je m'imagine — Que ce sont deux — Papillons bleus.* Chut, Thomas écoute. — Mais non. — Arrête. *Plein vent.* Ça s'appelle comme ça. Oh oh oh ça sent bon. Violette ? Arrête. Pas comme ça. Remets-le. S'il te plaît. Allô, mademoiselle Maillot 36-37. Oui oui oui celui-là. Quoi ? Quoi ? Qu'est-ce que tu dis ? Un masque. Après la peau est toute détendue. Même lui. Oui, c'est amusant. Il faut dire que souvent comment dire ? Il a l'air d'un clown. Qu'est-ce qu'il est beau. Tu trouves ? Dis donc, dis donc, arrête ! Arrête ! C'est pas drôle arrête c'est pas drôle quoi c'est tout. Quoi quoi j'en sais rien moi, j'en sais rien ! Non ! Non ! Oui ! Oh ça oui ! Oui !

Dans une attitude familière, Louise était gisante sur le lit, droite, les mains croisées sur le ventre, les orteils en éventail, plus petite que Zoé, souvent étendue sur le côté, comme si l'arc de son corps allait se refermer sur Louise. Une fois Jérôme enfui, Louise retrouva la gaieté de son bel amour. Elle travaillait d'arrache-pied, comme elle l'avait toujours fait, mais chantonnait, et s'adonnait à ces conversations semées de fous rires avec Zoé, qui la couvait du regard avec inquiétude. S'occuper de Patrick était leur grande occupation. On allait se promener dans le quartier des Batignolles. Il aimait rêver au hasard des rues. Parler de sa mère. Évoquer le passé du quartier, les usines Gouin, les tunnels, les fortifications, les bouleversements qu'avait subis l'arrondissement au XIXe siècle. Je me souviens de la rue Jacques-Kellner, au-dessus du chemin de fer de ceinture. Des docks, du passage du Petit-Cerf, de l'histoire des abattoirs, des entrepôts du chemin de fer de l'Ouest. De la ruelle Geoffroy-Didelot, un passage bordé de boutiques d'artisans. La géographie urbaine, mise sens dessus dessous au XIXe siècle, portait la marque d'une interpénétration rapide entre l'ancienne campagne, dont l'avenue des Chasseurs était un exemple, puisqu'elle recouvre sans doute un chemin emprunté jadis pour la chasse à travers la plaine de Monceau et des Batignolles, avec leurs remises à gibier, et la poussée de la promotion immobilière ou de l'industrie, que d'autres rues évoquaient avec un optimisme voilé de mélancolie, grâce à leurs noms : inventeur de la turbine hydraulique, ingénieurs en travaux publics, banquiers concessionnaires, et même le mathématicien Roberval créateur de la balance. Il restait encore des maisons de faubourg délabrées, côtoyant des immeubles à décor de céramique, et je retrouvais parfois, au long de ces rues, le charme ambigu d'Oursière, habité par sa campagne. Et puis, il y avait l'émotion devant les pays lointains, que suggéraient la rue des Apennins, la rue de Bizerte, celle de Francis-Garnier, explorateur de l'Indochine. Dans ce Paris jadis bousculé, Saroyan nous parlait de sa mère, inlassablement.

Il était difficile à vivre. Mais presque toujours amusant, et source de situations comiques. Parfois il devenait morose, déambulant dans la maison à grands pas, agité, puis jetant calmement sa machine à écrire par la fenêtre, avec quelques chaussures. La concierge nous rapportait ces objets, qui tombaient toujours au même endroit, sur un maigre gazon, et en nous donnant le courrier elle soupirait : « Pauvre monsieur, il est encore énervé » (ce mot était celui-là même que Jean employait pour parler de sa fille, avec, je le rappelle, une nuance d'estime). Quand il était dans cet état (qui lui avait fait éprouver une compassion fraternelle pour Jacinthe), Patrick prenait davantage de barbituriques. Zoé et Louise étaient en contact avec le pharmacien et prenaient soin, sur son conseil, de surveiller avec discrétion le nombre de granulés orange que Patrick finissait par dissimuler dans ses chaussettes, jusqu'au jour où Louise découvrit qu'il y avait aussi des bonbons bleus : c'étaient les amphétamines dont j'ai déjà parlé, et que Patrick se mettait à absorber pour se réveiller plus vite du sommeil comateux induit par le Gardénal, et se remettre au travail. Le pharmacien finit par prescrire une visite au médecin, ce que Patrick accepta volontiers, car sa nature hypocondriaque le conduisait à consulter plus que de raison et à fréquenter avec assiduité les laboratoires d'analyse. Le médecin recommandé par la pharmacie leva les bras au ciel et déclara qu'il ne répondait de rien si Saroyan ne réduisait pas immédiatement ses doses, et il lui recommanda d'aller voir un spécialiste à l'hôpital de la Pitié-Salpêtrière.

Comme il ne faisait rien sans nous, et qu'il était d'une assez grande impudeur sur le sujet de son corps, on décida d'y aller en groupe. Le rendez-vous avait été pris avec un certain Zénon Argolikos. C'est outrancier ? D'accord, mais je n'y peux rien, il s'appelait comme ça. Obèse et rieur, Argolikos fit entrer Saroyan dans son bureau avec une sorte de bourrade dans le dos, et nous attendîmes notre ami sur un canapé de skaï éventré. Zénon fit longuement parler Saroyan. Que se dirent-ils ? Saroyan fut enchanté de cet entretien, c'était la première fois, disait-il, qu'un médecin de ce genre ne lui posait pas des questions sur la poésie ou la philosophie, ou Dieu sait quoi encore. Ils abordèrent assez vite le sujet de la Bourse dont Saroyan ne se désintéressait pas, car il avait un petit capital, économies que sa mère lui avait léguées. Sur ce sujet, le rusé Argolikos, natif de l'île de Santorin, était plein d'idées (il en profita, il nous le dit plus tard, pour tenter d'apprécier comment la perte de sa mère avait une influence constante sur les humeurs de notre ami). Sa gaieté, son cynisme trépidant, qui lui permettait de demeurer euphorique tout en recevant les plaintes et les pleurs de ses patients, suscitèrent la confiance de Patrick.

« Écoutez, cher ami, dit-il soudain à Patrick qui nous le raconta plus tard avec une reconnaissance enfantine, vous travaillez trop, vous êtes surmené » (c'était évidemment faux, car Patrick ne travaillait pas plus de deux ou trois heures par jour). « Ce surmenage ne vous vaut rien. D'autre part, je ne vais pas vous supprimer les barbituriques, mais seulement les diminuer. Qu'en pensez-vous ?

— Pourquoi pas ?

— Le mieux est alors de vous hospitaliser cet après-midi, pour une brève cure qui vous changera la vie.

— Me désintoxiquer ? dit Saroyan ahuri.

— Bah ! N'exagérons pas. Juste réguler un peu tout ça. L'excès de barbituriques ne vous vaut rien sur le plan cardiaque, et vous risquez un jour par mégarde de vous endormir définitivement, ce qui nous empêcherait tous les deux de continuer à parler de la Bourse. Nous nous ruinerions. Je serais bien avancé ! »

Tous les deux éclatèrent de rire, et Argolikos, d'un geste preste, déposa devant Patrick une liasse de documents en lui disant d'apposer sa signature dans les cases rectangulaires. Le temps que Saroyan remplisse les documents, il sortit, et sans perdre son sourire chinois il nous avertit que si Saroyan n'arrêtait pas les barbituriques ça irait mal.

Il rentra en vitesse, alors que Saroyan commençait à douter. Il lui assura que ce séjour ne durerait pas plus de quatre ou cinq jours, serait une expérience intéressante pour lui et qu'il serait entouré d'infirmières, dont certaines de première beauté. D'autre part, grâce à des philtres spéciaux, il aurait des visions oniriques assez belles : araignées suspendues au plafond, grands volatiles éblouissants, tigres blancs, images érotiques, et tutti quanti.

« Bon, bon », dit Saroyan ébranlé, et il signa. Pour lui faire passer le temps, Argolikos se lança dans une rétrospective de la pharmacopée psychiatrique, évoqua le rustique Tofranil, le puissant Anafranil, le Largactil et ses effets retard, le lithium qui régule l'humeur.

La cure de Saroyan fut brève, comme l'avait promis Argolikos, mais pénible. On vint le voir à l'hôpital. Et il se remit, au moins provisoirement. Quelques semaines après, il nous déclara qu'il avait des ennuis urinaires, et Argolikos l'envoya consulter un autre spécialiste, qui ordonna une urographie veineuse. Notre petite troupe attendit Saroyan qui, debout au milieu de tuyaux et d'appareils de mesure, était censé faire pipi dans une éprouvette au signal d'une infirmière férue d'alpinisme, avec laquelle il se mit à parler du Cervin. Malgré ces considérations montagnardes, la présence de l'infirmière suscita une inhibition, de sorte que la jeune femme dut lui dire, à plusieurs reprises, qu'elle allait se cacher derrière le matériel compliqué pour permettre à Saroyan de se détendre. Le spécialiste ordonna ensuite à notre ami, un peu terrorisé, de se soumettre à une imagerie numérique de la pression sanguine de ce qu'il nommait « vos corps caverneux ». Cette fois-ci, seule Louise l'accompagna. Il fut reçu par un radiologue aussi enchanté des progrès de la technique que l'était Argolikos des produits chimiques. « C'est Zénon qui vous envoie ? » Saroyan allait voir ce qu'il allait voir, voilà un appareil unique au monde, qui permet de répondre à toutes les questions que Saroyan pouvait se poser. Avait-il vraiment, comme il le disait (Louise démentant timidement ce fait), des dysfonctionnements érectiles ? Ou cela était-il dû à une anxiété chronique de littérateur vieillissant ? Était-il atteint de la maladie de Lapeyronie, fameux médecin de Louis XV qui avait le premier fait le diagnostic d'une érection de travers ? Quelques valvules étaient-elles obstruées ? Quelques corps caverneux sclérosés ? Le spécialiste émettait toutes les hypothèses, l'œil aux aguets, comme ces pointers qui parcourent en tous sens un champ de betteraves avant de se mettre en arrêt, les babines humides, devant le perdreau qui est à leurs pieds et qu'ils ne voient pas. Était-ce vraiment nécessaire ? répondit notre ami. On lui fit sa piqûre, qui suscita immédiatement un état priapique, et Saroyan vit apparaître sur un écran géant ses parties les plus intimes, restituées dans tous les détails de leur intériorité matérielle, la conclusion étant qu'il était parfaitement normal. « Vous voyez que nous sommes vraiment à la pointe, lui dit ensuite Argolikos. Il valait mieux pour vous que vous soyez rasséréné. »

Après des visites et des soins de ce genre, il était émouvant de le voir revenir chez lui, se replonger dans ses papiers, nous regarder avec distraction.

*

Joseph arriva rue Jean-Mermoz à l'heure dite, il alla au premier étage et poussa la porte entrebâillée. Dans les pièces ouvertes, des gens s'affairaient sur des planches à dessin, il y avait des jeunes filles vautrées sur des canapés qui lisaient des revues de mode. Fébrilité et nonchalance.

« C'est toi le porteur qu'on attend ? » demanda un tailleur en blouse blanche, le mètre enroulé autour de l'avant-bras.

« Non, je viens voir Nicole.

— Nicole ? Connais pas.

— Une fille brune, dix-neuf ans, elle travaille ici.

— Les mannequins, c'est au deuxième étage », dit le type en tournant les talons.

Au deuxième étage avaient lieu les essayages, Joseph erra entre les tables de maquillage, les filles penchées sur des miroirs, les penderies roulantes qui circulaient dans les couloirs avec un bruit sourd. Il finit par trouver Nicole, presque nue, penchée sur des tissus comme une ballerine faisant des exercices.

« Bonjour Nicole, c'est Joseph. »

Mais surgit presque instantanément une dame en tailleur pied-de-poule, de beaux cheveux blonds roulés dans un filet, comme à Oursière les sœur Lopez.

« Les copains sont interdits ici, dit-elle à Joseph. Puisque vous êtes là, rendez-vous utile. » Et elle lui tendit une boule de velours où étaient plantées des épingles. « Je vais chercher la robe.

— Pas mal pour un début, dit Nicole. Tu ne lui as pas déplu, ce n'est pas un dragon, mais elle a ses têtes. Mme Weinstein c'est le chef du régiment, tu vois ? C'est elle qui supervise la haute couture, Dimitri s'occupe des accessoires, ils sont toujours en bisbille tous les deux. »

Joseph fut donc l'auxiliaire de multiples essayages de Nicole, en passant agrafes et épingles à Mme Weinstein, qui lui déposa aussi sur l'épaule, quelques instants, une robe en mousseline de soie multicolore. Quand Weinstein repartait chercher une autre robe, Nicole et Joseph continuaient de bavarder.

« Moi je suis d'Aix-en-Provence, je suis une fille du soleil, moi, dit Nicole en ajustant son soutien-gorge.

— Comment tu as commencé dans ce métier ?

— Tu vas pas me croire, le roman-photo. J'ai répondu à une annonce qui recherchait des filles, ç'aurait pu être une arnaque, c'était assez rigolo, j'ai gagné quelques sous comme ça. Et puis, j'ai rencontré Weinstein, elle m'a prise sous son aile. Heureusement, ajouta-t-elle pensivement, car le métier change.

— Quel métier ?

— J'ai vingt ans, Joseph, je vois bien comment les choses tournent. Ici, c'est un peu à la bonne franquette, tout le monde est artisan, j'ai eu la chance d'être un peu potelée, de plaire à M. Heim qui n'aime pas les filles trop maigres, tu vois ?

Les filles longilignes, comme il dit. Je suis un peu comme Victoire autrefois.

— Victoire ?

— Victoire Doutreleau, mon chou, tu débarques, l'une des filles de la maison Dior. Autrefois. Une fille sympathique comme moi. Très gaie, tout comme moi, il faut dire qu'en plus je suis assez bavarde, je mets de l'animation.

— Et le Commodore ? Qui c'est, le Commodore ? dit Joseph.

— Tu es un peu comme moi, toi, tu sors vraiment de ta campagne, tu ne sais même pas qui est le Commodore, je ne le savais pas non plus avant d'arriver ici. Le Commodore, c'est un as de l'aviation, tout le monde le respecte.

— Il fait des loopings ? dit Joseph, prompt à s'émerveiller des acrobaties.

— Il a fait ça pendant la guerre, » dit Nicole en remettant des jeans, tandis que Weinstein l'aidait à enlever une veste en lamé turquoise. « Il est vieux, maintenant.

— Vieux, le Commodore ? intervint Mme Weinstein. Que tu es sotte ! Il a dans les quarante-cinq ans, il en paraît trente.

— C'est vrai qu'il est beau garçon, dit Nicole, toutes mes copines sont amoureuses de lui, mais moi je suis une fille simple, je n'aime que les garçons qui ont le même âge que moi. Quarante-cinq ans c'est pas la même chose que dix-huit.

— Qu'elle est bête ! dit Weinstein.

— C'est magique ce que vous faites, dit Joseph à Weinstein pour détourner la conversation. C'est de la prestidigitation, et tous ces ourlets, et les lignes que suivent vos agrafes ! Comment avez-vous appris tout ça ?

— J'ai travaillé à la dure », répondit Weinstein en lançant sur Joseph un regard qui signifiait (d'après lui) qu'elle le trouvait aussi bête que Nicole, mais charmant (il me raconta tout cela plus tard, avec sa mémoire d'éléphant, ce sens des détails, des objets, de l'infiniment petit dont nous reparlerons).

Voyant que Joseph plaisait à Weinstein, Nicole se détendit. C'était une fille espiègle, qui parlait de Jacques Heim comme une infirmière dévouée au chirurgien. On sentait aussi que Weinstein maintenait au milieu de ses chiffons une inflexibilité maternelle qui donnait à Nicole, et à ses amies, un cadre de travail suranné que Joseph pressentit peut-être. Quand elle eut fini ses essayages, Nicole accepta d'aller manger une glace avec lui sur un banc du rond-point des Champs-Élysées.

« Zut zut, quelqu'un arrive, dit-elle. Prends ce journal qui traîne, ouvre-le et cache-moi.

— Qu'est-ce qui se passe ? » dit Joseph.

Un homme mince, élégant, s'approcha d'eux à grands pas. Joseph intimidé se leva et l'homme lui serra la main avec une certaine cérémonie. Ses yeux étaient verts et durs, mais leur expression aimable.

« Ma petite Nicole, comment vas-tu ? Je te croyais aux mains de Mme Weinstein.

— J'ai fini. Mais je dois retourner bientôt à l'agence.

— Veux-tu venir dîner chez le Commodore demain soir ? »

Nicole hésita. « Viens à huit heures et demie, d'accord ? Et amène ce jeune homme qui est très bien élevé. Comment vous appelez-vous ?

— Joseph.

— Très bien, vous avez un beau prénom biblique, je m'appelle moi-même Samuel, Samuel Lach. Accompagnez Nicole, ça la distraira.

— D'accord, dit Joseph.

— Alors, à demain. » Et il tourna les talons.

« Tu es fou, complètement fou, dit Nicole. Tu ne le connais même pas, ce n'est pas (elle chercha le mot un instant) convenable.

— Tu es belle quand tu es en colère, dit Joseph, tu m'enthousiasmes.

— On ne se connaît même pas, dit-elle en se dégageant du bras que Joseph tentait de glisser autour de sa taille.

— Eh bien, faisons un peu connaissance, dit Joseph. Je rencontre une fille comme toi, je ne vais tout de même pas m'en désintéresser, qu'est-ce que tu en penses ? »

Nicole ne sut que répondre à cette question.

« Tu es un séducteur, dit-elle en fronçant les sourcils. Tu es comme Samuel Lach, c'est l'homme de main du Commodore, je ne l'aime pas, on n'ira pas dîner chez le Commodore.

— On ira, dit Joseph avec ardeur, on ira et je viendrai te lacer les souliers, d'accord ? Où est-ce qu'il habite ?

— Qui ça ?

— Le Commodore, celui qui nous invite. »

Nicole baissa la tête. Sa bouche trembla, puis se tordit, et elle se mit à pleurer doucement.

« Qu'est-ce que tu as ? » dit Joseph étonné.

Nicole secoua la tête.

« Tu n'es pas invité, dit-elle avec de grosses larmes. Samuel dit n'importe quoi. » Elle leva la tête, regarda Joseph de haut en bas.

« Tu n'iras pas, tu n'iras pas, tu entends ? dit-elle d'une voix altérée. Tu n'iras pas ! »

Joseph la considéra un instant.

« D'accord, je n'irai pas », finit-il par dire.

*

Le chagrin sans remède de Nicole, son mystère n'arrêtèrent pas la destinée de Joseph, ni son désir.

En effet, un porteur à mobylette vint reprendre la mallette de Niermans. Le soir, Daniel Nesh nous appela. Sa voix était tonique.

« Merci, les enfants. Et bravo ! Vous avez sorti Sam d'un drôle de pétrin.

— Qu'est-ce qui va se passer maintenant ? » dit Zoé, qui

avait saisi le combiné, tandis que Saroyan voulait nous lire un nouveau texte, en nous disant de raccrocher et de laisser toutes ces bêtises.

« Ça serait trop compliqué de vous expliquer, dit Nesh. Oubliez tout ça. Au fait, si votre ami veut voir le Commodore, il peut aller chez une amie à moi, Sonia Malassian. Elle est antiquaire, je vous donne l'adresse rue de Beaune. »

*

Joseph et moi sonnâmes à l'adresse indiquée. Une grosse dame nous ouvrit et nous entraîna dans un capharnaüm de meubles et d'icônes, qui nous fit comprendre qu'elle vendait des objets russes. Malgré l'étroitesse des passages, l'encombrement, elle se faufilait là-dedans avec souplesse. Elle nous fit asseoir dans un réduit et nous tendit une face boursouflée aux yeux perçants.

« Alors, les petits gars, vous voulez rencontrer Roland ? Et pourquoi ?

— Eh bien, voilà », dit Joseph (qui m'avait chuchoté auparavant : « laisse-moi faire, s'il te plaît boucle-la »), « on aimerait bien... Comment dire ? Voir le Commodore parce que... parce que... »

C'était la première fois que je le voyais s'embrouiller. Sonia fit un quart de tour sur son fauteuil pivotant et ses épaules tressautèrent. Elle riait pesamment, d'une voix rauque.

« Daniel m'a dit que vous aimiez sa voiture ? Vous rigolez. On ne trompe pas Sonia Malassian. »

Elle s'esclaffa de plus belle, devant nos mines penaudes.

« Ah, je vous aime bien, tous les deux ! Et puis vous m'avez l'air assez paumés. Roland aimera ça. Ainsi vous avez escaladé son mur ? Ça l'a fait beaucoup rire.

— Qui vous l'a dit ? dit Joseph intrépide.

— La petite Nicole, pardi ! Elle l'a dit à Roland. Mais ne

vous en faites pas, mes poussins. Vous êtes des garçons très amusants. Roland vous a pardonné. Le problème, c'est que demain il ne peut inviter que l'un d'entre vous. Une autre fois tous ensemble. Alors, vous choisissez.

— Vas-y, me dit Joseph, l'air découragé.

— Mais non, ce sera lui », dis-je à Sonia.

Celle-ci riait à gorge déployée. Elle prit une pièce, on joua à pile ou face (elle pleurait de rire), et Joseph obtint la chance qu'il avait si ardemment désirée.

51

« Alors, tu es invité chez le Commodore ? » dit Nicole étonnée.

Ils retournèrent chez Weinstein, pour lui demander si on ne pouvait pas prêter un costume à Joseph pour aller chez le Commodore.

« Le Commodore ? dit-elle. Il accepte toutes les tenues et tous les genres. Cela dit, tu ferais mieux d'emmener Nicole au cinéma et de fréquenter des gens de ton âge. Mais peu importe. Pour l'affection de Nicole, on va t'aider petit Joseph. »

Weinstein remit Joseph entre les mains d'un tailleur qui interprétait, avec des gestes maniaques, un rôle d'homosexuel assombri. Il lui dénicha un joli costume de serge sévère, ajusté, une chemise Navy Blue dont les manches furent raccourcies, des chaussures pointues et une cravate à motifs indiens. Les retouches furent exécutées par des couturières dans la journée. J'assistai moi-même aux essayages de Joseph, que Weinstein vint regarder, en tirant sur sa cigarette.

« C'est bon pour cette fois, mon petit, mais une cravate ne t'ira jamais très bien. D'ailleurs, enlevons ces motifs indiens vulgaires, essayons un rouge un peu amorti. »

La déception envahit le visage de Joseph, qui était fier de sa cravate exubérante.

« C'est parce que je suis trop maigre ? Trop petit ? » (son vrai sujet d'angoisse).

« Pas du tout, fit Weinstein avec brusquerie. Les vêtements informes, un chandail, c'est ça qui te va. Pas des vêtements plus habillés. Tu seras toujours mieux dans le négligé. »

Le lendemain, dans l'après-midi, Joseph vint nous voir rue de l'Ouest, avec un grand sac en papier, où était replié son costume. Zoé et Louise l'aidèrent à s'habiller, et le conduisirent à l'autobus, d'où il nous fit un signe de la main. Il alla chercher Nicole dans les combles, et la petite bande du grenier s'en alla chez le Commodore.

*

La porte était ouverte, il y avait foule. Quelqu'un posa un verre de champagne dans la main de Joseph. Il suivit Nicole qui se fraya un chemin au milieu des gens vers Samuel Lach qui l'embrassa et fronça légèrement les sourcils en voyant Joseph. Puis il le reconnut et lui serra la main.

« Comment allez-vous ? Rappelez-moi votre prénom.

— Joseph. »

Samuel mit une main sur l'épaule de Joseph, ce que notre ami trouva inconvenant (car Joseph faisait surgir, de temps à autre, d'on ne sait où, des principes qui étaient contraires à sa nature débridée). Samuel Lach le présenta à un homme ventripotent, qui fixa sur Joseph le feu intense de ses yeux noirs.

« Je vous présente Joseph. Sergio Cenici. Ce jeune homme que vous voyez, Sergio, a escaladé l'autre jour le mur de l'immeuble pour venir voir Nicole. C'est un véritable acrobate.

— Bravo, dit Sergio avec un chaleureux sourire. Nicole mérite qu'on prenne des risques pour venir la voir. Heureusement qu'elle est trop jeune pour avoir un mari, Joseph, mais au fond, dit-il pensif, ce qu'il y a de difficile, ce n'est pas tellement de s'enfuir quand le mari arrive — on trouve presque toujours un escalier de service, un placard ou une échelle —, c'est de venir quand il est là. À vingt ans, j'étais amoureux d'une jeune Mexicaine qui n'avait pas de mari mais qui avait un père. Ce père était un militaire qui s'était enfui avec une partie de la caisse de l'État et il vivait dans le Midi, protégé par des gardes qui veillaient sur leur patron et sur ses deux filles. C'était un père extrêmement jaloux. Bref, le grand jeu était de franchir le mur du jardin, la nuit, de mettre du poivre sur les buissons pour détourner les chiens (on partait avec nos moulins à poivre, qui naturellement ne servaient à rien), d'éviter les gardes qui ronflaient, et de monter par une glycine vers l'appartement des filles. Elles nous attendaient sur le balcon et, là, il y avait un nouveau problème. Les deux filles poussaient des rugissements susceptibles de réveiller toute la maison.

— Je vous laisse quelques instants, dit Samuel, je vais saluer des invités. » (C'est Zoé, Louise et moi qui fîmes remarquer à Joseph l'analogie grossière entre cette histoire et notre expédition à l'hôtel Malicorne, mais sa misogynie foncière l'empêchait d'y être sensible.)

Sergio fit tourner son glaçon dans son verre.

« C'est la première fois que vous venez ici ?

— Oui.

— Alors vous avez beaucoup de chance. Quel âge avez-vous ?

— Dix-sept ans.

— Vous avez donc beaucoup de chance.

— Pourquoi donc ?

— Comme ça. Ici vous pourrez vous amuser. Vous aimez ça, n'est-ce pas ?

— Oui, dit Joseph avec élan. Il faut dire aussi que comme j'ai été enfermé dans des pensions pendant des années, escalader le mur m'a fait plaisir.

— Je vous en félicite », dit Sergio avec douceur, et Joseph vit ses yeux noirs grossis par la loupe du verre qu'il leva pour finir son whisky (la suavité des propos de Sergio fit penser à Joseph qu'il était homosexuel, puis il sentit qu'il faisait fausse route).

« Et pourquoi est-ce si amusant que ça, ici ? dit Joseph.

— À cause du Commodore. Paris est une ville dure, Joseph, une des plus dures du monde, croyez-moi. Beaucoup de gens sont seuls. Ce n'est pas simplement une question de moyens de vivre, c'est que cette ville est un agrégat de milieux ou de cercles qui ne s'interpénètrent pas. Vous, évidemment, vous êtes tout jeune, vous n'avez pas tous ces problèmes, mais vous verrez un jour... Le Commodore, entre autres qualités, a celle de mélanger des gens qui sans doute ne se rencontreraient jamais.

— Vraiment ? dit Joseph avec un sérieux qui fit sourire Sergio. Mais, dites-moi, j'ai une amie qui est très jolie, Esther, elle est un peu seule, il faudrait qu'elle fasse des connaissances...

— Vous devriez l'amener ici, mais au fait, qu'est-ce que vous faites ?

— Je me suis inscrit à la faculté de droit, je m'ennuie un peu, soupira Joseph. Je ne suis pas doué pour les études.

— Qu'est-ce qui vous intéresse ?

— J'aime bien les voitures, j'aurais aimé être pilote.

— Pourquoi pas ? dit Sergio avec douceur. Quelle voiture aimeriez-vous conduire ?

— L'Aston-Martin DB6. Et vous, monsieur, qu'est-ce que vous faites ?

— Pas grand-chose, dit Sergio sur un ton désinvolte. Je fais le lien entre le Commodore et l'Italie, il a beaucoup d'amis italiens, c'est presque un travail à temps complet, mais un travail qui consiste à ne pas faire grand-chose, je suis un exemple à ne pas suivre. Venez, Joseph, allons dire bonjour, et ne perdez pas de vue la charmante Nicole, d'accord ? Je la vois déjà aux prises avec des éphèbes idiots, allez vite la délivrer... »

Il y avait maintenant beaucoup de monde dans les salons. Joseph se dirigea vers la splendide troupe des jeunes filles qui s'étaient regroupées près d'un buffet, assiette à la main, attendant qu'on les serve.

« Alors ? dit la Provençale Nicole avec son léger accent, Monsieur Joseph s'y fait ? Tu n'es pas encore grimpé aux rideaux ? » Les filles eurent un léger sourire, mais s'ennuyaient. La blonde Cécile était morose, malgré les jeunes gens qui tournaient autour d'elle. Le groupe ressemblait à des enfants qui viennent de faire connaissance et ont décidé de consacrer leur rencontre à la bouderie. Joseph fit le singe, saisit un cordon qui tombait du bustier de Nicole. « Grimper ? C'est à toi que je vais m'encorder, ma chérie », et il noua le cordon autour de son pouce, puis le dénoua et l'attacha au poignet de Cécile. Il leur fit signe de s'approcher de lui (têtes rapprochées, petites figures sérieuses) et leur dit qu'il exigerait un baiser par verre de champagne rapporté. Les filles se mirent à rire, Joseph fit des sauts de carpe, alpagua un serveur, distribua des coupes de champagne, reçut les baisers, tout en faisant le pitre il était aux aguets. Au loin, la chevelure noir corbeau de Sergio se mouvait dans la foule. Des phrases venaient de groupes voisins : « Il va devenir directeur des Musées de France.

— Horace ? C'était quelqu'un, c'est lui qui a développé la banque, et le Commodore a fait ses premiers pas avec lui.

— Mais non, voyons, il était trop jeune.

— Mais si, je vous assure que si. »

Joseph avait encore deux coupes de champagne à la main lorsque Sonia Malassian, énorme et enturbannée, drapée dans une sorte de sari doré, se retourna avec agilité et lui prit des mains un verre. « Jeune homme, vous êtes un acrobate avec tous vos verres, vous en donnerez bien un à Sonia Malassian.

— Bien sûr, dit Joseph interdit.

— Et c'est pour qui cette cargaison ? »

Elle tourna la tête dans la direction du regard de Joseph.

« Ah oui, les petits mannequins, là-bas. Bon, allez-y, et revenez me faire la conversation bientôt, d'accord ?

— D'accord, madame. »

Sonia se retourna, leva un doigt boudiné pour répliquer à quelqu'un que non, que ce n'était pas vrai, et qu'elle prédisait la gloire d'un artiste au nom incompréhensible. Joseph revint vers les filles, maintenant circonvenues par deux jeunes hommes à cheveux longs. Ayant distribué les verres de champagne, il fut si drôle, si étincelant, que les filles voulurent rester avec lui lorsque le dîner fut servi. La foule se dirigea vers une bibliothèque avec échelles et étages d'acajou, où avaient été disposées les tables. Dans la bousculade, Joseph aperçut Samuel qui surveillait les invités tout en parlant à une fille blonde qui le dominait d'une bonne tête (« elle était sen-sa-tion-nelle, me dit Joseph plus tard, mais il m'aurait fallu l'échelle pour lui dire bonjour »).

« Elle est belle, n'est-ce pas ? dit Nicole. Tu l'as reconnue ?

— Non.

— À côté d'elle, je ne suis qu'une marchande des quatre-saisons, je peux tout de suite rentrer à Arles.

— Pas du tout », mentit Joseph (pour lequel Verushka représenta toujours, même des années plus tard, la beauté la plus sublime, c'est-à-dire, comme dit Louise : « *Ce par rapport à quoi tout ce qui est grand paraît petit* »).

« Non, reprit Joseph, elle a des épaules un peu massives, tu vois, juste là » (il fit un geste comme pour épousseter son costume) « et ses yeux sont peut-être un peu trop grands, non ?

— Qu'il est gentil, Joseph », dit Nicole à Astrid, tandis qu'une voix de stentor résonna derrière eux : « Verushka est superbe, oui, mais savez-vous qu'elle fait de la peinture sur son corps, mais oui, elle se met toute nue et elle se peinturlure » (Sonia fit le geste d'enlever l'ample robe et les étoles qui l'enveloppaient). « Moi je veux bien, je ne suis pas bégueule, c'est de l'art, c'est du happening, mais je préfère la peinture à l'huile. Vous permettez que je m'assoie avec vous ? Au moins, je ne manquerai pas de champagne. »

Autour de la table s'installèrent Joseph et ses compagnes, Sonia et un homme à la couperose virulente, qui se mit à parler avec elle.

Joseph entendit que cet homme travaillait dans le pétrole, et il le salua en ces termes : « Je m'appelle Joseph, étudiant en droit », ce qui fit se trémousser Sonia sur sa chaise : « Mais qu'il est mignon ! rugit-elle. Ah, les filles, vous en avez de la chance d'avoir un numéro comme ça, c'est moi qui vous le dis !

— Puisque vous êtes dans le pétrole, lui dit Joseph, est-ce que je pourrais vous demander…

— Mais bien entendu, dit l'homme étonné du lutin à l'œil bleu qu'il avait en face de lui.

— … si vous connaissez un type qui s'appelle André Georges, parce que j'ai des amis, Louise et Thomas, qui me parlent toujours d'André Georges.

— Qui ne le connaît pas ? dit l'homme. Je travaille dans un groupe hollandais, qui est un concurrent, je dois le dire, de la société présidée par André Georges.

— Est-ce que vous l'avez rencontré ? Est-ce qu'il est aussi méchant qu'on le dit ? » dit Joseph.

Le Hollandais couperosé parut amusé de cette question.

« Nous sommes en France, jeune homme, il y a une chose que la France déteste, ce qui d'ailleurs nous étonne beaucoup, nous autres Hollandais, mais aussi les Anglais, les Américains, etc., c'est que la France est apte à tous les régimes, à toutes les formes de sociétés, sauf celle de la tradition libérale.

— Ah bon ? C'est quoi ça ? » dit Joseph, ce qui fit rire toute la table de manière mécanique.

« Eh bien, vous avez eu la monarchie, la dictature, la république parlementaire, tout ce qu'on peut imaginer, mais ce qui compte pour vous, c'est avant tout la prééminence de l'État. Disons qu'André Georges est d'abord une émanation de l'État français, un de ces hauts fonctionnaires arrogants qui nous casse les pieds dans toutes les réunions, mais c'est un homme très intelligent. Son activité est une activité qui relève de l'État. Quand on a dit ça, on a tout dit, même si on simplifie un peu trop.

— Ça veut dire qu'il est autoritaire ?

— Exactement. »

Joseph s'aperçut qu'il amusait au plus haut point Sonia Malassian, étonnée de ses digressions, et plus ou moins consciente (Joseph le lisait dans ses yeux sombres) qu'il avait enlevé une de ses chaussures et caressait la cheville et l'escarpin de Nicole. D'abord elle déroba vivement son pied, puis ne parvint pas à échapper à la plante taquine de Joseph. Sous l'effet du champagne, que Joseph lui versait abondamment, et malgré des « arrête, arrête » à mi-voix, elle céda.

Après le dîner, Joseph surveilla son monde, essaya de ne pas perdre de vue Nicole, mais une main grasse s'abattit sur son épaule. C'était le Hollandais, à moitié ivre, qui fit pivoter Joseph sur lui-même et se mit à lui crier dans les oreilles : « Jeune homme » (il prononçait « cheune hôme »), « vos amis ont bien raison, je ne voulais pas scandaliser nos hôtes, mais la politique pétrolière française est aberrante ! Connaissez-vous les affreux décrets de 1963 ?

— Non, dit Joseph interloqué.

— Affreux », dit le Hollandais rouge de rage (à l'exception de ses deux oreilles décollées, qui demeuraient pâles et presque transparentes, comme deux îlots échappant à l'apoplexie). « Affreux ! Ils ont renforcé les quotas, tout ça pour favoriser de manière inadmissible les sociétés françaises, qui devaient obtenir, tenez-vous bien, 61,3 % du marché ! Tout ça, je le répète, pour renforcer l'UGP !

— L'UGP ? fit Joseph.

— Parfaitement ! hurla le Hollandais. D'où la réaction des étrangers, ESSO en tête, qui ont saisi le Conseil d'État. Vous me suivez ? Puis des négociations sans fin, puis les accords de convergence de 1964, avec des contraintes et des pénalités épouvantables, qui établissent un lien — du jamais vu ailleurs, jeune homme ! — entre le niveau de reprise à la Compagnie française des Pétroles et celui des positions de distribution des groupes internationaux et… » (il reprit son souffle), « puisque je vois que cela vous intéresse, voulez-vous que je vous explique en quoi mon groupe, la Shell pour ne pas la nommer, s'est engagé à régresser sur les marchés de l'essence, du gas-oil et du fuel-oil de 1963 à 1970, j'ai tous les pourcentages en tête, à la décimale près…

— Je veux bien, dit Joseph, mais il faut que j'aille faire pipi.

— Allez-y, mon bon jeune homme », dit le Hollandais avec une nuance de mansuétude qui fit très peur à Joseph, « et rapportez-moi un verre de cognac ! Quel pays ! »

Joseph s'enfuit. Il rattrapa Nicole, la poursuivit dans un couloir et se retrouva dans une chambre.

« Tu es fou », dit Nicole en riant aux éclats.

Il s'approcha d'elle, il l'embrassa, et elle eut à nouveau sur le visage l'expression de peine enfantine qu'il avait perçue : « Pas ici, pas ici, dit-elle tremblante. Nous sommes chez le Commodore.

— Et alors ? Cachons-nous derrière les rideaux.

— Même là, il peut nous voir, arrête. »

Et elle s'enfuit, reprenant un rire argentin dans le corridor. Quand il revint au milieu de la foule, Sergio saisit Joseph par le bras.

« Une DB6, Joseph ? C'est une DB6 que tu aimerais conduire ?

— Et comment ! s'écria Joseph.

— Le Commodore en a une. Je lui ai parlé de toi. Il est là ce soir, mais il y a trop de gens pour lui. Voici son numéro de téléphone. Il est prêt à te faire faire un tour avec la sienne. Appelle-le de ma part. Va le voir, et emmène tes amis.

— Ah bon, pourquoi ?

— Emmène-les. »

Joseph s'aperçut le lendemain que Sergio l'avait tutoyé.

52

La rencontre fut simple. Joseph téléphona au numéro que Sergio lui avait donné. Une voix féminine lui répondit.

« Joseph ? » dit-elle sur un ton vif et cordial, comme si elle le connaissait depuis longtemps. « Bonjour ! Le Commodore n'est pas là. Mais demain à dix heures il sera à Levallois, au garage Grinda. Sa voiture est en réparation. Il serait content de vous voir.

— D'accord, dit Joseph.

— Oui, venez ! » dit la secrétaire avec entrain et elle raccrocha.

Le lendemain, Joseph était au garage Grinda. « Ils sont au fond », lui dit un ouvrier. Joseph avait toujours aimé l'ambiance d'un garage, avec ses parlottes et son cambouis. Il reconnut entre tous le vrombissement de la DB6, avant de la voir. Et soudain elle fut devant lui, entourée de la fumée de ses gémissements. Un homme en bleu de chauffe, le visage congestionné, faisait hurler les moteurs, puis il les coupa. Il sortit de la voiture, et annonça à l'homme en veste de tweed qui tournait le dos à Joseph : « En pleine forme, Commodore, voici les clés. »

L'homme se retourna : taille moyenne, cheveux en brosse, regard gris et souriant.

« Tu es Joseph ? Tiens, prends les clés, tu vas conduire, on va faire un tour. Tu as ton permis ? »

Joseph fit non de la tête.

« Je n'ai que dix-sept ans, monsieur.

— Tu sais conduire ?

— Oui.

— Alors on va enfreindre les règles, d'accord ? Juste pour un tour. »

Joseph s'est toujours souvenu du premier contact sur sa paume du levier de vitesse en cuir, des cadrans, du volant de cerisier, et des premiers mots du Commodore.

« Tu m'as beaucoup plu, Joseph, il faut du cran pour entrer dans une maison. J'avais dix-sept ans quand j'ai commencé à piloter un avion, c'est comme ça que j'ai fait la guerre dans l'aviation, tu peux donc facilement piloter une voiture comme celle-là. Comment trouves-tu Nicole ?

— Elle est très jolie », dit Joseph timidement, qui voyait défiler les arbres du bois de Boulogne et passait les vitesses en tremblant.

Le Commodore soupira.

« Et puis, Sergio a raison, c'est charmant un garçon qui aime les voitures de sport. Curieusement, ça n'arrive pas tous les jours, nous vivons des moments étranges. »

Il était là, à côté de Joseph, à fumer une cigarette, tout détendu, aimable. Il n'avait rien en apparence du personnage inquiétant ou trop flou qui faisait peur à Nicole. Il avait plutôt l'allure d'un jeune homme vieillissant, aux manières suaves.

« Là, il y a un bouton qui s'appelle "overdrive", dit le Commodore. Il fait monter d'un coup la puissance du moteur.

— Je sais, dit Joseph ému.

— Alors vas-y, essaie un peu, n'aie pas peur. »

53

Noël vint. On se sépara quelques jours. Zoé resta avec ses parents à Paris. Saroyan aussi. Le train nous emporta, Louise et moi, vers Oursière.

Sur le quai de la gare, je sentis l'odeur de fumée venue des toits d'ardoise, et de l'humidité de l'asphalte où il avait plu. Nulle trace de Jean. On l'attendit avec nos deux valises, puis la deux CV arriva en trombe, fit un virage et nous livra Jean, dans sa vieille canadienne. La voiture prit la route d'Oursière, les phares balayant de leur faisceau les nappes de brume qui stagnaient à mi-hauteur des arbres. La nuit tombait. Jean nous dit que tout était prêt pour aller à la chasse à la bécasse. Nous n'avions pas oublié que c'était demain ? Il nous l'avait écrit trois semaines plus tôt. Il avait tout préparé. On allait beaucoup s'amuser. Louise soupira, mais n'osa pas dire qu'elle aurait préféré dormir le lendemain matin, tant elle était fatiguée. On sortit des collines et des défilés boisés pour parcourir le plateau qui ouvrait sur les Pyrénées, plongées dans la nuit, et d'un seul coup les mois qui s'étaient écoulés furent un rêve. Dans la rue des Rétameurs, Marie nous ouvrit la porte et vint vers nous, cheveux dénoués, avec cette hâte qu'elle avait parfois pour accueillir Jean, saisir son poisson ou les oreilles d'un lièvre.

Elle nous débarrassa de nos imperméables, nous donna ses baisers, nous poussa près de feu. Elle avait roulé la pâte toute la journée. De ce dîner, je me souviens surtout que pour Jean et Marie les mois que nous venions de vivre loin d'eux étaient des parenthèses presque sans importance sur lesquelles ils n'avaient d'ailleurs que peu de questions à nous poser. En revanche, nous sûmes tout de suite des choses sur la récolte de maïs qui avait été abondante, mais dont la rentabilité avait été affectée par l'environnement général. La Bourse de Chicago avait baissé, le maïs s'était trouvé emporté à la baisse des autres céréales, parce que l'Union soviétique, dont l'économie n'allait pas bien, avait réduit ses importations. C'était d'ailleurs un mouvement général, nous dit Marie, en nous servant une garbure ; même les autres matières premières — le cuivre, le zinc, le nickel — étaient affectées par la surproduction en raison des progrès techniques, ce qui créait une sorte de cercle vicieux qui était dangereux pour notre petite exploitation. « Vraiment ? » dit Jean, plus admiratif qu'inquiet de son diagnostic. « J'exagère peut-être un peu », dit Marie en souriant, revenant au souci de ne pas nous attrister. Il n'empêchait que plus les pays producteurs, les pays pauvres en général, avaient du mal à vendre leur manioc et leurs bananes ou leur caoutchouc, moins ils avaient de ressources pour acheter des biens manufacturés, ce qui ralentissait la croissance des pays industriels, lesquels, à leur tour, restreignaient les importations, et ainsi de suite. Pour compenser tout ça, les pays producteurs avaient tendance à augmenter leur production, ce qui était pire que tout. « Allons bon ! » dit Jean.

Le lendemain, je tirai Louise du lit, non sans mal. Elle s'habilla en maugréant, dodelinant de la tête, les lèvres gonflées. Mon père lui attacha à la taille des houseaux qui lui battaient les mollets, lui mit des chaussons puis des bottes, et la coiffa d'une casquette de feutre assez laide. Louise soupira, pour nous indiquer qu'elle serait stoïque. « J'ai hésité pour toi entre un calibre 16 et un calibre 20, lui dit Jean, le 20 est peut-être plus léger mais le 16 est robuste, bien plus facile à porter qu'un 12, et il te faut quand même du plomb neuf pour le premier et du 7 pour le second, d'accord ?

— Quel premier ? Quel second ? dit Louise en bâillant.

— Le premier tube et le second tube, mon chou, regarde cette belle arme que tu as, dit-il en lui tendant un fusil à canons juxtaposés, tiens, je te fourre dans les poches des cartouches de 9 et puis de 7, tu auras besoin pour le second coup d'une munition plus forte, tu n'as tout de même pas oublié comment tirer ? Il te faut du 7 pour briser la ronce et le petit bois. Et mets encore un chandail, il va faire frisquet.

— Ça me gratte, toute cette laine. »

Nous revînmes bredouilles. Pourtant, certains des épisodes de la journée prennent place, avec un charme un peu hagard, dans la séquence d'événements qui suivit. Il y eut d'abord Vip, notre épagneul de Münster, promenant dans les sous-bois sa robe mouchetée, sa queue à franges (je le cherche aujourd'hui dans un livre sur Memling, ou sur d'autres primitifs flamands, et il est là, présent, aux pieds d'Orphée jouant de la flûte, ou au paradis sous un serpent placide et entre les pattes d'un lion aux yeux écarquillés). Le sentier menait aux premières fougeraies. Vip s'activa dans les bordures, tombant parfois dans quelque souille pour en ressortir boueux et s'essorer avec entrain. Il disparut dans les fougères blanchies, perceptible seulement à sa clochette itinérante, relayé dans ses silences par les sifflets agacés de Jean. « Ce qu'il peut être têtu, il va toujours trop loin. » Vip se perdait avec délices dans des mouvements périphériques. Il s'attardait à toutes les crottes et finissait par sortir du fourré avec une expression de contrition suave. On piétina deux heures dans ces fougères, avant de passer du blanc au noir, d'atteindre un versant de sapins et de buis, dont Jean nous avait averti qu'il n'était pas toujours fertile en levées et en captures. Louise transpirait, marmonnant à voix basse qu'elle serait mieux dans son lit. Mais tout à coup nous eûmes ce que Jean nomma notre première occasion. Toute scène de chasse, il faut bien le dire, se parodie un peu elle-même, et celle-ci n'a pas échappé à la règle, de sorte que nous entrâmes de plain-pied dans un film familier, avant même que l'événement raconté ait eu lieu, par une charmante impression de salle obscure (et de fausse reconnaissance). C'était d'ailleurs une salle forestière que formaient les ramures des sapins, les derniers ronciers, puis, isolés sur la gauche, deux noisetiers gaulis.

Vip se figea dans une posture de dessin animé, à demi couché, la truffe à la hauteur des épaules, pour nous désigner une proie sur la droite. « Avance, Louise, dit Jean, prépare-toi, enlève le cran d'arrêt.

— Je n'y vois rien.

— Évidemment. Encore deux pas. Stop. Regarde là où Vip regarde. »

Mais l'essence de la bécasse, c'est le mimétisme, et nous scrutâmes en vain les feuilles ocre et les branches basses du hêtre que Vip fixait comme un totem. « Elle n'est pas dans l'arbre, Louise, murmura Jean, elle est dans les feuilles mortes au bas de l'arbre. Déplace-toi un peu sur ta gauche, elle va partir derrière l'arbre, et tu pourras tirer. » Louise fit trois pas. Rompant l'arrêt, Vip coula sur deux mètres en direction opposée et tomba dans une nouvelle catalepsie. On attendit en silence. Et c'est en silence que l'oiseau fusa des feuilles, fit un zigzag derrière le hêtre et disparut dans la forêt, bien avant qu'une courte langue de feu ne sortît du canon de Louise.

Il y avait un espoir que Patrick essayait de nous communiquer, me dit Louise (tandis que nous circulions maintenant dans la forêt détrempée, et sous la suie qui tombait des branches), c'était d'inventer des choses. Mais quoi ? Quoi ? « Chut ! fit mon père, on n'entend plus le grelot. » Derrière un buisson, Vip était de nouveau en arrêt, regardant droit devant. Ce n'est que plus tard que Jean nous révéla qu'il l'avait vue avant nous, non par son plumage fondu dans les feuilles, mais par les deux billes de cristal de ses yeux. Elle s'envola droit devant et mon père s'écarta pour me laisser tirer, mais la bécasse vira et passa en trombe sur nos têtes. « Amusant, non ? » dit mon père, après mes deux coups de feu lâchés en vain vers celle qu'il appelait avec douceur la mordorée.

« Inventer quelque chose, mais quoi ? Faire quoi ? » reprit ma sœur qui avait enfoncé sa capuche à visière. Nous n'avions pas vu ses deux yeux, dit mon père tout content, deux petites billes. La bécasse avait moins de chance que d'autres, elle ne pouvait pas fermer les yeux. Et pourtant, quelle adresse pour se cacher ! Figurions-nous que l'an dernier il avait blessé une bécasse, et que Vip, malgré son état de surexcitation, n'était pas parvenu à la retrouver dans une clairière à l'herbe plutôt rare. Il n'était pas possible qu'elle ait fui. Devinions-nous où elle s'était nichée ? Nous donnions notre langue au chat. « Nulle part ! » s'exclama Jean, elle était au pied d'un arbre que Vip avait abondamment reniflé, mais elle avait retenu son odeur, qu'est-ce que nous pensions de ça ? La rétention d'odeur ! C'était, ouvrons nos oreilles, un phénomène admirable de la nature, qui permet à l'oiseau de se fondre dans le feuillage et de se dérober à l'odorat du chien.

On revint à la nuit tombante, à travers des prairies spongieuses, où stagnaient des fumées âcres. Jean avait retiré les cartouches de nos fusils au canon baissé. « Qu'est-ce qu'il fait, en ce moment, Patrick ? Qu'est-ce qu'il fait ? » Cette question était un écho à la mienne, que faisait Zoé ? Allait-elle se coucher tôt comme elle aimait le faire, se démaquiller avec un coton en fronçant les sourcils, ou au contraire allait-elle sortir, glisser ses jambes dans les bas qu'elle déroulerait entre le pouce et l'index, le visage énigmatique à l'intérieur de sa chevelure ? Bientôt, nous parvînmes à Oursière, endormie au bord de la rivière brillante.

Il se passa ce soir-là un épisode étrange, que je rappelle pour mémoire, Louise en contestant l'existence (elle prétend que je ne l'ai pas déformé, mais purement et simplement inventé). Je vis d'abord Jean poser une main sur le bras de Marie qu'elle retira aussitôt, puis tous deux allèrent dans la cuisine, pour aller chercher un plat, et j'entendis distinctement ma mère dire à voix basse : « Vas-y, dis-leur, vas-y » puis des chuchotements. Ils revinrent vers nous, Marie toute souriante et détendue, « voyons les enfants, est-ce que ça va vraiment bien ? » Est-ce que nous étions si contents que ça ? Si tel n'était pas le cas, on pourrait toujours vous faire passer. Elle écarta avec un petit rire l'interprétation funèbre de ces mots, et nous annonça, avec cet air de conspiratrice qu'elle avait parfois, que Jean et elle n'avaient pas beaucoup d'argent, mais quelques cousinages « *là-bas* », de sorte que leur ami le rebouteux pourrait les aider en cas de besoin.

« Là-bas ? » dit Louise en s'étirant, et clignant des yeux fatigués.

« En Amérique, chuchota Marie.

— Pourquoi ? On a un oncle d'Amérique ?

— Des cousins. Quelques amis. »

Jean approuva de la tête, comme dans un film sur un clan sicilien.

« On irait en Amérique ? Et quoi faire ? » dit Louise en rebâillant. Elle considéra un instant mes parents, et tourna la tête vers moi. « Vous êtes charmants, mes chéris, mais assez pour ce soir. Bonne nuit. »

Le lendemain, Marie et Jean étaient levés depuis longtemps quand Louise et moi ouvrîmes les yeux. Voulions-nous faire un tour à B. ? Faire quelques courses ? Aller au cinéma ? Marie nous lança ces questions depuis le jardin ruisselant, un sécateur à la main, et nous fit signe qu'elle avait déposé quelque monnaie sur la table de la cuisine. Pourrions-nous aussi profiter de ces courses pour porter Mécène chez le vétérinaire ? Il n'allait pas très bien. Depuis plusieurs mois, le braque de Weimar avait une toux convulsive que Jean attribuait à la vieillesse. Mon père n'avait pas de mots assez émus pour évoquer la mollesse si noble des poses de Mécène, l'ardeur ancienne de ses traques, mais cet éloge ne lui paraissait pas incompatible avec la nonchalance, voire la légèreté avec laquelle il considérait ses problèmes de santé, en estimant qu'un chien devait s'en sortir tout seul, avec une soupe copieuse, sans avoir besoin de shampooing, de croquettes ou de vermifuge. Le plan fut donc d'emmener le chien à la ville, de le laisser chez le vétérinaire pendant que nous irions au cinéma, et de le ramener guéri à la maison.

Dans la salle d'attente du vétérinaire, il avança en rampant, tandis que Louise couvrait son museau de baisers et lui parlait à l'oreille. On entendit dans le fond les pleurs d'une gamine. « Pourquoi vous l'avez piqué ? — Mais il avait seize ans, mon chou. Trop vieux. — Moi aussi j'ai seize ans. » Les gémissements se rapprochèrent. La fille en pleurs passa dans le couloir, tenant une laisse. La vétérinaire était une jeune femme pleine d'entrain. Elle observa notre chien en fronçant les sourcils, tandis que celui-ci se coulait avec prudence dans la salle d'examen, en semant d'énormes flaques sur le linoléum. Elle haussa les épaules. Pourquoi l'amener si tard ? Il n'allait pas continuer bien loin à ce train-là. « Regardons sa respiration, il cherche l'air, non pas avec ses poumons mais en creusant les flancs. Pas bon signe. Aidez-moi à le placer sur la table. » On se mit à trois pour soulever le braque, dont les jambes de biche pendirent dans le vide. Il frissonna sur son perchoir, étendu de tout son long, et ne broncha pas quand la vétérinaire lui prit la température et procéda avec ses gants de caoutchouc et ses fioles à une analyse coprologique, qu'elle nous invita à examiner à travers son microscope. « Des trichures, dit-elle. Les vers les plus dangereux. Vous voyez là, sur la gauche du prélèvement ?

— Je vois un long fil noir, dit Louise.

— Non, ça, c'est un poil, mais à côté il y a des sortes de citrons ou de petites grenadines. Sales bêtes ! » Elles pouvaient expliquer la maigreur de Mécène, mais n'y avait-il pas une autre pathologie ? Elle nous conseillait une radio des poumons. Opération un peu plus onéreuse mais utile. On hissa le chien sur une autre tablette. Apparut sur un écran son appareil pulmonaire, qui suscita un soupir du docteur. Le cœur avait pris la forme d'une besace, signe de fatigue cardiaque, mais surtout, il y avait une tache blanche, fibromateuse, qui s'étendait au nord et à l'ouest de la cavité cardiovasculaire. Carcinome ? Fibrose bénigne ? Entassement de larves mortes desdites trichures ? Peu importe. Le fait est qu'une partie du poumon était envahie par cet amas qui contribuait à l'essoufflement de notre bête. Toutefois, l'examen de la pupille et des gencives montrait que le chien n'avait pas perdu tout son sang, on allait pouvoir lui donner des médicaments et il allait vivre, mais pas plus d'un ou deux ans. Il aurait fallu le soigner plus tôt. Sur notre recommandation, la vétérinaire alla chercher dans son frigidaire un morceau de fromage de brebis, le mets préféré de Mécène, dans lequel on fourra deux pilules rouges, et qu'il engloutit. Munis d'une ordonnance et de ces sombres nouvelles, Louise et moi laissâmes notre chien chez la dame et on commença notre promenade dans les rues balayées par la pluie.

« Tout est beaucoup plus difficile qu'il n'y paraît », dit Louise songeuse.

C'était un jour comme les autres. La pluie, de plus en plus fine, ne le rendit pas scintillant. Près de l'église, le long des boutiques ambulantes qui s'établissaient sous les portes cochères, il y avait un marchand camerounais qui nous montra des morceaux de bois exotique et un sac en rafia, tressé avec des fibres de palmier. Cette texture n'évoquait-elle pas, à sa manière, le quadrillage de la pluie autour de nous ? Bizarrement, la gaieté du marchand, son index effleurant les plis de la trame m'y firent penser. Derrière les traits de pluie, ou plutôt confondu à elle, il y avait ce fond assoupi, crayeux, qui vibrait. En marchant dans les rues presque vides, je cherchai un sujet de conversation qui nous évitât de parler de ce que nous venions de voir.

« Dis donc, dis-je à Louise, tu ne chantes plus beaucoup les refrains de tes chansons, ou je me trompe ?

— Pourtant tu me le reprochais, dit-elle doucement.

— J'avais tort.

Elle fredonna : « J'ai jeté mon cœur / Un peu à tout vent », puis s'arrêta. En soupirant, elle donna un coup de pied dans une boîte de sardines.

« L'autre jour, j'ai encore parlé avec Esther des Rolling Stones. Ce que je les aime, ceux-là ! Quand je pense qu'on est là, dans ce petit port perdu, ou même à Paris avec nos bouquins, et eux sont lancés dans leur vie tourbillonnante, avec toutes les belles mélodies qu'ils inventent ! Et ils étaient si timides au début !

— Timides, les Rolling Stones ?

— Au début, ils n'ont pas tellement composé, Esther me l'a dit, elle connaît bien tout ça, ils n'avaient pas confiance en ce qu'ils faisaient. Esther, elle est si belle, elle aurait pu être Anita Pallenberg ou Marianne ou une autre de ces filles qui peuvent chanter avec eux *Under my thumb*, c'est un chant sardonique, la revanche d'un type qui séduit la fille qui l'avait rejeté.

— Tu aimes leur côté voyou ?

— Ce ne sont pas des voyous, dit-elle avec ardeur, ils ne l'ont jamais été. Plutôt des petits-bourgeois qui ont su trouver l'art de chanter en voyous sophistiqués. Que j'aimerais ça ! Pas toi ? Jagger était le fils d'un professeur de gymnastique, et Keith Richards celui d'un jardinier, ou quelque chose comme ça. Ils ont beaucoup traîné. Pas tellement comme nous. Ou plutôt, on a traîné à notre manière. Si je me souviens bien, c'est sur un quai de gare qu'ils se sont rencontrés. Tous les deux aimaient la musique noire. Comme c'est étrange ! Le rock a été ce qu'est pour nous la paperasserie des études (c'est quand même moins amusant) : une manière de s'en sortir, de ne pas croupir dans un trou perdu. Est-ce que tu crois qu'Esther leur plairait ?

— Je ne sais pas. »

Tout paraît beau, parfois. Même le port exigu sous la pluie. Il y avait un carton maladroitement posé à la fenêtre d'un carreleur, au coin d'une rue, sur lequel était inscrit : « Fermeture de Noël ». Sur les quais, on vit deux bassins de bois remplis d'anguilles et de sandres, venus d'un étang proche, et que les pêcheurs sortant le merlu de leur chalut regardaient avec dédain. Artichauts, choux-fleurs, sur une brouette. Légumes d'hiver. Essoufflement de l'autobus partant pour l'intérieur du pays. Tout cela relié dans le lacis de la pluie, à peine moins frêle que les fils arachnéens s'étendant d'un buisson à une branche, l'été, qui concentrent un peu de soleil, et le relâchent. Louise me donna un coup de coude, à la vue d'une petite vieille portant un chapeau noir où trois cerises en tissu étaient accrochées. Charmante. Quelque chose de si léger.

« J'adore la douceur de *She's like a rainbow*, reprit Louise. Je viens d'entendre à la radio *Sympathy for the devil.* Quel contraste avec cette douceur ! C'est un monologue épouvantable du diable, proféré sur un rythme de samba, avec un ton enjôleur, insinuant, et cet accent cockney, qui est peut-être contrefait, et qu'il a tout de même dans sa diction, un peu comme la gouaille de Joseph… Je ne sais pas trop quoi penser de tout ça. Je suis trop prétentieuse pour comprendre.

— Mais non, voyons.

— Mais si. D'un côté, l'arc-en-ciel, couleur de l'air, *She's like a rainbow*. D'un autre côté, une chanson plombée, le diable qui chante. Quel est le fin mot de l'histoire ? Je n'en sais rien. Je n'en sais rien, vraiment… »

Des remorqueurs, des barges se croisaient. Les sillages, les filins formaient leurs résilles sur l'eau et le ciel, s'entrecroisaient avec la bruine (à présent une sorte de vapeur que le vent secouait). Ces réseaux semblaient rendre l'air même autour de nous plus fluide, les nuages plus fragiles. Mais, en même temps, le léger balancement de toute chose établissait un va-et-vient, un retrait qui supposait sans doute une avancée, comme une bête prudente qui se laisse caresser par moments. On traîna, déambulant sur les quais, sur la jetée, et bien des choses étaient là au hasard : des chiffons, des papiers, des cordages. Il semblait alors, c'est ce que je me dis aujourd'hui, que le petit monde du port ne se réduisît pas à quelque apparence, ni bien sûr à un chiffre ultérieur, car il était frêlement encordé à nous, avec ses scintillements de soleil combattus par la pluie. L'ennui était persistant, il s'insinuait comme lorsque nous étions enfants, analphabètes, proches, et pour un temps si court, des bêtes que nous connaissions, le mulet clignant des yeux, le chien qui vient soudain, on ne sait pourquoi, poser son museau sur nos genoux. Encordés ? N'est-ce pas un mot trop dramatique, évoquant l'escalade, la conquête alpine, loin de ce filet impalpable qui semblait si près de se déprendre de nous, de ne plus nous apparaître glissant au fil de l'eau, poisson qui nous suit ?

« Tu te souviens de l'hirondelle qui fait son nid dans la chambre des parents ? chuchota Louise. Elle arrive en mai, quelque chose comme ça.

— Oui, et alors ?

— Ils laissent la fenêtre ouverte, pour la laisser aller et venir, on voit les becs pointer du nid. Quand le volet est fermé la nuit, parfois, l'hirondelle attend qu'il s'ouvre au petit matin. Perchée sur un arbuste. Et alors là je pense à ça, parce que je ne sais pas si nous on aura…

— On aura quoi ?

— La chance d'être comme ça. C'est nous qui sommes presque encore enfants et eux qui le sont définitivement, je veux dire, comment dire ? »

Elle soupira, avec cet air de découragement drôle qu'elle prenait devant ce qui lui paraissait indicible.

Puis elle me tira par la manche. Là-bas, au fond de la rue, devant le chocolatier qu'elle n'aimait guère (car il ne pouvait s'empêcher de fourrer ses bonbons de praline ou de liqueur alors qu'elle savourait la simplicité de la ganache), elle avait reconnu le mouvement du parapluie de Jean (un mouvement de balancier, une armature de bois qui n'attire pas la foudre). Il avançait, vite, à travers la pluie battante. Je ne sais pourquoi Louise me repoussa derrière les colonnes. Jean passa devant nous, courant presque. C'était étrange. Pourquoi était-il ici, avec son costume noir et une cravate de deuil ? Alors que nous l'avions laissé le matin dans son atelier, tout blanchi de sciure ? Pourquoi ne nous avoir rien dit de sa venue ? On le suivit. Il trottait sur le pavé, tenant à grand-peine son parapluie ballotté par le vent. Il longea la cathédrale, les boutiques de chiffons et de livres qui la jouxtaient. Puis il monta quatre à quatre l'escalier d'un bâtiment que Louise et moi avions toujours pris pour la mairie. Il referma son parapluie, glissa, faillit tomber, se tordit peut-être une cheville car il pénétra en chancelant dans l'immeuble, non par la porte principale mais par une issue latérale. L'entrée dans laquelle notre père s'était engouffré donnait sur un couloir sombre. Deux ou trois bancs, deux tableaux poussiéreux. Une porte capitonnée de cuir, que je poussai, s'ouvrit sur une haute salle remplie par une foule muette, entourant des personnes en robe noire à rabats blancs. C'était la première fois, à vrai dire, que Louise et moi pénétrions dans un tribunal.

Un des juges faisait une lecture d'une voix lasse, énumérant la liste des biens de Bernard et Bernadette Léon, indiquant l'identité de leurs créanciers et le montant des créances, ainsi que les procédures conservatoires dont les débiteurs avaient fait l'objet. Nos yeux s'habituèrent à l'obscurité. Près d'une colonne, une partie du village d'Oursière était là, en tenue de cérémonie, pour soutenir les Léon qui assistaient à leur faillite. Mon père s'appuyait sur son parapluie de berger, Marie était habillée d'un ciré que Jean lui avait récemment offert, et qui lui donnait, avec ses lourds cheveux blonds, l'air d'une secrétaire de série noire. Elle passa un bras autour des épaules de Bernadette, tandis qu'un greffier rappelait que les débiteurs avaient fait l'objet de différentes mesures provisoires, de saisies diverses et de quatre hypothèques judiciaires inscrites sur leur maison et leurs terres pour un montant cumulé de créances reconnues définitives de 686 783 francs et 7 centimes, plus les frais d'hypothèques, de publicité, de greffe, de timbre et de dépens représentant un prix de 744 000 francs. Bernard Léon était à côté de sa femme, droit et trapu, un béret vissé sur la tête. Regardant à la ronde avec des sourires furtifs. Bernadette sanglotait dans ses mouchoirs. Le tribunal annonça qu'il se saisissait, sur le fond, de la validité des saisies pratiquées sur les meubles, les récoltes et les bestiaux (tout cela, me sembla-t-il, avec le rythme souple d'un hymne allant bon train). La saisie conservatoire sur les meubles fut promptement transformée en saisie-exécution par l'effet d'un jugement définitif au profit de la Caisse régionale du Crédit agricole, dont les magistrats soulignèrent qu'elle avait accordé aux débiteurs plusieurs délais de grâce. Il ne restait à nos amis que quelques biens insaisissables, leur lit, deux chaises, un poêle en faïence, une table et d'autres menus éléments. La question du bétail fut également réglée. Les Léon perdaient deux vaches, à propos desquelles la qualification de meuble ne posait pas de problème (Louise constata, des années après, que le juge avait tort, car une vache est un immeuble par destination). Toutefois, une question de double saisie se posa, car Bernard Léon avait confié l'une des vaches à un maquignon de passage, de sorte que le créancier poursuivant (toujours la Caisse) fut contraint d'opérer une saisie foraine entre les mains du maquignon qui s'apprêtait à fuir. Le chat familial échappa à l'assiette de la saisie (je le connaissais, c'était un énorme matou dévoreur de souris, et contemplateur acharné de leurs refuges). Vint le problème plus ardu des saisies-brandons pratiquées en septembre sur les récoltes sur pied des Léon (maïs, orge surtout) par l'URSSAF. « Il convient d'entendre les parties sur l'incident dont le tribunal a été saisi », dit le président. Cette remarque technique suscita chez Bernadette un sanglot aigu, qui s'éteignit aussitôt.

Un avocat, jeune homme déplumé et plein de rides, fit valoir qu'une saisie-brandon était une saisie des fruits qui « pendaient par racines », et que, si la saisie de la récolte d'orge et de maïs n'était pas contestable, la saisie des figues et des pommes de la famille Léon sur leurs arbres n'était pas conforme à la définition de la saisie-brandon. Le président du tribunal haussa les épaules, et cette objection fut rejetée. L'avocat soutint aussi que la saisie devait être faite dans les six semaines antérieures à l'époque ordinaire de la maturité des fruits, et qu'elle devait être précédée d'un commandement, avec un jour d'intervalle. Il contestait que le créancier eût respecté ces délais. On se lança dans une computation incompréhensible des jours et des nuits qui avaient séparé le commandement de la saisie, la greffière comptant sur ses doigts comme un enfant à l'école. Il résulta de ces calculs que le délai avait été respecté. Il n'était pas contesté que le garde champêtre eût été établi gardien du maïs, des pommes et des figues. Tout allait donc bien sur le plan procédural, la vente devait avoir lieu le lendemain, jour de marché à Oursière, après avoir été annoncée par un placard sur la maison des Léon et sur la place du marché. Le seul mot de placard suscita un nouveau sanglot de Bernadette qui frissonna, soutenue par ma mère.

L'audience prit alors un tour à la fois intime et solennel, par l'organisation de la vente à la bougie de la maison des Léon, une ancienne métairie, où Louise et moi enfants allions volontiers jouer. Les enchères furent ouvertes. On éteignit les lumières de la salle d'audience, on disposa des bougies sur une table au centre du prétoire. Le président se leva, et nous rappela que l'adjudication ne pouvait être faite qu'après l'extinction des trois bougies allumées successivement. S'il ne survenait pas d'enchères pendant la suite de ces bougies, le poursuivant serait déclaré adjudicataire pour la mise à prix. Toutefois, reprit-il avec un léger hochement de tête, pour nuancer les propos précédents, si pendant la durée d'une bougie il survenait des enchères, l'adjudication ne pouvait être faite qu'après l'extinction de deux nouvelles bougies sans enchères survenues pendant leur durée. Une première bougie fut allumée, et cette petite flamme me rappela les anciennes veillées pascales où ma grand-mère nous emmenait pour compenser le manque de ferveur de nos parents, en nous promettant, après la cérémonie, la manducation d'un baba. Mais il ne s'agissait pas maintenant d'une sourde résurrection nocturne. Plutôt d'une plongée, minutieusement réglée, dans les ténèbres, que ponctuait chacune des bougies soufflées, dès lorsqu'un enchérisseur proposait un prix. À la deuxième enchère, il se fit un silence interminable, car il fallait attendre l'extinction de deux bougies successives. Dans mon souvenir, les deux minutes réglementaires se distendirent de manière démesurée à travers le silence de mort qui les emplit, et qui fut rompu par une autre enchère. Mais il est vrai aussi que ce théâtre juridique et campagnard, avec ses luminaires et sa liturgie opaque, réussit à transporter Bernadette et son mari (Bernadette maintenant affaissée dans les bras de Marie, comme si elle s'était endormie) tout près, sans doute, de l'humilité des martyrs. Quand tout fut fini, que la salle d'audience s'illumina comme à la fin d'un film, la communauté d'Oursière se dirigea vers la sortie, et passa près de nous. Jean nous fit signe de partir, puis Marie se détacha du groupe, s'approcha de nous et j'entendis à la fois le froissement de son ciré et les mots qu'elle murmura : « Allez vous amuser, mes amours. » Et elle tourna les talons.

On revint par le dernier bus, après avoir récupéré le chien. Nous ne voulions pas revenir trop tôt. Même arrivés à Oursière, nous nous attardâmes dans les rues, marchant au hasard dans les vieux quartiers de la colline Sainte-Gertrude, nous arrêtant sur la placette entourée de maisons à piliers où se tenaient autrefois, disait-on, le marché aux grains et la halle aux draps. C'était ce quartier que nous avions parcouru avec Zoé et Patrick dans la canicule : dans le noir d'hiver, il était méconnaissable, un peu fantastique, avec ses portes ogivales, parfois mutilées, le lourd chevet de l'église, bloc d'abîme dans la pluie grise, et les maisons à galerie de bois. Louise était plongée depuis la fin de cet après-midi dans une rêverie plombée. Elle n'ouvrit la bouche que pour me dire que Gaston le Croisé avait construit une partie de ce quartier, c'était un mystique et un cavalier infatigable, il aimait les rançons parce qu'il venait d'un pays pauvre, et notre sévère église (nous nous abritâmes plusieurs minutes sous son porche en forme de coquille) avait été édifiée grâce au butin rapporté de sa campagne d'Andalousie avec Alphonse le Batailleur. Ce rappel incompréhensible, alors que l'obscurité s'amoncelait autour de nous, suggérait seulement que Louise disposait dans son sol mental de nappes de rêveries inconnues de moi, dans lesquelles elle puisait je ne sais quoi. Nous redescendîmes lentement, errâmes dans les rues maintenant battues par la pluie, et Marie nous ouvrit avec un sourire détendu, vêtue d'un tablier. Je sentis sur mon front sa paume.

« Demain, vous verrez le Grand Chariot », dit Jean, signifiant que la pluie allait cesser et qu'il ferait beau. Je m'endormis vite, emportant cette conjecture à laquelle, avec raison, je ne croyais pas une seconde, mais qui donna lieu à un rêve dont j'eus la chance de me souvenir. Ce rêve découvrit une ourse vaquant dans la montagne, puis prononçant devant Louise et moi, qui tentions de nous dégager d'encombrantes fougères, une sorte d'exhortation solennelle. Puis elle grogna, furieuse, et je m'éveillai. Je me levai, marchai en titubant vers la fenêtre. Je poussai le volet, la pluie tombait toujours dans le jardin obscur. L'érable, tout près, était seul visible, dans la nudité de ses branches. L'été dernier, nous avions guetté avec Zoé les étoiles : Véga, le chasseur Orion dont l'homonymie avec le nom de Zoé nous amusait (Louise lui disait qu'elle était peut-être aussi une chasseresse et qu'elle s'apprêtait à nous transpercer le cœur) et les Chariots que Zoé prononçait à l'anglaise, en faisant résonner de manière musicale leur dernière syllabe : *sweet chariot*, le doux chariot. En prononçant ces mots, ses lèvres bougeaient à peine.

54

Saroyan nous ouvrit la porte, emmitouflé dans sa robe de chambre, un peu nuageux et bégayant, car il avait pris la veille du Gardénal qui, à l'heure du petit déjeuner, continuait à exercer ses effets. Une écharpe de laine rouge traînait par terre, signe que Zoé lui avait rendu visite. « Elle est venue me taper un texte », un poème qu'il nous lut à haute voix (je fais ici une exception en le citant).

Des ailes battent dans l'érable.

Oiseau, ton babil vibre dans les feuilles caduques.

Le monde n'est pas la case, dis-tu,
plutôt l'espace
que les dieux donnent en partage.

Mieux que toi,
nul ne sait les souilles,
la bauge exquise
nul n'entend les pas de laine...

Moins rauques sont les anciens arrois
qu'un chant qui murmure : parlez seuls, et non pas à la laie.

Par les trembles ta fuite
livre l'éclaircie.

Va-t'en !
avec les tigres des neiges et le gnou
sur ses sentiers de solitude,
vers les collines de quartz et les dunes mobiles
de Namibie !
Questions armées de silence...
À peine constitué, déjà loin de sa survenance
l'Événement s'est placé sur sa trajectoire de comète.

Comprendre, dis-tu, n'est pas nécessaire
pour combattre.

L'enfant désolé, à genou au bord d'une mare,
à peine a-t-il levé la tête
que l'aile a frôlé l'eau noire.

Qu'il soit encore plus seul et non pas désolé !

Plus seul dans les fables :
voix dans l'érable !

« C'est assez beau, dit Louise, et que penser de la distinction entre solitude et isolement ?

— Il faut que je retravaille ça, mais la solitude présente au monde n'est-elle pas le contraire de l'isolement muré que Hannah » (il appelait Hannah Arendt par son prénom comme Louise le faisait d'Alexis) « a si bien évoqué ? »

Quant à moi, tout en prenant la main de Louise qui lui faisait des baisers, il me fit part qu'il avait acheté trois actions d'une société fabriquant des équipements ménagers, sur la foi d'un article boursier qu'il voulait que je lise. Comme Jérôme Rossi l'avait noté avec aigreur, malgré sa maigre paie, Saroyan achetait et revendait quelques actions avec l'entrain d'un joueur de tric-trac. Il se plongeait dans la littérature financière, avec ses graphiques et la description de ses couloirs haussiers ou baissiers, et ses seuils de franchissement. Ainsi, Saroyan avait acheté deux actions de la Compagnie de Saint-Gobain (car il aimait le matériau du verre) et il lisait avidement des commentaires du genre : « En cassant à la hausse ces deux moyennes mobiles à 50 puis 150 jours, Saint-Gobain s'inscrit désormais dans une tendance positive. Nous renforcerons les positions jusqu'au support majeur de 154 francs. Une fois cet objectif atteint, une phase de correction devrait se déclencher vers 151 francs puis 134 francs. On sera vendeur en cas de manque de résistance vers 135 francs car, dans ce cas, le support graphique de 134 risque d'être franchi à la baisse. » L'assurance du ton, les graphiques hérissés comme ceux d'une plume sismographique expliquaient que Saroyan ne se décidât que difficilement à vendre ou à acheter ses Saint-Gobain sans l'adjuvant de telles prescriptions que moi-même, pourtant peu intéressé, mettais plus souvent que lui en doute. « Ah, tu crois ? me dit-il. Tu crois que je devrais être plus prudent ? » Esprit hypercritique mais enfantin, il était baba devant les vaticinations financières, avec un mélange de découragement et de fébrile amusement (il avait encore en mémoire — à moins que je ne commette un anachronisme — l'offre publique d'achat que BSN avait lancée deux ou trois ans auparavant sur Saint-Gobain, et qui lui avait fait gagner en une journée de quoi s'acheter trois nouveaux stylos et un pouf à motifs d'anémones sur lequel il siégeait parfois en rappelant son origine). À cette joie se mêlait consubstantiellement le souvenir dépressif de sa mère, de son enfance miséreuse, de la zone frontière entre les XVIIe et XVIIIe arrondissements, de leur soupente pleine de poussière (et, de la même manière, il avait envoyé une petite contribution à une boîte de nuit en vogue qui avait subi un incendie, parce que les filles y étaient belles, et qu'il n'aurait jamais songé, enfant, à pouvoir les rencontrer). Notons aussi qu'il avait scandalisé Cyprien, son thésard, qui déjà se plaignait que Saroyan fût un maître indifférent, lorsque celui-ci l'avait trouvé plongé, non pas dans le chapitre dont Patrick était censé lui rendre compte, mais dans un document financier consacré à l'élasticité d'un warrant. « Ce type est fou, il n'avait qu'à se faire banquier, je le déteste. » (*En fait, c'est aussi pour cela que j'étais fière de lui, que je l'aimais si fort, c'était parce qu'il était un calme bloc de révolte contre la mesquinerie, la petitesse universitaire, avec son acharnement à vous placer dans des catégories dont il ne faut pas sortir. Il était hors catégorie. C'est pourquoi tous ses collègues de l'École pratique des Hautes Études, par exemple, le respectaient vaguement et ne l'aimaient pas. Ils auraient accepté l'excentricité. L'excentricité rassure, elle est dans la norme, elle affirme la norme, elle est l'obéissance même, mais Patrick n'était pas excentrique, il avait de la fantaisie. De ce point de vue Joseph lui ressemble un peu. Il était toujours là où on ne l'attendait pas. Tout ce qu'il nous a donné ! Tout ce qu'il m'a donné ! Tout le bien qu'il m'a fait ! Tout le mal qu'il m'a fait ! Une seule et même chose ! Une seule ! La même ! Sa fantaisie : une déchirure ! Dans la déchirure, un éclair passe ! Au milieu des ténèbres ! De la griserie dans la grisaille ! Il n'a pas à être pardonné ! Mais à être loué ! Comme je l'aimais ! Comme tu l'aimais ! Comme je l'aime encore ! Toujours ! Toujours ! Éclair de révolte ! Désespoir. En remerciement, du fond des années, je lui offre ce qu'il m'a donné, ce qu'il y a de plus beau, je n'ai pas d'autre chose dans mon panier : désespoir. Porté au plus haut, un peu théâtralement peut-être, ce désespoir. Être digne de lui !* Note de Louise.)

Ayant laissé Saroyan et Louise, je gravis quatre à quatre les marches qui menaient à la chambre de Zoé. Elle m'entendit, m'ouvrit la porte, elle était haletante : « Thomas ! Mon Thomas ! Tu es là ! » Et elle tomba dans mes bras. L'écharpe que je lui rapportais flotta un instant sur ses épaules, et glissa. Dans la chambre, tout en enlevant sa robe, avec des mains qui tremblaient, elle me demanda si je ne l'avais pas oubliée, elle avait craint qu'Oursière m'eût emporté elle ne savait où, et je sentis sur mon front un premier baiser.

55

Pendant les semaines qui suivirent, une inquiétude croissante me gagna à propos de Zoé. J'eus l'impression qu'elle s'échappait, alors que je la voyais souvent, et qu'elle était aussi tendre, plus tendre même qu'avant. Le mot échapper ou s'échapper est sans doute excessif. Elle se lançait plutôt dans l'action fébrile, son emploi du temps était chargé, et elle prenait le soin de m'annoncer plusieurs jours à l'avance qu'on ne pourrait pas se voir, comme un enfant que l'on prépare à l'idée qu'un contretemps d'abord éventuel, mais à la certitude croissante, compromet le projet d'assister à un spectacle de marionnettes. Le mot favori de Zoé était emprunté au langage des architectes : demain, je serai « charrette ». C'était un mot complexe qui signifiait un surcroît de travail, lequel prenait la forme d'un destin indéprogrammable : un tremblement de terre pouvait ouvrir le bitume du quai Malaquais, faire s'effondrer les immeubles de la rue Bonaparte, il n'en restait pas moins que, quoi qu'il arrive, ni mon amour, ni mon désir, ni aucun autre événement ne pourraient effacer le fait que Zoé serait « charrette ». Jusqu'à présent, ce mot avait eu pour moi un sens simple. C'était la charrette de Marie qui, au printemps, débordait parfois de fleurs, de légumes, et en juin d'un foin bourdonnant d'abeilles. Plus tard aussi, cette charrette que tirait parfois un mulet était chargée de houx, de marrons dans leurs cosses. Cahots. Les grincements de son essieu. À présent, le mot « charrette » n'évoquait plus le retour d'une campagne fruitée, mais cette tâche lourde et arbitraire, qui suscitait mon angoisse, puisque Zoé en employant ce mot énonçait elle-même qu'elle ne pouvait se résoudre au temps oisif nécessaire à l'amour. Mais cette dernière réflexion me faisait honte, j'avais l'impression de sombrer, à cause du maléfice attaché au mot « charrette », dans ce que Louise, tout en essayant maladroitement de me consoler, nommait la banalité psychologique (ce qui était, me disait-elle, un pléonasme). « Ne t'en fais pas, ne l'étouffe pas, laisse-la faire, laisse-la travailler si elle le souhaite, ne tombe pas dans la banalité. » Mais comment être à la hauteur de l'idéal élevé de ma sœur ? Était-il possible qu'elle ne vît pas que l'amour était lié, comme je le sentais si fort, à une sorte d'alanguissement, de paresse dont Zoé me paraissait s'éloigner à petits pas, « *shuffle*, *shuffle* », comme elle disait pour évoquer le moment où elle retournerait chez elle le soir, sans faire de bruit ?

Tout s'embrouilla dès lors assez vite. Ce fut comme si des fils s'entremêlaient, puis se démêlaient jusqu'à une sorte de simplicité que personne n'avait prévue. Par où commencer pour raconter ça ? Par le Commodore, qui compta tellement pour Joseph ? Par la primesautière Nicole ? Par la venue soudaine des événements de mai 1968 dont nous étions proches ? Peu importe.

Joseph, Nicole, Cécile et les autres vécurent ces mois de manière insouciante et légère. Nicole et ses amies travaillaient pour Heim (qui allait mourir bientôt) et des magazines, sans être affiliées aux agences de l'époque, en particulier celle de Dorian Leigh, de Paris Planning et de Catherine Harlé. Elles travaillaient librement, habitaient sous la protection du Commodore qui ne leur demandait d'ailleurs pas grand-chose, sauf de venir à ses soirées. Le Commodore avait un ami qui était, paraît-il, un grand photographe, Peter Knapp. Toutes ces jeunes filles ne savaient presque rien de l'immense histoire de ce qu'on nomme aujourd'hui le modeling, et qui, bien au-delà du présent récit, allait jouer un rôle majeur dans la vie de Joseph et dans la nôtre. Cela, je ne le raconterai pas ici, mais plus tard. (*Ce que tu peux dire peut-être, puisque Joseph nous le rabâche désormais avec un air résigné, c'est que les filles, un rien les émerveillait. Une chemisette à motifs. Un ticket de cinéma. Elles ne pensaient pas trop à leur travail, elles étaient curieuses d'hommes plus âgés qu'elles, elles ne se souciaient pas du casting du lendemain matin, elles aimaient marcher dans les rues, le nez en l'air. Louise.*)

Nicole était amusée et effarée par Joseph. Elle aurait sans doute préféré qu'il demeurât ce qu'elle appelait un garçon rigolo, un « bon camarade ». Mais ces mots n'avaient guère de sens pour lui. Plusieurs fois, en mars ou avril, Joseph fut invité chez le Commodore. Un jour, il poursuivit Nicole dans les corridors. Tous deux s'égarèrent dans une chambre. « Non, non », dit-elle, alors qu'il essayait de l'embrasser.

(Elle était parée d'un fourreau rouge prêté par Weinstein, d'une broche de bijou fantaisie imitant un poisson rouge.) « Cette fois-ci, oui, dit Joseph, qui la saisit par la nuque.

— Mais là, là ! dit Nicole en montrant un rideau.

— Quoi ? dit Joseph au comble de l'excitation. Quoi ? Embrasse-moi.

— Là ! » répliqua Nicole, qui se mit à trembler.

Sans lâcher la nuque de Nicole, l'intrépide Joseph, de sa main libre, tira violemment le rideau. Derrière, il n'y avait rien. « Mais de quoi donc as-tu peur ? » dit Joseph à Nicole qui se blottit dans ses bras. Ce que Nicole craignait, et qu'elle n'avoua que plus tard à Joseph, c'est que les rumeurs qui circulaient sur le Commodore soient vraies. Qu'il cachât des caméras derrière ses rideaux. Qu'il soit charmant mais voyeur. Mais ce n'était pas vrai. Toutefois, ce que Joseph ne sut pas non plus tout de suite, c'est que s'il parvint à ses fins avec Nicole, c'est parce que le Commodore, qui aimait bien Joseph, le laissa faire. Dès lors, Joseph fit partie du cercle hétéroclite du Commodore, il finit par comprendre approximativement ce qu'était le monde. L'univers de la mode, dont Joseph ne perçut qu'une minuscule partie, fut une voie d'accès au Commodore, mais il y en avait bien d'autres.

Toute à ses visites à Saroyan, à son travail anxieux, Louise voyait moins Joseph ici qu'à Oursière. « Que fait-il, que dit-il ? » me demandait-elle toutefois assez souvent. Elle reprenait inconsciemment le questionnement tendre de Marie à son propos. Il est vrai qu'elle se tenait au courant, avec discrétion, des événements de la vie de Joseph, car elle recevait des appels téléphoniques de Jacinthe, qui lui demandait des nouvelles, n'osant pas directement prendre contact avec son neveu agacé. Louise recueillait aussi la plainte mesurée, empreinte d'une mystérieuse dignité, d'Esther qui ne se départait pas de son attachement pour le volage Joseph, tout en reconnaissant que ses nouvelles conquêtes faisaient partie d'une trajectoire qu'il était vain de souhaiter détourner. Dans son alanguissement, Esther devenait encore plus belle, parée de ce que Louise nommait la beauté de la Femme délaissée. Louise, Esther et Zoé se réconfortaient les unes les autres à travers leurs sujets favoris : les parfums, les rouges à lèvres, les souliers qu'elles regardaient dans les vitrines, la crème solaire Plein Vent à la senteur de cédrat, et leurs masques de beauté qui les faisaient s'allonger toutes les trois sur le lit, avec un élastique à la racine des cheveux et un grimage de clown. (*Tu as raison de noter que pendant ces semaines-là Esther exprima une sorte d'animalité fantastique qui fit ensuite toute sa beauté, mais je voudrais dire quelque chose sur Joseph, puisque l'occasion m'en est donnée, Thomas, et je me concentre pour tenter de formuler ça, ce n'est pas si facile. Cela concerne l'amitié. Qu'est-ce que l'amitié ? Qu'est-ce que nous aimions, que nous aimons toujours chez Joseph ? C'est cela que je me demande, même si la question est un peu vaine. Était-ce son langage haché, ses reparties ? Son esprit de lutin sophistiqué ? Son côté débrouillard et mesquin ? Les ressorts invisibles sous ses pieds ? Oui. Quelque chose comme ça. Sa grâce. Surtout des gestes. Une sorte de prélangage. Ni ses actes ni ses mots. Plutôt une gestuelle. Habitus. Il y a à peu près un an, Thomas, c'est-à-dire pendant l'été 1982, j'étais seule, je ne savais plus trop quoi faire et je décidai d'aller sur une plage quelque part. Déprimée, sur ces galets. Dans la foule, j'observai un Russe affreux, amateur de body-building. Peut-être un mafieux. Accompagné d'une fille qui ne devait pas avoir plus de quatorze ans. C'était sa maîtresse, j'en suis sûre. Affreux de la voir avec ce cerbère de boîte de nuit. Pourquoi raconter ça ? Elle alla jouer sur le ponton avec d'autres très jeunes filles. Elles s'amusèrent à sauter dans l'eau, à remonter par l'échelle, et à sauter encore, indéfiniment. Mais quels gestes ! Quelle démarche de faon ! Quelle manière de marcher un peu mécanique, quelle vague allure de pantin ! Ce n'était qu'une petite fille, Thomas, Dieu sait où il l'avait trouvée. Elle allait sur le ponton, rejoignant ces enfants, elle était là, avec sa raideur gauche. Il me semble que Joseph était un peu comme ça, il n'a pas besoin de nous dire grand-chose. Avant même qu'il ouvre la bouche il s'offre à nous, quand il saisit les cannes à pêche avec Jean, dans la remise, et zou ! Qu'il s'en va de ses pas rigides, trottinant à côté de Jean, nous offrant le monde étrange où il se meut, et tout cela n'est autre chose que l'amitié, alors même que je me demande souvent ce que nous aimons tellement en lui, car tu me dis souvent que tu lui ressembles mais tu exagères — et l'une des réponses possibles, Thomas, c'est que Joseph relance toujours tout, tu vois ce que je veux dire ? Zou et zou et zou il passe à autre chose, évidemment il est fou, mais comme il sait merveilleusement relancer la vie, quelque chose de nouveau se passe, une nouvelle fille, un nouveau pays, tout repart avec une vigueur de lanceur de yoyo et non pas bien sûr la sotte bobine du petit Hans... — Qui c'est Hans, Louise ? — Peu importe, c'est un exemple inutile, je veux dire que quand je pense à Joseph, c'est comme à la mer scintillante devant le cabanon de tôle où il servait des Coca-Cola, d'abord parce que le soleil et la plage sont ses éléments et aussi parce qu'il y a en lui comme un bruit de ressac, et ce ressac est quelque chose de proche de l'amitié. Et pourquoi ? J'en sais rien. Ou peut-être : à cause de l'intensité ! Partout où il va : il met de l'intensité ! Peut-être à cause de ça. L.)*

56

Il ne fallait pas que je m'inquiète, me disait Zoé de temps à autre, nous sommes souvent charrette, les examens approchent, elle travaillait en groupe sur une sculpture, un camarade faisait son portrait, et elle promettait que dans quelques semaines nous nous verrions tout le temps. En fait, régnait à son école une agitation qui l'amusait énormément. Les groupes qu'elle fréquentait avaient des liens avec l'ex-JCR (ml), mais ils étaient plus proches du joyeux anarchisme qu'elle avait un peu côtoyé aux États-Unis que des cellules doctrinaires et ultrasophistiquées en quoi, pour Louise, se résumait le gauchisme. Grâce à Zoé, Louise et moi recevions de temps à autre des nouvelles de Jérôme Rossi, car certains camarades de Zoé étaient amis de Pierre Lacour, qui vint nous voir de temps en temps. Lacour était ami de certains dirigeants des ex-JCR (ml) plus âgés que Jérôme, et me donnait des nouvelles de ce dernier, qui ne voulait plus nous voir. On avait l'impression que Lacour, sorti de Censier, du milieu de l'École Normale, était assez content de fréquenter Zoé et ses joyeux artistes des Beaux-Arts. C'était pour lui une sorte de cure de repos et de fantaisie, dont il avait besoin. Il était déçu de voir que Louise et moi étions si sceptiques sur l'effervescence politique dont il estimait que les JCR (ml) étaient l'épicentre. Mais, à la différence de Jérôme, il ne nous en voulait pas.

« Venez quand vous voulez. Rejoignez-nous, on sera contents. »

C'est à peu près à ce moment que je compris que Zoé voyait régulièrement Jérôme, et qu'elle ne m'en parlait pas.

57

Quelques jours plus tard, fin avril, le Commodore nous invita dans sa maison de campagne, quelque part près de Rambouillet. Saroyan décida de rester à Paris. Esther, Joseph, Nicole et les autres filles, Zoé, Louise et moi avions rendez-vous avec Sonia Malassian, sur un quai de la gare Saint-Lazare. Ce fut gai de prendre le train ensemble. Sonia était enveloppée dans des châles de soie. Ses formes imposantes me firent vaguement penser à Jeannette Georges le jour de notre expédition en autocar vers l'Aragon. Joseph resta avec

Nicole et ses amis dans un compartiment. Esther plongea dans un sommeil énigmatique, à l'intérieur du heaume de ses cheveux bouclés, les paupières fermées formant deux traits horizontaux.

« Tu n'as pas honte, Joseph ? » dit Louise à voix basse à notre ami qui passa une tête pour voir si tout allait bien. « Elle a seize ans à peine, elle est belle comme le jour et, je te le répète, elle a maintenant à cause de toi la beauté de la Femme délaissée.

— Quoi ? fit Joseph en écarquillant les yeux.

— Rien », dit Louise avec un geste agacé.

Sonia entreprit de nous raconter la vie du Commodore. Il fallait que nous sachions où nous allions, pas vrai les enfants ? Ses parents étaient des industriels à Troyes, en Champagne, ils avaient une usine de textile. Pendant la Première Guerre mondiale, son père, Élie Felstein, avait fabriqué de la toile d'avion comme sous-traitant de Marcel Boussac, avec lequel il avait noué des relations de confiance et même d'amitié. Ça nous intéressait, oui ou non ? Bien sûr que oui. Élie s'était spécialisé dans les textiles particuliers, car il ne pouvait faire concurrence aux lainiers du Nord : certains types de lin, de coton damassé. Il travaillait ainsi avec des couturiers, dont la production était faible, mais aussi avec des grossistes en tissus d'ameublement. Tout cela fit que la famille Felstein connaissait à cette époque des gens de la mode. Élie avait rencontré Robert Piguet, Lucien Lelong, et un peu plus tard Schiaparelli. Qu'est-ce que nous pensions de ça ?

Mais Élie était inquiet. Sonia le savait parce que son père était un ami d'Élie. Tous deux disaient toujours : « Nous sommes d'une amère anglophilie. » Sonia s'était longtemps demandé ce que cela voulait dire. Ils admiraient les institutions anglaises, la mentalité du peuple anglais, ils ne se faisaient pas beaucoup d'illusions sur la mollesse française. Mais Felstein avait aussi un autre sujet d'inquiétude : son activité dans le domaine textile était fragile, il cherchait toujours à se diversifier, sans y arriver vraiment. En octobre 1939, les parents de Roland partirent pour l'Angleterre, laissant leurs usines aux mains d'hommes de confiance. Ils échappèrent ainsi à la mort. Quant à Roland, qui avait dix-huit ans en 1940, il s'engagea dans la RAF, et tout le monde revint en 1945.

« Roland était très drôle, dit Sonia avec cette grimace rieuse qu'elle avait souvent. Il cherchait un compas pour déterminer là où son père n'était pas, et c'est ainsi qu'il acheta, vers 1950, une entreprise d'extincteurs en faillite. Marrant, non ? Moi qui suis dans l'antiquité, je n'aurais pas pensé à acheter des extincteurs. Le problème avec cette entreprise, c'est qu'il y avait trop de clients, Roland a préféré réduire la clientèle, et la fidéliser grâce à des services d'entretien et en améliorant le matériel. Astucieux, non ? À part ça, il s'est beaucoup diverti, il a rencontré des tas de gens au Berkeley, un café où passait tout le monde dans les années cinquante. Il devint l'ami des gens de *Match*, des deux frères turcs Ertegun, qui ont fondé *Atlantic*, et tutti quanti. Est-ce que tout cela vous intéresse ? »

Nous étions surtout un peu saoulés du bavardage de Sonia. Mais il eut le mérite de nous rendre moins timides à la perspective de la visite, et de dessiner l'image d'un dandy sportif, un peu mélancolique, noctambule, homme d'affaires avisé et, comme disait Louise, amusant.

Parvenus à la gare, un minibus nous fit traverser des villages accotés à la forêt. Les pneus résonnèrent dans les ruelles pavées, entre des maisonnettes dont les tuiles rousses ne scintillaient pas dans le crachin, comme notre ardoise à Oursière. On longea un mur de meulière et de brique, puis le véhicule franchit une grille et s'enfonça dans un parc un peu à l'abandon, repris par endroits par la broussaille et une futaie épaisse. Au fond de ces bois, on parvint à la maison du Commodore, une bâtisse 1880, dont la moitié était de style normand et l'autre façade d'allure Tudor, avec tourelles à créneaux et mâchicoulis kitsch fin de siècle. Le Commodore nous accueillit avec simplicité, vêtu d'un jean et d'un vieux chandail à col roulé. On posa nos sacs dans l'entrée. On nous dit qu'ils allaient être montés dans nos chambres. On se retrouva dans un vaste bureau à boiseries, autour d'un feu, au milieu de gens divers où les générations, comme toujours chez le Commodore, se mêlaient. Zoé, Louise et Esther s'esquivèrent en riant pour se mettre du rouge à lèvres et de la poudre. Elles revinrent quelques minutes plus tard, tandis que je restai seul, étourdi par la conversation bruyante et générale. Ce fut un moment brumeux, à regarder les feuilles brusquement plaquées sur les fenêtres à croisillons, ou patrouillant sur les allées qu'on apercevait autour de la maison, cernée par les lisières. Joseph fut vite en conversation avec un homme aux cheveux noir corbeau qui était sans doute Sergio. Tous les deux se retournèrent vers moi, me firent des signes de la main pour que je vienne. J'étais abasourdi par le caquet de Sonia, par les inconnus et par une troupe de jeunes filles, certaines belles à couper le souffle, et par l'opulent buffet qui me rappela que j'avais faim. Je me décidai à m'approcher de Joseph, qui me poussa vers Sergio en s'écriant : « Voilà Thomas, c'est mon meilleur ami, mon gourou, un sportif extraordinaire, regardez comme il est emprunté, il faut qu'il se détende, bon sang ! » Il me souffla la fumée de sa cigarette dans les cheveux, et je me vis dans une petite glace coiffé d'un chapeau d'émanations bleutées, ce qui fit rire Sergio et le Commodore (il s'était joint à nous).

« Quelles lettres de crédit ! me dit le Commodore. Ainsi, vous êtes le fameux Thomas, qui a escaladé le mur avec Joseph ? C'est une histoire que je raconte à tout le monde. Tenez, regardez là-bas, le monsieur avec des cheveux bruns plaqués, c'est Hervé Mille, un des patrons de *Match*, il a beaucoup ri grâce à vous, bravo… Dites-moi, cher Joseph, présentez-moi à cette jeune fille là-bas que je ne connais pas.

— Laquelle ? » dit Joseph, effronté, se retournant vers la blonde Zoé et la brune Esther qui bavardaient avec Sonia.

« Les deux, dit le Commodore.

— La blonde s'appelle Zoé et c'est l'amie de Thomas, dit Joseph.

— Dans ce cas-là, la brune, dit le Commodore bonhomme, à moins que Thomas ne m'autorise à dire aussi bonjour à Zoé.

— Bien sûr », dis-je en rougissant, et en jetant un regard furibond à Joseph. Pendant que Zoé et Esther parlaient au Commodore, je cherchais Louise, qui avait disparu par l'entrebâillement d'une porte donnant sur l'entrée. Je la retrouvai dans une sorte de recoin, au téléphone, l'air soucieux. Elle me vit, raccrocha et vint vers moi vivement.

« C'était Patrick, je lui avais promis de l'appeler. C'est curieux, j'ai l'impression qu'il est mécontent d'être resté, tout en me disant que ce genre de réunion mondaine n'est pas pour lui. Je me fais du souci, je me demande s'il m'aime.

— Tu le sais bien. »

Qu'est-ce que j'en savais, disait Louise d'une petite voix elle n'en était pas sûre, jamais. Il n'était pas dans son assiette, ces temps-ci. On continua de bavarder dans la foule, moi tentant de rassurer Louise, elle le front plissé et la moue dubitative. Joseph parlait maintenant avec une dame américaine nommée Macha, portant chignon, lunettes d'écaille et tailleur bordeaux, Louise rejoignit Sergio, le Commodore et Zoé, et je filai vers le buffet, revenant avec une grande assiette et un verre de vin rouge.

« Non, elle est trop jeune, disait Macha à Joseph, elle a quel âge ? Seize ans à peine, pas dix-huit. Dans deux ans peut-être, on verra…

— Qu'est-ce qui s'est vraiment passé ? disait Roland à son petit groupe. C'est la sempiternelle question.

— Oui, dit Louise d'une voix timide. Mais si quelque chose d'extraordinaire s'est produit, et c'est le cas, comment se fait-il qu'il n'y ait pas eu de transition apparente et, comment dire…

— Mais la mode est aux filles jeunes, objecta Joseph, vous verrez dans deux ou trois ans, et puis regardez Esther, elle est sensationnelle, non ? Vous avez vu ses pommettes hautes et ses yeux en amande comme ceux d'une jeune Cosaque ?

— Tout ce que je sais, dit Roland, c'est que mes parents n'ont pas eu de doute, ils ont déguerpi à temps, voilà tout, alors que d'autres ont cru en la terre des arts, des armes et des lois… Quelle blague !

— C'est ce que dit Nesh, dit Sonia.

— Il a raison.

— Écoutez, Joseph, vous êtes un garçon très amusant, mais…

— Pensez à Twiggy, dit Joseph, elle est si étrange et…

— C'est une exception. Il y a vingt-cinq ans que je suis dans le métier, à New York, et…

— Alors Esther va se présenter à une agence.

— Attendez un peu, Joseph. Toutes ces agences françaises sont faites par des amateurs, bon, si vous voulez, on lui fera faire des tests, vous m'amusez beaucoup et…

— J'adore les bulles. Allez-y franchement, mon garçon, dit Sonia.

— Le corps. C'est là qu'il faut chercher, dit Louise au Commodore étonné. Si, si, je vous assure.

— Comment ça, le corps ?

— Eh bien, le corps est devenu une chose, un objet d'expérimentation, il a été dévitalisé et c'est ça l'essentiel, non ? C'est un pouvoir devenu biologique.

— Tout ça est bien abstrait pour moi, et encore une fois tout ce que je sais, c'est qu'on a échappé à l'anéantissement de justesse.

— La presse ? dit Sergio. Non, Hervé, vous savez que Roland aimerait bien faire quelque chose avec vous, avec Daniel aussi, mais pas avec votre patron.

— À tort, je le défends.

— Parce que vous êtes fidèle, Hervé. C'est bien. C'est très bien.

— De justesse, oui. Nesh a raison. Et quand on pense à ceux qui ont été livrés. Benjamin. Et tous les autres. Mais laissons cette attristante conversation, voulez-vous ? »

Esther n'était pas étonnée que Joseph tentât de la vendre — et de la vendre à quelqu'un qu'il ne connaissait même pas (elle avait seize ans, ne l'oublions pas, juste seize ans, elle était tout sourire et confiance et tendresse, et dans ce sourire radieux le mal était pulvérisé ou en tout cas mis à distance comme une sorte d'écart enfantin, de sorte que cette extrême juvénilité, ce contentement de vivre évoquait obscurément quelque paix de l'âme avec des notes transparentes, mais je m'égare). Elle regardait faire Joseph en pouffant, elle l'aimait dans sa séduisante abomination, elle se laissa jauger par l'œil aigu et dur de Macha — « Macha n'est pas la bonne personne pour Esther, nous dit Sergio. C'est vrai ce que vous dites, mais ne laissez pas Macha le comprendre trop vite. Vous savez qui elle est ? Elle a fondé l'agence Yes il y a vingt-cinq ans à New York. La meilleure ! Mais vous savez ce qu'elle fait ici ? Elle tente de racheter ou de diviser les petites agences de Paris ou de Londres, elle sent que c'est le moment de s'installer ici. Ne faites rien avec elle. Il faut que nous reparlions de tout ça. Vous, ma petite, dit-il en se tournant vers Esther, ne lâchez pas vos études, mais sachez que si vous voulez, et là, Joseph a raison, vous allez faire des ravages. »

Je repartis dans la foule, laissant Joseph et Esther se fondre dans un groupe dont nous sûmes plus tard qu'il gravitait autour du monde de la mode, mannequins, stylistes, bookers d'agence (et j'eus un instant l'impression qu'ils nous disaient adieu tous les deux). Louise, plus détendue, parlait avec des inconnus. Zoé avait disparu. Je la retrouvai dans le même recoin, au téléphone. À ma vue, elle raccrocha vivement. « Je n'aime pas beaucoup ces gens, chuchota-t-elle, partons d'ici. » Mais il était trop tard. La soirée fut charmante, le dîner exquis, illuminé par des flashes de photographes et par une surprise du Commodore : un petit feu d'artifice à la nuit tombée (souviens-toi des flammes, Zoé, des bidons d'eau, des oiseaux), lancé par des artificiers qui coururent en tous sens, agitant leurs longues allumettes pour mettre à feu leurs piquets de fusées et d'étoiles dans l'herbe haute. Personnages sombres. Des moines encapuchonnés ? Des lutins ? Les filles firent une ronde autour d'un bouquet de feu qui s'éleva lentement au centre du cercle, tournoyant sur lui-même. Il éclaira un instant Esther souriant aux anges, Joseph impénétrable, tenant la main de Louise et celle de Zoé qui, à travers les étincelles, me sourit.

58

Comme un répons à ces fusées, les émeutes de mai 1968 commencèrent, qui laissèrent Louise de marbre (elle ferma les volets, écrivit fébrilement ce que Saroyan lui dictait), et n'eurent aucun effet non plus sur Esther ni sur Joseph. Celui-ci ne sut pas tout de suite qu'il avait beaucoup plu à Macha. Dès la fin avril, Esther fut présentée par le Commodore à son ami le photographe de mode qui fit les premiers tests auxquels Macha avait pensé. Elle eut des entretiens avec des magazines de mode, fit ses premiers castings, puis tout fut suspendu. Lacour, le gauchiste à visage humain, nous donnait des nouvelles de Rossi grâce à Zoé qui s'enthousiasma pour les « sit-in » et les assemblées générales des Beaux-Arts, puis de Censier. Je ne la voyais presque plus. « Ne t'en fais pas », me dit Esther venant prendre un verre avec moi avec son « book » sous le bras, « c'est passager ». Un mot de Lacour mit le feu aux poudres. « Rossi ? Mais Zoé et lui s'adorent ! Jérôme est devenu un des premiers parmi nous, un des plus doués ! » Un jour, je suivis Zoé. J'assistai à une assemblée générale à Censier organisée par les JCR (ml) où elle poussa des cris avec une délégation des Beaux-Arts, alors que je lui avais demandé de passer cette matinée avec moi. Les jours passèrent. Les émeutes s'amplifièrent. Je désespérai de Zoé, de moi-même, furieux que j'étais d'être si furieux. Seul.

« Avec Rossi ? dit Joseph. Avec ce binoclard verbeux ? Tu es fou !

— Je te dis que je le sais.

— Mais non, voyons !

— Elle ne fait que voir les membres du groupe.

— Et alors ?

— J'ai tort, dis-je d'une voix altérée, j'ai tort, je ne sais pas comment ça m'a pris, c'est très curieux, vraiment je ne sais pas.

— C'est vrai que ce n'est pas tellement notre genre de s'en faire », dit Joseph (parlant surtout pour lui), « mais après tout, tu t'en fous, tu as quand même le droit d'être jaloux. Mais arrête de l'être, et puis voilà. Tu ne peux pas te distraire avec les copines de Nicole ? Hein ?

— Je ne suis pas jaloux. Je me sens seul.

— Comment ça ? dit Joseph étonné. Comment ça ? » (Car ce genre de propos lui paraissait d'une exagération choquante.)

Quand nous parlons avec Louise de la monomanie de Joseph, nous commettons sans doute un anachronisme, car ce n'est que bien plus tard, passé cette époque, que ce trait s'est développé dans toute son ampleur. Le dialogue que nous eûmes dans notre café habituel de la rue Saint-Jacques (*Oh, les rues amères d'autrefois ! Cette longue rue qui descend vers Notre-Dame !* Note de Louise) me confirma que, pour lui, tout pouvait se résoudre par le passage à une autre fille, incomparablement plus lumineux que cet amour qui, pour Louise et pour moi, était si poignant. Son regard fureteur n'en était-il pas le signe ? J'ai déjà indiqué que, dans ces pensions d'autrefois, où il avait tant souffert, on pouvait imaginer (car Joseph ne parlait guère de son passé, sinon par bribes) que son regard s'était formé dans la solitude. Mais on eût dit que ce regard avait réduit son champ : dans la foule de Paris, il était à l'écoute des voix des jeunes filles, aux aguets d'elles seules. Il s'était adapté à l'odeur des rues, au linoléum des grands magasins, à la lumière violente des baies vitrées. Sa forêt était la foule. Il n'était pas attiré comme nous l'étions par l'appel du ramoneur ou les arrière-cours pavées. Il rôdait plutôt autour des grands magasins, des boîtes à la mode où il rêvait de pénétrer, des kiosques où il feuilletait les magazines, là où s'étalaient la publicité, les signes mercantiles que d'autres méprisaient. « Ça roule, y'a du mouvement », disait-il tout heureux. À Oursière, il était déjà comme ça, me semble-t-il. Le cri du petit duc, l'envol velouté de l'engoulevent dans une lourde nuit, c'étaient des sons qu'il savait reconnaître, mais il ne voulait guère les entendre, virevoltant déjà avec ses disques qu'il faisait jouer à tue-tête. Le mystère du paysage avec figures absentes (chacun de ces mots, je ne les prononce pas sans trembler, pour des raisons qui se situent dans un récit futur) était de ces choses dont Joseph ne se serait pas si dépris s'il n'eût été, enfant, sous leur emprise. À force de regarder tristement par la fenêtre, de guetter, de dissimuler des cigarettes sous ses orteils, de mentir aux surveillants, il s'était fabriqué le regard insaisissable qu'il jetait sur les filles, seul mode d'être qui l'intéressait vraiment. On sentait quand même un guet plus vaste qui s'était perdu. Louise et moi, nous savions, à travers quelques allusions, qu'il avait été frappé jadis par le parallélisme entre les chants liturgiques qu'il avait supportés dans ses collèges et les saisons. Il n'avait pas oublié les paroles du « *Rorate coeli desuper et nubes pluant justum* » qui était un chant d'avant Noël, en accord avec la venue des premières neiges. Bien qu'il en fût agacé, il savait que nous savions qu'il savait le psaume du soir, dont l'objet est de conjurer le lion rôdant à travers la nuit, cherchant qui dévorer. Une sorte de religiosité amorale était l'écho chez lui de cette enfance, et même ses rêves un peu rudimentaires de vacances perpétuelles, de soleil, procédaient d'une sorte d'élan moteur, d'une circularité qui s'apparentait de loin au ressassement de la prière.

« Vraiment, tu ferais mieux d'oublier tout ça. Te distraire. Venir plus souvent avec moi à l'hôtel Malicorne, il y a des tas de gens intéressants. C'est une véritable auberge espagnole. Je suis d'ailleurs connu maintenant à tous les étages, je suis un peu chez moi, je fume avec le concierge, je prends un chocolat chez Sonia (pas trop, car elle est très bavarde), je vais chez le Général, des choses comme ça » (un des étages de l'hôtel était réservé à des copains désargentés du Commodore, à un aviateur amputé qui avait sombré dans l'alcoolisme, et même à un écrivain espagnol dont Joseph ne se rappelait pas le nom — et quel écrivain ! — nous ne le saurions que plus tard. Ce petit monde masculin était dispensé de loyer, vivait aux crochets du Commodore et n'avait d'autres consignes que de ne pas jeter son dévolu sur la volière chamarrée et babillante du dernier étage, consigne qui suscitait parfois des difficultés d'interprétation).

« De toute façon, ce Rossi est un fou, dit Joseph d'une voix sifflante. On avait un pays agricole. Bon. Là-dessus il y a une industrie formidable qui se développe, c'était pas trop tôt, ça donne du travail aux gens, et que veut M. Rossi ? Tout foutre en l'air. Quoi ? Et pourquoi ça ? Pour mettre un point final à la société de consommation. Quoi ? Mais tes parents, ils n'ont pas tellement consommé les pauvres, la plupart des gens n'ont jamais rien consommé, quoi ? Rossi veut leur sucrer ça. Quel salopard », fit-il avec indignation (car Joseph, à ses heures, ne dédaignait pas de philosopher d'une manière coupante sur la société, en ponctuant ses propos de « quoi ? » faussement interrogatifs, qui rejetaient avec violence toute objection éventuelle).

« Tu simplifies un peu, lui dis-je. Jérôme n'est sans doute

pas contre le progrès technique, mais contre l'exploitation que le capitalisme entraîne et…

— Qu'est ce qu'il est enquiquinant, coupa Joseph. Je me souviens qu'un jour il était furieux contre la publicité, mais c'est amusant la publicité, il y a des images, ça met du mouvement, s'il est pas content on va l'envoyer au fond des bois où il ne se passe rien. Comment veux-tu que Zoé s'entiche d'un type comme ça ?

— Je ne suis pas d'accord, il a un certain charme et…

— Bon, ça va comme ça, dit-il mécontent. Tu veux vraiment qu'on fasse une petite enquête ? Mon ami Albert est très débrouillard, il va nous démêler la situation, mais je trouve ça idiot, je te le dis d'avance, tu ferais mieux de penser à autre chose, de te détendre, ne pas t'en faire, et suivre mes bons conseils… » (*Mon pauvre Thomas ! Louise.*)

Dans le métro, Joseph avait fait la connaissance d'un garçon nommé Albert, un faux hippie qui vendait des breloques, des sitars et des tissus indiens. J'ai oublié de dire que si Joseph n'aimait guère la nature, en revanche il aimait les plantes (il m'entraînait souvent au marché aux fleurs, que Louise évitait depuis son incartade avec Jérôme). Il se mettait en extase devant un érable pourpre ou un cactus. Il aimait aussi les objets de toute sorte, surtout les plus incongrus, qu'il trouvait au marché aux puces ou chez des vendeurs à la sauvette. C'est ainsi qu'il avait fait la connaissance d'Albert. « Il est formidable, me prévint-il, une crème des crèmes ! »

Albert était installé sous une porte cochère, près de Censier. Il avait fait la manche quelque temps, en se faisant passer pour un étudiant, ayant besoin de sous. Cette initiative fut couronnée de succès, car en ce temps-là, « *in illo tempore* », tout le monde voulait aider les étudiants. Il avait dû abandonner provisoirement, me dit Joseph, une activité lucrative qui consistait à transporter un lionceau dans les restaurants avec un copain muni d'un appareil photographique, à mettre la bête dans les bras d'une dame, et à demander illico une copieuse rétribution au mari pour le cliché, tandis que la dame poussait des cris enamourés. « C'était un peu dur, tu vois, me dit Joseph, parce qu'il fallait nourrir le lion au biberon, et puis un autre avait grandi, Albert l'avait laissé chez lui comme un gros chat, mais il bâillait la nuit en rugissant, ça faisait peur aux voisins. Tu vois le travail ! Et puis ils étaient pourchassés par la Société protectrice des animaux, qui trouvait que ce n'était pas bien. C'est quelqu'un, Albert ! » Albert acheta ensuite des stocks de laine, avec lesquels il apprit à fabriquer des animaux (chien, chat, tortue), et ces breloques qu'il vendait à la sauvette sous une porte cochère, en donnant, nous expliqua-t-il, une commission à la concierge. C'était un grand roux, qui nous accueillit chaleureusement, emmitouflé dans un anorak et coiffé d'un bonnet. Il avait pris place sur une chaise pliante en toile plutôt destinée aux bains de mer. Il avait déployé autour de lui des nattes où étaient présentées ses marchandises, un réchaud, un sac à provisions.

« Comment ça va ? Tu connais mon ami Thomas ? lui dit Joseph.

— Ça va impec, dit Albert. J'ai vendu quatorze paires de boucles d'oreilles ce matin. Tu me suis ? Mais il faut tout le temps changer. Tu me suis ? Il faut suivre la mode, et même ici il y a de la mode. Tu me suis ? Je renouvelle mes bricoles tous les trois jours. C'est canon ! Le problème, c'est les groupuscules, je m'entends avec les trotskistes, les situationnistes, les communistes, mais pas avec les maoïstes. Tu me suis ? Les maoïstes m'en veulent, ce sont des salopards, ils ont essayé de m'expulser à coups de poing, la police avec des coups de matraque, finalement les maoïstes se sont dit qu'ils ne pouvaient pas mettre dehors un type que les flics voulaient expulser. Et puis les filles aiment bien mes bijoux, je suis sauvé par les filles. Il y en a qui sont canon ! Tu me suis ?

— Pourquoi tu dis tout le temps : "tu me suis" ? dit Joseph. Je ne suis pas idiot. Calme-toi, on va s'asseoir, on a un conseil à te demander pour mon ami Thomas, on va tout t'expliquer. »

Nos explications consistèrent à demander à Albert s'il pouvait envoyer un observateur au sein de la cellule 212, pour savoir ce que faisait Jérôme Rossi et s'il sortait avec Zoé. Cette question déclencha son hilarité.

« Alors ça, c'est canon ! s'exclama-t-il en se tapant sur les cuisses.

— Qu'est-ce qu'il y a de si drôle ? dit Joseph en soupirant.

— Tu peux dire à ton copain d'aller chercher ailleurs le type à qui il veut casser la gueule, parce que les maos ils ne s'intéressent pas aux filles, pas besoin d'aller espionner ces crétins, ils ont bouffé une bonne fois leur parapluie, ils ne pensent qu'à la politique.

— Tu vois ? dit Joseph en me jetant un œil sévère. Tu vois ? Tu peux croire Albert. Comment les infiltrer ? ajouta-t-il en se retournant vers Albert.

— Aucun intérêt, dit l'autre. D'abord les flics s'en chargent, et si tu pensais à moi, j'ai aucune envie de me retrouver avec les flics, j'ai déjà assez de problèmes avec eux. Tu me suis ? Et puis ce sont des intellos, on parle pas la même langue. Tu me suis ? Sois tranquille, mon pote, poursuivit-il à mon adresse, t'as rien à craindre, le maoïste ce qui l'intéresse c'est la révolution et les palabres. Alors là il est très fort. Même moi je sais pas aussi bien palabrer sur mes bricoles que le maoïste sur la révolution. Même le trotskiste. Même le communiste. Même le situationniste. J'ai l'oreille. Quand je dis que le maoïste il a un discours canon, c'est que c'est canon, un point c'est tout. Les autres, ils sont des enfants de chœur à côté. Mais les filles elles en ont marre de ça, c'est pour ça qu'elles viennent me voir, tu me suis ? Elles viennent acheter mes breloques et parfois on fait l'amour à la nuit tombée sous la porte cochère. Tu me suis ? Donc si ta fille va voir les maoïstes, c'est de toute sécurité, tu peux pas rêver mieux. Tu me suis ? Quant aux filles qui sont vraiment des maoïstes, elles n'ont pas le temps, elles ne s'intéressent pas à l'amour » (le mot amour, il faut le reconnaître, contrastait avec le reste du vocabulaire d'Albert qui — nous nous en rendîmes compte plus tard — était, dans sa violence élémentaire, plus sentimental que Joseph. Il était aussi amusant d'admettre que, comme les Anciens observant attentivement les étoiles, Albert avait du fond de sa porte cochère et grâce aux étreintes furtives qu'il avait avec des jeunes filles se délassant dans ses bras du rigorisme maoïste, une perception, certes simplificatrice, mais défendable, des groupuscules gauchistes).

« Alors, il n'y a rien à faire pour en savoir un peu plus ? » dit Joseph.

Albert haussa les épaules. Il y avait toujours quelque chose à faire, il était un débrouillard, mais c'était de la connerie. Il voulait bien essayer, il allait y penser, il nous donnerait une réponse dans quelques jours, mais il faudrait aller le voir Rive droite, il s'installait la semaine suivante passage du Havre, près des grands magasins.

« Ah bon ? Et pourquoi ça ? dit Joseph. Tu n'es plus bien ici ?

— C'est plus aussi canon que ça, dit Albert. Il y a tout le temps des manifs, et puis j'aime bien changer. Là-bas, dit-il soudain avec un air grave, j'aurai une situation plus stable. »

Il émigra donc Rive droite. Presque tout de suite, il fut en butte aux tenanciers des stands, aux titulaires de baux précaires qui vendaient soit des saucisses, soit des vêtements soldés, des animaux en peluche ou d'autres articles. Se surveillant les uns les autres, épiant le chaland, ayant d'ailleurs leurs mouchards, ils repérèrent très vite Albert et comprirent qu'il n'était ni étudiant, ni mendiant, ni commerçant. Cette communauté de vendeurs de rue était solidaire et méfiante. Albert eut ainsi plusieurs semaines difficiles, de sorte que Joseph et moi l'invitâmes à dîner. Il fut accueilli avec amitié par Louise et aussi par Zoé. Joseph le considérait à la fois comme un fou et comme une sorte de frère additionnel par rapport à moi. Il avait de l'estime pour sa hargne brutale, sa révolte contre son père (contremaître dans un atelier de confection, il se désespérait d'avoir un fils vendeur à la sauvette), contre la police, contre les étudiants (Albert n'avait pas fait d'études). Joseph éprouvait aussi un vertige pour ses machinations interlopes. En même temps, les deux s'agaçaient mutuellement. Joseph était toujours en retard, toujours prêt à changer de plan, doué d'une fantaisie qui offusquait Albert, lequel avait un sens de l'organisation qui était éloigné de la féerie fantasque dans laquelle Joseph voulait vivre sa vie. Albert eut vite sa chance. Un vieux propriétaire de stand, qui vendait des « Souvenirs de Paris », le repéra, et le prit à son service, ce qui lui permit d'intégrer la communauté du passage du Havre. Comme le disait Louise, de même que le concept d'attribut est précisément défini au début de l'*Éthique*, celui de « Souvenirs de Paris » a une consistance qu'il serait imprudent de mésestimer : tours Eiffel en plastique, chemisiers et stylos-billes aux emblèmes de la capitale, mais ce concept est susceptible d'être affiné, et c'est là qu'intervenait Albert. Son sens de l'observation le prédisposait à percevoir la mode dont la rue est la seule origine. Il compléta d'articles nouveaux l'étal de son protecteur. Mais il ne perdit pas contact avec la Rive gauche. Il était parvenu à s'acoquiner avec des Algériens et continuait, pour son compte, à vendre des objets à Censier. « C'est un type formidable », disait Joseph, et nous étions d'accord.

« Bon, j'ai quelques renseignements, nous dit-il plus tard. Jérôme Rossi est secrétaire d'un sous-comité des JCR (ml) (car ils ont des comités, des sous-comités, des secrétaires et tout le saint-frusquin, ils sont délirants), il travaille quatorze heures par jour pour le mouvement, il ne fait plus rien à l'université, il est surveillé par les flics qui pendant ce temps me fichent la paix, et son seul loisir est de déjeuner de temps en temps avec une ou deux copines, dont une grande blonde, Zoé Orion.

— Ah ! Tu vois ! dis-je à Joseph.

— Ça ne prouve rien, dit Joseph en haussant les épaules. Qu'est-ce que tu imagines ! Quelle idée d'être jaloux ! Et en plus ça ne te ressemble même pas ! Je suis consterné.

— Je t'ai dit que je ne suis pas jaloux.

— Je fais ça pour vous, dit Albert d'un air sec. Mais ça s'arrête là.

— Mais comment as-tu ces renseignements ? dit Joseph.

— On ne les a jamais vus s'embrasser, ni partir ensemble, il n'y a rien du tout, dit Albert. Comment j'ai su tout ça ? Parce que je vis dans la rue, et que tous mes amis sont dans la rue. Tu me suis ? Il y a belle lurette que les flics m'ont demandé d'être un indic. Pour eux je suis l'indic rêvé. J'ai toujours refusé, d'accord ? Vous me suivez ? Je fais ça pour vous, mais maintenant c'est fini. »

Il se pencha vers moi : « Oublie tout ça, mon vieux ! Il n'y a aucune preuve. Suis le conseil de Joseph. Oublie. »

Mais Albert était généreux et débrouillard, et il nous emmena quand même, incognito comme il disait, et dès le surlendemain, dans une de ces réunions où désormais tout le monde s'exprimait dans l'euphorie, laquelle formait un couple paradoxal avec la raideur et l'intellectualité gauchistes. Je n'eus pas de peine à repérer l'admirable chevelure blonde de Zoé qui voguait dans la foule. Jérôme Rossi — car c'était lui — traversa une partie de cette foule, et embrassa Zoé. Ils parlèrent tous les deux, isolés dans le tohu-bohu, alors que se succédaient des orateurs improvisés au micro : « Pendant vingt ans, j'ai conduit l'autobus sur la ligne 28 » (*applaudissements*). Puis une oratrice à la frimousse enfantine prit le micro et raconta ses deux accouchements (*applaudissements nourris*). Puis monta à la tribune quelqu'un qui était tout près de Rossi (et qui aurait pu être lui). Il se mit à parler d'une voix rauque et précipitée : « Camarades ! Pourquoi sommes-nous ici ? Parce que tout le monde a le droit à la parole » (*applaudissements frénétiques*) « et les maos spontex, nous les maos, nous énonçons et nous laissons dire une parole qui jusque-là a toujours été par nature fasciste» (*applaudissements frénétiques*) «et pourquoi camarades? Pourquoi? Parce que, tout entière imprégnée du rapport des forces productives, cette parole à la solde du grand capital force l'ouvrier à parler en tant qu'ouvrier, force l'intellectuel à parler comme un chien de garde des institutions, force le politicien à se faire complice de l'ordre établi de sorte que ce n'est pas» (*tumulte et applaudissements*) «de sorte que» (*grésillements du micro, brouhaha, mouvements divers*) (*hurlements : laissez le camarade s'exprimer! Laissez-le!*) «ce n'est pas tant l'ordre établi et les institutions mais l'énoncé même dans lequel ces institutions se définissent qu'il s'agit de remettre en cause, camarades, et comment? En laissant tout dire, en disant tout et en mettant à plat ce que chacun a à dire pour que tout dire soit désormais un "laissez-dire" où le Sens sacro-saint des humanistes et des fascistes soit définitivement réduit en poussière! Vive la Révolution!» (*applaudissements nourris*).

«Quel orateur! dit Albert en donnant un coup de coude à Joseph. Nom de Dieu, qu'il dégoise bien! Je te l'avais dit, oui ou non? Ça c'est canon! Tu me suis? C'est canon, oui ou non? Voilà les maos spontex, pour parler ils parlent, tu sais que celui-là il vendrait mes tours Eiffel à la pelle, je m'y connais, putain quelle classe!»

59

Un peu auparavant, plus précisément le 13 avril 1967, nous avions reçu cette lettre de Marie :

Depuis la mort du chien, nous avons pensé avec votre père que vous aviez de la peine et c'est pourquoi nous avons rendu visite à un éleveur de braques. Bernard et Bernadette sont restés dans leur ferme, ils travaillent comme métayers de leur nouveau propriétaire, un charcutier qui a racheté au Crédit agricole la terre et l'exploitation.

En ce qui nous concerne, tout va bien pour l'instant. Comme vous le savez (en fait je ne sais plus si je vous l'ai déjà expliqué), c'est entre octobre et janvier que la trésorerie se reconstitue d'un seul coup, grâce à la vente des récoltes : maïs, vin, haricots verts. Cette trésorerie s'élève jusqu'à une sorte de pic qui s'effondre ensuite tout le long de l'année, le creux le plus dangereux étant l'automne. En ce moment le printemps arrive. Il y a des jonquilles dans le jardin. Je vous ai fait envoyer par la poste des boîtes de haricots verts en conserve, et même du confit de porc, ça va vous soutenir, je me demande si vous êtes heureux et si vous ne seriez pas mieux ailleurs.

Jean vous embrasse avec moi,

Votre mère,

MARIE PHILIDOR.

60

Pour en revenir au feu d'artifice de Roland, la gracieuse ronde des jeunes filles éclairée de feux chatoyants, nous ne savions pas qu'elle était un adieu. Ce fut une féerie nocturne sous les arbres, avec des coups sourds comme si quelque bête marchait dans la forêt. Les émeutes de mai qui se multiplièrent nous mirent tous en vacances. Pendant plusieurs jours, je cherchai Zoé partout sans la trouver. Je la vis de temps en temps, elle me répéta qu'elle ne m'oubliait pas, mais qu'elle était emportée par le tourbillon des Beaux-Arts, elle me trouva pâle et me dit de ne pas m'en faire. Vint le 24 mai. Vers quatorze heures, à la recherche de Zoé que je n'avais pas vue depuis au moins une semaine, je rencontrai Saroyan dans son escalier. « Zoé ? » me dit-il. Oui, il l'avait aperçue ce matin, elle lui avait gentiment apporté les croissants vers onze heures, Dieu sait où elle avait pu les trouver. « Elle s'amuse, elle est dans les manifestations, me dit-il. Amuse-toi, toi aussi, tu as l'air bien tendu. »

À quinze heures, je rentrai chez moi rue des Quatre-Vents. Pas de Louise. Je téléphonai à Joseph. Esther me répondit d'une voix ensommeillée. Elle s'était couchée tard, à cause de Joseph qui, surexcité, avait monologué jusqu'à quatre heures du matin. Zoé ? Non, elle ne l'avait pas vue. Pourquoi ne pas faire un saut, prendre un Coca-Cola ? J'acceptai, car j'avais besoin de parler à quelqu'un. Elle m'ouvrit la porte, sa chevelure en désordre, habillée d'un pantalon serré et d'une blouse à fines rayures dans ce tissu de coton froissé, le seersucker dont il me semble que j'ai déjà parlé et qui a toujours eu pour moi un toucher sensuel et fugitif. Elle s'allongea sur le canapé défoncé que Joseph avait déniché auprès d'un revendeur douteux, ami d'Albert. Je m'étendis sur le sol, et nous restâmes silencieux à l'écoute de la mousse qui se défaisait dans nos verres.

« Quelque chose ne va pas, lui dis-je d'une voix faible, saisi par la fatigue.

— Zoé ? me dit-elle doucement. Ne t'en fais pas. Tu la retrouveras.

— Et toi ?

— Quoi moi ? Je m'amuse, les photographes me font faire des poses, j'ai mal aux jambes. Hier il a fallu que je reste en position du lotus pendant deux heures. »

Elle ferma les yeux en disant : « Je suis crevée. »

Je la regardai somnoler un moment. Puis elle rouvrit les yeux, me fixa avec une petite moue ironique.

« Il faut que je m'en aille, Esther.

— Où vas-tu ?

— Dehors. Il faut que je parle à Zoé. »

Elle se redressa sans mollir, secoua ses cheveux, et s'en alla d'un pas traînant vers la cuisine en disant qu'elle allait chercher un autre Coca.

« Pas pour moi, je dois m'en aller… »

Elle fouilla quelque part. Tintement d'une bouteille. Bruit d'un décapsuleur. Elle repassa devant moi d'une démarche somnambulique, et en marmonnant quelque chose, puis disparut dans sa chambre.

« Tu parles toute seule, maintenant ? Qu'est-ce que tu racontes ?

— Viens ici, me dit-elle, viens voir… »

J'entrai dans la chambre, à demi obscure. Sur le moment, je ne la vis pas (un instant, me revint à l'esprit la chambre de Saroyan à Oursière, la première fois). Il y avait le lit défait, la penderie ouverte, les persiennes et leurs rais de lumière reproduisant de manière confuse les rayures du seersucker, ou plutôt les prolongeant, car le chemisier et le pantalon d'Esther étaient au pied du lit.

Sur la droite, dans le coin le plus obscur, Esther était debout, nue, et ce fut comme si mes yeux s'ouvraient sur son corps longiligne, inexprimable autrement que par cette évocation d'un animal fantastique dont parle Louise encore aujourd'hui. Cet être à la beauté terrible était doué d'une voix rauque, que j'avais déjà entendue dans le jardin noir.

« Thomas, tais-toi, et touche-moi. Tu vas retrouver Zoé. Pour l'instant, prends-moi. »

Elle mit mes mains sur ses épaules, les guida sur elle, se détacha de son coin obscur, pour apparaître dans la lumière tamisée avec une netteté d'eau-forte, et ses épaules eurent quelque chose de la douceur vernissée du cuivre sous les doigts.

Je balbutiai, elle mit sa paume sur ma bouche.

« Tais-toi, mon petit Thomas. Reste comme ça avant de partir. Répète après moi : je t'aime, Zoé.

— Je t'aime, Zoé.

— Touche mes seins et répète : je te désire, Zoé.

— Je te désire, Zoé.

— C'est bien, Thomas. Va maintenant. Et reviens quand tu veux. Mon petit idiot, ajouta-t-elle en passant une main dans mes cheveux. Je suis là, avec toi. Reviens quand tu veux. Vas-y. »

Je m'enfuis, courus chez les parents de Zoé, la trouvai enfin, préparant un baluchon pour partir, le visage un peu émacié, les yeux brillants d'une sorte de fièvre.

« Il faut qu'on parle.

— Ce n'est pas le moment de parler, Thomas, c'est le moment d'être dans la rue. »

On sortit tous les deux et je tentai de la retenir. Ses traits étaient altérés.

« Laisse-moi passer, Thomas, va ton chemin.

— Embrasse-moi, lui dis-je.

— J'embrasse pas, je suis de mauvaise humeur. Laisse-moi. »

Elle partit en vitesse, et tourna au coin de la rue Monsieur. J'errai dans le quartier, autour de la rue de Babylone. Un papillon blanc surgit d'un portail, frôla mon épaule (« le papillon ne hait personne », me dis-je, citant un des poèmes que Louise aimait). Ses hésitations immatérielles accrurent le poids de mon angoisse. Je marchai vers l'Odéon. L'odeur des gaz lacrymogènes avait une âcreté ferreuse qui me rappelait le goût d'une source cachée au pied des voilures de peupliers qui bordaient l'Ur, juste avant l'estuaire. À la différence de Saroyan, ou de Louise, j'aurais voulu adhérer à la dilatation ambiante, à l'amusement des manifestations qui soulevaient la ville autour de nous. La lucidité de Saroyan était-elle contagieuse ? Ne pas être porté par l'enthousiasme de la foule, sa joie de vivre, m'éloignait de l'univers espiègle et doctrinaire qui amusait Zoé. Mais cette ville, dès les premiers jours, ne m'avait-elle pas donné le sentiment de l'éloignement ? Louise avait-elle raison ? Étions-nous incapables de dire oui ? De nous imprégner de l'agitation, de ses ondes de rire propagées dans les rues comme si les CRS répandaient du gaz hilarant ?

Roulant ces pensées, je remontai la rue Monsieur-le-Prince. Des salves venaient des quartiers au-delà de la rue Saint-Jacques. Brusquement (car, d'une rue à l'autre, l'atmosphère changeait), des concierges, des passants, des commerçants se groupaient et bavardaient. La foule des policiers et des manifestants s'était rassemblée. On était dans l'accalmie, comme si le tournage d'un film s'était interrompu pour une pause-café et que l'opérateur fût descendu du perchoir de sa caméra mobile, représenté qu'il était par un sergent qui avait soulevé son képi pour boire au goulot une bouteille de limonade.

Je retournai rue Servandoni, n'y trouvai pas Zoé. Je revins vers le boulevard Saint-Michel, m'approchai de la Mutualité pour voir les manifestations. Des échauffourées naissaient dans les rues, des coups sporadiques étaient lâchés, comme les détonations nonchalantes d'une partie de chasse. Vers le bas de la rue Monge se mirent à luire les casques, les uniformes et les boucliers qui barraient l'accès à la Mutualité. Cette masse formait l'avant-garde de quelque centurie — copieusement insultée — derrière un officier maigrichon qui remuait les lèvres : il parlait à ses hommes comme à des enfants. Les invitant sans doute au calme. On ne voyait pas les visages, derrière les visières baissées. On les imaginait résignés et boudeurs. Devant eux, sur un espace d'environ cinquante mètres, tombaient des projectiles divers qui atteignaient assez rarement leurs cibles : pavés, savates, lattes de bois arrachées à des barrières de construction. Les policiers allaient peut-être bondir sous la houlette de leur chef, mais pour l'instant ils restaient impavides dans la clameur, comme des coulissiers d'opéra à la manœuvre, dans la tempête phonique de l'ouverture, attentifs aux poulies et aux nacelles qui allaient dans une seconde et dans le fracas des cuivres lâcher sur la scène un éléphant chamarré, des femmes déguisées en libellules et une famille de tigres du Bengale.

Sous les huées et les nuées, ils demeurèrent figés dans un militaire « ils ne passeront pas ». Au bout d'un quart d'heure, ils se déployèrent en groupes compacts, et avancèrent vers les manifestants avec lenteur. L'air siffla, des grenades éclatèrent et entre la fille blonde que j'avais aperçue sur ma gauche et moi s'interposa un rideau de fumée opaque. Une brise la froissa, l'écran se déchira en volutes compliquées qui se dirigèrent avec grâce vers les grilles du Collège de France. J'avais besoin de parler à quelqu'un. Comment aborder la fille ? Elle réapparut en s'essuyant les yeux. Elle écarta les mains, se retourna et se mit à courir. Les CRS chargeaient. Je détalai derrière elle, au milieu d'objets hétéroclites. Je remontai vers la rue des Écoles, c'était la mêlée rue Saint-Jacques. La fille se posta sur le terre-plein devant le Collège de France. Des filets de fumée sortaient des plates-bandes. À une distance respectable, des manifestants à foulards noirs, des CRS avec leurs matraques se donnaient des coups mécaniques, comme des marionnettes de Guignol, tandis que les rues résonnaient de l'impact des météorites. La fille détourna la tête, et guetta le fond de la rue des Écoles, où il ne se passait rien. Qu'attendait-elle ? Déprimé que j'étais, peut-être attiré par la vague ressemblance qu'elle avait avec Zoé, je lui demandai « ce qu'elle pensait de tout ça ».

« Faites-vous une idée vous-même », répondit-elle sèchement.

61

Il fallait que je parle à quelqu'un, et ce quelqu'un ne pouvait être que Louise. Je contournai les manifestations, en passant par les quais, et revins vers la rue des Quatre-Vents. L'appartement était plongé dans une obscurité presque totale.

Je crus qu'elle dormait. Elle sortit de la cuisine, habillée de ma robe de chambre rouge et traînant après elle l'odeur d'un lourd parfum. Il s'agissait, m'expliqua-t-elle, d'un échantillon de Guerlain que lui avait donné la parfumerie voisine.

« Ils sont vraiment très gentils dans cette parfumerie, j'avais acheté un peu d'eau de Cologne pour Patrick, et alors ils m'ont donné cet échantillon. C'est gentil, non ?

— Très gentil. Qu'est-ce que tu fais avec tes volets fermés ?

— Les pétards me cassent les oreilles.

— Les pétards ? Les grenades, tu veux dire.

— Bof, pas de grands mots. Et puis je suis trop occupée, je lis un livre intéressant qui s'appelle *Connaissance par les gouffres* et après je me remets à *La Montagne magique*.

— Tout claque autour de toi et tu lis un livre. C'est pourtant intéressant, ce qui se passe, non ? Tu ne pourrais pas la remettre à plus tard, cette montagne magique ?

— Je ne peux pas faire plusieurs choses à la fois, dit-elle agacée. Je suis en ce moment dans cet hôpital de montagne, avec le héros. Alors tu aimes bien mon parfum ? Sens-moi ça, comme il est capiteux ! » Et elle me tendit des poignets odorants.

Elle me fit un café. Ça ne m'ennuyait pas qu'elle ait emprunté ma robe de chambre ? C'était curieux comme ce mois de mai pouvait être nuageux et même froid par moments, on l'oubliait à cause des émeutes, mais en fait elle avait souvent des frissons. C'était peut-être aussi parce qu'elle ne quittait pas la station de sport d'hiver où Thomas Mann (un autre Thomas, remarqua-t-elle) la retenait.

« Et toi ? Qu'est-ce que tu fabriques ? » dit-elle. Pour la première fois depuis longtemps, elle portait des tresses. Sa voix s'adoucit, et elle me tendit une tasse : « Tu n'as pas l'air très en forme. »

Elle s'assit sur le plancher à côté de moi et attendit ma réponse avec un gentil sourire.

« Je cherche Zoé, dis-je sur un ton négligent.

— Laisse-la un peu tranquille, Zoé…

— En fait, ce n'est pas Zoé que je cherche, c'est Jérôme Rossi. J'ai l'impression que Zoé et lui ont une histoire. »

Elle haussa les épaules. Dans la pénombre, je regardai son visage, ses yeux noirs, le magnifique front que lui faisaient des cheveux ramenés en arrière et qu'adoucissaient les tresses. Elle sourit encore, avec cet air câlin et malicieux qu'elle avait autrefois quand nous jouions au poker avec Jean, alors que, sûr de gagner avec mes cartes, je ne m'attendais pas à la quinte flush qui sortirait de sa main diabolique. Elle reposa la tasse, et mit sa tête dans ses mains.

« Non, dit-elle à mi-voix, Jérôme ne sort certainement pas avec Zoé, tu es jaloux, ce n'est pas bien. Il faut que tu laisses respirer Zoé, tu ne crois pas ? Écoute, ce printemps brumeux ne nous vaut rien. Zoé n'est pas dans son assiette, je l'ai vue hier. Toi, tu erres dans les rues, à la recherche de Jérôme, le stratège des ruelles. Comme s'il s'intéressait vraiment à une fille ! Saroyan est K-O à cause des barbituriques. Et moi, je suis là enfermée avec mes livres. Tout ça est bizarre.

— Alors, tu penses que Rossi ne sort pas avec Zoé ? »

Louise se leva, s'agenouilla devant moi et passa une main dans mes cheveux, ce qu'elle n'avait pas fait depuis longtemps.

« Bien sûr que non.

— Tu as tort, j'en suis sûr.

— Mais non, mais non », dit-elle en se levant, et en ajoutant (suivant une digression qui était bien d'elle) que ce qu'il y avait d'extraordinaire dans son livre, c'était l'excitation de la maladie, excitation intellectuelle et érotique, quelque chose de torride qui en plus a lieu dans la neige, le froid, avec des descentes en luge ou plus exactement en bobsleigh.

Elle m'embrassa quand je partis, sur le pas de la porte : « Comme c'est curieux, je te conseille de ne pas partir à la recherche de Jérôme et tu y vas, tu m'incites à sortir dans la rue et je reste. Mais ça ne fait rien, n'est-ce pas ?

— Non, lui dis-je en faisant à mon tour un baiser sur son front. Ça ne fait rien. »

Je dévalai l'escalier, en lui promettant (elle resta sur le palier, penchée sur la rampe) que je lui porterais des croissants le lendemain matin. S'allumèrent des lueurs de brasier autour de la rue des Quatre-Vents, elles me rappelèrent la fête des Orion à Oursière. Comme il était étrange, tout de même, que l'excitation que Louise trouvait dans ses lectures, elle n'en perçût pas l'écho dans ces rues où des étudiants s'activaient à arracher les pavés et à construire de fantaisistes mobiles ! Et moi ? Mon cœur battait, non pas tant de me mêler aux manifestants que de rechercher Jérôme. Je passai rue de Vaugirard. Il était dix-sept heures trente. (*Veux-tu que je te dise ? Toi et moi avions déjà reçu le coup de couteau, d'une lame si fine qu'on ne sent rien : l'adolescence n'était pas notre passé futur, mais notre avenir. Comment ? Pourquoi ? Là encore, langue au chat. Louise.*)

Je sonnai, Saroyan ouvrit la porte, tout dégoulinant, dans un ample peignoir bleu. Il venait de prendre une douche et me demanda l'heure qu'il était. Il croyait qu'il avait pris un peu trop de Gardénal, il confondait le jour et la nuit. Il n'avait pas vu Zoé mais se proposait de prendre le petit déjeuner avec moi, puisqu'il venait de s'éveiller, et de fumer un cigare magnifique, un lusitania de partagas que Miguel Orion venait de lui offrir. Je déclinai son invitation et me dirigeai vers la petite antenne des JCR (ml) située au fond de la rue des Écoles. Là-bas, c'était l'effervescence. Un groupe rédigeait des tracts à voix haute. Des estafettes allaient et venaient, Lacour avait une élégante balafre sur la joue et était en pleine forme.

« Cette fois, ça y est. C'est vraiment la bagarre. On va tenir toute la nuit, je pense que l'État tombera demain dans la journée. Les préfets sont impuissants, les institutions ne sont pas détruites, elles sont dissipées, c'est même un phénomène extraordinaire.

— Jc chcrche Zoé, dis-je.

— C'est pas le moment, dit-il. Rends-toi plutôt utile, tu ne le regretteras pas. Tu pourras dire, "j'y étais, j'ai aidé la cause du peuple". Porte ce paquet de tracts à l'antenne de la rue de l'Arrivée, j'y vais moi-même plus tard, et sinon reviens nous donner des nouvelles. D'accord ? Et ne te perds pas en route.

— As-tu vu Rossi ?

— Non. Allez, vas-y, et prends l'air plus convaincu. »

La bataille s'était déplacée toute la journée. Elle semblait se concentrer maintenant près du boulevard Saint-Michel. Quand je parvins place Edmond-Rostand, les camps étaient à nouveau face à face. Un officier parlementait avec un manifestant en disant qu'il fallait aménager pour les étudiants des « couloirs de dégagement » (plus tard, bien plus tard, suivant notre expression favorite, une amie de Louise fera une étude comparée des itinéraires des manifestations à Paris, Berlin et Berkeley, avec graphiques et cartes, et des notes éclairantes sur le fait que, par des transactions ponctuelles avec la police, les chemins ainsi dessinés préfiguraient la gestion des flux d'automobiles et de piétons qui est peut-être l'un des aspects les plus déprimants des sociétés de contrôle). Pour l'instant, tout le monde attendait, avec des promenades latérales sur les trottoirs et des rencontres entre partis opposés, qui n'étaient pas sans évoquer les préparatifs d'une bataille d'Ancien Régime. Portant toujours mon paquet de tracts, je montai à mi-hauteur d'un lampadaire, pour mieux voir le spectacle (ma mission ne justifiait pas une hâte inconsidérée). Cet intermède ne fut troublé que par le tintement d'acier, presque cristallin, des grenades lacrymogènes qui tombaient sur la place, sous la forme de cylindres roulant sur le pavé avec les canettes de bière. Des journalistes étaient embarrassés dans leurs fils et tendaient leurs micros. Parmi eux, une charmante fille moulée dans une jupe de cuir tirait la langue avec application en écrivant sur son calepin. Les CRS avaient changé de tenue. Leurs casques étaient ronds, équipés de visières en plastique, et on les avait habillés d'une sorte de combinaison plus fluide que la lourde vareuse qu'ils portaient auparavant. Avec leurs boucliers rectangulaires, leurs bottes évasées et courtes, ils déroulaient sous les flashes des photographes un défilé bouffon, vaguement inspiré des tenues en plastique et des robes de métal qui avaient secoué le monde de la mode. En bas du lampadaire, une brune exaltée me passa un pavé qu'elle m'enjoignit de lancer sur les policiers.

« Vas-y, camarade, balance-leur ça sur la gueule ! »

Je tentai de ne pas la décevoir, mais mon jet de pierre fut excessivement court, le pavé tomba à quelques mètres de nous sans toucher quiconque. La fille hocha la tête, perplexe. Derrière moi, des étudiants pataugeaient dans le bassin de la place Edmond-Rostand, dont l'eau trouble refléta des nuages gris (car Louise avait raison, ce mois révolutionnaire ne fut pas celui d'un soleil printanier mais de la grisaille et de coups de vent).

Je relevai la tête. Les voitures de radio avaient disparu, les reporters rangeaient en accéléré leurs micros et s'emmêlaient dans les fils. Un sifflet retentit, et l'injonction « chargez ! » fut criée par un officier galonné qui recula de quelques pas, comme le faisait à Oursière notre professeur de gymnastique, son chronomètre en main, ayant donné le signal du relais quatre fois cent mètres. Le régiment gonfla en besace noire, des assaillants plus alertes que d'autres bondirent de la troupe et coururent sur nous, matraque au poing. Fasciné, saisi par l'hébétude, je contemplai la scène d'action sans songer à descendre de mon poste de guet. Trois d'entre eux se précipitaient vers mon lampadaire, avec des bondissements élastiques, tandis que des pneus fumaient sur le côté. Le reste de la troupe suivait en peloton, et ce n'est que dans les dernières secondes que je me rendis compte que l'aire de sécurité qui était ménagée entre mon avant-poste et ces coureurs sautillants s'était aux trois quarts réduite. Sous moi, il n'y avait presque plus personne. Les baigneurs du bassin s'échappaient en dégoulinant, les manifestants refluaient vers l'avenue de l'Observatoire. Je sautai en m'écorchant les mains, et me retrouvai presque nez à nez avec deux Martiens qui levèrent leur matraque en rugissant : « Petit salaud ! » J'étais handicapé par le paquet de tracts que je portais sous le bras gauche. « Petit salaud ! » « Petit salaud ! » Entre les injures, ils soufflaient bruyamment dans une étrange rumination pendant que leurs bottillons claquaient sur le macadam. Bien que je n'eusse pas les chaussures à pointe qui m'aidaient dans les sprints, la peur me fit courir assez vite. Un moment, le plus alerte des trois bondit à ma gauche et s'apprêta à virer et à me livrer aux deux autres. Mais les grilles du Luxembourg étaient entrouvertes, et je m'enfuis entre les arbres secourables.

Rue de l'Arrivée, le local était situé au fond d'un jardinet sinistre, dans un immeuble des années cinquante. La radio braillait, des conciliabules se tenaient sur des discussions entre les syndicats étudiants et le ministère. Un couple avait laissé par terre une barre de fer et s'embrassait. Lacour était arrivé avant moi.

« Les nouvelles sont bonnes, me dit Lacour. Le PC commence à se rendre compte que tout bascule, et qu'il n'y a d'autre alternative que l'union avec les étudiants. Pour l'instant, ça roule. » Il se lança pendant une demi-heure dans la rédaction de mots d'ordre et de bouts de discours en me demandant d'attendre.

« Est-ce que tu as vu Rossi ?

— Je crois qu'il était chez Étienne Mindeau, l'un des dirigeants des JCR (ml), on l'a planqué près de la gare de Lyon pour pas qu'il s'expose. Il paraît qu'il est épuisé. D'ailleurs, je dois aller le voir, tu peux venir avec moi si tu veux. »

La nuit tombait. Ce n'était pas la porte à côté. Dans l'appartement, il y avait du monde, une fille nous fit signe qu'on pouvait se servir un whisky en nous disant à voix basse : « Il est découragé, il est crevé, ne soyez pas trop longs. »

Nulle trace de Jérôme Rossi. On trouva Mindeau étendu sur un canapé. C'était un garçon hâve et blême, avec une figure tout en longueur, frippée comme un ballon dégonflé dans la main d'un enfant.

« Étienne ! s'écria Lacour. Tu as maigri. Qu'y a-t-il ? » Il me l'avait décrit comme un orateur brillant, à la dialectique redoutable.

« Il est fatigué, mais tout va bien », dit la fille, tandis que cinq ou six garçons assis sur des chaises demeuraient silencieux.

Mindeau murmura d'une voix blanche qu'à son avis tout était perdu.

« Mais non, voyons, Étienne, dit Lacour, rien n'est perdu, au contraire, ça barde, tes instructions sont appliquées à la lettre, nous résisterons toute la nuit.

— Mais demain ? demain ? dit faiblement le gisant.

— Eh bien, on verra bien. Écoute, il ne faut pas que les camarades te voient comme ça, ressaisis-toi, passe une bonne nuit, et surtout ne sors pas.

— Je ne veux pas que les membres des JCR (ml) participent aux manifestations », dit Mindeau, d'une voix altérée, à peine audible, de sorte que chacun se pencha sur lui pour mieux l'entendre. « C'est une provocation de la bourgeoisie, la jonction avec la classe ouvrière n'est pas faite, le principal ennemi aujourd'hui c'est le PC qui veut faire machine arrière. »

On lui avait passé une cigarette qu'il tenait entre le pouce et l'index. Avec ses cheveux en broussaille, son air déprimé, il avait les façons de parler et de faire d'un gosse qui vient juste d'apprendre à fumer.

« Regarde, Étienne, qui je t'ai amené », dit un blondinet en se tournant vers deux jeunes gens timides qui ne s'offensèrent pas d'être désignés comme des tapis d'Orient présentés par un Roi mage. « Regarde-les ! »

Étienne leva la tête vers eux. Le blond les montra d'un doigt triomphant : « Stéphane et Marcel, dit-il les yeux brillants. Stéphane est tourneur à Flins, et Marcel décapsule les bouteilles à Vergèze, à l'usine Perrier. Tu te souviens de Vergèze ? C'est une usine qu'on avait noyautée. D'authentiques prolétaires », ajouta-t-il tout content, tandis que les deux autres approuvaient de la tête. « Qu'en dis-tu ? Et pourquoi je suis venu avec eux ? Parce que tu as raison, tu as mille fois raison, Étienne, comme toujours, tu as vu clairement les risques d'une provocation, mais tu devrais sortir dans la rue, peut-être pas ce soir, mais demain, car le mouvement est en marche, celui-là même que tu as souhaité, et tu ne sais pas à quel point. Les ouvriers nous rejoignent, ils vont combattre au quartier Latin.

— C'est formidable », murmura Mindeau, de plus en plus abattu, « mais vous êtes une minorité. Dans quelques jours, si la jonction ne se fait pas avec le monde du travail, ce sera fichu. Nous sommes trahis par les trotskistes. Sans parler du PC. »

Je m'écartai. Les conciliabules se poursuivirent, un médecin indiqua qu'un peu de Valium lui ferait du bien. Depuis combien de temps n'avait-il pas dormi ? Ce n'était pas qu'il soit déprimé qui l'inquiétait, c'était le mélange de cet état avec une fébrilité qu'il trouvait préoccupante. Je m'éclipsai.

Sur le pont d'Austerlitz, je retrouvai la nuit, écharpe entraînée par le sombre fleuve sous les arceaux. Un instant, elle parut plus liquide dans ses refuges de pierre que l'eau qui clapotait devant l'étrave des péniches, ruisselait le long des quais. Avec nonchalance, des fusées montèrent dans le ciel à nouveau électrique. Près du Panthéon, quelqu'un frappait avec timidité sur une porte. Un début de feu d'artifice échoua, suscitant mon émotion d'autrefois devant la théorie des étoiles qui glissaient en désordre, et les artificiers fébriles que l'on devinait s'affairant dans le noir. Des rugissements, des piétinements de bête se firent entendre près du Jardin des Plantes. Je tâtai dans ma poche arrière ma matraque et, à la hauteur de la rue Claude-Bernard, je la jetai et me mis à courir. La nuit se déchira en palpitations brillantes, qui saisirent dans leurs éclairs des ombres chinoises. Dans une rue adjacente, un chat trottinait aussi tranquillement que celui que Louise et moi avions aperçu l'après-midi où nous avions rencontré Saroyan. Il n'y avait pas de frontière entre la bataille et la nuit grise, statique, d'où j'émergeai, quand je parvins en vue d'une première barricade formée de planches et de panneaux de stationnement. J'avançai en me protégeant avec un mouchoir. Toutes les fenêtres de la rue Gay-Lussac étaient éclairées. Il ne me restait qu'à vociférer avec les manifestants, en essayant de débusquer Jérôme Rossi qui, avec le sens du panache qui avait séduit Zoé, devait être là quelque part, près d'une autre barricade qui faisait le coin de la rue d'Ulm et ressemblait, avec ses roues de bicyclette soulevant des plinthes, à la machine d'un artiste suisse dont je ne me rappelais plus le nom. Des couloirs de feu serpentaient dans les caniveaux, au hasard des fuites d'essence. Le cœur de l'action était là-bas, dans un ravin fuligineux où les cris fusaient et où progressait un véhicule cuirassé, muni de canons à eau, comme une barque dont la coque était en flammes. Sur ma droite, un jeune homme poursuivi par un policier trébucha sur les trottoirs et tomba. Le policier commença à le battre, je me précipitai sur lui, en me disant que tout allait bien et que ma haute taille était un avantage. Je le poussai violemment, il tomba assis sur le trottoir, le manifestant prit la fuite. Mais une montagne s'abattit sur moi et, avant que les feux s'éteignent, je respirai l'odeur du cuir, celle des blousons des garçons avec lesquels je m'étais battu à Oursière, en présence de Zoé.

Quand je revins à moi, j'étais étendu dans la demi-obscurité, la tête entre deux seins. Une fille se penchait sur moi, me dit que j'avais un hématome à l'arcade sourcilière et que ce n'était rien. J'avais eu de la chance, il n'avait pas eu le temps de me tabasser. Elle m'expliqua que nous étions dans un dispensaire improvisé, rue Cujas, qu'on m'avait fait une application d'arnica, que je devais me reposer un quart d'heure et repartir, car des blessés arrivaient. À nouveau, j'errai dans les rues, à la recherche de Jérôme, mais l'hématome que mon infirmière avait diagnostiqué enflait sur mon œil gauche avec de brefs élancements. Rue des Écoles, je croisai Lacour, qui me félicita pour cet œil au beurre noir et me dit que Mindeau allait mieux.

« Tu vois, dit-il au comble de la joie, c'est gagné !

— Comment ça, c'est gagné ? » répliquai-je avec une froideur qui m'étonna moi-même. Nous nous étions rencognés dans l'obscurité d'une porte cochère, si profonde qu'on ne pouvait guère nous apercevoir, et nous bavardâmes tandis que les policiers passaient devant nous, dans l'aquarium bleu de la rue, où glissaient les fleurs exotiques des fumées lacrymogènes.

« Écoute, rends-moi service, dis-moi où je pourrais trouver Rossi.

— Jérôme ? Il doit être dans les rues, ou au local du Comité d'action lycéen, au premier étage de l'escalier A, à la Sorbonne. »

Je me frayai difficilement un chemin dans les escaliers, puis dans la foule du local des lycéens. J'eus la chance de trouver Jérôme habillé en blouse blanche avec une petite croix rouge comme un infirmier de dessin animé. Il me vit de loin, et s'approcha de moi d'un air affable.

« Thomas ! Toi aussi, tu te bagarres ? Viens, je vais te faire réparer ça.

— Je ne savais pas que tu jouais les médecins. Il faut que je te parle, et tout de suite. »

Il me lança un coup d'œil inquiet.

« Ce n'est pas le moment, Thomas, il y a des blessés partout, c'est l'ébullition, je n'ai pas le temps. Viens, on va te mettre du baume des Pyrénées, ça va te rappeler ton pays. D'accord ?

— Je ne suis pas d'accord, dis-je d'une voix tremblante. J'en ai pour cinq minutes, viens parler avec moi.

— Il faut dépasser nos problèmes personnels, camarade, la révolution est en marche et je te propose de te faire soigner par une étudiante en médecine qui est d'ailleurs charmante et qui s'appelle Irène » (dans les paroles mécaniques qu'il prononçait transparaissaient son souci de gagner du temps mais aussi la conviction, que je ressentais depuis longtemps et qui m'apparut à cette minute au grand jour, que les reproches qu'il avait exprimés à Louise ne tenaient pas tant à des divergences politiques qu'à la crainte panique qu'il avait de nous, et que je lisais à cet instant dans ses yeux. Pour lui — mais il est vrai que fatigue et douleur rendaient mes pensées confuses —, nous étions non pas tellement des salauds mais des fous).

« Où est Zoé ? Dis-le-moi.

— Zoé ? dit-il avec un coup d'œil affolé autour de lui. J'en sais rien.

— Si, tu le sais. Dis-le-moi.

— Ah bon ? Tu crois que je le sais ? dit-il comme s'il parlait à un grand malade. Voyons voir… Elle n'est pas chez toi ? Chez Joseph peut-être ?

— Jérôme. Reste calme. Peux-tu m'expliquer… »

Mais Jérôme, tout en feignant de porter un intérêt soutenu à ma question, réussit à attraper par la manche, sans le regarder, le camarade casqué, armé d'une barre de fer, qui passait près de lui et me coupa la parole : « Camarade, voici mon ami Thomas qui cherche une fille très sympathique qui a dû se perdre dans la foule, tu ne l'aurais pas vue par hasard ? Non ? Bon, mais le plus urgent c'est de soigner son œil, car le camarade Thomas a reçu un coup de barre sur la tête et il faudrait demander à Henriette de lui donner un verre de vin qui pourrait le reconstituer tandis que… »

Ce fut une erreur de tenter de l'assommer, mon poing partit trop vite, manqua son visage et atterrit sur son épaule droite, ce qui le fit déguerpir. Deux manifestants se jetèrent sur moi, je m'en défis à coups de pied et m'engouffrai par la porte latérale que Jérôme avait empruntée.

Je dévalai les escaliers, il était dans la rue.

La rue Cujas, puis la rue Saint-Jacques, noires de monde une demi-heure auparavant, étaient évacuées, car la bataille nomade s'était transportée ailleurs. Inspiration — expiration : j'eus moins l'impression de courir que de nager dans cette nuit avec laquelle je renouai, dans une brasse coulée, à l'écoute du son des sirènes et de quelque sourde hélice. Loin devant moi, Jérôme longea la bibliothèque Sainte-Geneviève. Il se défit de la blouse blanche qu'il avait revêtue, et celle-ci s'envola comme le drap d'un fantôme. Derrière nous, les combats s'estompaient. Des images se perdaient au loin : Louise haussant les épaules ; Zoé avec un visage d'angoisse ; Saroyan tout content avec un cigare et un livre d'art dont une page représente Marie-Madeleine habillée de ses longs cheveux. Jérôme courait à pas tricotés. Quant à moi, je retrouvai le rythme de mes anciennes courses, de longues mais lentes foulées.

Rossi traversa la place du Panthéon, déserte, et qui résonnait des combats proches. Elle avait son aspect hivernal, celui d'un endroit lugubre, battu par les vents coulis, mais les lueurs qui venaient des rues proches allongeaient les ombres des bâtiments, et même les colonnes comme sur la place d'une ville onirique. Je savais que le sang ne coulait plus sur ma joue, et je me dis que j'allais bien. Saignée de théâtre. Mais les dédoublements mentaux s'accentuaient, je le notai. Rossi devint une figurine de flipper, fuyante mais qui n'échapperait pas à la boule de chrome que poussait vers lui mon orteil. Je pris le risque de contourner le Panthéon pour le cueillir au bout de la place, mais il s'était déjà engouffré dans la rue Mouffetard en hurlant comme un enfant jouant au loup garou. Sorti d'une porte cochère, un policier casqué, matraque à la main, fonça sur moi et cria d'une voix maigrelette : « Merde ! » Sa matraque s'abattit dans le vide et, comme un diable à ressort, il regagna son porche. Descendre cette rue me fatigua, mes jambes flageolaient. Mon tableau de bord mental aussi. Je croisai une bande de jeunes armés de bâtons qui montaient vers la bataille et me regardèrent passer, l'air perplexe, et peut-être (me sembla-t-il) effrayé. Une douceur d'ouate envahit mon visage, j'y portai ma manche, elle fut pleine de sang.

Allure mécanique. Mon père commentant les courses cyclistes. Éloge du grimpeur. Tout ce qui est pente me va. Talus de la vague. Place d'Italie, là-bas. Scintillation. Écume au sommet d'une déferlante. Y plonger. Sentier de chevrier. Je ne vais pas bien. Je vais mieux. Chevrier bouvier. Bouvier roulier berger chevrier pâtre. *Pater. Pater et Mater. Mater misericordiae vita dulcedo et spes nostra salve. Caper. Capri. Caprum.* C'est long tout ça. Derrière, Ivry. Banlieues d'étoiles. Toute la nuit. Et boum et boum et vlan. Je me présente je suis le docteur Simon Lalo et je vous dis ayez confiance dans votre pouls à 52 qui fait boum boum et votre tension artérielle à 7,5. Elle fera de vous un centenaire comme ce grand dadais de Thomas qui nous enterrera tous boum et boum. Le professeur de gymnastique titulaire des palmes académiques vous dit ceci, respirez. Noir. Noir. Mais badaboum. Noir.

C'est vrai que je me sentis un peu mieux, au passage de la rue Véronèse (où, dans un moment de confidence, assez rare en fin de compte, Joseph m'avait dit qu'Esther le violait presque quand elle laissait un soulier à la porte, puis son pull troué dans l'entrée, puis dénouait à toute vitesse ses lourds cheveux et l'attendait entièrement nue debout oh viens mon amour oh viens). Il n'empêche qu'il fallait quand même ne pas perdre de vue Jérôme, car là-haut on se battait aussi, et c'est cela qu'il cherchait peut-être, il était malin, se fondre dans une bagarre, être pris par les flics et m'échapper. La peur donnait au bougre des ailes. Il réussit en partie son plan, disparut dans un bosquet de matraques et de vestes de cuir embrumé par les émanations des foyers d'incendie. J'arrivai en soufflant, fis le tour de ce combat où j'aurais pu perdre Jérôme, mais il sortit du brouillard, poursuivi par un grand flic roulant des yeux chaplinesques, qu'il sema. Je le suivis à distance, dans la rue du Château-des-Rentiers. Il se mit à sautiller bizarrement, comme quelqu'un qui traverse une rue quand le feu va virer au rouge, pour indiquer aux automobiles qu'il est en train de courir. Les raisons de ce style ridicule étaient obscures. N'empêche qu'il garda la distance, courant au milieu des chantiers défoncés et des palissades. Je n'irais plus très loin, gagné par l'ankylose et des pensées incohérentes. À l'un des tournants de la rue, Jérôme qui courait Dieu sait pourquoi en levant les genoux, dans un mouvement de gymnastique prussienne, rencontra deux gendarmes qui remontaient la rue. Ce n'étaient pas des CRS à casque et bouclier, juste des veilleurs placides auxquels ne manquaient qu'une pèlerine et une bicyclette pour sortir tout droit des années cinquante. Les braises de leurs cigarettes bougeaient dans la pénombre. Ils bavardaient. Jérôme passa devant eux en hurlant. Ils s'arrêtèrent, me virent arriver, les braises tombèrent en même temps et ils voulurent me barrer la route, mais je les évitai et ils se mirent à notre poursuite sans dire un mot. Notre petit groupe fonça ainsi environ cent mètres dans un silence absolu, jusqu'au moment où les gardiens de la paix renoncèrent.

Jérôme disparut dans un chantier. J'y pénétrai à travers une palissade, entre deux planches. C'était un champ lunaire de pierrailles, de machines à broyer le béton, de grues abandonnées. Jérôme haletait bruyamment, sur la droite, au milieu des machines.

« Sors de là, Jérôme.

— Espèce de fasciste, de salopard, dit-il d'une voix épuisée. Je n'ai pas peur de toi.

— Ah bon ? Et pourquoi tu cours pendant des kilomètres ?

— Parce que tu es une brute, tu es capable de n'importe quoi », dit-il en descendant d'une pelleteuse (en fait, il s'était enfermé dans la cabine du conducteur).

« Je te méprise, dit-il, tu es ignoble. » Il marcha bravement vers un monticule de gravats où gisaient des pelles et des pioches, mais en quelques enjambées je lui barrai la route.

« Ignoble », reprit-il, hors d'haleine, et regardant précautionneusement autour de lui. Il haletait avec un léger gémissement, lissa des deux mains sa crinière gominée de transpiration, et la rejeta en arrière. Il resta un instant immobile, cambré dans le clair de lune que jusqu'à présent les lumières de la ville et celles des émeutes avaient occulté.

« Qu'est-ce que tu veux ? finit-il par dire. Me casser la gueule ? T'as qu'à y aller, on n'en parlera plus. C'est tout ce que tu sais faire. Tu es nul. Ignoble. J'ai toujours su que tu étais ignoble. »

Il continuait à jeter autour de lui des coups d'œil attentifs, et distingua sur sa gauche une étendue blanchâtre, sans doute du sable au pied d'un mortier à ciment ouvrant une bouche noire.

« Je viens te parler calmement, dis-je, n'ayant pas peur du ridicule.

— Je n'ai pas envie de te parler, je n'ai jamais eu envie de te parler, tu le sais parfaitement, nous n'avons rien à nous dire. »

Sa bouche s'ouvrit démesurément (comme un bébé qui prend sa respiration avant de pousser des cris stridents), et il se mit à hurler.

« Fous-moi la paix ! Je te hais ! Ta sœur aussi ! Fascistes ! Péquenots fascistes ! »

Ses cris hystériques étaient peut-être une manœuvre, car il

saisit sur le banc de sable une pelle ébréchée et continua d'une voix suraiguë : « Fasciste ! Voyou !

— Au lieu de m'injurier, dis-moi plutôt où est Zoé. »

La pelle qu'il brandissait et qui tournoyait au-dessus de sa tête s'abaissa lentement.

« Des dingues, marmonna-t-il accablé. Des malades. De grands malades. On injurie les flics, on les traite de fascistes, mais on se gourre, ils sont là, devant soi. Toi, Saroyan, ta sœur, tous les gens infâmes de votre espèce.

— Quand as-tu vu Zoé pour la dernière fois ?

— Je me demande comment j'ai pu la fréquenter ! Avec votre ignoble sécheresse, vous êtes des sans-cœur, vous avez une sale gueule, comment mon Dieu ai-je pu descendre aussi bas ? J'ai pas compris que vous n'étiez pas seulement des ennemis politiques mais des voyous égocentriques, que dirait ma mère si elle me voyait, c'est affreux ce qui m'est arrivé de vous rencontrer. Qu'est-ce que j'ai fait pour ce malheur, c'est contagieux de voir des voyous, et votre Joseph, n'en parlons pas. »

Il délirait à voix haute, autant que moi dans mon silence mental, le détachement dans lequel j'étais plongé. En même temps, je ressentis une sorte de compassion fraternelle à le voir proférer des insultes qui étaient une manière de gagner du temps et de se déplacer vers la droite, comme un crabe en retraite. Il fit « aïe ! » quand il se cogna une jambe à la bétonneuse, mais il marcha de nouveau en clopinant et commença à gravir, avec une raideur solennelle, une butte de sable et de gravats. Il se retourna, à mi-pente, et me lança d'une voix flûtée que la colère l'emportait, qu'il reconnaissait qu'il était allé trop loin et que nos points de vue méritaient un approfondissement respectif. Si je le voulais, il me ferait connaître les dirigeants des JCR (ml) car j'avais une prévention excessive à leur encontre et puisque je m'intéressais tellement aux filles — ce qui, il devait l'avouer, n'était pas son cas, trop occupé sans doute qu'il était à la lutte politique — et que je traversais une période sentimentale difficile, il se proposait de me faire connaître de magnifiques gauchistes, des filles superbes et pas farouches pour un sou qui…

« Où est Zoé ? » hurlai-je.

Il reprit son ascension à pas précipités, mais en faisant surtout du surplace, car les gravats et les déchets roulèrent sous ses pieds, en dégageant une poussière qui le fit hoqueter dans ses cris. Je finis par rattraper une de ses chevilles qui me laissa dans la main une chaussure, une sorte de sandale à double boucle que je portais quand j'avais cinq ans. Je parvins à rattraper sa jambe, il s'affala sur la pente et je m'agrippai à lui, en le tirant de toutes mes forces. Il glissa, se retourna, il avait vieilli de cinquante ans, blanchi par la poussière, les lèvres tuméfiées, et les marbrures sur le visage que donne la couperose. Il prononça des mots d'une voix noyée, et je me penchai pour l'entendre : « Tu es berné. Bien fait pour toi. »

Il voulut dire autre chose, mais le coup de tête que je lui donnai le fit glisser comme une poupée molle. Dans les gravats, il y avait une casquette de contremaître à longue visière. Je l'en coiffai. Il était méconnaissable.

62

Noir, quelque chose noir. En descendant l'avenue des Gobelins, par le même chemin, j'étais éperdu. Qui étais-je ? Éperdu. Voilà. Et puis c'est tout. Impersonnel comme ses fleurs. Éperdu. Canonnade au fond d'une forêt, bruits de souches rompues, installations pyrotechniques. Brisé. Dérive vers l'improbable, projectile lancé vers l'inconnu. Dans la nuit. Noir. Noir. Quelque chose noir. Éperdu. Noir. Éperdu. Noir. Quelque chose. Quoi ? Éperdu. Noir. Noir. Noir. Quoi ? Noir. Quoi ? Matérialité de la langue ? Foutaise. Noir. Quelque chose noir. Quoi ? Section. Noir. Quelque chose noir. Quoi ? Section. Noir. Quelque chose noir. Quoi ? Section. Noir. Sang et sens, section. Quoi ? Section. La Chine. Quoi ? Noir. Quelque chose noir. Quoi ? La Chine. Quoi ? Machine. Noir. Quelque chose noir. Mon petit, enchaîne. Enchaîne. Noir. Quelque chose noir. Noir. Je t'en supplie. Quoi ? Noir. Quoi ? Sex machine. Quoi ? Sex. Quoi ? Noir. Quelque chose noir. Sex. Quoi ? Section. Quoi ? Sex machine. Sex machine. Sex machine. Quoi ? La Chine. Quoi ? Sex machine. Sex machine. Sex machine. Sex machine. Quoi ? Est-il ? Noir. Quelque chose noir. Quoi ? Section. Noir. Noir. Sex machine. Noir. Sex machine. Noir. Sex machine. Noir. Sex machine. Quoi ? Quoi ? Est-il déjà ? Quoi ? Noir. Quelque chose noir. Est-il déjà ? Quoi ? Noir. Quelque chose noir. Quoi ? Plus loin. Quoi ? Section. Déjà. Quoi ? Plus loin. Quoi ? Section. Quoi ? Section. Quoi ? Est-il déjà plus loin ? Noir. Peut-on le rappeler. Quoi ? Le rappeler. Quoi ? Noir. Noir. Que l'Inde ou que la Chine. Quoi ? Noir. Quelque chose noir. Peut-on ? Quoi ? Le rappeler. Quoi ? Section. Le rappeler. Quoi ? Sex machine. Quoi ? Quoi ? Sex machine. Sex. Sex. Sex. Sex machine. Quoi ? Sex machine. Avec. Quoi ? Des cris. Quoi ? Des cris plaintifs.

Rappelons, pour comprendre ce qui va suivre, que l'immeuble où habitait Patrick Saroyan avait été construit par un architecte des années 1930 (c'était gravé au-dessus de la porte d'entrée). Deux ascenseurs parallèles ouvraient sur une sorte de hall central, vide et le plus souvent glacé, dans ses armatures de verre et d'acier (et bien plus tard dans mes errances diverses, je ne m'arrête pas dans un de ces hôtels avec ascenseur ouvrant sur une cour intérieure ornée de fleurs artificielles et de fausses fontaines — en général destinées à des congressistes à badge, rubiconds et s'interpellant d'une voix de stentor —, sans qu'une pointe d'angoisse revienne me frapper du souvenir de cette nuit-là). Tout était éteint. Je ne sais pourquoi, je ne pris pas l'ascenseur mais montai dans l'obscurité en me laissant guider par la rampe de l'escalier.

Parvenu à l'étage de Saroyan, je demeurai immobile sur le palier. Saroyan parlait. Je n'eus pas besoin de prêter l'oreille, car il était tout près de l'une des deux portes de l'appartement et monologuait à voix haute comme il le faisait lorsqu'il répétait un cours ou dictait quelque chose à Louise. Je transcris ici de mémoire, avec ton aide, Louise, celle que tu m'as toujours généreusement prodiguée : « Oui, mon amour, mon très cher amour, c'est un passage absolument merveilleux, le fragment n° 143 intitulé "De la plus grande utilité du polythéisme". N'ayons pas peur de ce dernier mot, il s'agit seulement de montrer ici combien l'homme est par nature apte à susciter les dieux, et comment la présence d'un seul dieu a constitué pour lui une sorte de dénaturation de sa nature profonde. "En revanche" (écoute ça, mon amour, comme j'aime que tu sois nue) "le monothéisme, cette conséquence rigide de la doctrine d'un homme normal unique — donc la croyance en un dieu normal, hormis lequel il n'existe plus que des divinités fallacieuses et mensongères —, constituait peut-être le plus grand danger de l'humanité jusqu'alors ; c'était de là qu'elle était menacée de cette fixation prématurée que, pour autant que nous puissions en juger, la plupart des autres espèces animales ont atteinte depuis longtemps (je passe, parce que c'est un peu long). La multiplicité des dieux avait préfiguré le libertinage et la pluralité de la pensée de l'homme : à force de se créer des yeux nouveaux et personnels, de plus en plus nouveaux et personnels, en sorte que, de tous les animaux, l'homme seul échappe à la fixité des perspectives et des horizons éternels". Comme c'est beau cela, ma chérie ! Tu vois cette idée (les idées peuvent être belles comme des oiseaux chatoyants, avec leur beauté pure et obscure) que l'homme est un animal dont la nature est d'être *infixé*. Infixé, instable, variable, déplacé. Il est capable de faire varier les perspectives. Il n'est pas comme l'animal que nous connaissons, doué sans doute d'une seule perspective. Il est un animal capable d'ouvrir de multiples perspectives.

De les faire varier. Non pas en tant que membre de l'espèce humaine — car ce n'est pas de l'humanité qu'il s'agit mais de l'homme défini, singulier, toi ou moi, mon amour, capables de ces ouvertures multiples, dont la pluralité des dieux nous avait donné autrefois, dans les temps reculés, une extraordinaire préfiguration. Comment être fidèle à cette absence de fixation ? Comment se rebeller contre toute fixation ? Telle est la question. Et au fond cela me rappelle un autre passage, une parole mi-chantante mi-pensante que je me hâte de prononcer (et que j'aime tes seins, les toucher) : "Hélas ! Qu'êtes-vous devenus, une fois écrites et peintes, ô mes pensées ? Il n'y a pas longtemps, vous étiez encore si colorées, si jeunes, si malicieuses, pleines de piquant et de secrets arômes ; vous me faisiez éternuer, vous me faisiez rire. Et maintenant ? Déjà vous avez dépouillé votre nouveauté, et quelques-unes d'entre vous sont prêtes, je le crains, à se changer en vérités. Voici qu'elles ont déjà si bien revêtu la parure de l'éternité, correctes à vous vriller le cœur, et tellement ennuyeuses ! Et en fut-il jamais autrement ? Quelles choses pouvons-nous écrire et peindre, nous avec nos pinceaux de mandarins chinois, nous qui donnons l'éternité à celles seulement qui se laissent décrire ? Que pouvons-nous peindre d'autre ? Hélas ! Toujours seulement ce qui est sur le point de se flétrir et qui commence à perdre son parfum. Hélas ! Rien que des orages qui s'éloignent et s'épuisent, des sentiments déjà jaunis par l'automne. Hélas ! Rien que des oiseaux las de voler, égarés dans leur vol, et qui se laissent prendre à la main — par notre main. Nous donnons l'éternité à ce qui n'en a plus pour longtemps à vivre et à voler, aux choses lasses et trop mûres. Et c'est pour votre vesprée seulement, oh mes pensées écrites et peintes, que j'ai encore des couleurs, beaucoup de couleurs peut-être, beaucoup de tendresses irisées, des centaines de jaunes et de bruns et de verts et de rouges — mais nul ne devinera pour autant la splendeur de votre aurore, étincelle soudaine et merveille de ma solitude, oh vous, mes vieilles, mes chères, mes mauvaises pensées !" Et qu'est-ce que cela veut dire, ma chérie ? Est-ce qu'il délire ? Est-ce que je délire ? Est-ce que nous délirons ? Non, sans doute, puisqu'il s'agit de savoir sans savoir, de revenir au plus près d'un savoir insensible, un savoir voué aux limbes du matin ; une sorte de mémoire oublieuse, mon amour, sans souvenirs, car ce qui est oublié n'est pas perdu mais au contraire acquis, acquis par cœur et par le cœur, dépris du souvenir, acquis à l'oubli. Dans les limbes ! Dans la mer ! Et voici, mon amour, mon grand amour, les derniers mots de ce soir qui sont pourtant des mots du matin : "Veux-tu voler, veux-tu être chez toi dans les hauteurs : jette à la mer le plus lourd de toi-même ! Voici la mer, et toi, jette-toi dans la mer ! Divin est l'art d'oublier !" Est-ce que tu es en accord avec cela ? Est-ce que tu es en accord avec moi sur cela ? Est-ce que tu m'aimes en cela ? Est-ce que tu m'aimes encore ? Est-ce que nous pouvons tout oublier ? Est-ce que tu m'aimes encore ? Est-ce que nous pouvons tout oublier ? Est-ce que tu veux bien oublier avec moi ? Est-ce que tu veux bien m'aimer ?

— Oui », dit Zoé.

63

Presque aussitôt (de sorte que ce que j'avais entendu malgré les quelques secondes qui s'ensuivirent ne suscita pas de réaction immédiate, comme si mon cerveau, tout occupé à faire le tri des multiples informations qu'il recevait, avait remis à plus tard ce qui aurait pu pourtant apparaître comme prioritaire) la lumière s'alluma, et de l'autre côté du hall, les câbles du second ascenseur vibrèrent. Là-haut, vers le septième ou huitième étage, l'ascenseur d'en face s'ébranla avec lenteur, passa en face de moi (masqué un instant par mon ascenseur à l'arrêt) et descendit dans les profondeurs. Des bruits successifs, assez nettement caractérisés, se firent entendre. Un : la porte de l'ascenseur qu'on ouvre au rez-de-chaussée. Deux : le treillis coulissant qui se referme (bruit sourd). Trois : l'enclenchement du voyage ascensionnel. Une série d'images se substitua aux sons. Premier étage : un plafond de poussière noire, de boulons, un mufle tiré par les naseaux, le toit de l'ascenseur montant. Deuxième étage : une petite main éclairée dans la cabine. Troisième : une fille dont je ne vis que l'ombre portée sur le mur d'en face. Quatrième : Louise avec ses tresses, habillée d'un jean, d'un chemisier imprimé d'orchidées, assez transparent.

C'est évidemment là qu'il aurait fallu avoir de la présence d'esprit, et c'est à ce moment, nous le devinons, que joua avec une atroce précision ce mécanisme de déconnexion spirituelle, de suspension de la pulsation intime qui était à l'œuvre en moi depuis toujours (réflexes physiques rapides, intense agressivité, mais sur fond d'atonie dont je me lamente encore aujourd'hui comme d'une tare). Bref, ma réaction fut d'éteindre la lumière, et d'ouvrir bêtement la bouche pour héler ma sœur et la prendre dans mes bras. Mais je fus trop lent dans l'accomplissement de cette effusion, il était trop tard. Louise sortit de l'ascenseur, elle n'eut besoin, je le connus après coup, de rien entendre, elle vit par une fenêtre fatale ce que j'avais seulement entendu (plusieurs semaines après, elle me décrivit l'architecture compliquée de cet étage). Elle ne sursauta pas, baissa légèrement la tête, rentra dans son ascenseur, et ne m'entendit pas l'appeler. Le colimaçon de l'escalier était plus large que je ne l'imaginais. Mes forces, d'ailleurs, m'abandonnaient. Je me tordis la cheville entre le deuxième et le troisième étage. Louise avait déjà quitté l'immeuble tandis que je boitais vaguement au premier. Dehors, je tentai de la suivre. Mais elle avait repris, semble-t-il, la foulée du relais qui l'avait fait briller une seule fois au lycée, à la joie étonnée de mon père. Ses tresses battaient en cadence, dans un mouvement de cheveux qui n'était pas si dissemblable de celui qui avait agité la crinière de Jérôme. Au carrefour de la rue du Bac et de la rue de Grenelle, elle trébucha. Elle perdit son sac à bandoulière, je le ramassai. Je l'appelai, elle traversa en trombe le boulevard Raspail, fut bousculée boulevard Saint-Germain par un groupe d'étudiants. Encore quelques mètres, et elle s'affala de tout son long sur le trottoir. Clopinant, je vins la ramasser. Elle s'était évanouie, son nez saignait, je la pris dans mes bras et m'étonnai de sa légèreté, de ses yeux clos et des longs cils qui prolongeaient de leur courbe des paupières qu'on eût cru en papier de soie. « Louise, Louise ! dis-je. Louise ! » répétai-je, avec de vagues souvenirs s'accrochant à mes interpellations. Personne dans la rue. Silence absolu. Rue de Beaune, obscure. Je cheminai avec le corps de Louise dans mes bras, me guidant au lit du ciel entre les rives des toits. Je parvins au quai, tentai de la bercer en prononçant encore son nom, entre des hoquets de sanglots.

64

Elle fut admise à la Pitié-Salpêtrière, dans le service d'Argolikos. Nous avions passé la nuit au service des urgences de l'Hôtel-Dieu, elle réveillée mais délirant, discourant avec les clochards et les blessés, moi dans un état d'apathie tel que je n'ai plus aucun souvenir précis de cette nuit. Pendant cinq jours, personne ne put la voir. Argolikos l'avait placée dans une légère cure de sommeil, comme il disait. Marie et Jean alertés vinrent à Paris, et on attendit. L'un et l'autre étaient silencieux, ils ne posèrent guère de questions sur les circonstances de l'hospitalisation de Louise, qu'ils prirent comme un fait, en évoquant avec des sourires tendres le prochain été. Zoé et Patrick donnèrent, je suppose, une série de coups de téléphone (celui-ci sonna à plusieurs reprises), mais je ne répondis à aucun. Marie, Jean et moi nous rendîmes à la Pitié le sixième jour.

« Écoutez, dit Argolikos, elle ne va pas mal, vous allez la voir, elle a eu un choc, mais son nez n'est pas cassé, on a cru à une fracture du crâne tellement elle était vaseuse quand l'Hôtel-Dieu nous l'a envoyée, mais finalement tout va bien. Elle a un petit fond dépressif, c'est certain, une sorte de mélodie mélancolique tout au fond, vous voyez ? Tralalilala. Vous voyez ? Tout au fond d'elle. Une chanson tristounette. Dadadidada. Il faudra nous surveiller ça. Bref, comme elle disait un peu n'importe quoi, on l'a mise sous perfusion pendant quelques jours, de bonnes doses de Valium, un peu de Tofranil, et puis elle est assez maigrichonne, on a mis aussi quelques produits qui vont nous la remettre sur pied. Hein ? D'accord ? Et puis ce sont les vacances maintenant ! »

Nous étions rassemblés dans le bureau d'Argolikos, peint en bleu outremer et orange. Jean portait le costume trop court qu'il avait revêtu le soir de la fête des Orion, avec une chemise blanche. Il transpirait à grosses gouttes. Marie avait revêtu une grande robe à fleurs, et un bandeau enserrait ses cheveux. Il y eut un silence, et Argolikos saisit dans une boîte (dont il nous expliqua qu'elle venait de Ceylan et qu'elle était formée de pointes de porcs-épics) une Camel, une de ces cigarettes qu'aimait ma mère. Il nous en offrit et tira sur sa cigarette, sans avaler la fumée, en émettant d'épaisses bouffées.

« Est-ce qu'on va pouvoir la voir ? » dit ma mère timidement, sa Camel non allumée à la main.

« Bien sûr, dit Argolikos l'air rêveur. Mais pas tous à la fois. Demain peut-être ? Il faut qu'elle se repose. Je propose que votre fils la voie d'abord. » Mes parents acquiescèrent. « Mais il faudrait que je vous parle un peu, Thomas. Venez avec moi. »

Je le suivis dans une pièce minuscule et il me dit de m'asseoir. Son visage jovial se rembrunit, puis s'éclaira d'un large sourire.

« Vos parents sont charmants, savez-vous qu'ils ont voulu que je parle à votre médecin, Simon Lalo ? Il paraît qu'il connaît bien Louise. C'est un garçon charmant lui aussi, un médecin de campagne comme on n'en fait plus, très ouvert, j'ai beaucoup parlé avec lui, il admire beaucoup Sacha Nacht (car il est ouvert à l'analyse, ce n'est pas un idiot buté), mais son estime se porte plutôt (et comme il a raison !) à d'admirables esprits comme Henri Laborit, à mon maître Pierre Deniker et à Jean Delay qui par parenthèse est né dans votre région, avec des mânes comme ceux-là on va pouvoir vous la soigner votre sœur, bref ce Lalo est un type formidable, il a les pieds sur terre et je dirais même les pieds dans l'eau » (il éclata de rire) « car c'est un pêcheur chevronné, d'après ce que j'ai compris.

— Mon père aussi, dis-je totalement hébété.

— À la bonne heure ! Voilà ce qu'il faudrait faire faire à votre sœur, ça la détendrait.

— Elle déteste ça.

— Évidemment », dit Argolikos.

Il resta silencieux. Il souffla longuement la fumée, fixant une horrible sculpture en plastique, représentant une vague Vénus.

« Écoutez, Thomas, votre sœur a beaucoup déliré depuis deux jours, je ne connais pas sa vie ni la vôtre, et la situation me paraît passablement embrouillée. Il y a d'abord le gauchisme, elle ne s'y est pas intéressée, et bizarrement elle se le reproche, je ne sais pas trop pourquoi. C'est un comble. Tous ces gauchistes, je les ai toujours trouvés stupides. J'ai peut-être un esprit terre à terre, mais je n'ai pas cru un instant qu'avec le plein emploi, une croissance à 15 % et une élévation de niveau de vie faramineuse depuis quinze ans il existe une situation vraiment révolutionnaire. Et ce pauvre Raymond Aron que les autres clouent au pilori ! Pour qui se prennent-ils, ces imbéciles ? C'est ce que j'ai dit à la petite Louise. Ne pleurez pas sur eux, est-ce qu'ils pleurent sur vous ? Ils ne méritent vraiment pas vos larmes, et ils traitent leurs adversaires comme des chiens. Passons. De toute façon, tout cela est en partie une intoxication collective et ce n'est pas l'essentiel.

— Elle se reproche un manque d'enthousiasme, objectai-je.

— Soit. Ce n'est pas une raison pour se retrouver chez moi dans cet état. Deuzio : Saroyan. Il faut bien comprendre quelque chose, mon cher Thomas, je ne suis pas aussi sophistiqué que votre sœur, mais je peux vous dire une chose, Saroyan est un fou. Nous sommes tous fous, mais nous ne sommes pas tous des fous. Vous me suivez ? Saroyan aime la jeunesse, il finira en vieillard poussant un landau. Il faut que Louise tourne la page. Car je n'ai pas dit tout ce que je pensais à vos parents, évidemment, je ne veux pas les inquiéter. Il y a chez votre sœur une fragilité qui m'échappe et, bien que je sois une nouille à beaucoup d'égards, je suis aussi comme un chien d'arrêt qui sait renifler le perdreau dans un champ de betteraves, et mon perdreau c'est la fragilité mentale, c'est mon métier, je sais y faire, je ne suis pas seulement un administrateur de pilules. Vous me suivez ?

— Que dois-je faire ?

— La distraire, lui trouver un copain.

— Ça sera très difficile.

— Et puis pensez aussi un peu à vous, Thomas, car, si je comprends bien, Saroyan trompait votre sœur avec votre amie ?

— Ils n'ont jamais cessé de s'aimer, dis-je d'une voix blanche.

— Écoutez, je vais vous faire une ordonnance d'un demi-Tofranil pendant deux mois, ça va vous donner un peu de tonus, et oubliez ces relations compliquées qui ne vous valent rien, ni à Louise ni à vous, est-ce que vous me suivez ? Savez-vous que votre sœur est très drôle, que nous rions beaucoup ensemble ? »

Avec des yeux perçants derrière ses lunettes à monture d'écaille, sa nervosité, Argolikos était réconfortant. Vulgaire et tonique. On sentait qu'il avait des intuitions justes, mais qu'il devait exprimer dans l'urgence sous peine de les oublier aussitôt sous l'effet de la fébrilité et d'un cynisme un peu réducteur, qui finirait par tout résoudre par une prise plus ou moins massive de neuroleptiques. Je suis brutal, je l'aimais bien aussi à cause de ça. Oui, vraiment, il avait parfois beaucoup ri avec ma sœur. Savais-je qu'elle lui avait parlé de Jacinthe ? Et qu'est-ce qu'on devait bien manger à Oursière ! Des salmis, de l'alose ! Est-ce que la lamproie était de notre région ou non ? Louise avait avalé de bon cœur les bouillies qu'on servait à l'hôpital, elle n'était pas menacée par l'anorexie, comme d'autres personnes sensibles de son âge, il fallait s'en réjouir, évidemment elle était tourmentée par des tas de choses (une vague pudeur le retint d'en dire plus). Il soupira.

« Bon ! Allez-y, mais ne restez pas trop longtemps. Vous reviendrez demain avec vos parents, d'accord ? » On sortit du bureau. Jean et Marie nous attendaient sur leur banc de plastique orange, l'un contre l'autre.

« Qu'est-ce qu'elle a, au juste ? dit Jean timidement.

— Qu'est-ce que vous lui avez fait ? Quel médicament a-t-elle pris ? dit Marie.

— Bah ! s'écria Argolikos, je vous l'ai dit, on lui a donné un cocktail à la fois sédatif et désinhibiteur, et aussi une pincée de Solian, une nouveauté. Écoutez, Thomas va la voir, et vous reviendrez demain. C'est une jeune fille remarquable, je vous félicite. » Il me glissa à l'oreille : « Elle a perdu un peu la notion du temps, vous la remettrez sur les rails, d'accord ? »

Et il tourna les talons, s'approchant d'une dame éplorée qui l'attendait depuis une heure entre deux tas de mouchoirs en papier.

*

Entrer, ne pas entrer. Lui dire quoi ? J'ouvris. Linoléum astiqué. Table roulante. Fils de perfusion. Photographie sur le mur de droite représentant des lauriers. Chevelure brillante. Ébène. Elle était étendue sur un lit de fer, vêtue de sa chemise de nuit, les bras le long du corps, et je crus qu'elle dormait. Puis son regard noyé. Puis malicieux.

« Thomas ! mon Thomas ! s'écria-t-elle joyeusement en se redressant. Enfin ! Tu en a mis du temps ! »

Je l'embrassai, l'animation de son visage me déconcerta.

« J'ai passé une excellente nuit, j'ai très bien dormi et je me suis réveillée toute fraîche, qu'est-ce qu'on a pu rire avec ce docteur grec, tu ne peux pas savoir ce qu'il est drôle, il est commun mais tellement drôle ! Il ne croit à rien, mais qu'est-ce qu'on rit ! »

Elle se laissa retomber sur son oreiller.

« Je suis en pleine forme, quand est-ce que je sors d'ici ?

— Dans quelques jours. Il faut te reposer un peu, tout de même. »

Ses nattes avaient été dénouées et ses cheveux brossés tombaient droit sur la poitrine. À côté de la table de chevet, on avait posé un guéridon et sur le guéridon le cartable éculé que j'étais allé chercher chez nous, trois jours avant, et que j'avais remis à l'infirmière de garde. Montagne magique. Connaissance par les gouffres. Pansement sur le nez.

« C'est ça qui t'impressionne ? dit-elle en montrant son nez, c'est rien du tout, Argolikos me l'a dit. Il m'a dit aussi que tu avais été formidable, il paraît que tu m'as portée pendant trois kilomètres, c'est curieux je ne me souviens pas de grand-chose d'hier soir, mais je sais que tu as été sublime comme toujours. »

Ces compliments m'inquiétèrent. Elle le vit et haussa les épaules.

« Bien sûr que tu as été formidable. Tu sais bien que je t'adore ! Seulement je n'aime pas le reconnaître.

— Papa et Maman sont là. »

Elle écarquilla les yeux.

« Où ça ?

— À Paris, lui dis-je, n'osant pas avouer qu'ils étaient dans la salle d'attente.

— Ah bon ?

— Ils logent dans un petit hôtel près de la rue Lepic, à Montmartre. C'est amusant pour eux, ils visitent un peu Paris.

— Mais depuis quand ?

— Depuis deux jours.

— Quoi ? Et moi, depuis quand je suis ici ?

— Depuis six jours.

— Qu'est-ce que tu racontes ? C'est pas possible ! Qu'est-ce que j'ai fait pendant six jours ?

— Tu as dormi grâce aux philtres d'Argolikos, tu étais fatiguée. Ce n'est pas beaucoup, six jours.

— Comment, ce n'est pas beaucoup ? J'ai été si malade que ça ?

— Non, tu as dormi.

— Ça alors ! Argolikos est un menteur, il ne m'a rien dit, il s'est contenté de me raconter des histoires, de m'interroger sur des tas de trucs. Il s'est fichu de moi. » Elle secoua la tête : « Menteur… Quel menteur… »

Tête branlante, songeuse. Avant, arrière. « Menteur… », répéta-t-elle.

Oh, lâche Thomas ! Lâche que j'étais ! Remuant vaguement les jambes sur ma chaise. Sans vouloir savoir ce qu'il fallait que je lui dise. Si elle se rappelait. Si elle savait que je savais.

Elle chercha des yeux quelque chose autour d'elle, saisit maladroitement une Thermos. Je la lui pris des mains et l'ouvris.

« C'est du thé froid, tu ne trouves pas qu'il fait chaud ici ?

dit-elle. J'ai tout le temps chaud et puis froid, ce sont sans doute les médicaments. »

Elle but son thé à petites gorgées, en silence, je me levai et m'approchai de la fenêtre, appuyant mon front à la vitre. Il y avait juste derrière un marronnier dans une cour goudronnée. Je lui dis que cette cour me faisait penser au terrain de sport, en bordure de la prairie où jouait au rugby l'ailier dont elle s'était éprise quand elle avait douze ans. Elle sourit.

« Viens près de moi. Plus près, dit-elle doucement, pour une fois qu'on parle un peu. »

Elle était bien contente que je sois venu seul (sa gaieté nerveuse était retombée, elle reprit l'air nébuleux dont Jean et Marie s'inquiétaient en disant qu'elle avait l'air d'une somnambule). Elle passa une main dans mes cheveux.

« Comme tu es rebelle ! dit-elle. C'est amusant tout de même qu'on soit là, dans un hôpital, alors que la dernière fois qu'on s'est vus, j'étais en pensée dans une clinique de montagne avec des tuberculeux enneigés. Les remèdes d'Argolikos sont tout de même extraordinaires, tout me paraît estompé. Comme dans la neige » (les cadavres et les luges. Ouate. Mes larmes qui venaient. Mes efforts pour rester calme).

Je mis un instant ma tête dans mes mains et Louise se tourna vivement vers la fenêtre.

« Tu ne me parles pas, tu ne me dis jamais rien. Pourquoi ? Tu as vu combien ce marronnier est beau ? Il occupe toute la fenêtre, tu as vu ? »

Je regardai le marronnier et elle enchaîna : « Tu devrais emmener papa et maman dans l'auberge où je vais avec Patrick, ça s'appelle l'*Yvette*, rue de l'Ouest, ce n'est qu'un troquet mais ils ont une spécialité qui est le baba de Zanzibar, et tu sais comme maman aime le baba. C'est difficile de trouver un bon baba, celui-là est fondant, avec une excellente crème chantilly et un rhum agricole de la Martinique. Il faut dire que le baba est souvent sec ou spongieux. Il est spongieux par nature. Mais celui-là, sa pâte est si légère qu'elle s'allie avec le rhum dans une impression moelleuse qui est quand même la nature du baba, lequel opère la fusion du solide et du liquide, annoncée par la crème chantilly, tu vois ? Le problème est justement d'éviter l'éponge. J'aimerais bien revenir dans ce troquet avec Patrick. » (Il ne fallait pas que je t'interrompe, Louise. Il ne fallait pas.)

« Au fond, ce que j'aime le plus en lui, reprit-elle après un silence, c'est sa voix. C'est pour ça que je pense au restaurant, où il est difficile de parler à cause des conversations. Malgré tout je perçois sa voix dans le brouhaha. Sa voix a un timbre rauque, tu ne trouves pas ?

— Oui.

— D'ailleurs, c'est à quoi je suis le plus sensible, les voix des uns et des autres. Est-ce qu'ils vont téléphoner, Zoé et Patrick, est-ce que je vais entendre leur voix ?

— Oui, si tu veux leur parler. Ils ont téléphoné à la maison.

— Dis-leur que je les verrai plus tard. Dis-leur que je les aime.

— Vraiment ?

— Oui, dit-elle en fixant toujours le marronnier. Dis-leur ça. »

Ses lèvres remuèrent, laissant entrevoir cette langue recroquevillée qui annonçait, je l'ai déjà dit, quand elle était enfant, qu'elle allait pleurer. Mais elle ne pleura pas, elle frissonna et se redressa encore sur son lit.

« Il ne faut pas leur faire de mal. Ni à l'un ni à l'autre. Il ne faut pas leur en vouloir, mais leur dire oui.

— Comment ça, oui ? » (moi désespéré et nul, un tas de cendres à côté de ma sœur. Qu'elle fût sainte ou actrice, peu importait).

Elle me prit la main d'autorité, me dit d'approcher encore

plus près car elle ne pouvait pas parler trop fort, elle était fatiguée, j'allais devoir partir.

« Ne leur en veux pas. Bien sûr qu'ils étaient amants dès l'Amérique. Et alors ? C'est dur sur le moment. Mais j'ai réfléchi. Il ne faut pas leur en vouloir. Le fait qu'ils nous aient menti ne signifie pas qu'ils aient manqué de sincérité envers nous. Et puis il y a quelque chose d'important pour nous, que personne, sauf toi, ne peut comprendre, c'est la question qui se pose à nous, celle de savoir comment demeurer dans cet état second, non pas celui où m'ont plongée les médicaments du Grec, mais un état léger, un état dans lequel, oh oui Thomas, grâce en partie à eux, nous nous trouvons, cet état... Comment dire ? » (elle eut un air soucieux) « d'envol et de légèreté, et si toi et moi on se parle, si on s'efface, est-ce que nous ne resterons pas toujours légers, tout légers, comme ça » (et elle fit avec sa main un vague signe vers les feuilles).

Je me tus. Elle était ferme comme une nageuse dans un courant passager, qui m'aurait dit de la boucler et de faire les mêmes gestes qu'elle.

« Oui, ce que j'aime le plus, chez Patrick, c'est le timbre de sa voix. Tu aimes aussi la voix de Zoé, n'est-ce pas ? C'est pour ça que prendre des notes sous la dictée de Saroyan, recueillir sa parole était merveilleux. Alors écoute. Écoute. Est-ce que toi et moi on ne pourrait pas faire la même chose ? On ne pourrait pas vivre légèrement, intensément ? Raconter tout ce que nous allons vivre l'un et l'autre dorénavant ? Nous les raconter ? Toi, tu es observateur, tu es aussi assez méchant et dur, tu es tenté par les divagations de Joseph (ne dis pas le contraire). Et tu as quelque chose en commun avec moi : le vent, les arbres sont plus importants que tout le reste. Tu me suis ?

— Pas très bien, dis-je en riant. Tu parles comme Argolikos, avec ses : "vous me suivez ?" »

Elle sourit. « Tu pourrais me dicter des choses comme Patrick ? Me donner tes observations, tes souvenirs, et moi je pourrais réfléchir à tout ça. Qu'en penses-tu ? C'est un projet dont j'ai parlé à Argolikos, il m'y encourage, naturellement je ne suis pas dupe. Il pense que ce serait une excellente thérapie adjuvante ou quelque chose comme ça, il n'y comprend rien, c'est absurde, ne lui en voulons pas. Ce que je te propose, c'est qu'on puisse mêler nos voix d'une certaine manière, comme je l'ai fait avec Patrick, se raconter des choses. Par exemple, on pourrait imaginer que j'écrive tout ce qui nous arrive et que c'est toi qui le racontes, et en fait ce serait assez vrai parce que tu as beaucoup plus de mémoire que moi et aussi un sens de l'observation que je n'ai pas, tu comprends ? Et je vais plus loin, ça serait aussi un effacement de tous les deux devant ces si belles choses qui nous entourent, comme le marronnier. Tu l'as vu le marronnier ? Hein ? Un des secrets que Patrick poursuivait sans jamais l'atteindre. Il le poursuivait avec désespoir. Il disait toujours : s'effacer... C'est très difficile d'expliquer ça et tu vois que je m'embrouille, mais si on pouvait faire ça...

— Je ferai ce que tu voudras. Que dois-je dire à Patrick quand il va téléphoner ?

— Dis-leur que je les aime. Promets-moi. Promets-moi de ne pas être violent. De dire oui à tout ce qui nous arrive » (elle eut une secousse des épaules, faite de nervosité, de proximité des larmes, mais aussi de l'élan qui avait toujours été le sien, celui d'une fille romanesque et idéaliste, qui faisait d'elle, pour Marie et Jean, pour moi aussi, une sorte de petite déesse).

65

Elle sortit de l'hôpital. Je vis brièvement Zoé, qui me dit qu'elle avait été déchirée entre deux hommes et que... J'appliquai la suggestion de Louise, je lui dis que nous resterions amis. Même message à Patrick. Jean et Marie surent que nous avions rompu, mais ils acceptèrent notre silence. Marie fit des courses dans les grands magasins avec Louise, qui acheta des chemises à manches courtes dont une en nid d'abeille qui l'enchanta, une paire de mocassins à pampilles, un maillot de bain rose (un deux-pièces avec des triangles sur les seins qui étaient prolongés, comme elle nous le précisa, par des langues de tissu plutôt que des cordons, lesquelles étaient nouées à la fois derrière la nuque et sur le dos. Elle était superbe). Jean s'amusa à flâner dans les rues. Il aurait souhaité revenir pour le Salon de l'Agriculture. Lui et Marie voulurent nous inviter à dîner avec Joseph et Esther. Où aller ? Au petit restaurant l'*Yvette* que Louise nous avait recommandé, celui qui proposait un baba.

« Que vas-tu faire cet été, mon Joseph ? dit Marie. Tu vas venir nous voir ?

— Un peu, mais Esther et moi, tenez-vous bien, on est invités à Ibiza par le Commodore.

— Où est-ce ?

— Dans les îles Baléares. On est invités dix jours. Il nous a pris des billets de train pour Barcelone, puis de bateau, c'est incroyable, non ? Royal ! » (il prononçait « roi-yal », mais pardessus son ballon de rouge, il surveillait Louise).

Pourquoi ne viendrions-nous pas, Louise et moi, avec eux ? Devant notre silence, il enchaîna sur une de ses phrases favorites : « Quoi ? Qu'est-ce qu'il y a ? Ah ? Les sous ! Aucune importance. Je vais avertir le Commodore qu'on ira tous les quatre ou pas du tout. » Toute la table se tourna vers Louise, pour lui demander son avis.

« Pourquoi pas ? dit-elle en souriant.

— Formidable ! fit Joseph en sautant sur sa chaise. Merveilleux ! En plus il va faire un temps de cochon à Oursière pendant tout l'été, on va faire un tour, je fumerai quelques joints et je surveillerai vos enfants, dit-il à Marie qui se mit à rire.

— D'accord, dit Marie, mais Louise et Thomas doivent

aller quelques jours à Oursière, on a des choses à voir là-bas, et il faut aussi prévoir l'avenir. Que vas-tu faire l'année prochaine, Joseph ?

— J'en sais rien, dit-il en haussant les épaules, peut-être travailler pour le Commodore. »

On servit les énormes babas et, quand la cuiller de Jean s'enfonça dans la crème Chantilly, j'eus l'impression que nous participions d'une cérémonie d'où toute pesanteur, toute mélancolie était exclue. Derrière la vitre et ses rideaux ajourés, il y avait une place ensoleillée et vide. Ce square ouvrait sur un ciel un peu livide. Ni les uns ni les autres ne savions ce que nous allions devenir. Une scène de *Blow up* me revint en mémoire, celle où des filles lianes, nues, poursuivies par l'objectif d'un photographe, s'ébattaient devant une immense feuille de papier bleu, que leurs corps emmêlés finissaient par déchirer. Dans la salle obscure de notre bistrot, nous ne savions pas ce qu'il y avait derrière ce ciel tendu sur la place. Nus et désarmés. Des silences s'introduisirent entre nous. Même Jean, même Marie (peut-être à cause de leur sort précaire) participaient à mes yeux à la langueur qui nous saisit, devant ce vide où tout était possible.

66

Nous ne passâmes que quelques jours à Oursière. Il faisait lourd et orageux. J'eus sans doute un contrecoup des événements précédents, qui se manifesta par de la fièvre, des courbatures brûlantes et une crise d'eczéma. Simon Lalo me soigna, Louise m'emmena au cinéma, mais Marie tint à ce que j'aille rendre visite à un rebouteux voisin, celui-là même qui était le fils de l'agent d'émigration qui avait jadis organisé le départ des Orion et d'une partie de notre propre famille. Par un chemin de terre, on descendit à travers des prairies, vers une maison située au bord de l'Ur, dans un endroit encaissé et humide. Rendez-vous avait été pris à dix heures. Quand nous arrivâmes, une dame joviale s'avança vers nous en nous annonçant que nous venions beaucoup trop tôt, qu'il valait mieux que nous repartions au village « boire un bon coup », et que je me présente à nouveau à midi, car Marcel le rebouteux était grippé et avait du monde aujourd'hui. Elle ajouta qu'il n'était pas très gaillard, et ferma la porte. Le rebouteux n'était-il pas capable de guérir sa propre grippe ? Louise et moi longeâmes en riant le potager, puis le jardin, derrière les peupliers et les aulnes qui bordaient la rivière. Des taches d'or, des variantes de jaune, nous attirèrent. Au bord d'une prairie, poussaient des bouquets d'arnica, avec leurs capitules orangés. Plus loin, dans un coin de pelouse, il y avait quatre ou cinq anémones soufrées, des gentianes jaunes, des benoîtes portant des fruits plumeux, et leurs aigrettes vacillantes. Est-ce que ces couleurs étaient un hasard (je remarquai aussi l'orchis sureau) ? Le verre de vin blanc que m'avait prescrit la dame faisait-il partie de la visite ? En tout cas, je m'exécutai, et Louise aussi. Quand nous revînmes, la servante ou l'épouse nous ouvrit la porte, on traversa la cuisine et on nous fit asseoir dans une étable. Il y avait des mangeoires, une niche dans le mur où dormaient parfois les bergers, et un banc où nous prîmes place à côté d'une vieille femme qui venait pour une arthrose déformante (elle nous montra immédiatement ses phalanges gonflées) et d'un aïeul tremblant. Tous les deux s'enquirent de la raison de ma venue. Louise leur indiqua que j'avais de l'eczéma. « Ce n'est rien, me dit la femme. Le rebouteux va vous faire une application des mains, puis vous faire absorber une décoction d'aconit, et tout ira bien. »

Marcel parut. C'était un homme trapu, avec une face ronde, soufflée de couperose, qui lui donnait l'air d'appartenir à une tribu mongole. Il s'approcha de nous et me dit qu'il allait me prendre illico sur son dos. La dame et le vieil homme me firent un signe de menton enjoué. « Ce n'est pas chacun son tour, ici, me dit l'arthritique, c'est au gré des humeurs de Marcel, allez hop ! » Il fallait que j'obtempère. Je montai sur un escabeau, puis sur le dos du rebouteux. Nous partîmes dans le verger, accompagnés de Louise, par un sentier qui serpentait entre des cerisiers. En haut d'un talus, en surplomb de la rivière, il me laissa choir avec un grognement folâtre, et nous fit signe de nous asseoir par terre. Il alluma une cigarette. Il était sale, il avait des cheveux emmêlés et collants, et un rictus béat.

« Est-ce que tu bois assez d'eau, petit ?

— Peut-être pas assez », fis-je intimidé, tandis que Louise détournait la tête en pouffant.

« Il faut boire de l'eau. Bon. Et les épaules ? Elles vont bien tes épaules ?

— Je crois, fis-je déconcerté, mais j'ai parfois un peu mal au dos.

— Ça ne m'étonne pas, dit-il pensif. Tu as l'épaule droite plus basse que la gauche, et tu te tiens mal. Et les boutons ? ajouta-t-il en désignant mes paumes. Depuis quand tu as ça ?

— Ça a commencé à me démanger il y a huit jours.

— Bon, je vais te porter encore. Remonte sur mon dos.

— Vous êtes sûr ? » Je m'aperçus que j'étais plus grand et plus lourd que lui.

« Vas-y. »

Je m'aidai d'une souche pour éviter de sauter sur son dos, je saisis délicatement ses épaules, et notre attelage, toujours accompagné de Louise, suivit le talus qui descendait vers la rivière. Marcel marmonnait bruyamment, et ne faisait aucune attention à ma sœur. Au bas de la pente, le lit de l'Ur s'évasait, le rebouteux entreprit de traverser ce gué et je m'aperçus qu'il portait des bottes de caoutchouc trop grandes pour lui. Louise nous dit en riant qu'elle remontait un peu plus haut, là où des pierres plates lui permettraient de passer.

« Une vraie médaille de Saint-Christophe ! » me cria-t-elle de loin, moqueuse.

Comme s'il voulait m'arracher à ce lieu commun parodique, Marcel pressa le pas dans la rivière. Sa tête, sous la mienne, puait le tabac et la transpiration, et je le sentais un peu rétif comme le mulet que Marie chargeait d'épis de maïs. Autrefois, c'est moi qui portais Louise, lorsque nous allions pêcher la truite à la main, et qu'il nous arrivait d'en saisir une par les ouïes, sous une roche. « Attention à gauche ! » dis-je au rebouteux. Était-il bien sûr qu'il ne voulait pas que je descende ? Mais il continua à se hâter sans répondre, les pieds clapotant dans l'eau à l'étiage, une eau transparente, parfois roussie de longues feuilles que le courant courbait. Parvenus sur la berge, ma monture gravit la pente, et me fit glisser dans une prairie de fauche, tandis que Louise nous rejoignait.

Rubicond et morne, il vida ses bottes de l'eau qui s'y était infiltrée. Avec son mufle semé de crevasses et de verrues, je le trouvais de plus en plus bestial.

« Putain de putain, marmonna-t-il. Il y a des trous dans mes bottes ou quoi ? »

Son air rancunier me fit penser que j'étais la cause de son irritation, mais comme il me faisait assez peur je me tus. Il enleva ses chaussettes, les essora et me demanda si je ne craignais pas trop le froid, si j'avais des engelures l'hiver.

« Non, répondis-je abasourdi, non, j'ai beau chercher…

— Putain, dit-il, c'est quand même malheureux qu'on ne puisse pas travailler ici. Pas de travail. On est tous pauvres. Il va falloir penser à aller ailleurs, petit. Je vais te préparer des décoctions de valériane, ça va te faire du bien, tu es un peu nerveux. On t'a parlé de ma poudre d'aconit ?

— Oui, répondit Louise à ma place, elle est fameuse, la dame là-bas nous a dit qu'elle ferait du bien à Thomas.

— C'est vrai qu'elle est bien, dit notre guide avec un rictus qui découvrit de petites dents pointues. Mais n'oublie pas que tu dois boire de l'eau, et puis il faut que tu n'aies pas froid aux mains si tu t'en vas d'ici.

— Comment ça ?

— Y a pas de travail, grommela-t-il, c'est pas difficile à comprendre, alors il faut plus y penser, voilà. Faut plus y penser.

— À quoi ? » demanda Louise humblement.

Marcel fit un geste vague, désignant quelque chose autour de nous, mais il n'y avait que ce pré en plein soleil, et la rivière assombrie par les aulnes.

Il ne me demanda pas de remonter sur son dos. On revint lentement. Visiblement, notre promenade l'avait exténué. Il nous donna deux fioles enveloppées dans du papier journal. La dernière image que j'eus de lui fut sa face de bête fourbue, aux yeux cruels, et le signe qu'il fit avec sa main.

67

L'été passa, en compagnie d'Esther et de Joseph. Plusieurs événements survinrent, pendant les mois qui suivirent, ils appartiennent déjà à une autre époque, où le temps s'ouvre à lui-même et rend possible ce qui ne paraissait pas possible. (*Temps : possibilité de la possibilité.*) Je me borne donc à évoquer cette nuit, où, vers une heure du matin, Louise et moi parvînmes à la gare des autobus Greyhound, avec nos sacs sur le dos. Nous parcourûmes un quartier d'entrepôts, nous nous perdîmes un peu mais sans faire de mauvaises rencontres. On finit par arriver à Market Street, et on gravit la colline de Nob Hill. La baie de San Francisco devint peu à peu visible. Sur Sutter Street, se dégagea dans la nuit l'enseigne lumineuse du Grant Hotel (dont la lettre G était cachée par la brume). C'était un hôtel pas cher où nous avions réservé une chambre à deux lits, qui sentait la poussière et la peinture. Nous étions si las que nous nous endormîmes presque aussitôt. Mon sommeil fut troublé d'éblouissements, de rêves où ma sœur en chemise de nuit ouvrait une porte en m'annonçant qu'à son grand regret elle ne pouvait venir.

Comme si le scénario du rêve se prolongeait, je la vis en m'éveillant, hirsute, pieds nus, vêtue d'une robe de chambre trouée que je ne lui connaissais pas, et elle me demanda d'une voix timide (avec un accent de tendresse féminine que je ne lui connaissais guère non plus) si j'avais bien dormi. « Pardon », me dit-elle en s'asseyant sur mon lit, elle était si fatiguée hier soir, elle n'avait pu me dire bonsoir, elle dormait debout. Qu'est-ce que j'avais fait comme rêve ? Je n'eus pas le temps de lui répondre, car une cloche se fit entendre derrière les volets. Accoudés au rebord de la fenêtre, nous vîmes arriver un rutilant tramway, le *cable car* qui gravissait la pente. La lumière crue, le ciel bleu foncé nous enveloppèrent, formant une sorte d'arc-en-ciel prenant appui sur les marches des escaliers de Nob Hill, comme un ange pensif qui se penchait sur les rues et mettait un doigt à sa bouche.

Il était tôt, nous errâmes sur le port. Puis un bus nous emporta, traversa Telegraph Hill, et chemina sur le pont suspendu, tandis que l'eau ruisselait entre les câbles en scintillements ovales, comme si quelque dieu frappait monnaie. Des nappes de brouillard subsistaient sur la ville et la mer, les bateaux et les îles étaient occupés à une sombre pâture dans leurs prés de brume. À Sausalito, il était trop tôt encore pour prendre un nouveau car vers la forêt de Muir Woods. On emprunta l'escalier qui serpentait dans la colline au-dessus du port. Ce fut une marche languissante entre des maisons de bois, bordées de bougainvillées et de magnolias.

On prit un verre au milieu des touristes que les ferries venus de Fisherman's Wharf commençaient à déverser, à grand renfort d'avertissements par micros. Nous errâmes le long des docks, entre des hangars, sur le bitume brûlant des parkings. Enfin, l'autocar nous conduisit à la forêt de Muir Woods. L'humidité des lieux nous saisit. L'aube était encore proche, les nappes de brume s'étaient retirées de la forêt, avaient reflué vers la mer, et les tiges s'égouttaient dans le silence. C'étaient des perles douces, tombant sur le terreau noirci, où seules des touffes poussaient, en raison du manque de lumière. Louise cueillit des fleurs blanches et elle tint ce bouquet jusqu'à la fin de notre promenade. Zoé et Patrick étaient-ils venus ici ? Auraient-ils aimé ces bois, les séquoias géants, le brouillard formé par les eaux froides ? Notre visage était frôlé par les cônes et les aiguilles. Les troncs étaient si épais, les intervalles qui les séparaient si encombrés qu'on ne savait pas si l'on heurtait des racines ou des branches. Pour avancer, il fallait prendre appui à des souches, toucher l'écorce, aussi spongieuse que le sol. On chercha en vain la chouette tachetée que nous avait annoncée le guide, mais elle ne sortit pas de la futaie. Les pentes fumaient. Nous fûmes tous deux exaltés par cette forêt sépulcrale, par la ligne des crêtes qui nous la fit quitter. Je voyais le blanc translucide des fleurs qui glissaient à côté de moi. La lisière nous sépara des ravins, des colonnes obscures, elle nous laissa en plein ciel, face à des collines et à la mer. Sous le soleil dru, une végétation méditerranéenne entourait le sentier qui plongeait vers les collines. C'était un maquis rongé, avec des échancrures pierreuses, où poussaient des fleurs sauvages dont je ne savais pas le nom. Sous l'horizon arrondi, le Pacifique était là-bas, bleu sombre, vertical. Nous n'avions plus qu'à marcher vers lui, gaiement.

Composition Bussière
et impression Bussière Camedan Imprimeries
à Saint-Amand (Cher), le 11 février 2002.
Dépôt légal : février 2002.
Numéro d'imprimeur : 20074-020063/1.
ISBN 2-07-076468-0./Imprimé en France.

9991